Stille Zeugen

Angela Lautenschläger

Stille Zeugen

Ein Fall für Engel und Sander

SAGA Egmont

Taschenbuch Lizenzausgabe.
Die Originalausgabe erscheint im dotbooks Verlag, München.

Covergestaltung: HildenDesign
Coverabbildungen: Shutterstock
Satz aus der Minion Pro: Karol Kinal
Druck und Bindung Mazowieckie Centrum Poligrafii, Marki

ISBN 978-3987500442

Dieser Titel erscheint auch als E-Book und Hörbuch.

Kapitel 1

„Ich hatte an Frühlingsfarben gedacht, vielleicht zartes Rosa, dazu Tulpen und weiße Margeriten. Was meinst du?"

Friedelinde, deren Gedanken sich an diesem Morgen um die Frage drehten, ob sie gleich wieder ins Bett gehen oder sich zunächst dem Berg Arbeit auf ihrem Schreibtisch widmen sollte, sah ihre Freundin irritiert an. „Ich meine, dass du dich dann mit deiner Hochzeit beeilen musst. Der Frühling endet in einem Monat. Oder du heiratest im nächsten Frühjahr."

Marie schien gar nicht wahrzunehmen, dass Friedelinde nicht ganz bei der Sache war. „Stimmt." Sie saß im Schaufenster von Friedelindes Büro, den Rücken an die Fenstereinfassung gelehnt, die Füße auf die Fensterbank gezogen, und schlug mit dem Bleistift gegen ihre Vorderzähne. Noch vor einigen Jahren hatte ein nostalgisches Arrangement von Waschmittelverpackungen das Schaufenster des ehemaligen Lebensmittelgeschäfts geziert.

„Nächstes Jahr ist natürlich Quatsch. Da wollen wir ja schon das erste Kind haben. Also Sommer. Was blüht denn im Sommer?"

Friedelinde schloss die Augen und massierte sich die Schläfen. „Der Unsinn."

„Ach Mann! Jetzt freu dich doch mal mit mir und mach konstruktive Vorschläge."

„Marie, mach ich gern, wenn ich keine rasenden Kopfschmerzen und Halsschmerzen mehr habe. Ich kriege ganz klar eine Erkältung."

Marie, sonst eigentlich ein mitfühlendes Wesen, hatte heute für Friedelindes Befindlichkeit keine Antenne. Sie war am Morgen mit der Nachricht in Friedelindes Büro gestürmt, dass ihr Freund Pablo ihr am Vorabend einen Heiratsantrag gemacht habe. Nach einer schlaflosen Nacht wollte sie sofort umfangreiche Hochzeitspläne austüfteln. Friedelinde, für die eine Eheschließung in etwa so aktuell war wie die Erfindung des Smartphones für einen Neandertaler, fehlten einfach die Nerven, um sich an der Ausarbeitung der Pläne zu beteiligen. Nachdenklich betrachtete sie Marie, die leise vor sich hin murmelnd das ehemalige Ladengeschäft von Feinkost Riekmann durchquerte. In den Wandregalen lagen heute Friedelindes Akten, dort waren Fotokopierer, Telefax und Büromaterial untergebracht, den Boden zierten immer noch die alten holländischen Fliesen. Auf dem ursprünglichen Platz des alten Verkaufstresens stand heute Friedelindes Schreibtisch. Neben der Eingangstür, die das Eintreten eines Besuchers immer noch mit der Türglocke des Lebensmittelgeschäfts ankündigte, war ein Schild angebracht: *Friedelinde Engel, Nachlasspflegerin, Testamentsvollstreckung und Nachlassabwicklung.* Nur wenn die Sonne schien und sie die Markise ausfuhr, war draußen noch zu lesen: *Soll es frisch und schmackhaft sein, kaufe nur bei Riekmann ein.*

Marie konnte ziemlich anstrengend sein, aber sie war auch eine gute Freundin. Ihr größter Freundschaftsbeweis war es, Friedelinde nicht länger Friedel zu nennen. Schließlich litt sie unter ihrem Vornamen ohnehin schon, aber ihre Eltern hatten ihr den Namen in guter Absicht in Gedenken an Friedelindes Großmutter verpasst. Einer der seltenen Fälle, in denen sich ihr Vater sogar gegen seine Frau durchgesetzt hatte. Allerdings hätte es nach Friedelindes Meinung ausgereicht, den Namen als zweiten Vornamen zu verwenden und einen zeitgemäßen ersten Vornamen zu wählen.

„Rosen. Rosen sind sehr schön." Marie sah nachdenklich aus dem Fenster. „Hat aber jeder."

Als zu Friedelindes Erleichterung das Telefon die Diskussion um den richtigen Hochzeitsschmuck unterbrach, hatte sie noch nicht einmal ein schlechtes Gewissen.

Am Vorabend hatte sie einen ziemlich guten Parkplatz ergattert, was in Ottensen eine Rarität war, weshalb sie sich dazu entschloss, mit dem Fahrrad zum Amtsgericht Altona zu fahren. Etwa auf der Mitte der Strecke bereute sie diese Entscheidung. Sie wurde tatsächlich krank, und ihre Kräfte verließen sie allmählich. Auf dem Treppenabsatz zum ersten Stock tat sie so, als würde sie die Tafel mit den Namen der im Krieg gefallenen Richter studieren, um wieder zu Atem kommen. Als sie kurz darauf an die Tür des Dienstzimmers des Rechtspflegers Hitzelsberger klopfte, hatte sich ihr Herzschlag wieder beruhigt.

„Hallo, das ging ja schnell."

Friedelinde nahm lächelnd Platz. Gegenüber einem potenziellen Auftraggeber hieß die Devise immer: einen entspannten, tatkräftigen und kompetenten Eindruck machen.

Hitzelsberger räumte ein paar Akten auf seinem Schreibtisch um und schlug dann eine auf.

„So, was haben wir denn. Hannelore Weber, Häuschen in Othmarschen, offenbar keine Angehörigen und wohl ein bisschen Geld auf dem Konto." Er reichte Friedelinde einige Kopien über den Schreibtisch. „Das ist der gesamte Akteninhalt. Ist noch nicht sehr viel."

Friedelinde warf einen flüchtigen Blick auf die Kopien. Ein bisschen Geld war gut. Allein auf dem Girokonto befanden sich mehr als zehntausend Euro. Herr Hitzelsberger reichte ihr ein blassgrünes Blatt, auf dem er sein Dienstsiegel angebracht hatte. Friedelinde nahm die Bestallungsurkunde entgegen, die ihr künftig als Ausweis in dieser Sache dienen würde. Sie unterschrieb die Erklärung, mit der sie sich verpflichtete, ihr Amt als Nachlasspflegerin für die unbekannten Erben der Hannelore Weber ordnungsgemäß und gewissenhaft auszuüben, und stand fünf Minuten später wieder auf dem Gerichtsflur, wo sie an die Fensterbank gelehnt den Akteninhalt noch einmal intensiv studierte.

Darin befand sich eine Melderegisterauskunft mit den Daten der ledigen Hannelore Weber. Laut Polizeiprotokoll waren die Ordnungshüter vom Briefträger alarmiert worden, der sich darüber gewundert hatte, dass der Briefkasten drei Tage lang nicht geleert worden war, obwohl die alte Dame nie verreiste. Die Streifenbeamten hatten daraufhin das Haus umrundet und durch das Wohnzimmerfenster die Bewohnerin leblos im Fernsehsessel sitzen sehen. Der alarmierte Schlosser hatte das Türschloss geöffnet, und der Notarzt hatte festgestellt, dass Hannelore Weber seit mindestens drei Tagen tot im Sessel gesessen hatte. Eine Fernsehzeitschrift war am fünften Mai aufgeschlagen, dem vermutlichen Todestag der alten Frau. Mehr als eine Woche hatte die Meldung dann noch für den Weg durch den Polizeiapparat bis zum Gericht gebraucht. Die Verstorbene hatte offenbar so zurückgezogen gelebt, dass ihr Tod drei Tage lang nicht aufgefallen war.

Von der Nachlassabteilung des Landeskriminalamtes erhielt Friedelinde die telefonische Auskunft, dass die Schlüssel zum neu eingebauten Türschloss im Polizeikommissariat 25 verwahrt wurden. Als sie eine Dreiviertelstunde später entkräftet das Haus der Toten in der Walderseestraße erreicht hatte, verfluchte sie ihre Entscheidung, dass sie den Parkplatz nicht hatte aufgeben wollen. Das war definitiv ihre letzte Amtshandlung. Anschließend würde sie sich für den Rest des Tages ins Bett legen und allenfalls noch in einer Apotheke einkehren.

Während sie darauf wartete, dass zwei Polizeibeamte das Polizeisiegel an der Haustür entfernten, entging Friedelinde nicht, dass sich die Gardine am Küchenfenster des Nachbarhauses bewegte. Seit die Polizei den Leichnam aus dem Haus getragen hatte, war die Nachbarschaft vermutlich besonders aufmerksam.

Die Entfernung des Siegels dauerte nur wenige Sekunden, und Friedelinde konnte das Haus betreten. Die Tür fiel hinter ihr ins Schloss, und Friedelinde nahm einen Augenblick die Atmosphäre auf. Es war still, keine Uhr tickte, kein Holz knarrte, es drangen auch keine Geräusche von draußen herein. Sie vermutete, dass das Haus in den Dreißigerjahren des vorigen Jahrhunderts errichtet und seither nicht modernisiert worden war. Auf dem Küchenboden lag Linoleum, an den Wänden hingen schlichte Küchenschränke. Sie würde die Räumungsfirma Heine beauftragen, Lebensmittel und Pflanzen zu entsorgen.

Rechts vom Flur gingen Ess- und Wohnzimmer ab, eingerichtet mit altmodischem Mobiliar. Auffällig war, dass es keine Fotos von Angehörigen oder wenigstens Haustieren gab. An den Wänden hingen lediglich Zeichnungen und Bilder mit Pflanzenmotiven. Im Sideboard fand sie Ordner mit Papieren zum Haus, Korrespondenz mit Versicherungen und Bankunterlagen. Sie packte alles in ihren Fahrradkorb, um es in den nächsten Tagen im Büro zu sichten.

Sie würde noch einen Blick in den Keller werfen und dann gehen. Nach einigem Suchen fand sie den Lichtschalter und stieg im trüben Licht die Treppe hinunter. Neben einem Heizungs- und einem Waschkeller gab es noch einen Vorratsraum, an dessen Wänden Regale mit eingemachtem Obst und anderem nicht identifizierbarem Inhalt standen. Frau Weber hatte sich offenbar in der erforderlichen Menge stark verschätzt.

Friedelinde wollte noch einen kurzen Blick in die Gefriertruhe werfen. Wenn die leer war, konnte sie den Stecker ziehen. Sonst sollte die Firma Heine sie gleich mit ausräumen. Sie klappte den Deckel der Truhe auf. Ihr Schrei bildete mit dem Läuten der Türglocke eine scheußliche Disharmonie.

Missmutig drückte er den Fahrstuhlknopf. Er wusste nicht, wovor er sich mehr fürchtete: den mitleidigen Blicken seiner Kollegen oder seiner Reaktion darauf. Als die Fahrstuhltür sich schloss, hoffte er, dass das blöde Ding zwischen zwei

Stockwerken stecken bleiben würde, am besten bis in alle Ewigkeit. Seufzend trat er im siebten Stock auf den Flur und steuerte das Zimmer des Polizeipräsidenten an. Auf Dr. Mühlenbecks Aufforderung hin trat er ein.

„Mein Lieber!" Sein Vorgesetzter hatte einige Mühe, sich hinter seinem Schreibtisch hervor zu kämpfen. Das lag in erster Linie am Umfang seiner Körpermitte, die in keinem Verhältnis zu seinem schmalbrüstigen Oberkörper stand. Als er es geschafft hatte, umfasste er Sanders Hand mit beiden Händen. „Ich freue mich, Sie wieder bei uns begrüßen zu dürfen. Nehmen Sie Platz."

Sander zog einen Besucherstuhl heran.

„Wie geht es Ihrer Frau?"

Die obligatorische Frage, vor der er sich gefürchtet hatte. Sander legte die Hände auf die Oberschenkel. „Sie kämpft sich ins Leben zurück." Ein Leben ohne ihn.

Dr. Mühlenbeck rieb sich die Hände. „Es tut mir leid, das hatte ich Ihnen ja schon am Telefon gesagt. Sie wissen, dass wir Ihnen hier zur Seite stehen, soweit es uns möglich ist." Er atmete schwer und ging zum Fenster. Offenbar konnte er ihm nicht in die Augen sehen, während er das sagte, was Sander jetzt erwartete. „Sie haben sich dazu entschlossen, in den Dienst zurückzukehren. Es ist vielleicht ganz gut, dass Sie am Alltag teilnehmen und wieder gefordert sind."

Mühle hatte von dort, wo er stand, einen fantastischen Blick über den Stadtpark, allerdings glaubte Sander nicht, dass er den im Moment genoss.

„Sie sind ein temperamentvoller Mensch, manchmal gehen die Pferde mit Ihnen durch. Ihre Personalakte weiß ein Lied davon zu singen."

Sander beschloss, den armen Mann von seinen Qualen zu erlösen. „Mit mir ist alles okay, Mü…, Herr Dr. Mühlenbeck. Ich würde einfach gern arbeiten, ohne dass viel Aufhebens um mich gemacht wird."

Der Präsident wandte sich mit zufriedenem Gesichtsausdruck um.

„Schön, ich sehe, wir verstehen uns. Es ist nur so, dass es mir lieber wäre, wenn sie unsere Psychologin aufsuchen würden." Er hob eine Hand, als Sander den Mund öffnete. „Und das ist keine Bitte."

„Okay." Sander war nicht sicher, dass er diese Zusage einhalten würde.

„Gut. Dann bringe ich Sie zu Ihrem Arbeitsplatz."

Sander folgte dem Präsidenten auf den Flur. Sein früherer Kollege Hagen Rosenmüller hatte zwischenzeitlich zur Abteilung Organisierte Kriminalität gewechselt, und Mühle würde ihn jetzt seinen neuen Kollegen vorstellen. Am liebsten wäre es ihm gewesen, da weiterzumachen, wo er aufgehört hatte, aber man konnte nicht erwarten, dass sich die Welt nicht weiterdrehte, während man weg war.

Hagen war ein echter Kerl und – wenn man nicht gerade über das Gespür eines Kriminellen verfügte – in seiner Lederjacke äußerlich durchaus mit einem solchen zu verwechseln. Hagen sagte immer: „Das Einzige, was mich von all diesen Typen, die ich jeden Tag verhafte, unterscheidet, ist meine Pensionsberechtigung."

„Ich habe Ihnen da einen ganz vorzüglichen Kollegen ausgesucht, und ich bin mir sicher, dass sie gut miteinander auskommen werden."

Sanders Freude darüber, dass er wieder hinter seinem Schreibtisch sitzen würde, währte nur kurz. Der Wicht hinter Hagens ehemaligem Schreibtisch sah aus wie ein Schalterbeamter der Post – in den Achtzigerjahren. Ein schmächtiger Typ im blassgelben Hemd, die dazu passende ockerfarbene Windjacke hing über der Rückenlehne seines Stuhls. Die Frisur war schon vor zwanzig Jahren unmodern gewesen, und selbst sein Gesicht sah unmodern aus. Dass so was überhaupt in den Polizeidienst aufgenommen wurde, war Sander unverständlich. Ein Windstoß und der Typ klebte an der Wand.

„Herr Hagemann." Mühle ging auf den jungen Mann zu. „Ich bringe Ihnen Ihren Kollegen Kriminalhauptkommissar Nicolas Sander."

Der junge Mann sah freundlich lächelnd auf. „Hallo, Herr Dr. Mühlenbeck. Schön." Hagemann kam um den Schreibtisch herum, um Sander, der in der Nähe der Tür stehen geblieben war, die Hand zu reichen. „Freut mich. Gernot."

Sander, der unter Beobachtung seines Vorgesetzten stand, blieb gar nichts anderes übrig, als sich in sein Schicksal zu fügen.

„Ist doch okay, wenn wir uns gleich duzen?", fragte Gernot Hagemann, als sie fünf Minuten später in ihrem Dienstwagen saßen.

„Ja, natürlich."

„Also, ich bin der Gernot", wiederholte Gernot Hagemann.

„Weiß ich. Ich bin Sa…" Nach einer Pause fügte er hinzu: „Nicolas."

„Bist du nicht", entgegnete Gernot. „Du bist Sander. Bis Mühle gesagt hat, dass ich künftig mit Nicolas Sander zusammenarbeiten werde, wusste ich gar nicht, dass du einen Vornamen hast. Hier bei uns bist du einfach nur Sander."

Sander schmunzelte. Vielleicht war der Typ gar nicht so übel.

„Umgekehrt wirst du von mir noch nicht so viel gehört haben. Ich war 'ne Weile krank und musste Innendienst schieben. Papierkram, du weißt schon. Muss ja auch sein." Gernot richtete seine schmale Gestalt im Sitz auf. „Aber jetzt bin ich wieder in Topform und hab Mühle gebeten, mich zurück nach draußen zu lassen. Dorthin, wo das Verbrechen lauert."

Das sollte seine Topform sein? Wie hatte der Mann ausgesehen, als er angeschlagen gewesen war? Sander war so irritiert, dass er beinahe vergaß, abzubiegen.

„Ich würde übrigens da vorn abbiegen."

Irritiert folgte Sander der überraschenden Anweisung.

Gernot rieb sich zufrieden die Hände. „Jetzt sind wir seit kaum einer Minute ein Team und schon auf dem Weg zu unserem ersten Mord. Ist das nicht toll?"

„Toll."

Sander schwieg. Der Tag entwickelte sich irgendwie anders, als er erwartet hatte.

„Vielleicht sollten Sie noch einen Schluck nehmen." Frau Springer hob die Flasche mit dem klaren Inhalt und ohne Etikett in die Höhe.

Friedelinde winkte ab. „Nein, vielen Dank." Sie war nicht sicher, ob ihre Halsschmerzen von der beginnenden Erkältung herrührten oder dem hochprozentigen Schnaps. Dennoch war sie froh, nicht mehr allein in Hannelore Webers Haus zu sein, auch wenn der Schnaps das Bild nicht wegspülen konnte, das sich in ihre Netzhaut eingebrannt hatte.

Als sie den Deckel der Tiefkühltruhe angehoben hatte, war sie auf gefrorenes Gemüse und dergleichen gefasst gewesen. Aber in der Truhe hatte eine Leiche gelegen. Ein Mann mit angewinkelten Beinen, damit er überhaupt in die Truhe hineinpasste. Mehr war auf die Schnelle nicht zu sehen gewesen, denn sie hatte den Deckel wieder fallen lassen, war die Kellertreppe hinaufgerannt und hatte die Haustür aufgerissen, wo sie auf die ungeduldig wartende Nachbarin getroffen war. Und jetzt befand sie sich in der Obhut der aufmerksamen Nachbarin in dem Haus, in dem sich die Küchengardine bewegt hatte. Offenbar hatte ihre Neugierde die alte Frau nicht mehr in ihren eigenen vier Wänden gehalten, und Friedelinde war unendlich froh, dass Frau Springer nicht zu der Kategorie von Menschen gehörte, die das Treiben ihrer Nachbarn unberührt ließ. Jetzt saßen sie in der Küche der alten Dame und warteten auf die Polizei.

„Das ist wirklich ein Ding!" Frau Springer schenkte sich selbst noch ein Glas ein. Das dritte, wenn Friedelinde richtig mitgezählt hatte.

„Und Sie haben keine Ahnung, wer das sein könnte?", fragte Friedelinde und versuchte, ihr Zähneklappern unter Kontrolle zu bringen.

Die Nachbarin schüttelte bedauernd den Kopf. „Die Weber hat doch so zurückgezogen gelebt. Kein Mensch hat sie besucht."

„Vielleicht ist es ihr Mann. Ach nein, sie war ja nicht verheiratet. Ein Verehrer?"

„Die hatte keinen Verehrer!" Es klang, als wäre es ein vollkommen absurder Gedanke, dass ein männliches Wesen Hannelore Webers Haus betreten hätte. Aber dieser Mann hatte diesen fatalen Fehler offenkundig begangen. „Ich hab keine Ahnung, wie der da hineingeraten konnte." Frau Springer schob die Küchengardine beiseite. „So, jetzt kommen sie endlich. Hat ja auch lange genug gedauert." Sie ging in den Flur, und Friedelinde hörte sie sprechen.

Kurz darauf erschien Frau Springer mit einem Mann in der Küchentür und deutete auf Friedelinde. „Die sitzt hier."

Wie sagte man so schön: Erst hatte sie kein Glück, und dann kam auch noch Pech dazu. Friedelinde sah sich einem Mann gegenüber, bei dessen Anblick man sich fragte, warum er einen nicht schon seit Langem von allen Plakatwänden sämtlicher Bahnhöfe herab anlächelte, um ein verführerisches Aftershave oder verheißungsvolle Unterwäsche anzupreisen. Und sie? Sie sah aus wie eine rotnasige Vogelscheuche. Aber es kam leider nicht in Betracht, dass sie ihre Mütze abnahm, denn ihre Haare waren darunter völlig zerdrückt. Deshalb flüchtete sie sich vorsorglich in einen Hustenanfall, der Frau Springer an ihre gastgeberischen Pflichten erinnerte.

„Na, nun nehmen Sie man noch einen Schluck." Sie griff zur Flasche, aber der Mann riss sie ihr aus der Hand.

„Nee, das lassen Sie mal. Wir brauchen die Frau nüchtern, und die sieht jetzt schon nicht mehr ganz taufrisch aus."

„Na, vielen Dank auch!", empörte sich Friedelinde, aber Sander ging nicht auf sie ein.

„Können wir dann?"

„Ich weiß nicht, was wir können sollten, aber ich hielte es für eine gute Idee, wenn Sie sich erst mal vorstellen", entgegnete sie spitz.

Sander grinste. „Kriminalhauptkommissar Sander, und Sie sind diese Nachlassdings ..."

„Friedelinde Engel, Nachlasspflegerin." Friedelinde machte keine Anstalten, aufzustehen.

Sander zog sie am Ellenbogen vom Stuhl. „Wir beiden gehen jetzt mal hübsch nach drüben", sagte er zu ihr. Er wandte sich an Frau Springer: „Und Sie halten sich zu unserer Verfügung."

Sie nickte ergeben.

Vor dem Haus von Hannelore Weber befreite Friedelinde sich vom Griff des Kommissars. Interessiert betrachtete sie die kleine Gruppe Menschen, bestehend aus vier uniformierten Beamten und einem jungen Mann in beigefarbener Windjacke, der sich als Sanders Kollege Gernot Hagemann vorstellte.

Sander sah Friedelinde an und deutete auffordernd auf seine offene Handfläche.

Friedelinde hob fragend eine Augenbraue.

„Den Schlüssel, wenn Sie so freundlich wären."

„Ach, der Schlüssel. Selbstverständlich." Friedelinde ließ den Schlüssel neben Sanders ausgestreckter Hand auf den Gehweg fallen. „Uuups."

Sander bückte sich und hob den Schlüssel auf. „Wo liegt die Leiche?"

„Im Keller. Tun Leichen das nicht immer?"

Sander grinste und betrat das Haus. „Sie halten sich dicht hinter mir."

„Ich kann Sie beruhigen. Der Mörder ist nicht mehr im Haus. Ich bin ihm jedenfalls nicht begegnet."

„Wegen der Spuren." Sander wandte sich zu ihr um. „Ist das da hinten die Kellertür?"

„Hm."

Die anderen folgten ihnen. Im Gänsemarsch durchquerten sie den Flur und stiegen die Kellertreppe hinunter, an deren Fuß Friedelinde stehen blieb und auf die Truhe wies.

Sander zog Latexhandschuhe aus der Jackentasche und öffnete den Truhendeckel. „Männlich, sechzig bis achtzig Jahre, bekleidet", verkündete er fachmännisch. Er berührte einen der beiden vor der Brust verschränkten Arme des Leichnams. „Und offenbar komplett durchgefroren. In Haar und Bart befinden sich Eiskristalle. Wann kommt Dr. Honecker?"

„Hornecker. Auf diesen kleinen Unterschied von großer Bedeutung legt der Rechtsmediziner wert. Kommt gleich", erklärte Gernot.

Auch Friedelinde wagte einen zweiten Blick auf den Toten in der Truhe. Jetzt, wo sie ihm nicht mehr allein gegenüberstand, war ihre Furcht verschwunden und Mitleid gewichen. Der Mann sah friedlich aus, hatte die Augen geschlossen, und Friedelinde fand es furchtbar pietätlos, dass er hier abgelegt worden war. Wenigstens befanden sich keine Lebensmittel mehr neben ihm in der Truhe. Der Tote war ganz allein.

„Gut." Sander wandte sich an einen der Beamten. „Sie sehen sich hier unten um, und wir anderen gehen wieder nach oben." Mit einem Blick auf Friedelinde fügte er hinzu: „Sie auch."

„Schade, ich wär gern noch ein bisschen hier unten geblieben."

„Was haben Sie hier alles angefasst?", fragte Sander, als sie im Wohnzimmer standen. Beamte der Spurensicherung waren zwischenzeitlich eingetroffen und hatten mit ihrer Arbeit begonnen. Gernot war irgendwo im Haus unterwegs.

„Alles."

Sander stöhnte auf. „Na toll!"

„Entschuldigung. Ich wusste nicht, dass eine Leiche im Haus ist. Leichenfunde stehen nicht auf meiner Checkliste." Sie fand es schrecklich, wenn sie so zickig reagierte, aber dieser eingebildete Schnösel trieb sie zur Weißglut.

Sander winkte einem Kollegen zu. „Nehmen Sie der jungen Dame mal die Fingerabdrücke ab. Nur zu Vergleichszwecken, versteht sich." Dann wandte er sich dem Fahrradkorb auf dem Esszimmertisch zu. „Sind das die Unterlagen aus dem Haus?"

„Ja."

„Haben Sie die schon durchgesehen?"

„Nein." Friedelinde war von der Prozedur der Abnahme der Fingerabdrücke gefangen.

„Aha." Es klang, als wolle Sander ihr diese Nachlässigkeit noch einmal durchgehen lassen. Er zog einige Blätter Papier hervor, betrachtete sie und steckte sie wieder zurück. „Hatte ja ein ganz hübsches Vermögen, die Dame. Und war immerhin Kundin einer Privatbank."

Friedelinde ließ sich die Fingerabdrücke der anderen Hand abnehmen.

Sander wandte sich an einen der Beamten und deutete auf den Korb mit den Papieren. „Das kommt mit."

Friedelinde sprang auf. „He, Moment mal. Das brauche ich!"

Der Beamte, der mit der Abnahme ihrer Fingerabdrücke noch nicht fertig war, drückte Friedelinde wieder auf ihren Stuhl.

„Sind Sie Mitglied der Mordkommission?" Sander hob eine Augenbraue und beantwortete seine Frage gleich selbst. „Sehen Sie. Also ist das unsers."

„Ich kann meine Arbeit nicht machen, wenn ich die Konten nicht sperren lassen kann. Außerdem muss ich alles durchsehen, um zu gucken, was sonst noch zu tun ist."

Sander trat ans Fenster und betrachtete interessiert den Garten. „Und ich muss gucken, wer der Tote ist."

„Ach, und das steht da drin?"

Sander wandte sich zu ihr um. „Sehen Sie, deshalb bin ich bei der Polizei und Sie nicht. Hinweise. Es geht um Hinweise."

Friedelinde sah ihn wütend an, weil ihr nichts einfiel, das sie hätte entgegnen können.

Gernot hatte seinen Rundgang beendet und eben den Raum betreten. „Wie wäre es, wenn ich mir die Unterlagen gleich heute mal vornehme, und sofort danach bekommt Frau Engel sie dann?" Er lächelte verbindlich von einem zum anderen.

„Von mir aus", sagten Sander und Friedelinde im Chor.

„Aber eines sage ich Ihnen." Sander sah Friedelinde aus zusammengekniffenen Augen an. „Wenn Sie bei der Bearbeitung des Nachlasses irgendwelche Hinweise auf etwas finden, dann latschen Sie nicht zur Presse, sondern zu uns. Klar?"

Friedelinde war nicht besonders scharf darauf, diesem arroganten Typen irgendwelche Hilfe angedeihen zu lassen, aber dass man ihr unterstellte, sie würde Informationen meistbietend an die Presse verschachern, nahm sie ihm wirklich übel. „Das Amt des Nachlasspflegers ist eine verantwortungsvolle Aufgabe. Wen habe ich denn zuerst angerufen? Die Polizei oder SAT 1?"

„Frau Engel wird uns sicher behilflich sein, wenn es ihr möglich ist", warf Gernot besänftigend ein.

Sander verschränkte die Arme vor der Brust. „Na schön. Wir müssen erst mal seine Identität feststellen. Haben Sie eine Idee?“

Friedelinde widerstand seinem Blick. Ideen hatte sie viele, aber keine Lust, sie mit ihm zu teilen. „Wenn sie verheiratet gewesen wäre, hätte ich vermutet, dass sie ihren nervtötenden Ehemann beseitigt hat, aber sie war klugerweise ledig.“

Sander nickte. „Liebhaber?“

„Oder ein aufdringlicher Vertreter.“

Sander legte den Kopf schief. „Auch eine Idee.“ Er lauschte kurz dem Beamten, der ihm etwas ins Ohr flüsterte. „Sie können ruhig laut sprechen. Die Frau Engel ist nicht verdächtig, und möglicherweise können wir hier im Rahmen des Erlaubten kooperieren.“

Der Beamte lächelte Friedelinde schüchtern zu und wiederholte dann, dass sie keinerlei Einbruchspuren gefunden hätten.

Friedelinde verzog einen Mundwinkel. „Wäre ja auch komisch gewesen, wenn Frau Weber einen Einbrecher umnietet und zwischen ihren Tiefkühlsachen ein bisschen Platz für ihn schafft, anstatt die Polizei zu rufen. Na ja, mit der Polizei ist das ja auch so eine Sache. Stimmt der Spruch *Die Polizei, dein Freund und Helfer* heute eigentlich noch?“

„Selbstverständlich“, entgegnete Sander amüsiert. „Heute mehr denn je.“

„Dann ist ja gut. Kann ich dann jetzt gehen? Mir ist heute nicht so gut.“

„Ja klar.“ Sander wies auf den Flur, aber in diesem Augenblick wurde eine Bahre aus dem Haus getragen, auf der unter einer Plane die Umrisse der tiefgefrorenen Leiche zu erkennen waren. Die Knie standen in die Höhe, und der Oberkörper lag nicht auf dem Untergrund. Ein dicker Mann stürmte ins Haus und versperrte den Trägern den Weg.

„Ach du meine Güte!", rief der Dicke aus. „Das wird ein Weilchen dauern, bis wir den öffnen können." Er machte keinerlei Anstalten, den Weg freizugeben.

Gernot zog ihn am Arm ins Esszimmer. „Sie stehen im Weg, Herr Dr. Hornecker."

„Wie? Ja, natürlich." Der Gerichtsmediziner fuhr sich mit einem Taschentuch über die feuchte Stirn. „Jetzt hab ich mich wie doll abgehetzt, und ihr bringt mir den Kunden schon nach Hause!", empörte er sich. „Schon mal darüber nachgedacht, dass Lagerort der Leiche, Temperatur und weitere Einflüsse für meine Untersuchung wichtig sind?"

„Na, wir dachten eben, der liegt schon so lange da …"

„Jaja, wenn ihr Beamten schon mal denkt." Während Gernot einen Kollegen bat, den Gerichtsmediziner in den Keller zu begleiten, ging Friedelinde zur Haustür. Sie wollte weg hier. Weg von diesem schrecklichen Ort und diesem Mann. Allerdings folgte Sander ihr mit dem Korb voller Unterlagen.

Als sie aus dem Haus trat, blieb sie abrupt stehen, als wäre sie gegen eine Wand geprallt. Vor dem Jägerzaun des Anwesens hatte sich eine Menge Schaulustiger eingefunden, Reporter hielten den Polizisten, die die Neugierigen in Schach hielten, Mikrofone unter die Nase, Blitzlichter flammten auf. Sander klemmte sich den Korb unter den linken Arm und fasste Friedelindes Ellenbogen. Diesmal war es ihr nicht unangenehm, dass er sie sicher geleitete.

„Tja, danke“, sagte sie verlegen, als er sie abseits der Menge wieder freiließ. Heldenhaft hatte er alle auf sie einstürmenden Reporter abgewehrt.

„Nichts zu danken. Wo steht Ihr Auto?“

„Zu Hause. Ich bin mit dem Fahrrad da.“

„Mit dem Rad?“ Sander sah sie zweifelnd an. „Ich finde, Sie sehen nicht aus, als würden Sie es nach Hause schaffen, es sei denn Sie wohnen zwei Straßen weiter.“

Ihr Kampfgeist erwachte noch einmal. „Nun machen Sie sich mal keine Sorgen um meinen Gesundheitszustand.“ Friedelinde schob sich die Mütze aus der Stirn, unter der ihr furchtbar warm war.

Gernot stellte sich zu ihnen. „Wir können die Frau Engel doch eben rumfahren. Liegt quasi auf dem Weg.“

Sander seufzte. „Von mir aus. Und anschließend filzen wir das Vermisstenregister nach vermissten alten Männern.“

Vor der Tür ihres Büros hielt Sander den Wagen an und öffnete ihr die Beifahrertür. „Haben Sie vielleicht eine Visitenkarte?“, fragte er, während Friedelinde nach ihrem Schlüssel kramte. „Ich geb Ihnen auch mal meine. Wir müssen unbedingt in Kontakt bleiben.“ Als er Friedelindes Blick begegnete, fügte er hinzu: „In dieser Sache, meine ich. Ich hol mal eben Ihr Rad aus dem Kofferraum. Dauert offenbar noch ein Weilchen, bis Sie Ihren Schlüssel gefunden haben.“

Seufzend steckte Friedelinde den Schlüssel ins Schloss und betrat ihr Büro. Sie hatte große Lust, dem selbstgefälligen Kerl die Tür vor der Nase zuzuschlagen, ihm den Absatz in den Spann zu rammen oder ihn zu ohrfeigen.

Sander stellte ihr Fahrrad am Laternenpfahl ab und folgte ihr dann. Er sah sich irritiert um. „Schick. War das mal ein Laden?“

„Hm."

„Lebensmittel vermute ich."

„Hm."

„Tolle Fliesen. Ich würde sagen holländisch. Windmühlen und so Zeugs. Hier gab's bestimmt Milch und Käse."

„Hm." Friedelinde reichte ihm eine Visitenkarte.

Sander nahm sie grinsend entgegen. „War nett, mit Ihnen zu plaudern."

Friedelinde schloss die Tür hinter ihm. Sie hasste arrogante Wichtigtuer.

„Ist das nicht eine tolle Nachricht?"

Nachdem ihr aufgegangen war, dass die anderen von ihren heutigen Erlebnissen noch nichts wussten, nickte Friedelinde ergeben. Maries Hochzeitspläne hatte sie völlig verdrängt. Tatsächlich hatte sie sich gleich nach ihrer Rückkehr in ihr Bett verkrochen, aber ausgerechnet, als es dämmerte, war sie wieder aufgewacht und hatte sich ganz schrecklich gefürchtet. Beinahe hätte sie sich diesen selbstgefälligen Kommissar herbeigewünscht, damit er vorsorglich einen Blick unter ihr Bett warf. Aber da er dort ohnehin nur auf Wollmäuse gestoßen wäre, hatte sie sich dazu entschlossen, sich in Gesellschaft lieber Menschen zu begeben, und das bedeutete, gegenüber in den Waschsalon zu gehen.

Der wurde von Elvira Schmidt betrieben, einer Spanierin, die ihren Nachnamen der Eheschließung mit einem Deutschen verdankte. Herr Schmidt hatte ihr anlässlich seines Todes ein hübsches Sümmchen hinterlassen, das, wie Elvira einmal in einer schwachen Minute angedeutet hatte, möglicherweise auf nicht ganz legalem Wege zusammengekommen war, weshalb man am besten den Mantel des Schweigens darüber breitete. Elvira lebte gleichwohl recht bescheiden, nur der ein oder andere Kunde, der einen verarmten Eindruck machte, bekam ein Darlehen, oder ihm wurden wenigstens die Waschgebühren erlassen.

Eine weitere positive Eigenschaft der Betreiberin des Waschsalons war, dass sie zum Abend hin Getränke an ihrem Tresen ausschenkte. Auch jetzt schob sie Friedlinde ungefragt ein Glas Rotwein hin. Nachdem sie Friedelinde kritisch gemustert hatte, nahm sie das Glas wieder an sich. „Ich mach dir mal besser einen Tee. Du siehst wirklich beschissen aus, Schätzchen."

„Danke." Friedelinde stützte den Kopf auf dem Ellenbogen ab.

„Hattest du womöglich Streit mit dem gut aussehenden Mann, der dich heute Mittag nach Hause gebracht hat? Hat er dich womöglich angefahren? Hat er deshalb dein Fahrrad im Kofferraum transportiert?"

„Ich hab heute einen Toten gefunden."

„Ich denke, das ist dein Beruf", bemerkte Marie ungerührt und blätterte eine Seite in einer Zeitschrift um, die sich mit Brautmoden befasste.

Elvira schlug eine Hand vor den Mund. „Wo?"

„Im Haus einer Toten." Friedelinde nahm den heißen Tee entgegen.

Elvira verscheuchte zwei Kunden mit einer Handbewegung, mit der man auch Fliegen verjagte. Für profane Geschäfte war jetzt keine Zeit. „Und wer ist der Mann?", fragte sie mit zusammengekniffenen Augen.

„Keine Ahnung. Es gibt bisher keine Hinweise auf ihn, selbst die Nachbarin, die ich persönlich als die Informationszentrale der Straße bezeichnen würde, hatte keinen Schimmer. Die Hausbesitzerin hatte nie Besuch, sagt die Nachbarin."

„Jung? Alt?"

„Alt. Beide. Der tote Mann und die tote Frau." Friedelinde wärmte sich die Finger am heißen Teeglas.

„Wie alt?" Elvira klang ungeduldig.

„Sie ist fünfundachtzig gewesen, wie alt er war, weiß ich nicht. Aber auch so in der Größenordnung."

„Bekleidet?"

„Elvira, was wird das hier?"

„Nun sag schon."

„Anzug und einen Mantel drüber."

„Tasche?"

„Weiß ich nicht, hab keine gesehen."

Elvira legte beide Unterarme auf den Tresen und sah Friedelinde und Marie, die ihre Hochzeitspläne augenblicklich vernachlässigte, mit wissendem Blick an. „Wir müssen doch wissen, weshalb dieser Mann diese Frau …" Sie warf Friedelinde einen eindringlichen Blick zu.

„Weber."

„Diese Frau Weber aufgesucht hat. Aus seinem Erscheinungsbild können wir Rückschlüsse auf den Hintergrund seines Besuches ziehen. Anzug und Mantel sieht formell aus. Höflichkeitsbesuch, würde ich sagen, oder irgendein formeller Anlass. Dass er den Mantel noch trug, spricht dafür, dass er nicht weit gekommen ist mit seinem Besuch, ehe der Tod ihn ereilt hat. Bleibt noch die Frage, auf welche Weise der Tod ihn heimgesucht hat."

„Nicht schlecht, Miss Marple."

„Und diese Tiefkühltruhe steht im Keller?", fragte Elvira, nachdem sie Friedelinde weitere Einzelheiten aus der Nase gezogen hatte. „Also, wenn das nicht gerade der Elektriker oder der Kammerjäger war, hätte ihn sein erster Gang vermutlich nicht in den Keller geführt, oder? Ich finde, da muss man sich doch wirklich fragen, wie konnte die alte Dame diesen Mann in den Keller bugsieren und ihn in die Truhe hieven?"

„Du meinst, jemand hat ihr geholfen?", fragte Marie fasziniert.

Elvira hob die Handflächen zur Decke.

„Na toll!", sagte Friedelinde. „Ich komme hierher, um mir Mut machen zu lassen, und ihr erzählt mir, dass hier noch ein Mörder frei herumläuft. Herzlichen Dank."

Elvira tätschelte ihr den Arm. „Nun mach dir mal keine Gedanken. Wir sind ja bei dir, und außerdem sind das ja auch bloß wirre Gedanken einer Südeuropäerin." Sie verlängerte Friedelindes Tee mit einem Schuss Rum.

Gedanken, an denen durchaus etwas dran war, dachte Friedlinde.

„Bleibt nur noch eine Frage zu klären", fuhr Elvira fort und wischte angelegentlich über den Tresen. „Wer war der Mann, der dich nach Hause gebracht hat?"

„Kriminalhauptkommissar Nicolas Sander."

Elvira schwieg beeindruckt, Marie sah Friedelinde mit offenem Mund an.

„Ja, meine Güte, ein Polizist eben. Sieht vielleicht nicht schlecht aus, hat aber Manieren wie ein Rhinozeros. Das ist ein total ungehobelter Klotz!"

Elvira lächelte wissend. „Ja, ja, das ist schlimm."

In der Mitte des Konferenztisches stapelten sich Pizzakartons und Getränkedosen. Sander nickte Gabler anerkennend zu. Die Kollegen hatten den ganzen Tag mit der Spurensicherung und der Befragung von Zeugen zu tun gehabt und waren nicht dazu gekommen, etwas zu essen. Die Kalorien in der Tischmitte würden die Stimmung vor dem endgültigen Abfall der Leistungskurve hoffentlich steigern. Vermutlich auch die Anzahl der Fettflecken und Ränder von Getränkedosen auf ihren Unterlagen. Die Kollegen, die nach und nach eintrafen, bedienten sich an dem Buffet und begannen entweder zu essen oder in Tauschhandlungen mit ihrem Sitznachbarn einzutreten.

„Willst du lieber eine andere?", fragte Sander Gernot.

„Ja, das wäre nett." Gernot schnupperte. „Diese ist mit Anchovis, und die kann ich nicht leiden."

„Kein Problem, hier haben wir Funghi."

Schließlich wurden Pizzakartons gesammelt und Getränkedosen zerknüllt in den Mülleimer geworfen.

Als sei er erst zu diesem Zeitpunkt bestellt worden, betrat Dr. Mühlenbeck genau in diesem Augenblick den Raum. Sander warf Gernot, der die Aufgabe übernommen hatte, den Polizeipräsidenten über die Besprechung zu unterrichten, einen Blick zu und wurde das Gefühl nicht los, dass Gernot Mühle tatsächlich eine spätere Uhrzeit genannt hatte, damit sie ausreichend Muße für eine entspannte Mahlzeit hatten.

„Nun, meine Herren, lassen Sie sich nicht stören, fahren Sie fort." Der Polizeipräsident nahm in einer Ecke des Raumes Platz wie ein Schuldirektor, der dem neuen Lehrer beim Unterricht zusehen wollte.

Gernot fasste kurz zusammen, dass es keine vermisste Person gab, bei der Übereinstimmungen mit dem Toten vorlagen. Hannelore Weber war seit 1945 an ihrer jetzigen Anschrift gemeldet, ohne dass eine Datenbank Bemerkenswertes über sie verraten hätte. Und die Unterlagen aus dem Haus der Hannelore Weber, in dem der Tote gefunden wurde, hätten auch keine Hinweise auf dessen Identität oder gar ein Mordmotiv ergeben.

„Was gibt's bei Ihnen, Heinrichs?", fragte Sander den Leiter der Spurensicherung.

„Wir haben noch keine gesicherten Erkenntnisse." Er rutschte auf seinem Stuhl hin und her. „Insbesondere können wir keine Rückschlüsse auf Tötungsart und -zeitpunkt ziehen. Fingerabdrücke haben wir von drei Personen gefunden. Von dieser Nachlass..." Er seufzte und blätterte in seinen Unterlagen.

„Nachlasspflegerin."

„Genau. Nachlasspflegerin. Frau Engel. Dann vermutlich die der Frau Weber und ..." Er sah auf und lächelte erfreut. „Die eines unserer alten Kunden, Olaf Springer."

„Springer? Ist der mit der Nachbarin verwandt?"

„Das ist ihr Neffe", ergänzte Gabler, der gemeinsam mit einem Kollegen die Nachbarn befragt hatte. „Nach Auskunft von Frau Springer hat ihr Neffe der Frau Weber im Garten geholfen. Rasen gemäht oder auch mal was eingekauft."

„Und weshalb hat Herr Springer Bekannte bei der Polizei?"

„Wegen diverser Drogendelikte. Hat auch mal ein paar Jahre in Fuhlsbüttel eingesessen. Seine Tante lässt nichts auf ihn kommen, aber nach unseren Maßstäben ist er schon ein mittelschweres Kaliber. Er wohnt jetzt in Elmshorn. Wir haben die

Kollegen vor Ort mal hingeschickt, aber entweder war er nicht zu Hause, oder er lässt solche wie uns prinzipiell nicht rein."

„Ich vermute eher Letzteres. Gernot und ich werden ihn uns morgen mal vorknöpfen. Gibt aber eigentlich auf den ersten Blick keine Verbindung von diesem Olaf Springer zu diesem Todesfall, oder?"

Gabler hob die Schultern. „Können wir noch nicht sagen. Steckt aber möglicherweise doch was dahinter, denn er arbeitet seit einer Weile in einer Gärtnerei in Elmshorn, und da ist er seit ein paar Tagen nicht zur Arbeit erschienen."

„Und wenn er in Frau Webers Garten Hasch angepflanzt hat?", überlegte Gernot.

„Also, soweit ich das beurteilen kann, wachsen in ihrem Garten herkömmliche Pflanzen. Blumen und so", stellte Heinrichs fest.

„Blumen und so ist gut. Weißt du, dass man mit einer Engelstrompete jemanden ins Jenseits bringen kann? Oder Vogelbeeren, das geht auch ruckzuck."

„Beeindruckende florale Kenntnisse, Gernot, aber bringt uns jetzt auch nicht weiter. Der steht schon mal ganz oben auf unserer Liste. Er hatte als einziger Kontakt zu Frau Weber, ist vorbestraft und untergetaucht. Was noch?"

„Ich hab bei den Hamburger Friedhöfen Bescheid gesagt, dass sie die Frau Weber noch nicht beerdigen sollen, weil wir erst die Fingerabdrücke nehmen müssen", antwortete Gabler. „Ob eine Obduktion erforderlich ist, steht ja wohl noch nicht fest?"

„Wir wollen Dr. Honecker nicht über Gebühr belasten. Ist ja auch eine Kostenfrage", stellte Sander mit Blick auf den Präsidenten klar.

„An den Toten kommt er noch nicht dran, der muss erst auftauen“, erklärte Gernot. „Das wird ein paar Tage dauern.“

„Tja, und im Haus selbst gab es eigentlich nichts“, fuhr Heinrichs fort. „Die Unterlagen haben wir der Frau Engel gebracht. Auffällig ist, dass es nichts Persönliches gibt. Keine Fotos, Briefe, kein Hinweis auf andere Menschen in ihrem Leben.“ Er lehnte sich zurück, um dann gleich wieder vorzuschnellen. „Hätte ich fast vergessen.“ Er hielt einen Schlüssel in die Höhe. „Den haben wir im Deckel der Zuckerdose im Küchenschrank gefunden. Sieht aus wie ein Schließfachschlüssel.“

Sander nahm den Schlüssel entgegen. „Gernot, schreib auf. Morgen Besuch bei dieser Privatbank, bei der die Weber Kundin war. Wie heißt die noch mal?“

„Konrad Theodor Pauly Bank.“

„Gut, wenn das die Fakten waren, dann würde ich sagen, machen wir jetzt Feierabend.“ Sander nahm sich eine Coladose. Die Kollegen schoben ihre Stühle zurück und verabschiedeten sich. Mühle kam zu ihm und klopfte ihm auf die Schulter. „Das lief doch ganz ausgezeichnet, mein Lieber. Weiter so.“

Und dann war Sander allein nach seinem ersten Arbeitstag danach. Für ihn würde es immer ein Vorher und ein Nachher geben. Er war nicht ausgeflippt, hatte sich einigermaßen gut benommen, und sein Chef war zufrieden. Er warf die Pizzakartons in den Mülleimer, sammelte die Dose eines Kollegen auf, der den Mülleimer nicht getroffen hatte, und löschte das Licht. Ein ganz normaler Arbeitstag.

Es war finster und vollkommen still, bis ein schriller Ton an ihr Ohr drang. Er brach ab, um dann lauter als beim ersten Mal zu erklingen. Sie versuchte, sich durch die Dunkelheit zu tasten, bis sie mit dem Knie gegen etwas stieß. Ihre Hände spürten Holz, vielleicht eine Kiste. Wenn nur dieser Ton nicht wäre, sie konnte sich nicht konzentrieren. Sie konnte eine Leiste ertasten. Ein Deckel, es war ein Deckel. Als sie ihn anhob, sprang ein Clownskopf auf einer Sprungfeder herauf. Friedelinde schrak aus dem Schlaf auf. Das Telefon läutete noch immer. Barfuß und im Nachthemd tappte sie ins Büro hinüber und nahm den Hörer ab.

„Friedelinde!"

„Papa." Friedelinde sank auf ihren Drehstuhl.

„Kind! Ich hab vielleicht einen Schreck gekriegt, heute Morgen. Ich nehme die Zeitung von der Fußmatte und sehe dich! Einen Sarg, Polizeiautos und du neben einem Polizisten!"

„Papa, das tut mir …"

„Und dann die Überschrift: *Nachlasspflegerin findet Leiche!*"

„Ich hätte dich angerufen, Papa, ich …"

„Was ist denn da los gewesen, sag mal?"

„Aber es geht mir nicht besonders gut, ich bin erkältet, und da …" Erst jetzt ging Friedelinde auf, dass die Sorge ihres Vaters offenbar einer hundsgemeinen Neugierde gewichen war. Detailliert ließ sich Johannes Engel die Einzelheiten des Vortages erzählen.

Friedelindes Füße waren Eisklumpen, als sie endlich auflegte. Aber ehe sie ins Bad gehen konnte, läutete das Telefon erneut. Nach einer weiteren Stunde neugieriger Anrufe beschloss sie, niemandem mehr Auskunft zu geben. Sie hatte sämtlichen Freunden die Geschichte erzählt, sogar einer Cousine, die sie seit der Beisetzung ihrer Mutter vor fünf Jahren nicht mehr gesehen hatte.

Als jemand an ihre Glastür klopfte, wurde ihr bewusst, dass sie immer noch im Nachthemd war. Vorsichtig warf sie einen Blick durch die Jalousie. Sander lächelte ihr freundlich zu. Friedelinde ließ die Jalousie zurückschnellen. Sie hätte sich denken können, dass dieser Mann nicht so schnell aufgab. Sie drehte den Schlüssel im Schloss, und Sander schob die Tür auf.

„Hier!“ Er klatschte ihr die Zeitung vor die Brust. „Sie sind das Stadtgespräch.“ Er machte ein paar Schritte ins Büro. „Rieche ich hier Kaffee?“

Friedelinde überholte Sander, klatschte ihm die Zeitung ihrerseits vor die Brust und stolzierte ins Bad. „Ich rieche nichts“, erklärte sie, ehe sie ihm die Tür vor der Nase zuschlug.

Während Sander die Dusche im Bad laufen hörte, machte er sich mit der Kücheneinrichtung vertraut. Eine anständige Kaffeemaschine gab es nicht, aber immerhin einen Wasserkocher und Pulverkaffee. Er brühte sich eine Tasse auf und schlenderte durch die Wohnung. Nach hinten raus neben dem Bad lag das Schlafzimmer mit einem ungemachten Bett und herumliegender Kleidung, die sich den Platz mit unzähligen Büchern streitig machte. Auf dem Kopfkissen thronte ein rosa Bär. Im Wohnzimmer gab es einen gemütlichen Sessel inmitten einer stattlichen Anzahl weiterer Bücher und einen Esstisch. Aus dem Augenwinkel sah er, dass die Engel über den Flur huschte.

„Wollen Sie auch einen Kaffee?“, rief er, aber sie warf, ohne zu antworten, die Schlafzimmertür zu.

Sander brühte einen weiteren Kaffee auf, den er Friedelinde reichte, als sie in die Küche kam. Interessiert betrachtete er ihre Haare. Braun und mittellang. Zur Frisur konnte er nichts sagen, weil die Haare nass und ungekämmt um ihren Kopf schlotterten. Mit missmutiger Miene nahm Friedelinde ihm den Becher ab und warf nun doch einen neugierigen Blick auf die Zeitung, die auf dem Küchentisch lag.

„Oh Gott!“ Sie sank erschrocken auf einen Stuhl. „Ich sehe ja furchtbar aus.“

„Na ja, so krass würde ich das nicht formulieren.“ Sander lehnte am Herd.

Jetzt war sie schon mal in der Zeitung, und sogar auf der Titelseite, und dann sah sie zum Weglaufen aus. Außerdem wirkte die Tatsache, dass KHK Sander sie am Ellenbogen aus Hannelore Webers Haus führte, auf einmal nicht mehr fürsorglich, sondern so, als hätte er sie soeben als Mörderin überführt.

„Keine Sorge, im Text wird alles ausführlich erläutert. Es wird jedenfalls nicht der Verdacht erweckt, Sie hätten den armen Kerl eingefroren.“

Friedelinde warf ihm einen wütenden Blick zu. „Weshalb sind Sie eigentlich schon wieder da? Um die Zeitung zu liefern? Kaffee zu kochen? Oder sich über mich lustig zu machen?“

„Alles zusammen.“ Sander stellte seinen leeren Becher in die Spüle. „Allerdings haben wir zwei jetzt auch was vor.“

„Ach, das wüsste ich aber.“ Friedelinde hustete. Außerdem hatte sie Hals- und Kopfschmerzen. Die kalten Füße heute Morgen würden ihr den Rest geben. Sie kramte in der Küchenschublade eine Aspirin in einer verkrumpelten, leicht verschmutzten Umhüllung unter dem Besteckeinsatz hervor.

„Na ja, ich hatte ja gestern schon angekündigt, dass Sie uns ein bisschen helfen können, und jetzt ist es so weit."

Friedelinde warf die Sprudeltablette in ein gefülltes Wasserglas. Sander rückte keinen Zentimeter beiseite, sodass sie sein Aftershave riechen konnte, das leider nicht schlecht war.

„Sicher ist es doch mit Ihrem Amt vereinbar, dass Sie die Polizei unterstützen. Möglicherweise ist es geradezu eine Pflicht?"

Klang beinahe freundlich und hatte Ähnlichkeit mit einer Bitte. Sie kehrte zum Küchentisch zurück. Ihre Füße würden vermutlich nie wieder normale Körpertemperatur erreichen.

„Wir haben im Haus der Frau Weber einen Schließfachschlüssel gefunden und müssen in das Bankfach sehen. Dafür müsste ich erst umständlich einen Beschluss beim zuständigen Richter erwirken, und das dauert. Wenn ich Sie dabei habe, geht es schneller. Und Sie wollten doch ohnehin zur Bank, nicht?"

Dummerweise traf das zu. Der Besuch bei der Privatbank stand heute Morgen ganz oben auf ihrer Liste. Sie brummte etwas, was Sander offenbar als Zustimmung interpretierte.

„Prima, dann mal los."

Friedelinde suchte ihre Akte und packte ihre Tasche.

Die Konrad Theodor Pauly Bank war in einem eindrucksvollen Gebäude mit Blick auf die Binnenalster untergebracht, in direkter Nachbarschaft weiterer Privatbanken, die sich diese Lage leisten konnten.

„Damit man gleich weiß, wo das Geld bleibt", stellte Sander fest, der seinen Wagen im Halteverbot abstellte. Er erklomm die Stufen zum Eingang sehr viel leichter als Friedelinde, die den Empfangstresen in der Marmorhalle etwas außer Atem erreichte. Sie fühlte sich ziemlich schwach, nachdem sie am Vortag außer einer Tasse Tee mit Rum und am Morgen einem Glas Wasser mit Aspirin nichts zu sich genommen hatte.

Die Schönheitskönigin hinter dem Tresen legte eben den Hörer auf und verkündete, dass sich gleich jemand um Sander kümmern würde. Wenn Sie Glück hatte, durfte Friedelinde vermutlich auch mit von der Partie sein. Um überhaupt zum Zuge zu kommen, nötigte sie der jungen Frau ihren Personalausweis und ihre Bestallungsurkunde auf mit der Bitte, beides doch schon einmal zu kopieren. Diesem Wunsch kam die Empfangsdame mit einem kaum wahrnehmbaren Widerwillen nach.

Sie hatten eben in einer Ledersitzgruppe Platz genommen, als eine elegant gekleidete Dame im Kostüm auf Sander zustürmte.

„Die Polizei", sagte die Dame, die sich als Gisela Bleiberger vorstellte. Vermutlich waren Beamte der Exekutive hier ebenso ungern gesehen wie die Steuerfahndung.

„Mordkommission. Es geht um Ihre verstorbene Kundin Hannelore Weber."

„Und die ist umgebracht worden?"

„Nein, also das wissen wir noch nicht. Lesen Sie keine Zeitung?"

„Nein, wieso?“

Frau Bleiberger ließ sich dazu überreden, das Gespräch in ihrem Büro fortzuführen. Mit desinteressierter Miene nahm sie die Papiere und den Ausweis an sich, die die Empfangsdame ihr auf dem Weg dorthin in die Hand drückte.

Während Sander Friedelinde und sich vorstellte und erklärte, worum es ging, versuchte Friedelinde ihre Abneigung gegen diesen Raum und diese Frau in den Griff zu kriegen. Mit einem Sparkassenkonto fühlte man sich in dieser Bank einfach unwohl, und der Teppich war so flauschig und tief, dass man befürchten musste, nie wieder herauszufinden.

„Es geht uns insbesondere darum, einen Blick in das Schließfach zu werfen“, schloss Sander.

„Na ja, und auch darum, dass Sie meine Daten in Ihr System aufnehmen und mir Auskunft über den Nachlass erteilen“, meldete Friedelinde sich zu Wort.

Sie erhielt die gewünschten Auskünfte und stellte fest, dass Hannelore Weber als reiche Frau gestorben war. Auf mehreren Konten befand sich die stattliche Summe von beinahe dreihunderttausend Euro. Das war zwar viel, aber nicht für die Kundin einer Privatbank.

„Wie kommt es eigentlich, dass Frau Weber Kundin bei Ihnen gewesen ist?“

„Sie war früher Mitarbeiterin unseres Hauses“, stellte Frau Bleiberger fest. „Das Haus sieht es gern, wenn die Mitarbeiter ihre Konten nicht bei anderen Instituten unterhalten.“

„Und kannten Sie sie auch persönlich?“

„Nein, sie hat keine größeren Bankgeschäfte abgewickelt. Unten am Schalter dürfte sie der ein oder andere Kollegen kennen, wenn sie Bargeld abgehoben hat.“ Sie dachte eine

Augenblick nach. „Und die Frau Grapengeter vielleicht. Sie betreut unser Archiv."

Die Schließfächer waren im Keller des Gebäudes untergebracht, und Frau Bleiberger musste einige Türen aufschließen, ehe sie in den Raum mit den Fächern gelangten. Sander zog sich Latexhandschuhe an, steckte den Schlüssel ins Schloss und öffnete das Fach. Als Friedelinde nach der Kassette darin greifen wollte, schlug er ihr auf die Finger.

„Fingerabdrücke. Wir haben Ihre zwar schon, aber Sie müssen uns das Leben ja nicht unnötig schwer machen." Er zog die Kassette heraus und öffnete sie.

Es lagen keine Goldbarren darin, nur obenauf ein vergilbter, beschriebener Zettel. Darunter ein weißes Blatt Papier, auf das Buchstaben aus Zeitschriften aufgeklebt waren!

Friedelinde warf Sander einen Blick zu. Die Sache wurde spannend! Ein richtiger Erpresserbrief. Vermutete sie jedenfalls.

Sander verpackte die Schriftstücke in Klarsichthüllen und nahm auch die Kassette zur Untersuchung mit. Frau Bleiberger brachte sie in die Eingangshalle zurück, wo sie am Empfang erfuhren, dass sich Frau Grapengeter wegen eines Arztbesuches abgemeldet hatte.

Als sie wieder auf dem Ballindamm standen, zog Sander sich die Handschuhe aus. „Ich faxe Ihnen diesen vergilbten Zettel nachher mal rüber, nachdem er bei der Spurensicherung war. Ich kann das nicht lesen. Das sieht aus wie dieses Süll…"

„Sütterlin."

„Sag ich doch. Und haben Sie die Unterlagen von der Frau Weber inzwischen mal angesehen? Wir müssen unbedingt wissen, ob sich daraus Hinweise auf den Toten ergeben." Er wandte sich nach rechts. „Wäre gut, wenn Sie das möglichst bald erledigen könnten. Bis bald dann."

Er lief zu seinem Wagen und ließ sie einfach stehen. Fassungslos sah sie zu, wie er die Papiere und die Kassette auf den Beifahrersitz warf und davonfuhr.

Kapitel 2

An der nächsten roten Ampel warf er einen Blick auf diesen aus Buchstaben zusammengeschusterten Brief. Dabei handelte es sich erkennbar um einen Erpresserbrief, und der ging diese Nachlasspflegerin ja erst mal nichts an. Richtig old-fashioned. Er enthielt Anweisungen zu Ort und Datum einer Geldübergabe. Sander fiel das Wort *diesmal* ins Auge. Die gute Frau Weber war Opfer einer Erpressung geworden, und offenbar hatte sich jemand eine stete Einnahmequelle geschaffen. Na ja, so stetig nun auch wieder nicht, denn die Quelle war jetzt auf immer versiegt. Oder der Erpresser hatte schon vorher sein Leben lassen müssen und für sein Tun nicht in der Hölle geschmort, sondern war von seinem Opfer tiefgefroren worden. Aber wenn es schon frühere Erpresserbriefe gab, wo waren die dann abgeblieben?

Möglich wäre auch, dass Olaf Springer der Erpresser war. Dann stellte sich allerdings die Frage, welche Rolle der Tote in der Truhe dabei spielte. Die Engel musste unbedingt die Umsätze der Weber checken. Sie mussten wissen, ob und wie viel sie gezahlt hatte, und vor allem wann.

Im Präsidium brachte er seine Fundstücke zur Spurensicherung, ehe er sein Büro betrat. Gernot saß schon an seinem Schreibtisch.

„Morgen."

„Moin. Kaffee?"

Fasziniert sah Sander zu, wie Gernot ihm einen Becher Kaffee einschenkte. Hagen wäre nie im Leben auf den Gedanken gekommen.

„Milch?"

„Nur ein bisschen Zucker. Danke." Sander nahm ihm den Becher ab. „Gibt's was Neues?"

„Nichts. Ich kann diesen Toten einfach nicht finden. Ich hab mich schon EU-weit mit den Kollegen in Verbindung gesetzt. Aus Deutschland scheint er nämlich nicht zu stammen."

„Hm. Und die Kleidung gibt auch keinen Aufschluss?"

„Heutzutage gibt's überall dieselben Klamottenketten. Und er trug leider nichts Maßgeschneidertes am Leib."

Sander berichtete von seinem Fund im Schließfach, was Gernot zu denselben Spekulationen führte, wie er sie bereits angestellt hatte.

„Fünfzehntausend Euro? Hübsches Sümmchen. Ist schneller verdient, als wenn man erst lange darauf warten muss, dass eine Hanfpflanze Ertrag abwirft."

„Du meinst, dass Springer unser Erpresser ist?"

Gernot hob die schmalen Schultern. „Keine Ahnung. Wir könnten ihn ja befragen."

„Ich denk, der ist weg?"

„Na ja, vielleicht sollte man nicht erst lange an der Vordertür klingeln und rufen: *Polizei, machen Sie auf!*"

Sander grinste. Sein neuer Kollege gefiel ihm immer besser. Er nahm die Füße vom Tisch. „Dann auf nach Elmshorn."

„Es geht mich ja nichts an, aber Mühle hat vorhin kurz reingeguckt und irgendwas von unserer Psychologin gemurmelt."

„Ach, die ist nachher auch noch da."

„Sander, lass es mich mal so sagen: Ich würde es bedauern, wenn unsere Zusammenarbeit gleich wieder beendet würde."

Sander stellte fest, dass er bei Gernots Worten gerührt war.

„Ich hab Mühle so verstanden, dass er dich im Auge hat."

Seufzend stellte Sander seinen leeren Kaffeebecher ab. „Ist in Ordnung. Hab ich verstanden. Ich geh jetzt zur Psychologin. Aber danach suchen wir den Springer auf."

Frau Dr. Sybille Berg hatte ihr Dienstzimmer im dritten Stock mit Blick auf die benachbarten Wohnhäuser. Die Tür zu ihrem Vorraum stand offen. Sander kannte ihr Büro bisher nur von kurzen Besuchen, wenn er Opfer oder Tatverdächtige abgeliefert hatte. Jetzt war er selbst dran. Ehe er an den Türrahmen klopfte, betrachtete er die hübsche Frau hinter dem Schreibtisch, die in ein intensives Aktenstudium vertieft zu sein schien. Ihre roten Locken hatte sie nachlässig am Hinterkopf zusammengebunden, einige Strähnen fielen ihr ins Gesicht. Ohne den Blick vom Papier zu nehmen, tastete sie nach ihrem Kaffeebecher. Ihre Finger fanden ihn zwar, warfen ihn aber um.

„Scheiße!" Frau Dr. Berg sprang auf, aber Sander hatte bereits ein Handtuch von der Halterung neben dem Waschbecken genommen und es in der Kaffeepfütze ausgebreitet. Hastig rettete die Psychologin alles, was von der braunen Flut ertränkt zu werden drohte. Dann sah sie ihn an. „Herr Sander. Sie sind zu spät, aber doch irgendwie rechtzeitig gekommen."

Sander wusch das Handtuch aus. „Ist meine Masche.“

„Na schön, dann kommen Sie mal.“

Er folgte ihr und nahm im Sessel ihres Behandlungszimmers Platz. Zwischen ihnen stand ein flacher Tisch, der Patient sollte sich offenbar wie in einem Wohnzimmer fühlen.

„Haben Sie die gemalt?“ Sander deutete auf die Aquarelle an den Wänden.

„Mein Hobby. Ich traue mich nur hier, sie aufzuhängen, weil die Menschen hier andere Sorgen haben, als mein mangelndes Talent zu kritisieren.“

„Sie sind eine gute Psychologin. Sie machen sich selbst klein, um dem anderen das Gefühl von Größe zu geben.“

„Und Sie sind ein Klugscheißer.“

„Und nun?“, fragte er.

„Herr Dr. Mühlenbeck ist offenbar von Ihrer Arbeit überzeugt, befürchtet aber gleichzeitig, dass Sie sich mit Ihrer dynamischen Art selbst im Weg stehen.“

Sander lehnte sich zurück und rieb sich das Gesicht.

„Und nun kommt noch dieser Unfall Ihrer Frau dazu.“

„Na und? Glauben jetzt eigentlich alle, dass ich deshalb Amok laufen würde?“

„Es denken alle, dass Sie eine schwierige Situation durchleben und dass …“

„Dass ich mich nicht mehr unter Kontrolle habe und deshalb jeden Tatverdächtigen sofort erschieße?“

Frau Dr. Berg nahm die Akte vom Tisch. „Sie haben in der Vergangenheit bewiesen, dass Sie leicht überreagieren oder zumindest unangemessen reagieren.“

Sander lehnte sich vor und legte seine Arme auf die Oberschenkel. „Frau Dr. Berg. Sie sind eine attraktive, freundliche

Frau. Sie meinen es gut, und es ist Ihr Beruf. Aber ich bin nicht psycho, nicht gefährdet und nicht gefährlich. Wenn jemand verdient hat, dass ich ihm eine reinhaue, kriegt er, was er verdient."

„Ich glaube, Dr. Mühlenbeck meint es gut mit Ihnen. Er will Sie vor Dienstaufsichtsbeschwerden oder gar einer Suspendierung bewahren."

Sander atmete schwer aus. „Das ist wirklich nett von Ihnen beiden. Aber ich hab keine Zeit für diesen Kram. Wenn es mir schlecht geht oder ich vorhabe, jemanden umzunieten, dann komme ich wieder." Er stand auf. „Aber jetzt hab ich zu tun."

„Sander!"

Er blieb in der Tür stehen. „Was?"

„Dr. Mühlenbeck hat es zur Bedingung für Ihre weitere Tätigkeit im Außendienst gemacht, dass Sie regelmäßig hierher kommen. Ich werde es nicht decken, wenn Sie Ihre Termine bei mir versäumen."

Sie trafen Olaf Springer nicht an und kehrten unverrichteter Dinge aus Elmshorn zurück. Stattdessen wollten sie das Personal in der Havanna-Bar befragen.

„Jetzt mal unter uns, Gernot. Würdest du eine fünfundachtzigjährige Frau in die Havanna-Bar bestellen, um ihr Geld abzuknöpfen?"

„Da bin ich der falsche Ansprechpartner. Mal davon abgesehen, dass ich nicht in die Verlegenheit geraten werde, jemanden zu erpressen. Ich wüsste jedenfalls nicht, weshalb. Und ich habe keinen blassen Schimmer, wie diese Bar ist."

„Ehrlich jetzt?"

„Schlimm?"

„Ungewöhnlich. Also, das ist eine Cocktailbar für Pistengänger. Um neunzehn Uhr dürfte das Personal gewöhnlich das erste Mal die Augen aufschlagen. Die Gäste kommen dann, um vorzuglühen oder frühmorgens, um wieder runterzukommen."

„Hannelore Weber gehört also nicht zur typischen Zielgruppe."

„Würde ich sagen. Es sei denn, bei der Geldübergabe war noch Gelegenheit, den Blick auf die Elbe zu genießen."

„Frau Weber wurde für neunzehn Uhr einbestellt. Wenn da noch nichts los gewesen ist, wollte der Erpresser eben vermeiden, dass es eine ganze Reihe von Zeugen gibt."

„Das ist doch unlogisch. Wenn der Laden rappelvoll ist, fällt so eine alte Frau doch viel weniger auf, als wenn sie allein darin herumsitzt."

„Es sei denn, es gibt keine Zeugen."

Gernot rümpfte die Nase. „Du meinst, jemand vom Personal hat den Zeitpunkt so gewählt, dass er allein mit Frau Weber gewesen ist?"

„Richtig."

Sander parkte den Wagen am Fischmarkt. „Was ich nicht verstehe, ist, warum sich Hannelore Weber fortgesetzt hat erpressen lassen. Man lässt sich doch gewöhnlich gleich bei der ersten Geldübergabe das, worum es geht, aushändigen." Er klopfte an die Glasscheibe der Eingangstür.

„Vielleicht hatte der Erpresser einfach die stärkeren Argumente."

Sander legte die Handflächen an die Schläfen und sah durchs Türglas. „Kein Mensch zu sehen." Er klopfte noch einmal.

„Vielleicht kommen die erst raus, wenn's dunkel wird."

„Und verschwinden bei Sonnenaufgang." Sie wandten sich um, um zum Wagen zurückzukehren.

„Haben Sie hier den Radau veranstaltet?"

Sander ging ein paar Schritte zurück, um gleich mal was klarzustellen, bremste sich aber, als er die beachtlichen Oberarme des Mannes sah, der in der Tür der Bar stand. „Polizei", sagte er stattdessen.

„Seh ich. Worum geht's?"

„Sind Sie der Inhaber? Wir haben ein paar Fragen."

„Bin ich. Florian Degelow. Kommen Sie rein."

„Wir müssten wissen, wer am 18. April um 19.00 Uhr Dienst hatte."

Degelow zog eine Augenbraue in die Höhe. „Hier wird nicht gedealt."

„Gut, dass Sie das sagen, aber deshalb sind wir ja nicht da. Wir wollen nur wissen, wer Dienst hatte."

„Moment." Er verschwand durch eine Tür hinter dem Tresen und kehrte kurz darauf mit seinem Laptop zurück. „Muss mal kurz Outlook starten", erklärte er entschuldigend. „So, das war die Sandy."

„Sandy heißt wie mit Nachnamen?"

„Karasek. Und mit Vornamen Sandra."

„Aha." Sander notierte die Adresse. „Und war sie allein?"

„Derjenige mit der Frühschicht kommt so gegen halb sieben, guckt, ob die Putzfrauen ordentlich gearbeitet haben, zündet Kerzen an, stellt alle Aggregate an und so. Das kann einer allein."

„Also war sie allein."

„Vermutlich. Ich war ja nicht dabei."

„Sie hat nicht zufällig heute auch Dienst."

Degelow sah auf die Armbanduhr. „Doch. Müsste gleich da sein. Wenn Sie wollen, mach ich Ihnen einen Espresso."

Sandra Karasek erschien um kurz vor sieben und verzog keine Miene, als Sander sich und Gernot vorstellte. Nach einigem Nachdenken erinnerte sie sich daran, dass ein Gast ihr gesagt habe, sie möge von einer alten Dame, die gegen neunzehn Uhr auftauchen würde, einen Umschlag entgegennehmen. Den habe sie dann später an den Gast weitergegeben, an dessen Aussehen sie sich nicht mehr erinnern könne.

Seufzend verließen sie die Bar.

„Das glaubt ihr doch keiner", stellte Gernot fest. „Ein ihr unbekannter Gast, der auch nur ein einziges Mal aufgetaucht ist, vertraut ihr so eine Summe an? Der weiß doch nicht, ob sie nicht einen Blick in den Umschlag wirft."

„Glaubt ihr auch keiner, aber im Moment können wir ihr nicht das Gegenteil beweisen. Gibt's was Neues über diesen Erpresserbrief?"

„Handelsüblicher Klebstoff, Buchstaben aus verschiedenen Computerzeitschriften, keine DNA."

„Vielleicht war es gar nicht das zweite Mal, an dem die Weber zahlen sollte. Vielleicht bedeutet *diesmal*, dass es beim ersten Mal aus irgendwelchen Gründen gar nicht zur Geldübergabe gekommen ist. Vielleicht hat Frau Weber die erste Aufforderung ignoriert." Sander lehnte sich an einen Poller.

„Na ja, als 85-Jährige geht man so ein Risiko vielleicht nicht ein. Die ist ja praktisch jedem unterlegen."

„Außer vielleicht einer 84-Jährigen."

„Das ist alles spekulativ", stellte Gernot fest. „Wir sollten uns morgen früh noch mal auf den Weg nach Elmshorn machen. Wenn wir diesen Springer ausgequetscht haben, wissen wir mehr."

„Und ich würde gern klären, ob und welche Zahlungen Frau Weber geleistet hat. Diese Frau Engel wohnt ja hier gleich in der Nähe. Ich frag sie mal, ob sie inzwischen die Konten überprüft hat. Natürlich erst, nachdem ich dich nach Hause gefahren habe."

„Du brauchst mich nicht fahren. Ich nehm die Bahn. Bis morgen dann."

„Tschüss."

Sie hatte sich ganz klar ein mit Marzipan gefülltes Croissant verdient, nachdem dieser Honk sie einfach hatte stehen lassen. Und dann dieser Befehlston. Sie war schließlich keine Polizeihilfskraft. Von Vergütung bisher auch keine Rede. Es gab genug anderes, mit dem sie sich befassen musste. Hannelore Weber und ihre Angelegenheiten konnten sich gern noch etwas gedulden, und damit auch der Kommissar.

Am Abend ging sie mit reichlich Taschentüchern bewaffnet nach drüben in den Waschsalon. Elvira und Marie saßen lachend am Tresen, vor sich stapelweise Bücher und Bildbände.

„Ah, du kommst gerade richtig", begrüßte Elvira sie und stellte ihr ein Glas hin. „Wie findest du das?"

Friedelinde betrachtete das Getränk kritisch. „Sieht aus wie aufgelöste Buntstifte."

„Das ist ein Raspberry Martini", erklärte Marie fasziniert. „Elvira hatte alle Zutaten da."

„Das ist schön."

„Probier doch mal."

Friedelinde fügte sich in ihr Schicksal. „Schmeckt gar nicht mal so schlecht."

„Wodka, Himbeersaft, Himbeerlikör und Crème de mûre", erklärte Elvira und ging zu einem Kunden hinüber, der von der Anzahl der Knöpfe an der Waschmaschine überfordert zu sein schien.

„Was für 'ne Creme?"

„De mûre. Kannst auch Brombeerlikör sagen. Und Eiswürfel."

„Und eine Himbeere." Friedelinde steckte sich die Frucht in den Mund.

„Guck mal hier." Marie schob ihr eine lange Liste hin. „Wir haben schon eine Menüfolge ausbaldowert." Sie pikste mit ihrem Kugelschreiber auf den Zettel. „Wir fangen an mit Spargeltürmchen."

Elvira kehrte kopfschüttelnd zurück. „Es ist nicht zu glauben. Ich denke, Männer kommen mit technischem Sachverstand auf die Welt. Warum schaffen sie es dann nicht, das Waschmittel in die richtige Öffnung zu füllen?" Die dicke Spanierin deutete mit dem Kinn auf Friedelindes Glas. „Schmeckt er dir nicht?"

„Doch, doch." Friedelinde nippte an ihrem Cocktail.

„Trink aus. Du musst noch den Planters Punch probieren."

„Was hast du vor? Willst du eine Bar eröffnen?"

Elvira sah zu Marie hinüber. „Wir suchen den Begrüßungscocktail für den Hochzeitsempfang. Zur Wahl steht noch ein Sidecar."

„Ein Tequila Sunrise erscheint uns etwas zu heavy", fügte Marie an.

„Hast du vielleicht was zu essen?"

Elvira tauchte hinter ihrem Tresen ab. „Ich hab nur Chips da."

„Egal." Friedelinde riss die Tüte auf.

„Kannst du dich jetzt vielleicht mal auf das Menü konzentrieren?" Marie hielt ihr die Liste unter die Nase.

„Was zum Teufel ist lackierter Lachs?"

„Hallo, die Damen. Ich sehe, ich komme gerade recht zur Cocktailstunde?"

„Hallo." Marie blinzelte Sander an. „Trinken Sie ein Glas mit uns?"

„Das lasst mal lieber. Der Herr ist von der Polizei. Der fragt Elvira gleich nach ihrer Schankgenehmigung."

„Nun tun Sie mal nicht so, als sei ich ein Spielverderber." Sander wandte sich an Marie. „Ein andermal wirklich gern, aber jetzt muss ich Ihnen die Frau Engel mal entführen. Wir müssen noch arbeiten." Er fasste Friedelinde am Ellenbogen.

„Ich habe Feierabend, und Sie können mich nicht ständig abführen."

„Es tut mir leid, dass ich Sie heute Morgen habe stehen lassen. Ich hatte wirklich einen dringenden Termin."

„Hab ich jetzt auch. Ich muss hier mit meiner Freundin ihre Hochzeit planen."

Marie zog die Liste mit den Speisen weg und klappte das Buch mit den Cocktailrezepten zu. „Das hat Zeit, das können wir auch morgen machen."

„Verräterin!", zischte Friedelinde, als sie vom Barhocker rutschte.

Sander hatte Friedelindes Glas aus dem Waschsalon mitgebracht und stellte es auf ihrem Schreibtisch ab. Friedelinde fiel erschöpft in ihren Bürostuhl. Dieser Cocktail hatte es in sich, besonders auf nahezu nüchternen Magen.

Sander sah sich um. „Sie hatten doch irgendwo … Ah, da." Er zog ein Blatt Papier aus dem Faxgerät und hielt es in die Höhe. „Auf die Spurensicherung kann man sich verlassen." Er legte das Fax vor Friedelinde auf den Schreibtisch. „In die Küche finde ich allein, machen Sie sich keine Umstände. Ich seh mich da mal ein wenig um, während Sie kurz den Brief übersetzen. Also, jedenfalls glaub ich, dass es ein Brief ist."

Sie hörte, wie in der Küche Schranktüren geöffnet und geschlossen wurden und Töpfe und Geschirr klapperten. Mit ein wenig Glück würde eine Mahlzeit dabei herauskommen. Während sie einen Schluck trank, warf sie einen ersten Blick auf das Fax. Es war tatsächlich ein Brief. In geschwungenen, gleichmäßigen Buchstaben stand dort: *Sehr geehrte Frau Weber*. Die förmliche Anrede sprach nicht für eine nahe Beziehung zwischen Absender und Empfänger, ebenso wie die Schlussformel *Mit freundlichen Grüßen*. Friedelinde stieß mit der Nase fast aufs Papier, als sie versuchte, den Namen des Unterzeichners zu entziffern. Schließlich kam sie zu dem Schluss, dass dort stand: *Mit freundlichen Grüßen A. Goldschmidt*. A. Goldschmidt hatte den Brief in einer nicht übermäßig großen, gleichmäßigen Schrift begonnen. Ab der Mitte des Briefes hatten den Schreiber die Gefühle offenbar übermannt, die Schrift wurde zunehmend schräger, die Schlingen der Buchstaben größer und ragten in die darüber und darunter liegenden Zeilen hinein, was das Lesen erschwerte. Friedelinde schaltete den PC ein und übertrug den Inhalt des Briefes.

Sehr geehrte Frau Weber,

ich vermag mir nicht vorzustellen, ob Sie über mein Schreiben überrascht sein werden, oder ob Sie tief in Ihrem Innern damit gerechnet haben, dass die Vergangenheit Sie einmal einholen wird. Vielleicht ist es aber auch nur meine naive Hoffnung, dass auch ein Mensch wie Sie mit einem – schlechten – Gewissen belastet ist. Sie waren damals noch sehr jung. Aber gerade die Tatsache, dass seit damals mehrere Jahrzehnte vergangen sind, macht es umso unbegreiflicher, dass Sie Zeit Ihres Lebens nichts unternommen haben, um das, was Sie angerichtet haben, wiedergutzumachen – wenn das überhaupt möglich ist. Denn für einige von uns ist es zu spät. Wie ich erfahren musste, haben Sie stattdessen alle möglichen Anstrengungen unternommen, um unerkannt zu bleiben. Es bleibt also die Hoffnung, dass das Alter Sie milde stimmt oder zumindest einsichtig. Ich jedenfalls möchte nicht von dieser Welt gehen, ohne meine Kameraden zu rehabilitieren. Die Kameraden, die nie eine Chance hatten, sich zu rächen.

Mich hat damals nichts mehr in Deutschland gehalten. Jahrzehntelang bin ich dem Land, das einmal meine Heimat war, ferngeblieben. Aber jetzt bleibt mir nicht mehr viel Zeit, und ich werde das tun, was ich eigentlich nie tun wollte: Ich werde nach Deutschland zurückkehren.
Ich werde Sie am Mittwoch, den 28. April, um 15.00 Uhr auf-

suchen. Ich teile Ihnen den Termin mit, auch wenn ich Ihnen damit Gelegenheit gebe, einer Unterredung aus dem Weg zu gehen. Aber vielleicht zeigen Sie doch Stärke und stellen sich der Vergangenheit. Ich hoffe es.

Mit freundlichen Grüßen
A. Goldschmidt

Zufrieden lehnte sie sich zurück und leerte ihr Glas.

„Hey, Sie sind ja schon fertig." Eine Wolke seines Aftershaves hüllte sie ein, während er sich über ihre Schulter beugte und vor sich hin murmelnd den Text las. „Die alte Dame hatte Dreck am Stecken. Ein klassisches Mordmotiv."

Friedelinde rückte ein Stück von ihm ab. „Wäre es, wenn A Punkt Goldschmidt Frau Weber umgebracht hätte, aber zurzeit sieht es ja eher so aus, als wenn es umgekehrt war. Haben Sie in der Küche auch etwas Nützliches gemacht oder nur Krach?"

„Gleich. Können Sie das mal ausdrucken?"

Friedelinde druckte den Text aus und reichte ihn Sander. „Ich fax das mal kurz ans Büro. Da hat Gernot einen schönen Anhaltspunkt für seine Suche nach der Identität des Toten."

Friedelinde fuhr den PC herunter, schaltete die Schreibtischlampe aus und ging in die Küche. In der Spüle dampften abgegossene Spaghetti im Sieb, in einer Pfanne auf dem Herd schmurgelten Zwiebeln und Dosenpilze, die der Kommissar irgendwo in ihrer Küche aufgetrieben haben musste, wenn er sie nicht in der Hosentasche gehabt hatte. Im hinteren Winkel des Kühlschranks fand sie noch ein altes Stück Parmesan. Sie hörte die Türglocke bimmeln, dann kehrte der Kommissar mit einer Flasche Wein zurück. „Hatte ich noch im Kofferraum. Haben Sie Gläser?"

„Dafür, dass Sie sich offenbar von Leitungswasser und Schokolade ernähren, hab ich das doch ganz gut gemacht", lobte der Kommissar kurz darauf den gedeckten Tisch.

„Ganz prima." Friedelinde überhörte die Schokolade. Tatsächlich schmeckte es ganz gut.

„Also, hatte ich mich eigentlich schon dafür entschuldigt, dass ich Sie heute Morgen hab stehen lassen?"

„Ich glaube Sie sagten etwas, das wie eine Entschuldigung klingen sollte."

„Gut, dann können wir ja unbeschwert weitermachen. Also mit Ihrer Frau Weber stimmt etwas nicht. Die muss in jungen Jahren etwas angestellt haben, was den alten Herrn Goldschmidt dazu bewogen hat, aus dem Ausland nach Deutschland zurückzukehren, um Gerechtigkeit einzufordern."

„Und was Frau Weber dazu bewogen hat, ihn umzubringen." Friedelinde mühte sich ab, ihre Spaghetti um die Gabel gewickelt zu bekommen.

„Wir wissen nicht, ob sie es getan hat. Aber sie könnte den Mord, wenn es denn einer war, in Auftrag gegeben oder sich sonst wie Hilfe geholt haben."

„Und wo hätte sie das tun sollen? Gelbe Seiten, www.leichenbeseitigung.de?"

Er sah sie aus zusammengekniffenen Augen an. „Es gäbe da schon jemanden."

„Verraten Sie es mir bloß nicht. Wer weiß, ob ich es für mich behalten kann."

„Na, ich denke schon, dass Sie das können. Der Neffe von der Frau Springer hat ihr doch regelmäßig geholfen."

„Wobei? Beim Leichenvergraben?"

„Im Garten und bei Einkäufen. Vielleicht ist auch mal ein etwas anderer Auftrag dabei gewesen."

Friedelinde hob eine Augenbraue. „Gesetzt den Fall, ich würde den Neffen meiner Nachbarin darum bitten, eine Leiche, die bei mir herumliegt, beiseitezuräumen, hätte der möglicherweise Einwände." Sie bediente sich bei den Spaghetti.

„Ein gewöhnlicher Neffe würde das vielleicht tun. Dieser ist, wie man so sagt, ohnehin schon auf der schiefen Bahn, da wirft ihn so eine Bitte möglicherweise nicht gleich um." Sander schenkte Wein nach.

„Dann sollten Sie ihn fragen."

„Das werde ich auch tun, sobald wir ihn zu fassen gekriegt haben."

Friedelinde drehte ihr Weinglas in den Händen. „Und er würde sich diesen Dienst doch bestimmt angemessen vergüten lassen."

„Ganz bestimmt sogar. Und da kommen Sie ins Spiel."

„Ich?"

„Na ja, wie ich Sie einschätze, sind Sie meiner Bitte, die Kontoumsätze der Frau Weber zu prüfen, schon nachgekommen."

„Ach, das war eine Bitte?"

„Nun seien Sie doch nicht so empfindlich. Sie müssen doch bestimmt auch wissen, wo das Geld der alten Dame geblieben ist. Schließlich sind wir Ihrem Wunsch nachgekommen, Ihnen die Unterlagen der Frau Weber so schnell wie möglich zur Verfügung zu stellen. Und da können wir als Polizei Ihnen dann wiederum bei den Ermittlungen helfen."

„Also läuft es praktisch darauf hinaus, dass Sie mir helfen." Friedelinde kämpfte dagegen an, dass ihr die Augen zufielen.

„Herrje." Sander erhob sich und räumte die Teller ab. „Sie sind wirklich schwierig. Und bevor Sie mit der Nase ins Essen fallen, gehen wir jetzt mal lieber rüber ins Büro." Er kehrte noch einmal zurück, um Töpfe und Schüsseln abzuräumen. „Jetzt stellen Sie sich doch nicht so an. Wir kennen doch jetzt das Datum, unter dem wir gucken müssen."

Friedelinde schob ihren Stuhl zurück. Sie war todmüde, und es fiel ihr ausgesprochen schwer, am Schlafzimmer vorbei ins Büro zu gehen. Sander hatte alle Lampen eingeschaltet und sah sich um. „Wo sind denn die Sachen aus dem Haus?"

Sie deutete auf den Korb unter dem Schreibtisch. Sander hievte ihn auf den Tisch und zog Unterlagen hervor. Friedelinde griff zielsicher nach den Kontounterlagen.

„Muss ja irgendein Tag vor dem 28. April gewesen sein. Sie bekommt Goldschmidts Brief, überlegt, was zu tun ist, fährt zur Bank, legt das Schreiben ins Schließfach und hebt Geld ab." Sie sah Sander an. „Das wäre ja ein geplanter Mord."

„Haben Sie jetzt eine Abhebung gefunden oder nicht?"

„Hier. Sie hat tatsächlich vom Sparkonto am 26. April zehntausend Euro abgehoben. Die alte Frau war eine Mörderin."

„Könnte sein. Allerdings kriegt man für zehntausend Euro noch keinen Mörder. Es sei denn, das war nur eine Anzahlung. Verdammt. Ich hoffe, die Gerichtsmedizin findet endlich die Todesursache, und wir diesen Springer."

Friedelinde beugte sich vor und schaltete die Schreibtischlampe aus. „Da Sie beides nicht hier bei mir finden werden und Sie bekommen haben, was Sie suchten, können wir jetzt Feierabend machen."

„Ich hab noch nicht alles bekommen." Er ignorierte Friedelindes hochgezogene Augenbraue. „Frau Weber wurde noch von einer weiteren Person erpresst. Und der hat sie am 18. April fünfzehntausend Euro gezahlt."

Seufzend knipste sie die Lampe wieder an. „Ich möchte gar nicht wissen, was mit dieser Frau los war, dass alle Welt sie als Bank betrachtet hat."

Tatsächlich fand sie auch diese Abhebung. Sander nahm die Auszüge mit den beiden Abhebungen an sich. „Ich mach mir Kopien."

Plötzlich wieder hellwach betrachtete Friedelinde seinen Rücken. Hannelore Weber war von zwei Menschen erpresst worden, von denen einer an ihr Gewissen appelliert und eine Tat, die sie in jungen Jahren begangen haben musste, erwähnt hatte. Und dieser Mann war jetzt tot. Ihr Mitleid für die alte Frau, die erst Tage nach ihrem Tod aufgefunden worden war, war einer schrecklichen Angst gewichen.

Es war kurz nach acht, als Sander das Büro betrat. Gernot war bereits bei der Arbeit.

„Du sollst gleich zu Mühle rauf", sagte er statt einer Begrüßung.

„Das muss warten. Ich hab gestern einiges rausbekommen, die We…"

„Er hat auch was rausbekommen, nehme ich an. Jedenfalls war er auf hundertachtzig, als er hier eben angerufen hat."

„Scheiße!" Sander versetzte seinem Stuhl einen Tritt. „Solche Petzen!"

„Von wem sprichst du?"

„Ach!" Sander stützte sich am Aktenschrank ab, dem er noch einen Hieb mit dem Handballen versetzte.

„Hör mal, Sander. Ich weiß nicht, was vorgefallen ist, aber das Beste wäre, du gehst hoch, kriechst vor Mühle zu Kreuze und gelobst Besserung."

Sander blieb vor Gernots Tisch stehen. „Hier sind zwei Kontoauszüge von Webers Sparkonto. Sie hat tatsächlich am 18. April fünfzehntausend abgehoben. Wir müssen uns die Karasek noch mal vorknöpfen. Und am 26. April war sie auch auf der Bank. Die zehntausend waren vielleicht für Springer. Wenn ich gleich zurück bin, fahren wir nach Elmshorn. Ach, und ruf in der Gerichtsmedizin an, die Weber soll obduziert werden. Ich will wissen, ob die wirklich eines natürlichen Todes gestorben ist." In der Tür blieb er noch einmal stehen. „Er hatte es aber verdient. Verstehst du?"

„Bestimmt." Gernot schüttelte verständnislos den Kopf.

Friedelinde wachte erst auf, als Marie an ihr Schlafzimmerfenster klopfte. Obwohl sie so müde gewesen war, hatte sie nicht einschlafen können. Sie hatte sich das Hirn darüber zermartert, welche Schuld dieser Goldschmidt bei Hannelore Weber hatte einfordern wollen und welche Anstrengungen die unternommen hatte, um unerkannt zu bleiben. Jetzt saß sie noch im Morgenmantel an ihrem Schreibtisch und schlürfte einen Kaffee, den Marie ihr freundlicherweise gekocht hatte. Die kam mit zwei Weingläsern und der leeren Weinflasche aus dem Wohnzimmer.

„Hast du mit dem Kommissar Wein getrunken? Der sieht ja unverschämt gut aus. Ist der so nett, wie er aussieht? Hat er eine Frau? Oder sogar Familie? Habt ihr nur gearbeitet? Immerhin habt ihr eine ganze Flasche Wein vertilgt, da kann man wohl nicht von Arbeit spre…"

„Marie!"

„Ja, schon gut. Ich quassel zu viel."

„Habt ihr euch für einen Cocktail entschieden?" Friedelinde folgte ihrer Freundin, die begann, die Gläser abzuspülen, in die Küche.

„Ach, hör auf. Elvira ist auf die glorreiche Idee gekommen, Chocolate Martini zu machen. Mir war kotzübel. Das geht schon mal gar nicht." Sie polierte das erste Glas. „Vielleicht nehmen wir einfach den guten alten Prosecco. Damit kann man nichts falsch machen."

Friedelinde murmelte etwas Zustimmendes und suchte Zutaten für ein Müsli zusammen.

„Aber das ist gar nicht mein Hauptproblem." Marie warf sich das Geschirrhandtuch über die Schulter. „Ich muss mir unbedingt Gedanken über die Hochzeitstorte machen. Vierstöckige Erdbeertorte oder lieber Schokolade. Wobei Schokolade im Sommer vielleicht keine gute Idee ist."

Friedelinde wollte eben den Löffel ins Müsli stippen, als das Telefon läutete. Die Küchenuhr zeigte acht Uhr dreißig an.

„Da beginnt wieder jemand den Tag besonders früh." Sie ließ den Löffel fallen und lief ins Büro. Vielleicht war es ihr Vater.

„Engel."

„Frau Engel."

Friedelinde konnte die Stimme kaum verstehen. Offenbar war sie weiblich, aber die Anruferin sprach sehr leise. „Ja?"

„Sie müssen schnell kommen!"

„Wer spricht denn da?"

„Drüben ist jemand. Im Haus von der Frau Weber."

„Frau Springer, sind Sie das? Wenn jemand im Haus ist, müssen Sie die Po…"

Aufgelegt.

„Marie?" Friedelinde hastete ins Schlafzimmer. „Kannst du mal schnell Kommissar Sander anrufen?"

„Den schönen Kommissar?", flötete Marie aus der Küche. „Nichts lieber als das." Sie fing das Handy auf, das Friedelinde ihr zuwarf, ein Bein bereits in der Jeans.

„Seine Karte liegt irgendwo auf dem Schreibtisch."

Marie lief ins Büro hinüber. „Besetzt!"

„Probier's auf der Festnetznummer." Friedelinde flitzte ins Bad, um einen Rekord im Zähneputzen aufzustellen.

„Guten Tag, hier spricht Marie. Ich bin eine Nachbarin von Frau Engel. Also genau genommen ihre Freundin. Also Freundin und Nachbarin … Ja, das ist nett. Danke, ebenfalls. Weshalb ich anrufe, Herr Hagemann, Frau Engel hatte eben einen dringenden Anruf von …" Sie brüllte in Richtung Badezimmer. „Von wem noch mal?"

„Frau Springer."

„Von Frau Springer. Richtig. Und die wollte was noch mal?"

Friedelinde riss ihre Jacke vom Haken und schnappte sich das Handy. „Hallo, Herr Hagemann. Frau Springer meint, dass sie jemand im Haus von Hannelore Weber gesehen hat. Ich bin gerade auf dem Weg dorthin

„Seien Sie bitte vorsichtig, Frau Engel."

„Natürlich bin ich vorsichtig"

„Bleiben Sie einfach vor Ort und warten Sie auf die Kollegen von der Streife."

„Ja, ich warte auf die Streife."

Etwas ängstlich sah Marie ihr hinterher, als sie aus dem Büro stürmte.

Fünf Minuten später hatte Friedelinde das Haus in der Walderseestraße erreicht. Sie stellte ihren Wagen vor dem Haus von Frau Springer ab, die gerade aus der Haustür trat. Zur selben Zeit wurde die Tür des Nachbarhauses aufgerissen, eine dunkel gekleidete Person rannte aus dem Haus von Frau Weber, flankte über den Jägerzaun, riss die Fahrertür eines grauen Kastenwagens auf und fuhr mit beachtlichem Tempo an.

„Scheiße! Jetzt hab ich mir die Nummer nicht gemerkt."

Der Wagen kam etwas ins Schlingern, als er dem entgegenkommenden Polizeiwagen auswich, und wurde dann noch mal beschleunigt. Der Polizeiwagen kam vor Friedelinde zum Stehen und zwei Beamte stiegen aus.

„Haben Sie uns alarmiert?", fragte der Beifahrer, während der Fahrer eine Fahndungsmeldung nach dem Fluchtfahrzeug durchgab.

„Ja, der Einbrecher sitzt in dem Wagen, der Ihnen entgegenkam." „Wie lautet das Kennzeichen?", erkundigte sich der Beifahrer.

Friedelinde hob die Schultern. „Keine Ahnung."

„Die Marke?"

„Ja, ein Kastenwagen eben."

„Das ist keine Marke. Eine Marke ist beispielsweise ein Renault, Mercedes oder VW", erklärte der Beamte sanft.

„Das weiß ich, aber ich weiß eben nur, dass es ein Kastenwagen war. Sie haben ihn doch auch gesehen."

„Na ja, die Kollegen werden im Umkreis die Augen offenhalten. Aber ohne Kennzeichen ist das natürlich schwierig. Was war denn mit dem Fahrzeug?"

„Mit dem Fahrzeug war nichts, sondern mit dem Fahrer. Der ist in dieses Haus eingebrochen."

„Und können Sie den Fahrer beschreiben?"

„Der war so mittelgroß und trug eine schwarze Kapuzenjacke."

„Mittelgroß."

„So groß, dass er über einen Jägerzaun springen konnte. Da werden ja Schuhabdrücke im Beet zu finden sein."

Der Beamte beendete seinen Funkspruch. „Suchen wir also nach einem dunkel gekleideten Mann mit Schuhabdrücken."

Friedelinde erläuterte dem anderen Beamten, was es mit Hannelore Webers Haus auf sich hatte, und er forderte sie auf, im Haus von Frau Springer zu warten, während sie sich im Haus umsahen. Die Nachbarin sah eine gute Gelegenheit, um ihren Selbstgebrannten anzubieten, aber Friedelinde lehnte ab. Stattdessen bat sie um eine Tasse Kaffee. In der Küche war der Frühstückstisch bereits für zwei Personen gedeckt, und inmitten von Wurst, Marmelade und Käse stand ein gut gefüllter Brötchenkorb.

„Wie haben Sie denn eigentlich bemerkt, dass drüben jemand im Haus ist?"

„Ich kam gerade von der Tankstelle. Die haben die besten Brötchen, immer frisch aufgebacken, wissen Sie? Und die Zeitung hab ich im Wohnzimmer auf den Couchtisch gelegt. Das mache ich immer so, da lese ich sie dann mit der letzten

Tasse Kaffee. Und dabei hab ich jemand am Fenster vorbeihuschen sehen. Erst hab ich gedacht, dass Sie das sind, aber die Polizisten haben ja gesagt, sie versiegeln das Haus wieder."

„Und Sie haben keine Idee, wer das gewesen sein könnte?"

„Vielleicht derjenige, der Frau Weber geholfen hat, die Leiche in die Kühltruhe zu legen."

„Möglich."

„Nehmen Sie doch noch ein Brötchen."

„Vielleicht weiß Ihr Neffe etwas. Der hat doch der Frau Weber im Garten geholfen."

„Vielleicht. Kaffee?" Frau Weber sprang auf. „Da sind die beiden Beamten noch mal."

Die Beamten nahmen das Wenige auf, das Friedelinde wusste, um es an die Mordkommission weiterzuleiten. Auf der Rückfahrt ins Büro fragte sie sich, für wen das üppige Frühstück gedacht gewesen war. Ganz sicher nicht für sie.

„Auf nach Elmshorn!", rief Sander betont fröhlich, als er vom Polizeipräsidenten zurückkehrte.

„Alles in Ordnung?"

„Alles gut." Nichts war gut. Mühle hatte ihm die rote Karte gezeigt. Er durfte sich jetzt nichts mehr erlauben.

„Ins Haus von Frau Weber ist jemand eingestiegen. Frau Engel hat eben angerufen. Die Kollegen haben die Spurensicherung hinbestellt. Es soll ein Mann in einem grauen Kastenwagen gewesen sein. Mehr konnte Frau Engel nicht sagen."

„Aha." Sander war mit den Gedanken ganz woanders.

„Vielleicht haben wir mit unserer Fragerei in dieser Bar doch jemanden aufgescheucht."

Er versuchte, sich zu konzentrieren. „Hm. Fragt sich nur wen. Das ist ja eine äußerst spärliche Beschreibung. Ein Mann und sein Auto."

„Frau Engel hat auch noch mal angerufen. Sie hat mit Frau Springer gefrühstückt."

„Interessant."

„Und die hatte für zwei Personen gedeckt, es ist aber niemand gekommen. Und als Frau Engel das Gespräch auf den Neffen bringen wollte, hat Frau Springer immer geschickt abgelenkt."

„Sag ich doch. Den knöpfen wir uns jetzt mal vor."

„Warum erst jetzt?", fragte Sander. „Warum bricht jetzt jemand ein und nicht schon nach dem Zeitungsartikel? Dass es heikel ist, in ein Haus einzubrechen, das im Visier der Polizei steht, muss ihm doch spätestens seit dem Leichenfund klar gewesen sein. Diese Person kann im Zusammenhang mit Sandra Karasek stehen. Vermutlich kennt sie denjenigen, dem sie den Umschlag mit dem Geld ausgehändigt hat, doch ziemlich gut. Sie hat ihm gleich gestern Abend gesteckt, dass die Bullen da waren, und er ist am nächsten Morgen los, um was zu suchen? Das zusammengeklebte Erpresserschreiben?"

„Möglich. Müssen wir sie eben noch mal vernehmen, wenn wir mit unserem Sportsfreund fertig sind."

Sander antwortete mit einem Brummen. Er musste erst mal seine Gedanken sortieren, ehe er sich wieder auf den Fall konzentrieren konnte. Mühle hatte sich schon was dabei gedacht, dass er ihm Gernot zugeteilt hatte. Am Ende seiner Standpauke hatte er Sander ermahnt, darauf Rücksicht zu nehmen, dass Gernot lange nur im Innendienst eingesetzt gewesen war, aber Sander sah es nicht als seine Aufgabe an, Gernot Vorschriften zu machen. Wenn der sich dazu in der Lage sah, ihn zu einer Festnahme zu begleiten, dann sollte er mitkommen. Mühle hatte vorgeschlagen, dass er Gernot auch zu den Besuchen bei seiner Frau mitnehmen solle, *damit so etwas nicht wieder vorkommt*, aber das wollte Sander nicht. Gernot war ohnehin schon hellsichtig, und er wollte ihn nicht zu tief Einblick in sein Seelenleben nehmen lassen. Er hatte da eine andere Idee, aber die war noch nicht ganz ausgefeilt. Er nahm die Abzweigung von der A 7 auf die A 23, bis zur Abzweigung Elmshorn sprachen sie kein Wort.

Olaf Springer wohnte in einem roten Backsteinbau, der langsam aber sicher dem Verfall preisgegeben war. Es stand inmitten grüner Wiesen auf einem tristen Hof. Sander bog in die staubige Einfahrt ein und umfuhr einige Schlaglöcher, ehe er den Wagen neben einem ausrangierten Anhänger und einem aufgebockten rostigen Auto abstellte.

„Springer wohnt im Erdgeschoss", stellte Gernot fest.

Sander läutete an der Haustür und versuchte, einen Blick durch die schmutzigen Fenster ins Innere der Wohnung zu werfen, aber vor allen Fenstern hingen schmuddelige Gardinen. Er umrundete das Gebäude und traf wieder auf Gernot, der immer noch vor der Haustür stand.

„Der Typ ist untergetaucht", meinte Sander.

„Wo denn?", entgegnete Gernot leise. „Wenn er heute Morgen bei seiner Tante frühstücken wollte, hat ihm Frau Engel einen Strich durch die Rechnung gemacht. Bei der Arbeit ist er auch noch nicht wieder aufgetaucht. Ich wette, der sitzt in dieser finsteren Hütte und lacht sich ins Fäustchen."

Sander ging auf die Tür zu.

„Was hast du vor?“

„Ich geh da jetzt rein.“ Sander kniete vor einem Kellerfenster und versuchte, es aufzudrücken. Als das nicht funktionierte, sagte er: „Ich geh noch mal nach hinten rum. Irgendwo wird man hier wohl reinkommen.“ Er hielt sich dicht an der Hauswand und duckte sich unterhalb der Fensteröffnungen. Hinter dem Haus gab es mehrere Müllhaufen aus Holzresten und Gartenabfällen und einen Berg Metallschrott, in dem Sander Autoteile entdeckte. Auch keines der Kellerfenster auf der Rückseite des Hauses ließ sich öffnen, allerdings entdeckte er hinter einem der Fenster Licht. Durch die staubige Scheibe konnte man kaum etwas sehen, aber es schien ein bläuliches Licht zu sein. Tatsächlich gab es in gleichen Abständen Deckenlampen, die bläuliches Licht abgaben und darunter standen Pflanzen. Man hätte sie für Tomatenpflanzen halten können, aber bei Springers Vorstrafen sprach doch viel mehr für einen gut organisierten und ausgeklügelten Anbau von Haschpflanzen. Ein vorzüglicher Grund für die Beantragung eines Durchsuchungsbeschlusses. Zu spät hörte Sander die Schritte auf dem Sand hinter sich.

Nachdem sie aus reiner Bockigkeit die Bearbeitung der Sache Hannelore Weber nicht länger aufschieben musste, weil der Kommissar ihr am Vorabend bereits alles aus der Nase gezogen hatte, was er wissen wollte, schrieb Friedelinde die längst fälligen Briefe an alle Institutionen, mit denen Hannelore Weber zu tun gehabt hatte, den Versicherungsgesellschaften, dem Stromversorger, dem Schornsteinfeger und der Müllabfuhr.

Am Mittag gönnte sie sich an ihrem Schreibtisch eine Portion Pommes vom Bahnhof und surfte nebenbei im Internet, als Herr Hutschenreuther vom gleichnamigen Bestattungsinstitut anrief. „Es gibt zwei Probleme", sagte er und kam damit gleich zur Sache. „Welches wollen Sie zuerst hören?"

„Eines von beiden. Schießen Sie los."

„Die Polizei hat den Leichnam einkassiert. Die wollen Hannelore Weber obduzieren. Sie sind da ja in eine ganz schöne Sache reingeraten, wie ich in der Zeitung gelesen habe."

Friedelinde seufzte. „Und das zweite Problem?"

„Bereitet uns größere Sorgen. Ich krieg den Sterbefall nicht beurkundet. Sie haben keine Geburtsurkunde, oder?"

„Hätte ich Ihnen doch mitgeschickt", antwortete Friedelinde, der Böses schwante.

„Ich hab heute über das Konsulat versucht, eine Geburtsurkunde für Hannelore Weber zu beschaffen, aber die haben die Auskunft erteilt, dass es keinen Geburtseintrag einer Hannelore Weber am 22. November 1925 in Danzig gibt." Als Friedelinde schwieg, fragte Herr Hutschenreuther: „Sind Sie noch dran?".

„Bin ich, verdammte Scheiße. Entschuldigung."

„Die hat doch den Kerl in ihrer Kühltruhe eingesargt. Mit der stimmt offenbar was nicht."

„Genau." Und Friedelinde wusste jetzt auch, was Goldschmidts Bemerkung in seinem Schreiben an Hannelore Weber bedeutete. *Wie ich erfahren musste, haben Sie stattdessen alle möglichen Anstrengungen unternommen, um unerkannt zu bleiben.* Hannelore Weber hatte sich offenbar eine falsche Identität zugelegt.

„Ich versuch noch mal was anderes", erklärte Friedelinde. „Kann aber sein, dass es ein bisschen dauert, bis ich rausbekomme, wen Sie da tatsächlich unter die Erde bringen sollen."

Sie legte auf und rief Miro an, einen Archivar in Danzig, der hin und wieder für sie Recherchen im dortigen Standesamt durchführte. Sie erklärte ihm das Problem und bat ihn, noch heute zu prüfen, ob er den Eintrag im Geburtsregister finden könne. Sehr große Hoffnungen hegte sie allerdings nicht, und sie hatte keine Ahnung, wie sie Erben einer Frau finden sollte, die es nie gegeben hatte.

Er hockte noch immer vor dem Kellerfenster und war dem Mann, der über ihm stand und mit einer Holzlatte weit ausholte, in jeder Hinsicht unterlegen. Die Bewegungen des Angreifers waren blitzschnell, und Sander warf sich zur Seite in der Erwartung, dass er an der Hüfte, aber bestimmt am Bein getroffen würde. Nichts davon trat ein. Stattdessen wälzte sich der Mann plötzlich neben ihm im Staub und hielt sich jammernd den Schritt.

„Lebt noch. Wir rufen wohl besser die Kollegen", stellte Gernot fest und warf die Dachlatte, die er dem Angreifer abgenommen hatte, auf einen der Müllberge. „Alles klar bei dir?" Er reichte Sander die Hand und half ihm auf.

„Ich weiß überhaupt nicht, was Sie von mir wollen", maulte Olaf Springer eine Dreiviertelstunde später im grau gehaltenen Verhörraum des Präsidiums. Springer hatte ein rundes Mondgesicht, die blonden Haare raspelkurz geschnitten, und ihn umhüllte eine müffelnde Aura, so wie seine ganze Wohnung ein ziemlicher Saustall war.

Auf dem schlichten Tisch im Verhörraum standen ein Aufnahmegerät und ein Mikrofon, Sander und Gernot saßen ihm gegenüber.

„Wie viele Marihuanapflanzen haben die Kollegen in der Kellerplantage von Herrn Springer gezählt?“, fragte Sander.

„Sie sind noch nicht fertig mit zählen, aber die Menge dürfte deutlich über dem Eigenbedarf liegen“, antwortete Gernot.

„Scheiße, Mann! Wegen ein bisschen Hasch wollt ihr mich doch nicht hops nehmen. Das ist doch berufliches Interesse. Ich bin eben von ganzem Herzen Gärtner.“

„Und dann hätten wir noch den versuchten tätlichen Angriff auf einen Polizeibeamten mit einer Dachlatte“, fuhr Sander fort.

Olaf Springer warf Gernot einen prüfenden Blick zu. „Den hast du doch schon durch eine Gegentätlichkeit gerächt. Und du bist immerhin zum Zug gekommen. Voll in die Eier.“

„Ja, tut mir leid. Ich entschuldige mich dafür. War ein Versehen. Ich wäre Ihnen trotzdem dankbar, wenn wir beim *Sie* blieben.“

Olaf Springer machte den Eindruck, als brauche er eine Weile, um zu verstehen.

„Um Ihren Gemüseanbau werden sich die Kollegen von der Drogenfahndung später kümmern“, erklärte Sander. „Wir sind heute eigentlich wegen einer ganz anderen Sache zu Ihnen gekommen. Warum sind Sie eigentlich der Aufforderung unserer Kollegen, sich bei der Polizei zu melden, nicht nachgekommen?“

Olaf Springer inspizierte seine Fingernägel, unter denen es einiges zu entdecken gab. „Welche Aufforderung?“

„Sie wissen es zwar, aber ich zähl es trotzdem gern noch mal für Sie auf: Die Kollegen haben mehrfach versucht, Sie zu Hause aufzusuchen, bei Ihrer Arbeitsstelle, und schließlich haben sie Ihnen eine Nachricht in den Briefkasten geworfen."

„Hab ich lange nicht reingesehen."

„Und zur Arbeit sind Sie unentschuldigt nicht erschienen, sonst hätte Ihr Chef Ihnen sagen können, dass wir Sie sprechen möchten."

„Wenn Sie heute Morgen verabredungsgemäß bei Ihrer Tante zum Frühstück erschienen wären, hätte die es Ihnen im Übrigen auch sagen können", fügte Gernot hinzu.

„Jungs, nun macht es doch nicht so spannend. Sagt doch einfach, was ihr mir mitzuteilen habt."

„Das machen wir gern." Sander schob seinen Stuhl zurück und lief auf und ab.

„Vielleicht könnten wir dazu ein Tässchen Kaffee tri…"

Sander wandte sich abrupt um und ließ sich mit beiden Händen auf die Tischplatte vor Olaf Springer fallen, der erschrocken zurückzuckte. „Nein, das können wir nicht. Jetzt ist Schluss mit dem Geplänkel. Es geht hier um Mord, und Ihre anderen Vergehen sind auch nicht ohne."

„Vergehen, aber da …"

Sanders Zeigefinger berührte beinahe Springers Nasenspitze. „Du hast jetzt mal Sendepause!" Er nahm seine Wanderung wieder auf. „Eigentlich hätten wir erwartet, dass Sie sich auch ohne unsere umfangreichen Bemühungen, mit Ihnen in Kontakt zu treten, bei uns melden."

„Was denn? Soll ich meine Plantage bei Euch anmelden, oder was?"

„Ich kann mir schon vorstellen, dass Sie keine Zeitung lesen, aber mir schwant dunkel, dass Sie kürzlich mit Ihrer Tante telefoniert haben. Zum Beispiel heute Morgen, als sie Sie vom Frühstück ausgeladen hat, weil die Kollegen bei ihr waren. Sie wird Ihnen berichtet haben, dass ihre Nachbarin Frau Weber verstorben ist. Schließlich ist Frau Weber auch eine Arbeitgeberin von Ihnen gewesen. Auch wenn es sich dabei vermutlich um Schwarzarbeit handelt, aber das fällt im Moment wirklich nicht ins Gewicht."

„Ey, Schwarzarbeit. Hässliches Wort, außerdem macht das doch heute je..."

„Sie wollen uns also weismachen, dass Sie weder die Zeitung gelesen noch mit Ihrer Tante gesprochen und dass Sie die letzten drei Tage ganz zufällig blaugemacht haben."

„Wie haben Sie denn Ihre BMW R 1200 GS Adventure finanziert, die am 27. April auf Sie zugelassen wurde?", fragte Gernot. „Gebraucht zwar, dürfte aber trotzdem zehntausend gekostet haben."

„Wie?"

„Das Motorrad in Ihrem Schuppen? Ist Ihnen das nie aufgefallen?"

„Ey Mann, das hab ich mir zusammengespart."

„Sie gestatten mir die Bemerkung, dass Sie nicht den Eindruck des durchschnittlichen deutschen Sparfuchses machen."

„Pass mal auf, du Witzbold." Sander setzte sich wieder. „Ich glaube ja, du hast die letzten drei Tage aus gutem Grund in deinem schmuddeligen Unterhemd auf dem Sofa vor der Glotze zugebracht, weil dein letzter Auftrag bei Frau Weber über den üblichen Rasenschnitt hinausging. Und von dem Verdienst hast du dir erst mal das Motorrad gegönnt."

„Ich – äh – weiß im Moment nicht, wovon Sie sprechen."

Sander glaubte nicht, dass Springer am Morgen in Hannelore Webers Haus gewesen war. Seine Tante hätte vermutlich nicht die Polizei gerufen.

„Welche Schuhgröße haben Sie?"

„Hä?"

Sander ging um den Tisch herum und hob Springers linken Fuß hoch, den die zerfledderten Reste eines Turnschuhs umhüllten. „Dreiundvierzig."

Der Schuhabdruck des Mannes, der am Morgen aus Frau Webers Haus geflohen war, hatte die Schuhgröße fünfundvierzig.

Sander klopfte sich die Hände ab und setzte sich wieder. „Jetzt pass mal auf. Du kannst wegen Mordes in den Knast gehen oder nur wegen Drogenanbau und Handel."

„Ich hab die Alte nicht umgelegt, falls ihr darauf hinauswollt."

„Letzte Chance, Herr Springer. Versuchen wir es noch mal im Guten."

„Hören Sie, Herr Kommissar, ich habe niemanden umgebracht. Weder die Alte noch sonst wen."

Gabler steckte den Kopf zur Tür herein. „Kann ich Sie mal einen Moment sprechen?"

„Muss das jetzt sein?"

„Wäre schön." Gabler errötete leicht.

„Gut. Dieser Herr hier bekommt heute Nacht Kost und Logis, und morgen um neun versuchen wir es noch mal miteinander."

„Ist in Ordnung.“ Sie folgten Gabler auf den Flur.

„Und was gibt's?“

„Also, Ihre Anfrage bei Interpol war erfolgreich, Herr Hagemann. Die haben dort einen Vermissten, der Arthur Goldsmith heißt.“ Gablers Englisch klang etwas holprig. „Er lebt allein in einem Kaff in der Nähe von London. Eine Nachbarin hat sich bei den englischen Kollegen gemeldet. Goldsmith wollte nach Deutschland reisen. Er ist am 26. April abgereist und wusste nicht, wie lange er bleibt, aber er hat gesagt, höchstens eine Woche. Sie hat sich jetzt Sorgen gemacht, weil er nicht wieder aufgetaucht ist.“

„Das ist unser Mann! Die Cops sollen sofort in seine Wohnung gehen und seine Papiere sichten. Eigentlich bräuchten wir die hier. Erklären Sie denen mal, worum es geht. Vielleicht können die uns was hermailen oder wie auch immer. Und finden Sie raus, wo der Mann hier in Hamburg gewohnt hat.“ Sander wandte sich zum Gehen.

„Da wäre noch etwas. Herr Dr. Hornecker hat den Leichnam Goldschmidt jetzt obduziert und bittet Sie, bei ihm vorbeizusehen, und zwar jetzt gleich, weil er weg muss.“

Es ging bereits auf siebzehn Uhr zu, als Friedelinde ihr Auto in eine kleine Parklücke gegenüber der Binnenalster quetschte. Miro hatte sich beeilt und nach drei Stunden zurückgerufen, um ihr zu erklären, dass er auch keinen Geburtseintrag für Hannelore Weber gefunden hatte. Vorsorglich hatte er denselben Tag in davor und dahinterliegenden Jahrgängen überprüft und auch die Tage um den 22. November herum im Jahr 1925, aber es gab keinen Eintrag. Eine Hannelore Weber, die in Danzig zur Welt gekommen war, existierte nicht.

Die Empfangsdame in der Eingangshalle der Bank konnte mit dem Namen Grapengeter nichts anfangen, aber als Friedelinde hinzufügte, dass die Dame im Archiv arbeitete, durfte sie allein in den Keller hinuntergehen. Auf ihr Klopfen rief eine zarte Stimme „Herein."

Hier unten schien die Zeit stehen geblieben zu sein. Die Bank bemühte sich um ein Image aus alteingesessener Seriosität und modernem Management, es gab noch nicht einmal einen Computer. An einem der beiden Schreibtische saß ein junger Mann, der nur kurz aufsah, hinter dem anderen eine alte Dame mit bläulicher Dauerwelle und einer Lesebrille, die an einer Kette vor ihrer Brust baumelte.

Friedelinde stellte sich vor und erklärte, weshalb sie da war. Sie warf einen Blick auf die langen Gänge mit Akten und Archivkartons, die sich hinter Frau Grapengeter aufreihten. „Und jetzt hatte ich gehofft, dass Sie hier vielleicht noch die Personalakte von Frau Weber aufbewahren."

„Das wollen wir doch mal sehen. Einen Augenblick." Die alte Dame verschwand zwischen den Regalreihen.

Der große Raum wurde von Neonröhren erhellt, nur in der gegenüberliegenden Wand gab es schmale Fenster. Die Luft war staubig und verbraucht. Der junge Mann, der Friedelindes Anwesenheit nicht mehr zur Kenntnis nahm, studierte alte Unterlagen. Friedelinde hörte die Schritte der alten Frau, die Aktenordner aus einem Regal hervorzog und schließlich zu ihrem Tisch zurückkehrte.

„Ordnung ist das halbe Leben." Sie lächelte und setzte ihre Brille auf. „Diese Computer stürzen ja immer ab. Aber Papier bleibt." Sie nahm die Brille wieder ab. „Ich habe viel Zeit hier unten verbracht. Ich bin gewissermaßen hier unten aufgewachsen. Schon mein Vater hat hier Ordnung gehalten, und hin und wieder durfte ich ihn begleiten. Als Kind war es hier für mich das wahre Paradies. Lauter geheimnisvolle Akten. Na ja, und dann habe ich selbst hier angefangen.“ Sie setzte die Brille wieder auf. „Dann wollen wir mal sehen.“ Sie schlug den vergilbten Aktendeckel auf. Zuoberst lag ein gelbstichiges Blatt Papier, an dessen rechter oberer Ecke ein bräunliches Passfoto mit einer verrosteten Büroklammer befestigt war.

„Oh, darf ich das mal sehen?“

„Ja, bitte.“ Frau Grapengeter löste das Foto und reichte es Friedelinde. Darauf war eine junge Frau mit ziemlich breitem Gesicht zu sehen. Sie lächelte und zeigte dabei eine auffällige Lücke zwischen den oberen Schneidezähnen. Ihre Haare waren um ihren Kopf herum zu einem Kranz geflochten. Sie trug eine weiße Bluse und blickte auf einen Punkt am Fotografen vorbei. Friedelinde wendete das Foto. Auf der Rückseite stand in altdeutscher Schrift der Name Weber.

„Das können Sie behalten“, sagte Frau Grapengeter. „Wenn die Frau Weber tot ist, kann ich sie ja aus der Liste der Ehemaligen streichen.“

„Kannten Sie sie?“

„Wir haben vielleicht eine Weile zusammengearbeitet, aber ich erinnere mich nicht mehr an sie. Ich war im Schreibpool tätig, und als der aufgelöst wurde, bin ich hier gelandet. Habe sozusagen die Aufgabe meines Vaters übernommen. Das Alte bewahren.“ Sie sah Friedelinde nachdenklich an. „Klingt nicht besonders aufregend, aber wissen Sie was? Mir macht es Spaß.“ Sie breitete die Arme aus. „Das hier ist das Leben. Hinter all dem Papier stecken Menschen und Schicksale. Es ist ein Teil der Geschichte, auch der Geschichte der Bank." Frau Grapengeter beugte sich vor und winkte Friedelinde heran. Die beugte sich ebenfalls vor. „Wegen der Geschichte ist der junge Mann auch da." Sie nickte in seine Richtung, aber der junge Mann gab sich unbeteiligt, auch wenn Friedelinde sich sicher war, dass er wusste, dass sie über ihn sprachen. „Die Geschichte der Bank. Er forscht hier für unsere Firmenbroschüre." Sie senkte die Stimme noch etwas mehr. „Ehrlich gesagt bin ich froh, wenn er damit fertig ist. Ich bin am liebsten allein hier unten. Er macht ja nur seine Arbeit, aber ich möchte einfach, dass diese Dinge hier bleiben. Geschützt von den Mauern dieser Bank."

Friedelinde nickte. Sie teilte die Auffassung, dass Archive unbedingt gut verwaltet und erhalten werden mussten. Die Vergangenheit endete niemals und musste dokumentiert werden, aber sie war sich nicht sicher, ob Frau Grapengeter nicht übertrieb und schon ein wenig wunderlich wurde zwischen ihren Akten.

„Wissen Sie, wir waren immer eine große Familie hier in der Bank. Jedenfalls ganz zu Anfang, als mein Vater noch hier arbeitete. Er hat damals als Kassierer begonnen, und er war sehr akkurat. Er hat immer gesagt, ein Heinrich Grapengeter geht nicht nach Hause, solange die Kasse nicht stimmt."

„Vielleicht kannte Ihr Vater Frau Weber noch?"

„Das ist gut möglich, aber mein Vater lebt nicht mehr. Mal sehen. Was haben wir denn?" Frau Grapengeter studierte die Unterlagen. „Hannelore Weber, 22. November 1925 in Danzig geboren, ledig, wohnhaft Osterstraße 12. Vater gefallen, Mutter verstorben." Frau Grapengeter machte ein betrübtes Gesicht. „Armes Ding, war völlig allein nach dem

Krieg. Im Mai 1946 hat sie als Stenotypistin in der Bank angefangen. Monatliches Gehalt einhundert Reichsmark." Sie blätterte weiter. „Dann folgen hier Zeugnisse. Hat ausnahmslos gute Beurteilungen erhalten. Später war sie Sekretärin des Abteilungsleiters und bis zu ihrer Pensionierung in der Belegsortierung beschäftigt. Hilft Ihnen das?"

„Ich weiß es nicht. Im Moment weiß ich überhaupt nicht, wonach ich suchen soll, und deshalb weiß ich auch nicht, was mir weiterhilft." Tatsächlich hatte Hannelore Weber sich ihre Legende offenbar sehr früh ausgedacht und damit ein neues Leben mit einer Anstellung bei der Bank begonnen. Aber wie hatte ihr früheres Leben ausgesehen, und unter welchem Namen hatte sie es geführt? Friedelinde seufzte. „Vielen Dank. Darf ich Sie wieder aufsuchen, wenn mir noch etwas einfällt, bei dem Sie mir helfen können?"

„Natürlich, meine Liebe. Jederzeit. Ich bekomme gern Besuch hier unten, und dafür ist ein Archiv ja da, dass man daraus Erkenntnisse aus der Vergangenheit gewinnt."

Kapitel 3

Dr. Hornecker kam ihnen bereits in Hut und Mantel auf dem Gang entgegen. „Jetzt kommen Sie ja doch noch. Hat Ihnen der Kollege nicht ausgerichtet, dass ich weg muss?"

„Hat er, aber es ging nicht eher."

Der Gerichtsmediziner schnaubte unwirsch und kehrte in den Obduktionssaal zurück, wo er seine Aktentasche auf einen Stahltisch klatschte und im Nebenraum verschwand. Dort verrichtete er vermutlich zu Dokumentationszwecken seine Tätigkeit mit lautstarker Geräuschkulisse und wütenden Ausrufen. Schließlich schob er eine Bahre in den gefliesten Raum und stellte die Bremse fest.

„So, da ist unser Unbekannter."

„Er ist nicht mehr unbekannt. Das ist Arthur Goldsmith."

Dr. Hornecker schob seine Baskenmütze aus der Stirn und kratzte sich am Schädel. „Aha. Und wieso sagt mir das keiner?"

„Sag ich doch gerade. Gabler wird Ihnen die Daten mitteilen. Mr Goldsmith oder vielleicht auch Goldschmidt kam aus England zu uns."

„Gut." Dr. Hornecker schlug das Leichentuch zurück. „Wie dem auch immer sei. Für sein Alter war er in einem ganz guten Ernährungszustand, wenn man mal davon absieht, dass sich mit achtzig die Muskeln in Nichts auflösen. Es gibt keine Zeichen äußerer Gewaltanwendung. Er war vollständig bekleidet."

„Und wie haben Sie ihn …" Sander rang nach Worten.

„Aufgetaut? Langsam und behutsam, damit nichts zerstört wird. Jedenfalls haben wir ihn nicht in die Mikrowelle geschoben."

Gernot verzog schmerzhaft das Gesicht. „Dann gibt es also keinen Grund für ihn, tot zu sein?"

„Selbstverständlich gibt es den." Dr. Hornecker deckte den Leichnam wieder zu. „Der Mann wurde vergiftet. Das ist kein Geheimnis. Das Geheimnis ist allerdings, womit. Kommen Sie mal mit."

In seinem angrenzenden Büro nahm Dr. Hornecker auf seinem ächzenden Ledersessel Platz, während Sander einen Stuhl von einem Stapel Zeitschriften befreite, den er Gernot hinschob. Der Gerichtsmediziner schlug die vor ihm liegende Akte auf. „Wir haben in seinem Magen Tee, Milch und Zucker, irgendeinen Kuchen mit klebriger Marmelade und eine Pflanze gefunden."

„Eine Pflanze?"

„Hm. Genauer gesagt, Aprikosenmarmelade. Armin meint, es könnte Linzer Torte gewesen sein. War praktisch noch alles unverdaut vorhanden. Daraus ziehen wir den Schluss, dass es eine sehr unangenehme Pflanze war, die nicht Bestandteil des herkömmlichen Rezepts für Linzer Torte ist. Und was diese Pflanze angeht, die Symptome sind dieselben wie beim blauen Eisenhut. Nicht umsonst wird diese Pflanze üblicherweise nicht als Zutat für Linzer Torte verwendet." Der

Mediziner legte die Hand an die Wange und sah aus, als hätte er Zahnschmerzen. „Wissen Sie, mit blauem Eisenhut legen sich die Menschen jetzt schon seit geraumer Zeit um. Die Wirkungsweise, die einer Überdosis Digitalis gleichkommt, ist bekannt. Das Herz macht einen Satz, und das war dann der letzte. Unser Freund hier", er wies durch die Glasscheibe in den Obduktionssaal", hatte noch andere Symptome, auf jeden Fall hat er noch gelebt, als er in die Gefriertruhe gelegt wurde."

„Das ist ja furchtbar. Er hat noch gelebt?"

Dr. Hornecker sah Gernot an. „Nun, lassen Sie es mich so sagen: Er war noch nicht tot. So herum wird es vielleicht deutlicher."

„Na, also wissen Sie. Sie sagen doch immer, ein bisschen tot gibt es nicht. Und wenn er noch gelebt hat, war er nicht tot", stellte Gernot fest.

„Sicher, ich bitte Sie, mich nicht misszuverstehen. Vielleicht verstehen Sie es, wenn ich sage, seine Vitalfunktionen dürften noch in ganz geringem Umfang vorhanden gewesen sein."

Gernot machte eine missmutige Miene. „Ein bisschen Herzklopfen, ein bisschen funktionieren die Organe noch, aber auf Dauer reicht das eben nicht zum Leben?"

„Genau! Ich hätte es nicht besser formulieren können."

„Und welche Symptome hatte er denn?"

„Nun, bei einer Vergiftung durch Eisenhut spüren Sie zunächst ein Kribbeln im Mund, die Haut wird allmählich gefühllos, dann wandert die Vergiftung in den Magen-Darm-Trakt, sie leiden an Erbrechen, Durchfall und üblen Koliken und schließlich unter Herzrhythmusstörungen. Am Ende folgt eine Atemlähmung. Alles in allem keine sehr schöne Sache."

„Nee“, stimmte Sander zu.

„Bei unserem Toten kommen noch leichte Verätzungen der Mundschleimhaut hinzu. Und er hat, wie gesagt, noch gelebt, als er in die Truhe gelegt wurde.“ Dr. Hornecker sah auf die Uhr. „Die Leichenstarre war noch nicht eingetreten. Und diese gekrümmte Haltung des Körpers und die krallenartige Haltung der Hände deuten auf Krämpfe hin.“ Er hieb unvermittelt auf den Tisch, dass die Büroklammern in ihrem Behältnis klapperten. „Jetzt muss ich aber dringend los.“

Als Sander und Gernot ihm folgen wollten, hielt der Assistent sie zurück. Er deutete mit dem Kopf in Richtung Ausgang. „Der Chef hat etwas Wichtiges vergessen. Kommen Sie mal.“

Er führte sie noch einmal zur Leiche, schlug das Tuch zurück und drehte Goldschmidts rechten Arm mit der Innenseite nach oben. „Das da.“

Sander pfiff durch die Zähne. „Das ist allerdings wichtig. Das ist eine eintätowierte Nummer“, stellte er fest.

„Und dann gibt's da noch etwas.“ Er legte den Arm wieder an Goldschmidts Körper und bedeckte ihn mit dem Tuch. „Hier drüben.“ Er deutete auf ein Blatt Papier, das zerknüllt gewesen und wieder glatt gestrichen worden war. Sander beugte sich darüber. „Das ist schon wieder dieses verdammt Süll…“

„Sütterlin würde ich sagen.“

„Genau. Woher haben Sie das?“

„War in seiner Manteltasche. Das war aber auch alles. Sonst hatte er nichts dabei. Kein Portemonnaie, keinen Ausweis, keine Fahrkarte, nichts.“

„Danke.“ Sander klopfte dem jungen Mann auf die Schulter. Da hatte er eine ganze Menge auf dem Zettel, mit dem er Frau Engel an diesem Abend überraschen konnte, und zu seiner eigenen Überraschung war das kein unangenehmer Gedanke. Im Übrigen konnte er mit seinen Neuigkeiten den eigentlichen Zweck seines Besuches etwas verschleiern.

Friedelinde stopfte ihre Wäsche in die Trommel, gab das Waschmittel in den Behälter und startete das Programm. Vor dem Bullauge hockend sah sie zu, wie sich ihre Schmutzwäsche in Bewegung setzte. Nach einer Weile nahm sie auf der Bank in der Mitte des Raumes Platz, zwischen einer jungen Frau, die inmitten gefüllter Waschkörbe einen Beziehungsratgeber las, und einem Anzugträger, der den Wirtschaftsteil der Zeitung studierte. Seine Wäsche hatte er in einer Sporttasche hertransportiert.

Es hätte ein Ort der Besinnlichkeit sein können. Bis auf die Geräusche der Maschinen war es still im Raum. Nahezu still. Nur Elviras durchdringende Stimme ließ sich nicht vollständig ausblenden. Die wies einen jungen Mann mit strubbeligen Haaren, dem der Hosenboden seiner Jeans auf Kniekehlenhöhe hing, in das faltenlose Bügeln eines Hemdärmels ein, und solange der sich weiterhin begriffsstutzig gab, würde es keine Ruhe geben. Friedelinde gab auf. Mit der Entspannung würde es heute nichts werden. Sie ging zum Tresen hinüber und hatte eben Platz genommen, als Marie hereinkam. Die knallte zur Begrüßung einige Bücher auf den Tresen.

„Was ist los, hast du keinen Unterricht?"

„Ich hab gesehen, dass du rübergegangen bist, da hab ich den Unterricht ein bisschen abgekürzt."

Friedelinde klappte eines der Bücher auf. „Und worum geht's heute?"

„Die Kleider. Guck hier. Das ist doch schön, oder?"

„Wenn man heiraten will, vielleicht."

„Ich will heiraten."

„Ach ja, hab ich vergessen."

Marie stieß sie mit der Schulter an. „Sei mal nicht so vorlaut. Du kommst auch noch dran."

„Mit heiraten? Das wüsste ich aber."

„Das wüsste ich auch. Nee, mit einem Kleid. Hier." Marie zeigte auf etwas in rosa Seide.

„Das kannst du allein anziehen. Ich würde darin aussehen wie ein Marzipanschweinchen."

„Du weißt aber schon, dass du nicht im Mittelpunkt stehen sollst."

„Damit *würde* ich im Mittelpunkt stehen."

„Meine Güte, du bist schwierig." Marie blätterte weiter. „Und wie ist es damit?"

„Das würde mir gefallen."

Sie fuhren beide herum. Marie fasste sich bei Sanders Anblick als erste. „Dummerweise habe ich schon einen Bräutigam, sonst würde ich Sie fragen."

Friedelinde versetzte ihr einen Fußtritt.

„Und dummerweise habe ich schon eine Frau. Tut mir leid", entgegnete Sander.

Marie warf Friedelinde einen bedeutungsvollen Blick zu. „Geht's noch plumper?", zischte sie.

„Nun mal keinen Streit, meine Damen. Frau Engel, können wir mal rüber in Ihr Büro?"

„Ich streite mich nicht. Ich wüsste nicht weshalb. Im Übrigen muss ich darauf warten, dass meine Wäsche fertig wird."

„Herrje sind Sie heute wieder schwierig."

„Ja, finde ich auch. Warum hilfst du der Polizei nicht“, mischte sich Marie ungefragt ein.

„Weißt du, du kannst dir mal jemand anderen suchen für deine schweinchenfarbenen Brautjungfernkleider. Ich stehe für solche Veranstaltung nicht zur Verfügung.“

Marie und Sander wechselten Blicke, während Friedelinde vom Barhocker rutschte und zu ihrer Waschmaschine ging.

„Womit kann ich Ihr aufgebrachtes Gemüt besänftigen? Eine warme Mahlzeit, Schnaps, Schokolade?“ Sander setzte sich neben sie.

„Sie können im Bordbistro der Bahn anfangen.“

„Was ist denn los mit Ihnen? Rutschen Sie mal.“ Sander quetschte sich zwischen Friedelinde und den Anzugträger.

„Ach, ich hab Schwierigkeiten mit der Feststellung von Hannelore Webers wahrer Identität.“

„Geht doch. Wenn man drüber spricht, geht es einem gleich viel besser.“

„Sie haben bisher nicht den Eindruck eines mitfühlenden Psychologen auf mich gemacht.“

Sander beugte sich vor und beobachtete Friedelindes Wäsche. „Bin ich auch nicht. Keine Sorge. Vielleicht hab ich ein paar Informationen für Sie, die Ihnen weiterhelfen.“

Die Maschine begann zu schleudern.

„Und welche wären das?“

„Das sag ich Ihnen, wenn Sie mir einen Gefallen tun.“

„Wenn ich richtig mitgezählt habe, sind Sie, was das angeht, ziemlich im Rückstand.“

„Einen persönlichen Gefallen.“

Friedelinde sah ihn von der Seite an.

„Ich hol Sie morgen früh ab. Das wird etwa eineinhalb Stunden dauern."

„Was wird eineinhalb Stunden dauern?"

„Erzähl ich Ihnen morgen. Ist Ihre Wäsche endlich fertig?"

Friedelinde öffnete das Bullauge und zog ihre Wäsche heraus. „Gewaschen schon, getrocknet noch nicht."

Nachdem der Wäschetrockner seine Arbeit gemacht hatte, gingen sie in Friedelindes Wohnung hinüber.

„Und das hier?" Sander, der auf ihrem Bett saß, hielt eine schwarze Unterhose in die Höhe.

„Das ist meine Unterwäsche. Ich glaub, ich schaff das schon allein." Friedelinde zog den Wäschekorb an sich und räumte ihre Sachen in den Schrank.

„Wir wissen jetzt, wer Goldschmidt ist. Ein Deutscher, der nach England ausgewandert ist. Dort hat er sich Goldsmith genannt. Arthur Goldsmith. Er ist hierher zurückgekehrt, um unsere Hannelore Weber oder vielmehr die Frau, die sich als Hannelore Weber ausgegeben hat, wegen irgendetwas zur Rechenschaft zu ziehen. Er hat in einer kleinen Pension in St. Georg gewohnt, im Voraus bezahlt. Dort befindet sich nur Kleidung von ihm. Er soll eine Aktentasche dabeigehabt haben, als er die Pension am 28. April verlassen hat."

„Aber in Frau Webers Haus haben wir nichts gefunden."

„Richtig. Der Taxifahrer, der ihn gebracht hat, erinnert sich nicht daran, ob Goldschmidt eine Tasche dabeihatte, aber es gab kein Fundstück dieser Art an jenem Tag in der Taxizentrale. Wir haben Olaf Springer in U-Haft genommen. Vielleicht kann er uns etwas dazu sagen."

Friedelinde verstaute den letzten Stapel Shirts im Schrank. „Und haben Sie eine Idee, weshalb Goldschmidt Frau Weber aufgesucht hat?"

„Das nicht, aber vielleicht hilft es Ihnen weiter, wenn Sie wissen, dass Goldschmidt in einem KZ gesessen haben muss. Jedenfalls hatte er eine Nummer im Unterarm eintätowiert."

„Aber Hannelore Weber ist zu jung, um Aufseherin in einem solchen Lager gewesen zu sein", sagte Friedelinde als sie diese Information verdaut hatte.

„Das Einzige, was uns von Goldschmidts Unterlagen zurzeit noch zur Verfügung steht, ist ein weiteres Schriftstück in Sütterlin. Das hatte er in der Manteltasche. Und wir wissen jetzt, woran er gestorben ist." Sander stützte sich hinter dem Rücken auf dem Bett ab. „Er wurde mit einer Pflanze vergiftet. Offenbar hat Hannelore Weber Kaffee und Kuchen serviert, allerdings war im Kuchen eine giftige Pflanze eingebacken."

Friedelinde betrachtete den Kommissar auf ihrem Bett. Irgendwie ein unpassender Anblick. „Wollen wir vielleicht mal woanders hingehen?"

„Natürlich." Sander erhob sich. „Was schlagen Sie vor?"

„Mein Büro." Friedelinde nahm sich eine Strickjacke mit. „Zeigen Sie mal den Brief her."

Sander zog einen zusammengefalteten Zettel aus der Jackentasche. „Ich bin gar nicht sicher, ob das ein Brief ist. Haben wir den Wein gestern eigentlich ausgetrunken?"

„Ich glaub schon. Aber ich muss irgendwo noch eine Flasche haben. Kann ich mal den Zettel haben?"

„Wir gehen übrigens davon aus, dass Springer von Frau Weber die zehntausend bekommen hat, die sie am 26. April von ihrem Konto abgehoben hat. Er hat sich davon ein Motorrad gekauft", hörte sie ihn aus der Küche rufen. „Was war das eigentlich für eine Nummer mit dem Einbruch heute Morgen? Ihre Täterbeschreibung war ja wirklich unter aller Kanone. Gott sei Dank kann der durchschnittliche Zeuge eine sehr viel detaillierte Beschreibung abgeben als Sie. Das Haus ist durchsucht worden, aber wir können nicht feststellen, ob und was fehlt. Vielleicht können Sie noch mal ins Haus gehen und nachsehen, ob überhaupt etwas fehlt." Er betrachtete das wenig ansprechende Etikett eines Supermarktweines. Seufzend nahm er zwei Gläser aus dem Schrank. „Also wissen Sie, Ihr Weingeschmack lässt wirklich zu wünschen übrig. Unterstes Regal für zweineunundneunzig, würde ich sagen." Sander blieb in der Tür stehen, als er Friedelinde ansah. „Was denn? Hab ich Sie wieder beleidigt?"

Friedelinde sah ihn entgeistert an. Langsam schüttelte sie den Kopf. „Diese Frau war keine Mörderin, sie war eine Bestie."

Ich habe mich damals immer wieder gefragt, woher diese Grausamkeit kam, mit der du uns behandelt hast. Heute weiß ich es natürlich, aber damals habe ich gedacht, dass unser Anblick doch eher mitleiderregend gewesen sein muss, dass unsere ausgemergelten Körper doch einen normalen Menschen dazu veranlasst hätten, uns etwas zu Essen zu geben. Und Hoffnung. Inzwischen bin ich ein weiser alter Mann, und ich weiß heute, dass es gerade unser Anblick gewesen ist, der dich zu deinem Verhalten veranlasst hat. Vielleicht hat dein Vater dir seine sadistische Ader vererbt, vielleicht kann man Mitleidlosigkeit auch anerziehen. Vielleicht war es bei dir beides. Du warst damals so alt wie ich, jünger als alle übrigen Internierten. Ich vermute, dass du eine Veranlagung hattest, und dass die Gelegenheit dich dazu gemacht hat, zu dem, was dann aus dir geworden ist.

Wir hatten an jenem Tag zwölf Stunden gearbeitet, es ist ein frühsommerlicher Tag gewesen mit heißen Temperaturen, ich vermute heute wenigstens dreißig Grad. Wir hatten nichts gegessen, und wir hatten nichts getrunken. Den ganzen Tag über hatten wir unter dem unerbittlichen Schein der Sonne gearbeitet. Einige von uns haben mit beiden Händen das brackige Wasser aus den Gräben geschöpft, um nicht wegen Dehydrierung umzukippen. Es ist ihnen nicht gut bekommen, denn darin schwamm allerlei herum, es war ja ein stehendes Gewässer. Sie haben gekotzt, dabei hatten sie ja nichts im Magen, was heraus konnte. Als wir am Abend in die Unterkünfte zurückkehrten, hatten wir nur einen Gedanken: Essen. Wir haben förmlich nach der dünnen Haferschleimsuppe gelechzt, die du uns gebracht hast, versprach sie doch ein wenig Nahrung und vor allem Flüssigkeit. Ich erinnere mich noch gut an deine Miene, die du aufgesetzt hast, als du den großen Topf hereingeschleppt und auf den Tisch gestellt hast. Die meisten haben dich nicht beachtet. Sie hatten nur Augen für den Topf und für seinen Inhalt. Und dann hast du gesprochen.

Ihr wisst, dass der Wasserschierling giftig ist. Sehr giftig. In großen Mengen ist sein Gift tödlich. Und wer weiß, vielleicht ist mir etwas in die Suppe hineingeraten.

Sander legte den Ausdruck auf den Tisch zurück und verließ das Büro. Er kehrte zurück, als Friedelinde sich den

Text eben ein zweites Mal durchgelesen hatte. Er hielt eine Flasche Obstwasser in der Hand. „Gab's im Waschsalon. Ich hol mal Gläser."

Sander stellte ihr ein Glas hin. „Prost."

„Diese Frau hat sich Hannelore Weber genannt und sich eine Identität ausgedacht. Damit hat sie sich in der Bank beworben und war noch so unverfroren zu behaupten, dass ihre Eltern verstorben sind", sagte Friedelinde.

„Vielleicht stimmt das ja."

„Ich weiß nicht, wie ich ihre wahre Identität herausfinden soll. Ich kann nicht nach einem eventuell verstorbenen Vater suchen. Vielleicht über ein KZ und den Namen Goldschmidt." Friedelinde schob ihr leeres Glas über den Tisch, und Sander schenkte nach. „Sie werden das schon machen." Er schraubte die Flasche zu. „Und jetzt hören Sie mal auf zu trinken. Ich brauch Sie morgen früh nüchtern."

Es wäre besser gewesen, *früh* zu definieren. Als Sander um viertel nach sieben an die Bürotür klopfte, kam sie gerade aus der Dusche. Es blieb ihr nur Zeit, sich anzuziehen und ihre Mütze über die nassen Haare zu stülpen.

„Könnten wir vielleicht irgendwo anhalten und was frühstücken? Oder wenigstens Kaffee trinken?"

„Leider nicht." Sander gab so viel Gas, dass Friedelinde in den Sitz gepresst wurde. „Wir haben es eilig."

„Das ist wirklich eine hochkonspirative Sache, auf die ich mich da eingelassen habe. Mitten in der Nacht muss ich irgendwohin hetzen."

Sander atmete schwer. Vielleicht würde er sie jetzt endlich mal einweihen.

„Wird das eine Fahrt ins Blaue?" Friedelinde deutete auf die Wiesen. „Oder eher ins Grüne?"

„Es wird eine Fahrt zur Rehaklinik Sonnenschein. Liegt nun mal draußen auf dem Land."

Friedelinde betrachtete ihn von der Seite. Jetzt war sie wirklich gespannt.

„Sie sind als meine Begleitung dabei."

„Wollen wir Ihrem Erbonkel eine heile Familie vorspielen?"

„Sie haben echt Fantasie. Nein. Sie sollen auf mich aufpassen."

„Sie machen Witze."

„Das ist mein Ernst. Ich hoffe, dass Ihre Anwesenheit mich davon abhält, Streit anzufangen oder Schlimmeres."

„Was ist schlimmer?"

„Jemandem eine reinhauen."

„Wem?"

Sander seufzte. „Ich, also Maren, meine Frau, sie wollte mich verlassen. An einem Abend, an dem wir uns eigentlich versöhnen wollten, ist sie einfach gegangen. Wegen eines anderen. Ich hatte gekocht, und sie hat in aller Ruhe das Steak aufgegessen. Dann hat sie das Besteck hingelegt und gesagt, dass sie geht. Ihren Koffer hatte sie gepackt unterm Bett versteckt. Sie hat ihn genommen und ist in ihr Auto gestiegen."

„Und dann?"

„Und dann habe ich mir einen Whiskey eingeschenkt. Den hatte ich noch nicht ausgetrunken, da standen die Kollegen vor der Tür. Ihr Wagen hatte sich überschlagen. Maren war nicht angeschnallt gewesen." Er wandte sich Friedelinde zu. „Sie hat sich immer angeschnallt. Ständig hat sie mich damit genervt." Er sah wieder nach vorn. „Ihre Knochenbrüche und inneren Verletzungen sind wieder geheilt, aber sie liegt seitdem im Koma."

„Und dieser jemand, dem Sie gern eine verpassen würden, das ist ihr neuer Freund?"

„Ich würde ihm nicht gern eine verpassen, ich hab ihm gestern eine verpasst. Er hat ihr Rosamunde Pilcher vorgelesen, können Sie sich das vorstellen? So einen Scheiß hat sie nie freiwillig gelesen."

„Wie heißt er?"

„Wer?"

„Der Freund Ihrer Frau."

„Lukas Blume."

„Wird Herr Blume heute da sein?"

„Ich hoffe nicht. Um diese Uhrzeit ist er eigentlich nie da."

„Aha. Und warum bin ich dann dabei?"

Sander atmete aus. „Die Klinikleitung hat dem Polizeipräsidenten gesteckt, dass ich handgreiflich geworden bin. Ich werde vom Dienst suspendiert, wenn das noch mal passiert. Und ich darf meine Frau nicht mehr alleine besuchen, sondern nur noch in Begleitung."

„Einer Aufsichtsperson."

„Richtig."

„Mann, da haben Sie sich ja was Schönes ausgedacht."

„Dachte ich mir, dass es Ihnen gefällt. Deshalb habe ich Ihnen erst jetzt davon erzählt, um die Spannung zu steigern."

Sie waren angekommen. Er parkte den Wagen auf dem Parkplatz, und sie stiegen aus. Die Klinik war in einem großen gelben Gebäude untergebracht, inmitten schleswig-holsteinischer Wiesen und Felder. Friedelinde stieg hinter Sander die Eingangstreppe hoch und folgte ihm durch das große

Eingangsportal. Sie liefen eine Freitreppe hinauf und betraten ein Zimmer am Ende des Ganges.

„Oh Mann, ist hier eine Luft." Sander riss die Fensterflügel auf.

Friedelinde ging auf das Krankenbett zu. Die Frau darin hatte kurze dunkelbraune Haare, ihre Augen waren geöffnet, sie sah blicklos an die Decke. Ihre Hände hielt sie in einer verkrampften Krümmung auf der Bettdecke. Friedelinde fasste ihre Rechte und drückte sie sanft. Auf dem Nachttisch stand ein Foto von Sander und einer schönen Frau mit langen dunkelbraunen Haaren. Sie hielt Sander von hinten umarmt, und sie lachten beide in die Kamera. Ein schönes Paar. Das Buch von Rosamunde Pilcher lag daneben. *Wilder Thymian.* Sander ging zu einem Sideboard. „Diesen Scheiß hat bestimmt Hilde hier hingestellt." Er nahm einen Glasbehälter, in dem Sandelholzstäbchen standen.

„Was haben Sie damit vor?"

„Das ist Müll."

Friedelinde nahm ihm das Glas aus der Hand. „Das bleibt stehen. Wer auch immer diese Hilde ist, sie hat sich etwas dabei gedacht." Sie stellte das Glas zurück.

„Hilde ist meine Schwiegermutter."

„Und Lukas Blume kennt den Literaturgeschmack Ihrer Frau vielleicht ganz gut."

„Was wollen Sie mir damit sagen?"

„Dass Sie es weder Ihrer Frau noch allen, die sie mögen, so schwer machen sollten."

„Ich hab Sie nicht mitgenommen, um mir kluge Ratschläge zu geben."

„Da ist es doch umso netter, dass Sie trotzdem welche von mir bekommen."

Auf der Rückfahrt schwiegen sie. Friedelinde vermutete, dass Sander ihr Engagement inzwischen bereute. Als er in eine Bushaltebucht fuhr, sah sie ihn fragend an. „Sie müssen hier aussteigen. Ich muss jetzt ins Präsidium."

„Ich muss ins Büro, ich hab heute noch Termine!", protestierte Friedelinde.

„Deshalb lass ich Sie doch an der Bushaltestelle raus."

Er erreichte das Präsidium mit der einkalkulierten Verspätung von einer halben Stunde. Mit Gernot hatte er abgesprochen, dass sie Springer und seinen Rechtsvertreter ruhig ein wenig zappeln lassen sollten. Gernot musste von seinen privaten Angelegenheiten während der Dienstzeit nichts wissen. Diesmal würde es auch keine Meldung von der Klinikleitung an Mühle geben. Dafür gab es schließlich keine Veranlassung. Durch die verspiegelte Scheibe sah er in den Verhörraum, in dem Springer neben einem gelockten Jüngling saß. Das war der Pflichtverteidiger, den Gernot Springer besorgt hatte. Ein niedliches Bürschlein, mit dem sie spielend fertigwerden würden.

„Ich glaube nicht, dass er es gewesen ist." Sander wandte sich zu Gernot und berichtete von dem Inhalt des Eintrages, den die Gerichtsmedizin in Goldschmidts Manteltasche gefunden hat.

„Du meinst, die Weber hatte guten Grund, Goldschmidt umzubringen, und auch keine Skrupel, es selbst zu tun?"

„Liest sich so. Dieser zweite Text enthält keine Anrede, deshalb kann man nur vermuten, dass er ebenfalls an die Weber gerichtet war. Vielleicht hat er sich vor seinem Besuch Notizen gemacht, die er zur Verlesung bringen wollte. Möglicherweise hat er sich und seinem Mut selbst nicht vertraut. Vielleicht hatte er Angst, dass ihm die Worte fehlen, wenn er dieser Frau plötzlich wieder gegenübersteht."

„Warum gehen wir nicht rein und fragen Springer, welche Rolle er dabei gespielt hat?", schlug Gernot vor.

Sander schlug ihm auf die schmale Schulter. „Gute Idee."

„Guten Morgen." Sander und Gernot nahmen Platz. „Ich hoffe, Sie hatten eine gute Nacht, Herr Springer."

„Wenn wir vielleicht gleich zur Sache kommen könnten", meldete sich der Anwalt zu Wort. „Sie haben uns schon über eine halbe Stunde warten lassen."

„Gern. Ich wollte nur höflich sein."

Sander gab die Namen der Anwesenden zu Protokoll und wandte sich dann an Springer. „Dann erzählen Sie uns bitte, wofür Ihnen Hannelore Weber die zehntausend Euro gegeben hat. Für den Mord an Arthur Goldschmidt oder nur dafür, dass Sie ihn beseitigen."

Der Anwalt räusperte sich. „Also, ich muss …"

Er wurde von seinem Mandanten unterbrochen, der mit der Faust auf den Tisch hieb, dass das Aufnahmemikrofon hüpfte. „Also ich lass mir hier keinen Mord unterschieben!"

„Dann sagen Sie uns doch, wofür Sie das Geld bekommen haben."

Springer und sein Anwalt wechselten einen Blick, der Jurist nickte seinem Mandanten zu.

Olaf räusperte sich. „Ich wusste nicht, was sie vorhat. Ehrlich."

Sander war gespannt. Wenn einer von Olaf Springers Kaliber schon etwas ehrlich meinte, konnte das ja was werden.

„Ey, ich hab die Büsche hinten im Garten beschnitten, weil die Nachbarn sich schon beschwert haben, und da kommt sie eines Tages raus zu mir und ist völlig aus dem Häuschen." Er ahmte eine ältliche Frauenstimme nach. „‚Herr Springer, mein Lieber, wir wollen einen Ausflug machen.'" Er wechselte wieder in seine eigene Stimmlage zurück. „Ich denk, was hat die Alte denn? Einen Ausflug. Ich bin der Gärtner und nicht der Samariterbund. Altenkreis und so. Ich sag: ‚Frau Weber, ich bin hier grad am Ordnung machen', sag ich zu ihr." Er wechselte wieder in die weibliche Stimmlage, und Sander war beinahe ein bisschen amüsiert von dem Hörspiel. „‚Lassen Sie alles stehen und liegen, ich will ins Wittmoor, da war ich so lange nicht.'" Olaf Springer lehnte sich zurück. „Na toll, denk ich. Ich mit der Alten im Moor. Da wollte ich ja noch nie hin."

„Wie sind Sie dorthin gefahren?"

„Mit 'm Taxi!" Springer tippte sich an die Stirn. „Die will im Moor spazieren gehen und fährt da mit 'm Taxi hin." Er schüttelte fassungslos den Kopf.

„Wann war das?"

„Ja, wann war das?" Springer legte seine Stirn in Falten und sah seinen Anwalt fragend an, aber der wusste die Antwort auch nicht.

Springer grübelte. „Ende April?" Er machte eine Handbewegung. „Genau weiß ich das nicht mehr. Schlagen Sie mich tot."

„Haben Sie das Taxi gerufen? Wissen Sie noch, welches Taxiunternehmen es war?"

„Mann, Sie fragen Sachen. Irgend so ein Araber hat uns gefahren, aber das sind ja alle Taxifahrer heute. Ist möglich, dass es Hansataxi war, aber will ich nicht meine Hand für ins Feuer legen."

„Gut." Sander bemerkte, dass der Anwalt sich aufmerksam Notizen machte. „Sie sind ins Wittmoor gefahren. Wo hat das Taxi Sie abgesetzt?"

„Ehrlich jetzt? Das wollt Ihr wissen?"

Sander nickte.

„Nee, also echt nicht. Das weiß ich doch heute nicht mehr."

„Gut, das können wir später noch klären. Und dann?"

„Na, ich hab mir die Alte untern Arm geklemmt, die war ja auch nicht so gut zu Fuß. Und wir stolpern da über Stock und Stein, das war ein Spaß, was die da wollte. Na ja." Springer schüttelte den Kopf. „Na ja, und dann …" Er wiegte den Kopf.

„Und dann?"

„Und dann musste ich mal pissen, wenn Sie das genau wissen wollen. Ich bin da hinter irgend so 'n Gewächs und hab gehofft, dass die Alte inzwischen nicht irgendwo in den Morast fällt und versinkt, aber die war noch da. Ich hab sie eingesammelt, wir sind zum Taxi zurück und nach Hause gefahren."

„Das war es? Was hat Frau Weber gemacht?"

„Wie, was hat Frau Weber gemacht?"

„Während Sie austreten waren."

„Das weiß ich ja nicht, weil ich ausgetreten bin. Aber die hat irgendwie an ihrer Handtasche rumgefummelt, als ich sie mir wieder untern Arm geklemmt habe. War 'n bisschen rot im Gesicht."

„Könnte sie etwas in ihre Handtasche gesteckt haben?"

„Könnte sie."

„Und für diesen Ausflug haben Sie zehntausend Euro gekriegt?“

„Nee, natürlich nicht. Zweihundert Eier waren dabei für mich drin.“

„Und wofür waren dann die zehntausend?“

Olaf Springer wollte wieder aufbrausen, aber sein Anwalt legte ihm die Hand auf den Unterarm. Olaf betrachtete sie, als wäre sie ein ekliges Insekt, das er gleich erschlagen würde. Schnell zog der Jurist die Hand zurück.

„Ey, das war vielleicht nicht ganz in Ordnung, aber ich hab echt nichts gemacht, okay?“

„Okay. Was haben Sie nicht gemacht?“

„Na ja, das nächste Mal …“

„Wann war das?“

„Wie?“

Sander wiederholte die Frage nicht.

„Was weiß ich.“ Springer ruderte mit der Hand in der Luft. „Zwei, drei Tage später.“ Er warf Sander einen bösen Blick zu. „Also, das nächste Mal kommt sie übern Rasen gelaufen. Ich hab grade die Zweige verbrannt, die ich da aus den Büschen geholt habe. Ist zwar nicht legal, aber entweder die Nachbarn haben die Dinger auf ihrer Seite vom Zaun oder sie müssen damit leben, dass ich sie verbrenne.“

Sander konnte sich gut vorstellen, wie Springer mit Nachbarn umging, die ihn darauf hinwiesen, dass es verboten war, Äste im eigenen Garten zu verbrennen.

„Na ja, sie kommt wieder übern Rasen gelaufen. Nee, denk ich. Nicht schon wieder irgendwo in die Wicken mit der Alten, aber sie sagt: ‚Herr Springer, es ist etwas Schreckliches geschehen, Sie müssen sofort reinkommen.‘ Na ja, ich hab geguckt, dass mein Feuer einigermaßen unter Kontrolle bleibt, und bin mit ihr rein." Jetzt wirkte Springer tatsächlich ein wenig erschrocken. „‚Ach du Scheiße, Frau Weber', hab ich gesagt. ‚Was ham Sie denn mit dem gemacht?'" Er breitete die Arme vor sich aus. „Sie 'n schönen Kaffeetisch gedeckt, weiße Tischdecke, Torte und das gute Geschirr mit dem Goldrand, und in einem Teller liegt 'n Kerl." Er sah Sander an. „Ich mein, die konnte doch echt nicht backen, oder wie?"

„Was haben Sie gemacht?"

„Na ja, ich hab mir den von allen Seiten angeguckt. Und dann hab ich so was vorgeschlagen wie man könnte ja auch einen Arzt rufen, aber da sagt sie: ‚Der ist tot.' Ich guck sie an, und die guckt zurück. Und plötzlich ist die auch gar nicht mehr so wuschig. Als die übern Rasen gelaufen kam, da dachte ich, die kriegt gleich einen Herzkasper, aber da stand sie cool da und sagt, der ist tot. Na ja, da braucht man ja keinen Arzt mehr."

„Man hätte die Polizei rufen können", schlug Gernot vor.

„Hätte man, sicher." Springer wiegte seinen Oberkörper vor und zurück. „Nichts gegen euch, Jungs, aber das war mir 'ne Nummer zu heiß. Und ich hatte echt keinen Bock auf dumme Fragen."

„Was haben Sie stattdessen gemacht?"

„Na, sie sagt, wir müssen ihn verstecken. ‚Okay', sag ich. ‚Und wo? In den Rabatten?' – ‚Nee', sagt sie. ‚Im Keller. Da steht eine Gefriertruhe.' Ja, was soll ich sagen. Ich hab mir den Alten übern Arm geworfen und ihn in den Keller runtergetragen."

„Trug der Tote einen Mantel?"

„Nee, der hing an der Garderobe. Den hat die Weber mir hinterhergetragen, und ich hab den da umständlich reingefummelt und ihn in die Gefriertruhe gepackt." Er grinste.

„War die leer?"

„Die war leer."

„War die kalt?"

„Na logo war die kalt. War ja 'ne Gefriertruhe."

Sander lehnte sich zurück und verschränkte die Arme vor der Brust. „Das war eiskalt geplanter Mord." Als Mandant und Anwalt empört aufbrausen wollten, hob er beschwichtigend die Hand. „Frau Weber. Frau Weber hat diesen Mord geplant. Wenn Ihre Version stimmt, haben Sie Beihilfe geleistet."

„Mein Mandant hat keine Bei…"

„Jedenfalls hat er die Leiche verschwinden lassen. Vertuschung einer Straftat. War auch nicht in Ordnung", unterbrach Sander ihn. „Und dafür hat sie Ihnen zehntausend Euro gegeben?"

„Jau. Bar auf die Kralle."

„Gleich, nachdem Sie den Toten verstaut hatten?"

„Hm."

„Und dann?"

„Na ja, ich bin in den Garten zurück und hab mein Feuer da zu Ende gemacht. Ach ja, und dann hatte sie mir noch 'ne Tasche und einen Haufen Papier gegeben, den hab ich gleich mit verbrannt."

Gernot seufzte. „Das waren sicher Unterlagen von Goldschmidt. Haben Sie die angesehen?"

„Nö, wieso?"

„Hört sich ja recht plausibel an, Ihre Geschichte."

Springer nickte zufrieden.

Sander griff zum Telefon und bat den Gerichtsmediziner und seinen Assistenten, alles stehen und liegen zu lassen, um einen Ausflug zu machen.

Während sie auf den Gerichtsmediziner nebst Assistenten warteten, telefonierte Gernot die Hamburger Taxiunternehmen durch. Er wurde tatsächlich fündig und ließ sich die Zeit von Fahrtbeginn bis Fahrtende sowie Abfahrtsort und Ziel mitteilen. Sie stimmten mit den Angaben von Olaf Springer überein. Das Taxiunternehmen wollte sich bemühen, den Fahrer Abdul El Said ausfindig zu machen. Die freundliche Dame am Telefon würde sich melden, wenn er das nächste Mal Dienst hatte.

Sander ging derweil in die Kantine und suchte sich lustlos ein pappiges Brötchen mit verwelktem Salat aus. Er nickte zwei Kollegen zu, die ihn einluden, sich an ihren Tisch zu setzen, und setzte sich allein an einen Fenstertisch.

Er war immer noch ein verdammtes Arschloch. Es war unreif und kindisch gewesen, die Engel einfach auszusetzen. Es wäre eine Selbstverständlichkeit gewesen, sie wieder zu Hause abzuliefern. Schließlich hatte sie ihm einen Gefallen getan und dafür hatte er sie frühmorgens aus dem Bett gescheucht. Und er behandelte sie wie … Er warf das angebissene Brötchen auf den Teller. Sie war aufmerksam und verständnisvoll gewesen, sie hatte ihre Gedanken geäußert, und sie hatte nichts getan, was sein Verhalten rechtfertigte. Vielleicht sollte er ihr Blumen schicken. Aber das war altmodisch und darüber hinaus feige. Er nahm den Teller und stellte ihn auf das Laufband, das ihn gen Küche trug. Er musste nicht erst in seiner Nachmittagsstunde Frau Dr. Berg fragen, um zu wissen, dass er sich entschuldigen musste. Einfach nur entschuldigen.

Ihr Fußmarsch von der Elbchaussee Richtung Büro führte sie an einem Café vorbei, in dem sie sich ein anständiges Frühstück gönnte. Natürlich hatte sie heute etwas vor, aber keine festen Termine. Sie hatte das nur gesagt, um zu testen, wie weit der Kommissar in seinem Egoismus gehen würde, und er hatte mit einem Testergebnis unterhalb der Bewertungsskala abgeschnitten. Er hatte sie für seine privaten Zwecke benutzt und dann am Straßenrand abgestellt, als wäre Sperrmüllabfuhr. So gut konnte einer gar nicht aussehen, dass er sich so egoistisch verhalten durfte. Ein Glas Orangensaft und einige Kalorien später hatte sie sich so weit gefasst, dass sie dem restlichen Tag ins Auge blicken konnte. Die Kooperation mit der Polizei war in ihren Augen jedenfalls erst einmal beendet.

Zu Hause angekommen stieg sie in ihr Auto und machte sich auf den Weg in die Innenstadt. Frau Grapengeter begrüßte sie vielleicht nicht gerade überschwänglich, aber doch interessiert. Sie setzte ihre Lesebrille ab.

„Sie müssen mir noch einmal helfen, Frau Grapengeter."

„Gern, wenn ich kann." Sie holte einen Stuhl heran, der an der Wand gestanden hatte. Der zweite Schreibtisch war leer. Der junge Mann schien heute nicht vor Ort im Archiv zu arbeiten.

„Sie haben doch bei meinem ersten Besuch eine Liste von Ehemaligen erwähnt. Gibt es auf dieser Liste vielleicht Kollegen, die noch mit Frau Weber zusammengearbeitet haben?"

Frau Grapengeter verzog das Gesicht. „Das wird schwierig. In dem Alter dünnt die Bevölkerung ja doch sehr aus. Aber gucken wir mal." Die alte Dame verschwand zwischen ihren Regalen und kehrte mit einem Ordner zurück.

„Eigentlich legt die Bank sehr viel Wert auf Tradition und auf den Zusammenhalt zwischen den Mitarbeitern. Und das umfasst auch die ausgeschiedenen Mitarbeiter." Sie setzte die Brille kurz ab und sah Friedelinde mit bedenklicher Miene an. „Aber das ist natürlich ein hehres Ziel in der heutigen Zeit, wo es um Gewinnmaximierung und den Erhalt der Bank geht. Wissen Sie, wir haben vielleicht nicht so viele Kunden wie die Großbanken, aber wir haben vermögende Kunden. Und wir müssen uns natürlich am Markt behaupten. Und das ist …" Sie schwieg einen Moment. „Nicht immer leicht", schloss sie, während sie sich bereits ihrem Ordner widmete.

Mit dem Finger fuhr sie eine Namensliste entlang. „Das sind die Teilnehmer unseres letzten Seniorentreffens. Mal sehen, wer da in Frage kommt. Also hinter dem Namen Weber ist kein Haken. Ist wohl nicht erschienen. Kann mich auch nicht erinnern, sie jemals auf einem der Treffen gesehen zu haben."

Es dauerte eine Weile, aber Friedelinde verließ die Bank mit den Namen und Anschriften dreier ehemaliger Mitarbeiter der Konrad Theodor Pauly Bank, die Hannelore Weber vielleicht gekannt hatten, und einem mulmigen Gefühl im Magen.

Sie benötigte eine Stunde, bis sie den im Osten liegenden Stadtteil Volksdorf erreichte. Else Kramer bewohnte einen weiß gestrichenen Spitzgiebelbau. Es war eine sehr grüne Ecke von Hamburg mit hohem Baumbewuchs. In der Nähe lag der Friedhof, der seine Ruhe bis hierher auszustrahlen schien. Friedelinde verschloss ihr Auto und ging auf das Haus zu. Sie hatte sich nicht angemeldet, weil sie nicht gewusst hatte, wie sie glaubhaft den Grund ihres Besuchs erläutern sollte. Sie konnte nur hoffen, dass Frau Kramer überhaupt zu Hause war. Durch ihr Läuten schien sich ein Hund gestört zu fühlen, der zu kläffen begann. Tatsächlich erschien in der geöffneten Tür neben einer alten Dame ein Rauhaardackel, der sich ordentlich ins Zeug legte, um Friedelinde zu verbellen.

Auch die Worte seines Frauchens: „Ruhig, Monster!" brachten ihn nicht zur Ruhe, weshalb Friedelinde ihr Anliegen laut vorbringen musste, um sich verständlich zu machen. Aber als sie merkte, dass Frau Kramer kein Wort verstand, riss ihr der Geduldsfaden. Sie beugte sich vor, sah dem Tier in die Augen und sagte: „Klappe!"

Der Hund schwieg verdutzt.

Friedelinde richtete sich wieder auf. „Entschuldigen Sie, aber man versteht ja sein eigenes Wort nicht."

Die alte Dame lächelte. „Richtig, ich habe kein Wort verstanden. Aber wenn Sie den Hund zur Ruhe bringen können, dann nur zu. Mir gelingt das immer seltener." Sie seufzte.

Friedelinde wollte den Grund ihres Besuches noch einmal wiederholen, aber die Dame winkte ab.

„Jetzt kommen Sie erst mal rein. Wir stehen uns ja hier die Beine in den Bauch."

Sie führte sie in ein Wohnzimmer am anderen Ende des Hauses, von dem aus man einen schönen Blick in den Garten und den dahinter liegenden Wald hatte.

„Schön wohnen Sie hier."

„Ein bisschen einsam." Sie wies auf eine abgewetzte Couch. „Bitte, nehmen Sie Platz." Sie selbst setzte sich in einen Sessel, der offenbar ihr Lieblingsplatz war. Er war noch abgenutzter als die übrigen Möbel. „Mein Mann ist tot, wissen Sie. Deshalb habe ich den Hund." Sie streichelte den Kopf des kleinen Kläffers, der sich auf einem Kissen auf dem Boden neben ihr eingerollt hatte. Das war offenbar sein Lieblingsplatz, daneben lagen ein kleiner Knochen und einige Hundeleckerli. Frau Kramer hatte in ihrer Reichweite das Fernsehprogramm, die Fernbedienung und einen Berg Kreuzworträtselhefte aufgeschichtet. „Also, nicht weil mein Mann tot ist, habe ich den Hund, sondern weil ich so allein bin."

„Hm. Verstehe."

Frau Kramer richtete sich auf. „So, aber weshalb sind Sie denn gekommen?"

Friedelinde legte ihre Visitenkarte auf den Tisch und erklärte Frau Kramer ihr Amt. Die betrachtete erst die Karte und dann Friedelinde. „Sie kamen mir gleich so bekannt vor. Von Ihnen war doch das Foto in der Zeitung, Sie trugen eine Mütze."

Friedelinde lächelte gequält. Dieses unglückselige Foto würde sie noch eine Weile verfolgen. „Wie gesagt, ich bin Nachlasspflegerin und eigentlich für den Nachlass der …"

„Ja, sagen Sie mal. Das muss ja furchtbar gewesen sein, als Sie diesen toten Mann da in der Gefriertruhe gefunden haben", unterbrach Else Kramer sie.

„Äh, ja, tatsächlich war das kein sehr schönes Erlebnis. Bis dahin hatte i…"

„Hat die Polizei denn inzwischen herausgefunden, wer der Mann ist?"

„Ja, vermutlich ein deutscher Jude, der nach England ausgew…"

„Ach, entschuldigen Sie. Ich habe Ihnen noch gar nichts angeboten." Frau Kramer sprang auf, was Monster in Unruhe versetzte und einen Bellanfall auslöste.

Friedelinde lehnte sich zurück und zwang sich, Ruhe zu bewahren. Ein Blick auf die Wanduhr verriet ihr, dass sie seit zehn Minuten hier war, ohne etwas erreicht zu haben. Sie hatte noch keinen einzigen vollständigen Satz von sich gegeben. Interessiert sah sie zu, wie die alte Frau den Raum verließ, gefolgt von dem zwischenzeitlich verstummten Hund. Sie hatte damit gerechnet, Kaffee oder Tee angeboten zu bekommen, aber tatsächlich standen kurz darauf zwei Espresso, zwei Glas Wasser und Pralinen aus sehr dunkler Schokolade auf dem Tisch. So etwas Geschmackvolles hatte sie der alten Dame gar nicht zugetraut.

„Ich hoffe, Sie mögen Espresso", sagte Frau Kramer, als sie und Monster endlich wieder ihre Plätze eingenommen hatten.

„Ja, sehr, danke. Also, weshalb ich gekommen bin …"

„Ich kenne diesen Mann nicht, falls Sie das wissen wollten."

„Goldschmidt. Arthur Goldschmidt, Frau Kramer. Er ist Jude und stammt aus Deutschland. Aber wegen dem Mann bin ich gar nicht da."

„Unvorstellbar!"

Friedelinde zuckte erschrocken zusammen.

„Wie kann ein Mensch in einem Haus leben, in dem ein toter Mann im Keller liegt! Diese Frau sieht oben fern, und unten liegt ein Toter. Wie kann man einem Film folgen, wenn man weiß, da unten ist ein toter Mensch. Wie kann man da noch ruhig schlafen? Wie ein Friedhof."

Friedelinde hatte ihren Espresso ausgetrunken, das Wasserglas geleert und eine Praline gegessen und sich eigentlich zum Ziel gesetzt, jetzt auf den Punkt zu kommen.

„Wie hat sie es getan?"

Friedelinde nahm noch eine Praline. „Sie sollten abwarten, was die Polizei preisgibt und was in der Zeitung stehen wird. Ich glaube nicht, dass ich Ihnen das alles erzäh…"

„In welchem Verhältnis stand sie zu diesem Mann? Welchen Grund hatte sie, ihn umzubringen?"

Friedelinde hatte zwischenzeitlich drei Pralinen verputzt. Entnervt schob sie den Teller von sich. Sie würde dick und rund hier hinausgehen und keinen Deut schlauer sein als zuvor. „Frau Kramer."

„Ja?"

„Entschuldigen Sie, wenn ich das sage, aber eigentlich wollte ich etwas von Ihnen wissen." Sie atmete tief ein. „Und nicht umgekehrt", fügte sie leise an. Sie hatte durchaus Verständnis für das Redebedürfnis der Frau, aber dafür fehlte ihr die Zeit.

„Entschuldigen Sie, natürlich." Frau Kramer schob den Pralinenteller in Friedelindes Richtung zurück. „Bitte fragen Sie." Es war der alten Dame anzusehen, dass sie sich ernstlich zusammennahm.

„Also, Frau Weber hat in der Konra…"

„Nein! Das gibt es nicht!" Frau Kramer hieb mit der Faust auf den Couchtisch, dass es jedem Stammtischbruder zur Ehre gereicht hätte. „Natürlich! Dass ich darauf nicht selbst gekommen bin! Hannelore Weber aus Othmarschen, natürlich."

Monster gab einen knappen Laut von sich.

Friedelinde seufzte. Das würde nie etwas werden hier, es war eine dämliche Idee von ihr gewesen.

„Natürlich. Die Botanikerin."

„Wie?"

„So nannten wir sie. Botanikerin."

„Aber warum?"

„Wissen Sie, Hannelore war so – unnahbar. Sie sprach kaum ein persönliches Wort mit uns, ihren Kollegen. Sie erkundigte sich nie danach, wie es uns geht, was die Familie macht, die Kinder. Und damit gab sie uns deutlich zu verstehen, dass wir uns nicht nach ihrem Privatleben erkundigen sollten. Viel zu erfahren gab es ohnehin nicht. Sie selbst hatte ja keine Familie, so viel wussten wir. Aber das war auch schon alles. Sie war noch recht jung, da hat sie sich dieses Haus draußen in Othmarschen gekauft. Wir haben uns damals gewundert, wie sie das geschafft hat, war ja auch recht ungewöhnlich, dass sich eine alleinstehende junge Frau ein Haus kauft. Um dann auch noch ganz allein darin zu leben." Frau Kramer legte den Zeigefinger an die Lippen und schien nachzudenken.

Friedelinde unterbrach sie nicht dabei, denn offenbar war der Stöpsel jetzt aus der Flasche und hatte die Erinnerung der alten Frau in Gang gesetzt.

„Das waren merkwürdige Zeiten damals. Ringsum lag alles in Schutt und Asche, aber die Bank, die stand noch. Wir waren alle so froh, dass wir in der Bank untergekommen sind, das können Sie sich nicht vorstellen. Na ja, vielleicht doch." Frau Kramer ließ die linke Hand über die Sessellehne hängen und kraulte Monster den Schädel, was dieser sich gern gefallen ließ. „Die Welt war eine andere damals. Alle waren froh, dass sie den Krieg überlebt hatten, auch wenn natürlich jeder im Familien- und Freundeskreis Verluste zu beklagen hatte. Aber es wurde nicht viel darüber gesprochen. Wir hatten unsere Arbeit, und über die haben wir gesprochen. Später dann gründeten wir alle Familien, es gab kleine Gruppen, die mal gemeinsam ausgingen, wir zeigten uns die Fotos unserer Kinder und berichteten von dem Bau unserer Häuser." Gedankenverloren griff sich die alte Dame eine Praline. „Aber nicht Hannelore. In der Mittagspause verschwand sie immer irgendwo in der Stadt, sie verbrachte keine Pause mit uns Kollegen. Und während der Arbeitszeit sprach sie ausschließlich über Dienstliches. Aus den Privatgesprächen klinkte sie sich sofort aus, wenn mal eines begonnen wurde, während sie noch anwesend war." Sie hörte auf zu kauen und sah Friedelinde nachdenklich an. „Aber das alles wird Ihnen vermutlich nicht viel helfen."

„Irgendwie schon. Was Sie erzählen, gibt das Bild einer zurückgezogen lebenden Frau wieder, die den Kontakt mit anderen Menschen meidet."

„Hm."

„Was mich aber noch interessieren würde, ist, warum Sie sie die Botanikerin genannt haben."

Auf Frau Kramers Gesicht zeigte sich ein mildes Lächeln. „Weil die Natur das einzige Thema war, mit dem man sie locken konnte. Sie bekam von uns zu jedem Geburtstag eine Pflanze, und sie konnte auf Anhieb den lateinischen Namen nennen und kannte sich aus mit den Bedingungen, unter denen die Pflanze am besten gedeihen würde. Überhaupt sprach sie, wenn sie sich mit uns unterhielt, über die Natur, über ihren Garten und was darin blühte. Wir hielten sie deshalb für ein bisschen sonderbar. Aber sie war ja nicht unrecht.

Sie tat niemandem etwas zuleide, aber Sie wissen ja selbst, wenn jemand nicht selbst etwas von sich preisgibt, füllen die anderen die Lücken mit Gerüchten und Unterstellungen."

„Und welche Gerüchte gab es um Hannelore Weber?"

„Na ja." Frau Kramer wand sich wie ein schüchternes Mädchen. „Es gab das Gerücht, dass sie sitzen gelassen worden war. Die eine Fraktion vertrat die Auffassung, dass sie sich ein Heim geschaffen hatte, um darin auf den Mann zu warten, der ihre Liebe bisher verschmäht hatte, und die anderen meinten, sie hätte sich das Haus gekauft, um es dem Kerl zu zeigen, der sie hat sitzen lassen."

„Es gab also nie einen Mann in ihrem Leben. Also keinen, den sie ihren Kollegen einmal vorgestellt hätte."

Frau Kramer schüttelte den Kopf. „Vermutlich war Hannelore eine sehr einsame Frau. Ich fürchte fast, dass wir alle mit uns selbst viel zu sehr beschäftigt waren, um uns ernsthafte Gedanken über sie und die Gründe für ihr Verhalten zu machen."

Friedelinde hatte fünf Pralinen vertilgt und wenigstens ein bisschen herausgefunden, und sie glaubte nicht, dass sie von Frau Kramer noch mehr erfahren würde. Sie verabschiedete sich von der alten Dame und versprach, sich bei ihr zu melden, wenn es ihr gelingen sollte, etwas über Hannelore Weber in Erfahrung zu bringen.

Sie brauchte über eine Stunde, um in den westlichsten Stadtteil Hamburgs zu gelangen. Um kurz nach vier stellte sie ihren Wagen vor dem Grundstück von Hermann Jessen ab, das von einer hüfthohen Thujahecke umgeben war. Der Bungalow in der Mitte des Grundstücks war kaum auszumachen, so grünte und blühte es in diesem Garten. Deshalb fiel Friedelinde auch der alte Mann in einem Blumenbeet erst auf, als sie die Hälfte des Gartenweges zum Haus zurückgelegt hatte. Vielmehr fiel er ihr erst auf, als er sie ansprach.

„Kann ich Ihnen helfen?"

Friedelinde blieb abrupt stehen, sah sich suchend um und erblickte den grauhaarigen Mann, der vor einem Rosenstrauch kniete und sie misstrauisch ansah. Sie machte ein paar Schritte in seine Richtung. „Hallo, ich bin Friedelinde Engel, sind Sie Herr Jessen?"

„Der bin ich", knurrte der Mann. „Worum geht's"

„Es geht um eine ehemalige Kollegin von Ihnen. Hannelore Weber. Ich bin ihre Nachlasspflegerin."

Jessen stellte einen Fuß auf, stemmte sich auf dem Oberschenkel in die Höhe und klopfte sich dann den Dreck von den Knien seiner Jeans. „Hannelore Weber, soso. Und was wollen Sie da wissen?"

Friedelinde sah sich um. Der alte Herr hatte zwar einen schönen Garten, aber trotz ihres unangemeldeten Besuchs wäre es höflich gewesen, wenn er sie ins Haus gebeten hätte. Das, was sie zu sagen hatte, war nichts, was man zwischen Tür und Angel besprechen konnte.

„Einen schönen Garten haben Sie."

Hermann Jessen sah sie an wie einen lästigen Vertreter. Vermutlich empfand er sie auch so.

„Ja", sagte er knapp.

„Und ein schönes Haus haben Sie auch." Man konnte es ja mal probieren.

Jessen wischte sich die Erde von den Händen. „Dann kommen Sie mal rein."

Ging doch.

Der Flachdachbungalow war schlicht eingerichtet. Jessen deutete auf einen Tisch in der Diele.

„Setzen Sie sich mal." Seine Gartenschuhe hatte er vor der Tür ausgezogen und lief auf Socken durch die Wohnung. Er verschwand und kehrte mit einem Krug Zitronenlimonade und zwei Gläsern zurück. Offenbar hatte die gute Erziehung der alten Schule die Oberhand gewonnen. Oder die Neugier.

„Was wollen Sie denn über die alte Botanikerin wissen?", fragte er, nachdem er sein Glas in einem Zug geleert hatte.

„Das weiß ich nicht. Verstehen Sie, es gibt etwas, von dem ich weiß, dass ich es bisher nicht herausbekommen habe, aber ich weiß nicht, was es ist."

Jessen schenkte sein Glas noch einmal voll. „Und woher wissen Sie, dass Sie etwas nicht wissen?"

„Sie hat offensichtlich falsche Angaben über Geburtsort und datum gemacht. Damals, als sie nach dem Krieg einen Ausweis beantragt hat, und auch, als sie sich in der Bank beworben hat."

Jessen nickte. „Das kam wohl damals vor."

Friedelinde verzog das Gesicht. „Vielleicht war sie eine von denen, die die Gunst der Stunde genutzt haben."

„Sie hat ja nie viel über sich gesprochen. Praktisch hat sie die Zähne nicht auseinandergekriegt, nur über Blumen und Pflanzen, da konnte sie stundenlang quasseln. Das hat aber keinen interessiert damals, können Sie sich vorstellen. Sie war als Frau, wenn ich das mal so sagen darf, uninteressant, und die Frauen konnten offenbar auch nicht viel mit ihr anfangen. Aber das wollte sie ja auch gar nicht." Jessen machte sich in seinem Sessel lang und verschränkte die Arme vor der Brust. „Tja, mehr kann ich Ihnen, fürchte ich, auch nicht erzählen."

„Gab's vielleicht spezielle Pflanzen, über die sie am besten Bescheid wusste?"

„Nä, wenn man wollte, dass die Frau ins Plaudern geriet, dann nannte man irgendeinen Pflanzennamen. Von mir aus Gänseblümchen. Wenn man wollte, dass sie ruhig ist, dann hat man von den Fortschritten des Ältesten erzählt. Ich fürchte, ich kann Ihnen nicht weiterhelfen. Wir haben allerdings auch nicht allzu lange zusammengearbeitet. Ich wurde nach dem Krieg mehrfach in andere Länder versetzt, um Kunden zu akquirieren oder neue Geschäftsfelder aufzutun."

Die Neugierde konnte es nicht gewesen sein, die Hermann Jessen umtrieb, ebenso wenig ein überbordendes Mitteilungsbedürfnis. Von ihm hatte Friedelinde jedenfalls nichts erfahren. Etwas enttäuscht machte sie sich zu dem dritten noch lebenden Kollegen von Hannelore Weber auf. Ihre Besuche hatten bisher nichts anderes erbracht als die Bestätigung ihrer Vermutung, nämlich dass Hannelore Weber irgendetwas zu verbergen gehabt hatte. Aber der Frage, was das gewesen war, war sie keinen Schritt näher gekommen.

Sie bildeten eine merkwürdige Prozession auf dem Weg durchs Moor. Vorneweg ging Olaf Springer, die Hände mit Handschellen vor dem Bauch gefesselt, flankiert von seinem Anwalt und einem uniformierten Beamten. Ihm folgte Gernot. Hinter ihm ging Sander, und das Schlusslicht bildeten ein weiterer Beamter und Dr. Hornecker, der mit seinem Gewicht die allergrößte Mühe hatte, über den unebenen

Weg zu laufen. Sein Assistent lief wie ein kleines Kind vor und zurück, verschwand irgendwo im Dickicht und tauchte unerwartet wieder auf. Trotzdem hatte Sander am wenigsten Angst, dass er irgendwo im Moor versinken könnte. Vielmehr fürchtete er um die Gesundheit von Dr. Hornecker, der fluchend hinter ihnen her stolperte.

„Aua!“

Sander blieb stehen und wandte sich um.

Dr. Hornecker hüpfte auf einem Bein herum, soweit ihm das möglich war, und hielt sich den anderen Knöchel. Seine Hand fand schließlich Halt an der Schulter des armen Beamten neben ihm, der daraufhin ziemlich in die Knie ging.

Seufzend sah Sander sich um. Es war eine schöne morbide Landschaft. Gelbe Grasbüschel, Wollgras, und in den morastigen Flächen standen Stämme abgestorbener Birken. „Können wir weiter?“, fragte er ungeduldig.

„Ich bin verletzt. Es ist für mich äußerst beschwerlich, vermutlich habe ich einen Bänderriss!“

Sander schüttelte den Kopf. Sie waren keine fünf Minuten unterwegs.

Das Taxi hatte Springer und Hannelore Weber am 26. April am Ende einer Sackgasse am oberen Ortsrand von Duvenstedt abgesetzt. Direkt dahinter begann das Wittmoor. Weit konnte die Stelle nicht sein, bis zu der Springer Hannelore Weber gebracht hatte. Er hatte erklärt, dass er und Hannelore Weber etwa zehn Minuten gelaufen waren. Zu einem längeren Marsch war die alte Frau nicht in der Lage gewesen. Und was einer Fünfundachtzigjährigen gelang, würde der Gerichtsmediziner wohl auch noch hinkriegen. Er warf einen weiteren Blick auf Dr. Hornecker. Er würde es nicht schaffen.

Der Gerichtsmediziner brüllte jetzt nach seinem Assistenten, der von irgendwoher angelaufen kam, aus seinem Rucksack Verbandsmaterial hervorholte und begann, seinen Vorgesetzten zu verbinden.

Nach zehn Minuten konnten sie endlich weiter. Weitere fünf Minuten später kamen sie an eine Weggabelung. Springer bog nach links ab, um dann nach weiteren hundert Metern anzuhalten und hinter einem Busch zu verschwinden.

Der Beamte zog seine Waffe aus dem Holster und richtete sie auf Springer. „Halt, sofort stehen bleiben!"

Springer hob die gefesselten Hände. „Ey, Mann."

„Alles in Ordnung." Sander drückte die Waffe Richtung Boden. „Das gehört zum Plan."

Springer grinste und deutete auf den Busch. „Äh, hier bin ich also ausgetreten, wie Sie sagen."

„Gut." Sander sah sich um und rief Armin, Dr. Horneckers Assistenten.

Atemlos kam der junge Mann angelaufen. „Was gibt's?"

Sander deutete in die Gegend. „Hier irgendwo muss es eine giftige Pflanze geben."

Der junge Mann strahlte. „Echt?" Er rannte los.

„Ja, also, was ist jetzt. Soll ich jetzt hier hinpieseln?", fragte Springer.

„Nicht nötig. Von wo kam Frau Weber, als Sie fertig waren?"

Springer dachte kurz nach. „Von da." Er wies nach links.

Sander ging in die angedeutete Richtung und stieß auf den Assistenten, der am Rand eines kleinen Gewässers zwischen Schilf und Gräsern kniete.

„Hier." Er streckte Sander eine Pflanze entgegen. „Wasserschierling. Halten Sie mal."

Mit spitzen Fingern fasste Sander die Pflanze.

Der Assistent zog ein Buch aus seinem Rucksack, schlug es auf und blätterte darin. „Hier. Wasserschierling. Cicuta virosa, sehr giftig: ganze Pflanze, vor allem Wurzel; Wirkstoff Cicutoxin, Brennen in Mund und Rachen, Übelkeit, Erbrechen, Krämpfe, Zähneknirschen, Atemlähmung; Vorkommen: Tümpel, Teiche, Sümpfe, Gräben", las er und blickte zu Sander auf. „Cicutoxin. Zwei bis drei Gramm sind tödlich."

„Ja", sagte Sander und betrachtete die Pflanze in seiner Hand. „Sehr schön."

Er war überrascht, wie schnell sie zu ihren Fahrzeugen zurückkehrten. Selbst Dr. Hornecker schien auf wundersame Weise genesen zu sein.

Sie behielten Springer in Gewahrsam, während Armin den Mageninhalt von Arthur Goldschmidt auf Bestandteile des Wasserschierlings überprüfte. Dr. Hornecker hatte sich krankgemeldet und war nach Hause gefahren, um seinen Fuß hochzulegen.

Sander legte an seinem Schreibtisch ebenfalls die Füße hoch und dachte darüber nach, was er falsch gemacht hatte in seinem Leben. Und da hatte er eine ganze Menge nachzudenken.

Kapitel 4

Aus Rissen kämpfte sie sich zurück in die Stadt nach Eimsbüttel, wo sie nach langem Suchen einen Parkplatz fand, der allerdings ziemlich weit entfernt von Wilhelm Lehmanns Wohnung lag. Die Haustür war nicht abgeschlossen, und Friedelinde konnte sie aufdrücken. Sie orientierte sich an den Klingelschildern. Danach wohnte Wilhelm Lehmann im dritten Stock. Müde schleppte sie sich die Treppe hinauf. Als sie auf dem letzten Absatz angekommen war, wurde die Wohnungstür auf der linken Seite geöffnet und ein junger Mann kam heraus. Er ließ die Tür hinter sich ins Schloss fallen und rannte an Friedelinde vorbei, ohne den Kopf zu heben. Dennoch hatte sie das merkwürdige Gefühl, den jungen Mann zu kennen. Sie hatte kaum auf die Klingel neben der Wohnungstür gedrückt, als die Tür aufgerissen wurde. Eine alte Dame stand vor ihr. Ihr Gesicht war gerötet, und sie hatte offensichtlich beabsichtigt, ihrem Ärger Luft zu machen, aber als sie Friedelinde erblickte, schloss sie den Mund wieder, um schließlich ein leicht verkniffenes „Ja, bitte?" über die Lippen zu bringen.

Friedelinde stellte sich vor und bat darum, Wilhelm Lehmann zu sprechen, woraufhin die Frau beiseitetrat, um sie in die Wohnung zu bitten. „Dann kommen Sie mal rein, aber mit meinem Mann ist heute nichts los."

Friedelinde folgte Frau Lehmann über einen Flur in ein Wohnzimmer, das auf der rechten Seite zur Straße hin lag. Der Fernseher lief, und in dem Sessel davor saß ein alter Mann. Frau Lehmann nahm die Fernbedienung, die auf einem Tischchen zu seiner Rechten lag, und schaltete den Ton aus. „Wilhelm, hier ist Besuch für dich. Eine junge Dame."

Wilhelm Lehmann wandte sich zu seiner Frau um und sah sie verwirrt an. „Wer sind Sie?", fragte er.

Frau Lehmann sah Friedelinde an, als wolle sie sich vergewissern, dass diese die richtigen Schlüsse gezogen hatte, und schaltete den Ton wieder an. Dann führte sie Friedelinde in die Küche. „Möchten Sie etwas trinken?"

„Nein, vielen Dank. Ich war schon bei ein paar früheren Kollegen Ihres Mannes und bin überall außerordentlich gut versorgt worden. Ich will Sie auch nicht weiter aufhalten. Es sei denn, Sie können mir meine Frage beantworten."

Frau Lehmann wischte mit einem Lappen über die blitzsaubere Spüle. „Wenn es um die Bank geht, kann ich Ihnen nichts sagen. Mein Mann hat früher nie über die Arbeit gesprochen." Sie hielt einen Moment inne und legte den Lappen beiseite. „Und jetzt ist es dazu wohl zu spät. Er leidet unter Demenz, müssen Sie wissen. Es hat erst nur mit einigen Ausfällen begonnen. Da fielen ihm die Begriffe für alle möglichen Gegenstände nicht mehr ein, mit denen man jeden Tag zu tun hat. Dann konnte er nicht mehr rechnen, die Uhrzeit nicht mehr ablesen, na ja." Sie zog sich einen Stuhl heran und setzte sich an den Küchentisch.

„Sie sagten vorhin, heute sei nicht viel mit Ihrem Mann los. Ist das manchmal anders?"

„Na ja, früher haben die guten Tage die schlechten überwogen, heute ist es umgekehrt, aber trotzdem hat er durchaus wache Momente und Stunden. Da können Sie sich ganz normal mit ihm unterhalten, und es ist nichts davon zu merken, dass etwas mit ihm nicht stimmt."

Friedelinde kramte eine Visitenkarte hervor. „Ja, also falls Ihr Mann mal ansprechbar ist und auch Lust hat, mir mit zu sprechen, würde ich mich freuen, wenn Sie sich bei mir melden."

Frau Lehmann betrachtete interessiert die Karte. „Nachlasspflegerin. Dann kommen Sie gar nicht von der Bank?"

„Äh, nein. Da habe ich mich wohl missverständlich ausgedrückt."

Frau Lehmann erhob sich. „Na ja, wäre ja auch merkwürdig, wenn heute zwei Mitarbeiter der Bank auftauchen."

„Ach, es war heute schon mal jemand da?"

„Ja, Sie müssten ihn eigentlich gesehen haben. Ein junger Mann ist gerade gegangen, als Sie kamen. Vielleicht sind Sie ihm auf der Treppe begegnet."

Friedelinde kannte keine Mitarbeiter der Bank außer Frau Grapengeter und Frau Bleiberger. Frau Lehmann begleitete sie zur Wohnungstür, und Friedelinde überlegte kurz, ob sie sich nach dem Grund des Besuches des jungen Mannes erkundigen sollte, aber dann beschloss sie, dass sie das nichts anging.

„Der war allerdings nicht so freundlich wie Sie. Und seine Karte hat er auch nicht dagelassen." Frau Lehmann hielt

Friedelindes Visitenkarte immer noch in der Hand. „Ich ruf Sie an, wenn er gut drauf ist", versprach sie und winkte zum Abschied mit dem Kärtchen.

Etwas unzufrieden trat Friedelinde die Heimreise an, die jetzt nicht mehr weit war. Die Botanikerin. Ihre Kollegen hatten sich einen Spitznamen für sie ausgesucht, der auf dem einzigen Charaktermerkmal beruhte, das Hannelore Weber offenbart hatte. Sie hätten sie auch die Unnahbare oder die Verschwiegene nennen können, aber das wäre schließlich weniger charmant gewesen. Vielleicht war es nach dem Krieg wirklich so gewesen, dass jeder mit sich und dem Überleben zu beschäftigt war, um sich um eine schweigsame junge Frau zu kümmern.

Friedelinde seufzte, als ihr der Wagen vor ihr eine schöne Parklücke wegschnappte.

Aber merkwürdig war es trotzdem, wie es Hannelore Weber gleich nach dem Krieg gelungen war, als angeblicher Ostflüchtling ein Haus zu kaufen. Woher hatte sie das Geld dazu gehabt? Das Grundbuch war jedenfalls heute hypothekenfrei. Hannelore Weber war offenbar vermögend genug gewesen, um den Kaufpreis zu bezahlen.

Nach einer weiteren Runde hatte Friedelinde Glück und parkte ihren Wagen gar nicht weit entfernt von ihrem Büro in einer komfortablen Parklücke. Sie würde sich noch einmal den Grundbuchauszug vorknöpfen, um festzustellen, wann Friedelinde das Haus gekauft hatte und von wem.

Marie saß, als Friedelinde hinüberging, bereits im Waschsalon am Tresen und klimperte mit den Wimpern. „Frieden?"

„Frieden." Friedelinde erklomm einen Barhocker.

„Anstrengender Tag?“

Friedelinde grinste Marie an. „Fragst du das deinen Zukünftigen abends auch? Schatz, wie war dein Tag?“

„Ich wollte nur nett sein.“

„Der war anstrengend und unergiebig, und wenn du den Kommissar das nächste Mal siehst, kannst du ihn von mir aus zum Mond schießen.“

Marie öffnete den Mund, um nachzufragen, als Elvira die Augen zusammenkniff und zwischen ihnen hindurch nach draußen starrte. „Ich seh ja nicht mehr so gut, aber ich würde sagen, das kannst du gleich selbst erledigen. Direkt von deiner Eingangsstufe zum Mond.“

Friedelinde wandte sich um. Tatsächlich saß der Kommissar mit einer Dose Bier in der Hand vor ihrer Bürotür.

„Wenn der eine Frau hat, warum sitzt der dann abends nicht bei der zu Hause auf dem Sofa, sondern holt sich bei dir 'ne Blasenentzündung?“, erkundigte sich Marie altklug.

„Der kann sich gleich noch was ganz anderes holen.“ Friedelinde wandte sich wieder um. „Elvira, schenk mir mal was ein.“

Die dicke Spanierin stemmte die Hände in die Hüften und wechselte bedeutungsvolle Blicke mit Marie.

Friedelinde sah von einer zur anderen. „Was?“

„Dem Mann geht es nicht gut. Der braucht Hilfe. Geh rüber und sei nett zu ihm.“

„Sagt mal, spinnt ihr? Wenn ich euch erzähl, was der sich innerhalb von vierundzwanzig Stunden alles geleistet hat, dann würdet ihr anders über ihn denken.“

Marie stupste sie an. „Na los. Sei kein Frosch.“

„Ihr spinnt doch. Ihr leidet unter einem Helfersyndrom.“

„Was willst du noch hier?", fragte Elvira. „Zu trinken gibt's hier heute nichts für dich, und Marie muss auch gleich los."

Auf ein Kopfnicken von Elvira hin sprang Marie von ihrem Barhocker. „Genau. Ich muss jetzt los."

Kopfschüttelnd verließ Friedelinde den Waschsalon. „Ihr seid echte Freundinnen."

Sie überquerte die Straße, schob sich an dem Kommissar vorbei und schloss die Tür auf.

„He, da sind Sie ja." Sander, der an der Glastür gelehnt hatte und nicht rechtzeitig aufgestanden war, kippte rücklings ins Büro.

„Was wollen Sie? Sich entschuldigen, weil Sie wieder mal meine Hilfe brauchen?" Friedelinde stieß ihn mit dem Fuß an. „Gehen Sie mal weg da. Ich will die Tür hinter uns abschließen. Sonst kommen hier noch Bettler und Hausierer rein."

Sander zog sich am Türrahmen hoch. „Ich bin tatsächlich gekommen, um mich zu entschuldigen. Wie Sie sehen, musste ich mir dafür erst ein bisschen Mut antrinken." Tatsächlich schwankte er leicht, als er ihr folgte. Im Wohnzimmer ließ er sich neben Friedelinde aufs Sofa fallen. Sie nahm die Fernbedienung und zappte sich durch die Programme.

„Das mit heute Morgen tut mir leid. Ehrlich. Ich hab mich nun mal geärgert."

„Das hab ich schon verstanden. Es war Ihnen nicht recht, dass ich meine Meinung geäußert habe. Nachdem Sie mich erst vor vollendete Tatsachen gestellt haben, war Ihnen nicht daran gelegen, von mir auch noch kluge Ratschläge zu hören."

Zu Ihrer Verwunderung schwieg Sander. Er äugte durch die Öffnung der Bierdose. „Leer."

„Freut mich, dass Sie sich so für das interessieren, was ich sage. Da nehme ich Ihnen sofort ab, dass es Ihnen leid tut."

„Könnten Sie mir einen Kaffee kochen?" Sander unterdrückte ein Aufstoßen.

„Ich glaub, ich spinne."

Sander stemmte sich in die Höhe. „Ich mach mir schon selbst einen."

Friedelinde fand auf einem der hinteren Sendeplätze einen Liebesfilm, machte es sich auf dem Sofa bequem und schlüpfte unter eine Decke.

„Ich hab Ihnen mal einen Kaffee mitgemacht." Sander stellte ihr einen Becher hin und setzte sich in einen Sessel. „Also, es tut mir leid, dass ich Sie heute Morgen schon wieder hab stehen lassen." Er atmete schwer aus. „Ehrlich. Sie kommen rein und erfassen alles auf einen Blick." Er warf ihr einen Blick zu. „Sie müssen jetzt sagen: ‚Aha, Sie können es also nicht vertragen, wenn jemand schlauer ist als Sie.' Deshalb hab ich Sie auch bewusst in Unkenntnis darüber gelassen, wozu ich Sie mitnehmen wollte."

Friedelinde folgte aufmerksam der Werbepause.

„Meine Güte, nun hören Sie mir doch mal zu." Sander streckte die Beine aus. „Also gut. Vielleicht interessiert Sie das mehr. Der Mordfall Goldschmidt ist aufgeklärt. Es steht mit hinreichender Sicherheit fest, dass Hannelore Weber, nachdem sie seine Nachricht erhalten hat, Vorbereitungen dafür getroffen hat, Goldschmidt umzubringen. Olaf Springer hat ihr bei all dem geholfen, was sie alleine nicht bewerkstelligen konnte. Von den Kollegen in England haben wir erfahren, dass sich dort keine Unterlagen und Hinweise auf den Grund seiner Reise nach Deutschland gefunden haben. Das dürfte er alles in seiner Aktentasche bei sich gehabt haben, und die hat Olaf Springer samt Inhalt verbrannt." Er schlürfte von seinem Kaffee. „Es dürfte Sie noch interessieren, dass Goldschmidt mit dem Gift des Wasserschierlings umgebracht wurde, der im Wittmoor wächst. Vielleicht gibt Ihnen das irgendwelche Hinweise. Jedenfalls, Frau Weber ist tot und kann nicht mehr belangt werden. Wir werden in dieser Richtung also nicht weiter ermitteln. Es gibt noch einige Unklarheiten, denen wir weiter nachgehen werden, wozu auch dieser Kastenwageneinbruch gehört. Außerdem gibt es Hinweise darauf, dass Hannelore Weber noch von einer weiteren Person erpresst wurde, aber dafür fehlen uns ausreichende Anhaltspunkte. Diese fünfzehntausend, wissen Sie? Na ja, vielleicht finden Sie noch etwas dazu in den Unterlagen der Weber." Er stellte seinen leeren Becher ins Bücherregal. „Tja, das wär's also."

Ihr fielen die Augen zu.

Sie schreckte leicht hoch, als das Polster sich bewegte.

Er war aufgestanden. „Und vielleicht darf ich Sie noch mal bitten, mit mir in die Reha zu fahren", sagte er leise

„Scheiße!" Die Weinflasche war vom Nachttisch gekippt. Sander konnte ihren Inhalt im Teppich versickern hören. Er hielt sich das Handy ans Ohr. „Hm."

„Hallo, ich nehme an, dass das ein freundliches Guten Morgen sein sollte. Ich wünsche dir einen ebensolchen und hoffe, du hattest eine angenehme Nacht."

„Gernot, sabbel nicht. Ich muss kotzen."

„Nee, ehrlich? Geh ruhig. Ich warte."

„Gernot!"

„Na schön, wenn du es noch eine Weile aufhalten kannst. Es gibt eine Leiche. Kannst du dir schon was merken, oder willst du es dir aufschreiben?“

„Ich ruf dich gleich wieder an.“

Sander drückte das Gespräch weg und sank zurück in die Kissen. Ihm war schlecht, und er hatte höllische Kopfschmerzen. Als er die Beine aus dem Bett schwang, hatte er den verschütteten Wein bereits wieder vergessen und trat genau in die Pfütze.

„Scheiße!“

Der Teppich war eh hinüber. Vielleicht sollte er ihn rausreißen und Laminat verlegen. Er tappte ins Bad, auch wenn er dabei eine Spur roter Fußabdrücke hinterließ. Einen Blick in den Spiegel verkniff er sich. Er wusste, dass er beschissen aussah. Er sah beschissen aus und war ein Vollidiot. Da konnte man von außen schon sehen, wie es innen aussah. Er klappte den Klodeckel hoch und pinkelte, während er sich mit einer Hand an der Wand abstützte. Sander stellte sich unter die eiskalte Dusche. Mit dem um die Hüften geschlungenen Handtuch ging er ins Schlafzimmer und zog sich an.

Als er im Wagen saß, rief er Gernot an. Zehn Minuten später hatte er die Feldstraße erreicht. Die Hausnummer brauchte er nicht zu suchen. Schon von Weitem sah er eine große Menschenmenge, die sich trotz der frühen Stunde eingefunden hatte. Einige Anwohner waren in Pyjama und Hausschuhen auf die Straße gegangen und hatten sich gerade einmal die Zeit genommen, einen Morgenmantel überzuwerfen. Manche hielten Brötchentüten in der Hand, einige Männer im Anzug trugen Aktenkoffer. Sie waren durch das Aufgebot an Polizisten, Feuerwehr und Krankenwagen angelockt worden.

Sander lehnte die Stirn gegen das Lenkrad und fühlte sich schlecht. Er brauchte einen Kaffee. Woher bekam er jetzt einen Kaffee? Er schreckte hoch, als jemand an die Seitenscheibe klopfte. Ein uniformierter Beamter sah ins Wageninnere. Er machte ein Gesicht, als hätte er eine Leiche vor sich. Hatte er gewissermaßen auch. Sander fuhr die Scheibe herunter. „Gabler?", krächzte er.

„Ja, Herr Hauptkommissar."

„Ich brauche Kaffee. Sehr viel Kaffee. Sehr starken Kaffee."

„Selbstverständlich. Darf ich?" Gabler öffnete die Fahrertür und war kurz davor, Sander aus dem Wagen zu helfen.

„Bald", fügte Sander hinzu, als er sich kurz an den Wagen lehnte.

„Natürlich." Gabler schlug beherzt die Fahrertür zu, und Sander machte erschrocken einen Satz nach vorn.

„Entschuldigung. Der Tote liegt da drüben." Gabler wies in Richtung der Menschenmenge.

„Danke. Ich wär glatt in die andere Richtung gegangen." Sander legte ihm kurz die Hand auf die Schulter und ging dann auf die Menschenmenge zu.

„Verzeihung, darf ich mal?" Nur widerwillig machten die Schaulustigen Anstalten, Sander durchzulassen. Schließlich erreichte er das rot-weiß gestreifte Absperrband, das ihm wie eine unüberwindliche Hürde erschien.

„Bitte sehr, Herr Hauptkommissar." Ein Beamter hob das Band an, und Sander bückte sich, um darunter durchzugehen. Eine Welle der Übelkeit und des Schwindels erfasste ihn. „Oh Gott, ist mir schlecht."

„Geht's? Da drüben steht der Krankenwagen. Sie könnten …"

„Geht schon. Moin, Gernot, was haben wir?"

„Ah, höre ich da die Stimme des Herrn? Vielleicht etwas rau, aber doch erkennbar."

„Lass den Unsinn, Gernot. Sag mir lieber, was wir hier haben."

„Nun, auch nichts anderes als du, aber na schön, ich kann ja mal berichten, was wir hier haben. Vor dir liegt eine männliche Leiche, etwa Mitte zwanzig, vermutlich aus dem Fenster da oben gestürzt."

Sander hob den Blick und sah an der Fassade empor, was er jedoch schnell wieder sein ließ, weil dann die Übelkeit zurückkehrte. „Der liegt auf dem Bauch."

„Wenn du es sagst."

Sander sah sich um. „Wo bleibt denn der Gabler mit dem Kaffee?" Sander ging zum Hauseingang hinüber und setzte sich auf die Stufen. Die Spurensicherung hatte bereits mit der Arbeit begonnen, vom Gerichtsmediziner war nichts zu sehen. Plötzlich stand Gernot neben ihm. „Darf ich fragen, warum du gestern Abend so viel getrunken hast oder ist das privat?"

„Das ist privat."

„Geht es um eine Frau?"

„Um zwei."

„Oha."

Sander legte die Hand neben sich auf die Stufe. „Setz dich mal."

Gernot setzte sich neben ihn. Sander betrachtete die neugierige Menschenmenge, die offenbar wegen der Beobachtung einiger Beamter in Schutzkleidung bereit war, auf das Frühstück zu verzichten und zu spät zur Arbeit zu kommen. „Ich fürchte, mich hat's erwischt."

Gernot ließ ein „Hm" vernehmen, das Frau Dr. Sybille Berg nicht besser hingekriegt hätte. „Sie ist eine interessante Frau."

„Wer?"

„Frau Engel."

„Gernot?"

„Hm?"

„Ach!" Sander winkte entnervt ab. „Woher weißt du das schon wieder?"

„Weiß nicht."

Interessiert sah Sander dem Treiben der Kollegen zu, die einen durchaus kompetenten Eindruck machten. Vielleicht brauchten sie ihn heute gar nicht. „Gestern Abend habe ich große Lust gehabt, sie zu küssen. Ich bin bei ihr zu Hause aufgelaufen, ziemlich angetrunken." Sander verbarg das Gesicht in den Händen. „Oh Mann, ist das peinlich. Ich glaub, sie hat gar nicht geschlafen. Und ich frag sie auch noch, ob sie mich noch mal zu Maren begleitet. Zu meiner Frau. Ich bin ein solcher Hornochse."

„Und da hast du zu Hause weitergetrunken?"

„Bis zur Besinnungslosigkeit." Sander warf Gernot einen Seitenblick zu. „Du sagst gar nichts dazu."

Tatsächlich machte Gernot den Eindruck, als verfolge er voller Interesse die Arbeit der Spurensicherung an dem Leichnam. Jetzt zuckte er mit den Schultern. „Was denn?"

„Egal. Irgendwas Kluges."

Gabler tauchte auf, und Sander nahm einen Pappbecher Kaffee entgegen. „Danke."

„Wo die Liebe hinfällt", sagte Gernot und stand auf. „Ich glaube, Dr. H. ist eingetroffen."

Sander nahm einen Schluck Kaffee. „Ah, tut das gut. Sagen Sie Gabler, Sie haben nicht zufällig was zu essen mitgebracht?"

„Äh, nein, ich dachte, dass Ihnen schlecht ist."

„Ja, ist schon gut. Ich geh nachher selbst mal gucken." Sander streckte Gabler die Hand entgegen. „Könnten Sie mal?"

„Natürlich." Gabler packte zu und half Sander auf die Füße.

Der Gerichtsmediziner kniete bereits neben der Leiche, Gernot stand neben ihm.

„Na, Doc, was haben wir da?" Sander stellte sich dazu.

Dr. Hornecker hob den Kopf, was ihn in seiner Haltung einige Mühe kostete. „Eine Leiche?"

Sander nickte wissend. „Männlich."

„Genau. Ich bin grad eine Sekunde da. Weiter bin ich auch noch nicht gekommen."

„Gut, ich halt jetzt die Klappe." Sander trank noch mehr Kaffee.

Dr. Hornecker hatte sich Latexhandschuhe angezogen und untersuchte die Hände des Toten. „Unverletzt", murmelte er. „Erde."

Die vermutlich aus dem Blumenkasten stammte, der gemeinsam mit dem Toten vom Balkon gestützt war und seinen Inhalt auf dem Gehweg verteilt hatte. Von Blumen war hingegen nichts zu sehen. Der Gerichtsmediziner entnahm seiner Arzttasche zwei Tüten und stülpte sie über die Hände, um die Spuren zu sichern. Das rechte Bein des Toten war gestreckt, das linke leicht angewinkelt. Rücken und die Rückseite der Beine der Leiche, die nur mit Boxershorts und einem weißen T-Shirt bekleidet war, schienen unversehrt.

Der Kopf, unter dem sich eine große Blutlache gebildet hatte, war nach links verdreht.

„Kann ich ihn umdrehen?“, fragte Dr. Hornecker.

Sander machte eine einladende Handbewegung.

Dr. Hornecker gab Gabler und einem weiteren Beamten ein Zeichen. Er beabsichtigte nicht, sich der Mühe zu unterziehen, die Leiche selbst umzudrehen.

Der Tote hatte einen leicht überraschten Gesichtsausdruck. Die Augen waren geöffnet, der Mund, aus dessen Mundwinkel Blut geflossen war, ebenfalls.

„Schädelbasisbruch“, stellte Dr. Hornecker fest. „Von wo ist er denn runtergefallen?“

Sander fuchtelte in der Luft herum, ohne den Kopf zu heben. „Von da oben irgendwo.“

Der Gerichtsmediziner warf ihm einen genervten Blick zu. „Tatsächlich? Was haben Sie denn heute gefrühstückt?“

„Nichts“, antwortete Gernot.

„Dann sollte er das vielleicht nachholen.“

„Haben Sie vielleicht ’ne Pille für ihn?“

Dr. Hornecker kramte in seiner Tasche herum. „Sicher. Etwas Aufbauendes?“

„Würde ich sagen.“

„Hallo?“, meldete sich Sander zu Wort. „Ich bin selbst da. Vielleicht spricht mal jemand mit mir?“

Dr. Hornecker reichte ihm wortlos eine Pillendose, die Sander wortlos entgegennahm und in die Hosentasche schob.

„Oliver Broeschke, fünfundzwanzig Jahre, Student“, sagte Gernot. „Hat im dritten Stock gewohnt.“

„Aha. Können Sie noch was Spannendes berichten?“, wandte er sich an den Gerichtsmediziner.

„Dazu muss ich ihn erst aufmachen, aber wenn Sie mich fragen, hatte der ordentlich getankt.“ Er warf Sander einen Blick zu. „Oder sind Sie das?“

„Er auch“, sagte Gernot, „aber den brauchen Sie nicht aufzumachen.“

Sander wandte sich ab. „Ich geh jetzt Leute befragen. Kommt ihr?“ Er streckte die Hände nach Gabler und dem Kollegen aus, die ihm gehorsam folgten.

Sander war froh, als er aus dem Sonnenlicht in den dunklen kühlen Hausflur treten konnte. Er blieb vor der Tür im Erdgeschoss stehen. „Ihr befragt mal die Nachbarn, und ich geh nach oben und seh mir die Woh…“ Eine kalte Hand kam aus der Tür hinter ihm hervorgeschossen und packte ihn am Arm. „Sind Sie die Polizei?“

„Scheiße!“ Die Frau hatte ausgerechnet die Hand erwischt, in der er den Becher hielt, aus dem ihm jetzt der Kaffee auf seine Hose schwappte.

„Ja, was denn nun. Sind Sie die Polizei?“

„Ja, verdammt.“

Die Frau ließ seinen Arm los. „Dann kommen Sie mal rein.“ Wie die Hexe im Märchen krümmte sie den gichtigen Zeigefinger und lockte ihn in die Wohnung.

„Okay, Jungs. Geht ihr durchs Haus. Du kannst ja schon mal nach oben in die Wohnung gehen, Gernot.“

„Wo bleiben Sie denn?“, fragte die Frau ungeduldig.

Er folgte der alten Frau in die Küche, wo sie am Fenster stand und über die halbhohe Rüschengardine auf die Straße guckte. „Jetzt packen sie ihn ein und nehmen ihn mit.“ Sander trat neben sie. Zwei Männer in dunklen Anzügen hatten Broeschke in einen Zinksarg gelegt, den sie in den Leichenwagen schoben.

„Dann nehm' Sie mal Platz." Die Frau zog einen Stuhl unter dem Küchentisch hervor, von dem die weiße Farbe an mehreren Stellen abgeplatzt war..

„Frau … äh …"

„Winter."

„Frau Winter, ich habe nicht viel Zeit." Sander sah sich nach einem Mülleimer um, um seinen leeren Kaffeebecher zu entsorgen, und stellte den Becher schließlich auf den Tisch.

„Ja, aber Sie müssen mich doch befragen!" Frau Winter war ehrlich empört.

„Gut, dann erzählen Sie mal."

„Erzählen?" Frau Winter nahm ihm gegenüber Platz. „Sie müssen mir Fragen stellen!" Sie pochte mit dem Zeigefinger auf die Plastikdecke auf dem Küchentisch.

„Frau Winter …"

„Na, aber wenn Sie nicht wollen, erzähl ich Ihnen eben was." Sie lehnte sich zurück und verschränkte die Arme vor der mageren Brust.

„Gut." Sander faltete die Hände auf dem Tisch und lauschte ergeben. „Ich höre."

„Er ist um sechs Uhr drei vom Balkon gestürzt."

Als die Frau nicht weiter sprach, sah Sander irritiert auf. „Ja, und?"

„Aha", sagte sie schnippisch. „Scheinen Sie sich ja doch für zu interessieren."

„Selbstverständlich. Entschuldigen Sie, ich bin etwas angeschlagen."

„Zuviel Schnaps, wie?"

„Bitte?"

Sie stemmte sich mühsam auf der Tischplatte in die Höhe. „Moment." Sie ging zur Kaffeemaschine hinüber und zog die Glaskanne hervor. „Schwarz?"

„Ja, gern."

Der Kaffee war frisch aufgebrüht und schmeckte gut. Sanders Lob stimmte die alte Dame versöhnlich.

„Ist schon recht. So. Und was wollen Sie jetzt noch hören?" Sie setzte sich wieder.

„Hatte Herr Broeschke Besuch?"

Frau Winter sah demonstrativ aus dem Fenster. „Fangen wir erst mal damit an, wer nicht da war." Sie warf Sander einen Blick zu, der ihn zu einer Nachfrage animieren sollte. Er beschränkte sich darauf, sie fragend anzusehen.

Frau Winter zeigte mit dem Finger an die Zimmerdecke. „Seine Madam. Ist gestern Abend nicht nach Hause gekommen, und bisher habe ich sie auch noch nicht hier gesehen."

„Und wer war dann bei Broeschke?"

„Na, gestern Abend waren seine Kumpels da. Die haben ordentlich gebechert, das machen die ja häufiger. Dann haben sie sich Pizza bestellt, das war so gegen neun. Dann kam noch ein Nachzügler, aber der ging bald wieder. Und schließlich kam noch seine Mutter, aber die war natürlich auch gleich wieder weg. Was soll die auch bei ihrem betrunkenen Sohn mitten in der Nacht."

Sander seufzte. Das bedeutete eine Menge Ermittlungsarbeit. „Und wann sind die Freunde wieder gegangen?"

„Um drei Uhr siebzehn."

„War ordentlich was los, wie?"

„Ist es ja immer. Jedenfalls gewesen. Wird wohl jetzt vorbei sein. Da steht man eines Morgens am Küchenfenster und trinkt die erste Tasse Kaffee am Tag und plötzlich fliegt ein Mensch vorbei. Erst hab ich gedacht, da ist einem ein Laken aus dem Fenster geweht, aber als der dann aufschlug, hab ich das nicht mehr gedacht."

Sander warf einen Blick auf die dürren Handgelenke der Frau, an denen keine Armbanduhr zu sehen war. „Woher wissen Sie die Uhrzeiten eigentlich so genau?"

„Ich hab in jedem Raum eine Uhr an der Wand." Frau Winter wies auf die rot karierte Küchenuhr.

„Kennen Sie die Namen von den Leuten, die bei Herrn Broeschke waren?"

„Nee, wirklich nicht. Da herrscht ständig ein Kommen und Gehen, das ist nun wirklich zu viel verlangt."

Sander schob seinen Stuhl zurück. „Tja, wenn Sie dann nichts mehr für mich haben."

„Nee, im Moment nicht." Frau Winter erhob sich wieder mühsam und schob die Gardine beiseite. „Da ist sie ja, die Madam."

Sander sah ebenfalls aus dem Fenster. „Ist das seine Freundin?" fragte er. Er kannte die junge Frau.

„Hm." Frau Winter sah auf die Wanduhr. „Ist ziemlich spät dran, die Dame."

Sander hatte keine Ahnung, wie es Sandra Karasek gelungen war, die Polizeiabsperrung zu durchbrechen. Erst im Treppenhaus schienen seine Kollegen auf sie aufmerksam geworden zu sein, denn plötzlich brach dort ein Tumult los, eine Frau schrie hysterisch. Er verabschiedete sich hektisch und lief ins Treppenhaus, um für Ordnung zu sorgen.

Sie sah aus wie eine übernächtigte Schleiereule. Sie hatte dunkel unterlaufene Augen, die durch den Schrecken, am frühen Morgen von der Polizei in Empfang genommen zu werden, geweitet waren. Ihre schulterlangen braunen Haare waren ungekämmt, die Schminke verlaufen oder noch vom Vortag. Sie trug löchrige Jeans, ein graues langes T-Shirt und eine kurze Jeansjacke.

„Frau Karasek!“ Sander trat auf sie zu.

Sie wandte sich zu dem eifrigen Streifenbeamten um, der sie am Ellenbogen festhielt. „Lass mich sofort los!“

Mutig hielt er sie so lange fest, bis Sander ihm durch ein Kopfnicken zu verstehen gab, dass er sie jetzt loslassen könne.

„Was soll das?“, fuhr sie Sander an.

„Wir kennen uns, Frau Karasek.“

„Ja, verdammte Kacke. Was ist hier los?“

„Frau Karasek, Ihr Lebensgefährte, Oliver Broeschke, ist heute Morgen tödlich verunglückt.“

„Olli? Wieso? Wo?“ Sie wurde bleich.

Jetzt fasste Sander ihren Ellenbogen, und sie ließ ihn gewähren. „Kommen Sie. Wir gehen am besten in Ihre Wohnung.“

Der Tote hatte zusammen mit seiner Freundin die Dachgeschosswohnung eines Mehrfamilienhauses mit fünf Parteien bewohnt. Die Wohnungstür stand offen, die Kollegen hatten das Türschloss geöffnet und bereits begonnen, Spuren zu sichern. Durch die Tür betrat man einen Wohnraum, auf dessen gegenüberliegender Seite zwei Fenster und dazwischen eine Balkontür lagen, die offen stand. Unter den Fenstern standen zwei Schreibtische, der linke ziemlich leer, der rechte vollgepackt mit Unterlagen. Es stank erbärmlich nach kaltem Zigarettenrauch und Pizza. In der linken Raumhälfte lagen um eine Obstkiste herum fleckige Sitzkissen. Auf der Kiste standen geöffnete Pizzaschachteln mit angebissenen Resten, zwischen den Kissen standen Bierflaschen. Die dazugehörige Kiste stand neben einer Tür, die offenbar ins Schlafzimmer führte. Bad und Küche lagen auf der anderen Seite des Wohnraumes.

Sandra Karasek hatte sich von Sander stützen lassen, als sie die Treppe hinaufgegangen waren, jetzt machte sie sich frei und stürzte in die Wohnung.

„Hoppla." Ein Beamter im weißen Schutzanzug fing sie auf, womit er sich keinen Gefallen tat.

„Lass mich los!", fauchte Sandra ihn an.

Erschrocken folgte er der Aufforderung und hob entschuldigend die Hände.

„Gibt's schon einen Platz, wo wir uns aufhalten können?", erkundigte sich Sander bei den Kollegen.

„Das Klo."

„Gut. Dann kommen Sie bitte." Sander stand bereits in der Tür zum Badezimmer, Sandra stand immer noch unschlüssig in der Mitte des Wohnzimmers.

„Frau Karasek!"

Nur widerwillig folgte sie seiner Aufforderung. Sander bot ihr den Klodeckel als Sitzplatz an. Er selbst setzte sich auf den Badewannenrand. Das erschien ihm am ungefährlichsten.

Das Bad hätte gut eine Reinigung gebrauchen können. Der Spiegel war fast blind von getrockneten Wasserschlieren, ein Schmutzrand zeigte den Pegel des letzten Wannenbades an, und in den Ecken hatte sich eine unschöne Verbindung von Schmutz und Wasser gebildet.

„Frau Karasek, wo waren Sie heute Morgen?"

Sie warf ihm einen bösen Blick zu. „Bei der Arbeit."

„Wo arbeiten Sie?"

„Das wissen Sie doch. In der Havanna-Bar."

„Gut." Sander suchte nach einer bequemeren Sitzhaltung. „Oliver Broeschke ist Ihr Lebensgefährte."

Sie schien sich ein wenig beruhigt zu haben. Als sie nickte, traten ihr Tränen in die Augen.

„Wann haben Sie gestern Abend die Wohnung verlassen?"

„Um halb sieben, die Bar öffnet um sieben. Auch das wissen Sie." Sie schniefte.

„Ihr Freund hatte gestern Abend Besuch. Waren seine Freunde schon da, als Sie gingen?"

Sie schüttelte den Kopf.

„Wissen Sie denn, wer kommen wollte?"

Sie riss zwei Blätter Klopapier ab und schnäuzte sich. „Keine Ahnung. Vermutlich die üblichen Verdächtigen."

„Vielleicht können Sie meinem Kollegen gleich die Namen nennen."

„Kann ich. Was is'n eigentlich passiert?"

Sander zuckte zusammen, als sie den Rotz hochzog. „Sehr viel wissen wir auch nicht. Er ist heute Morgen um sechs Uhr drei vom Balkon gestürzt."

Sie riss die Augen auf. „So früh?"

„Wie?"

„Ich meine, warum ist er denn so früh auf dem Balkon? Und dann noch, wenn er was getrunken hat? Da geht er doch nicht so früh raus. Das ist doch Unsinn."

Sander seufzte. Er hatte nichts übrig für sinnentleerte Gespräche. „Sie meinen also, es war ungewöhnlich, dass Herr Broeschke so früh auf dem Balkon war?"

Sie sah ihn eine Weile prüfend an. „Das meine ich, ja."

„Vielleicht hat er eine geraucht? Frische Luft geschnappt?"

„Oliver rau… Oliver hat nicht geraucht. Und wenn der früh besoffen ins Bett geht, steht der garantiert nicht in aller Herrgottsfrühe auf'm Balkon und schnappt nach was."

„Hatte er Probleme? Hatten Sie beide Probleme? Gibt's vielleicht einen Grund, weshalb er sich das Leben nehmen wollte?"

Sie sprang empört auf. „Wieso? Hat der sich jetzt umgebracht?"

„Hören Sie, vielleicht können wir uns drüben noch einmal umsehen. Möglicherweise hatte Ihr Freund heute Morgen auch Besuch."

Das war auch falsch. „Der hatte keine andere."

„Vielleicht ein Freund." Sander fasste ihren Arm. „Kommen Sie. Können wir jetzt hier rein?", erkundigte er sich bei den Kollegen im Wohnzimmer. Die Antwort war ein knappes Ja. Sandra machte sich aus seinem Griff frei und steuerte den rechten Schreibtisch an. Hektisch begann sie, die Unterlagen zu durchwühlen, einige Papiere landeten auf dem Boden.

„Was suchen Sie? Hören Sie auf."

„Ich, meine Unterlagen, meine Sachen …" Sandra fuhr sich mit beiden Händen durch die Haare.

„Fehlt etwas?"

Sandra sank erschöpft auf einen Stuhl. „Ich hab keine Ahnung." Sie verbarg das Gesicht in den Händen und begann zu heulen.

Sander tätschelte ihr verlegen die Schulter und ging zum Balkon hinüber, was keine gute Idee war. Panisch hielt er sich am Türrahmen fest.

„Da kannst du aber froh sein, dass wir die Fingerabdrücke hier schon genommen haben." Heinrichs, der Leiter der Spurensicherung, lehnte rückwärts am Balkongitter. Er trug einen weißen Schutzanzug.

Sander schluckte. „Kannst du mir einen Gefallen tun?"

„Welchen?"

„Geh da weg."

Heinrichs kam auf ihn zu und schob Sander ins Wohnzimmer. „Schon in Ordnung. Gibt eigentlich auch nicht viel zu sehen. Er ist übers Geländer und hat einen der Balkonkästen mitgenommen.

„Aha."

„Der Doc sagt, er hat ordentlich getankt. Da ist die Frage, ob er von selbst über die Reling gekippt ist, quasi aus Versehen, oder ob jemand nachgeholfen hat. Hier am Türrahmen und sonst auf dem Balkon haben wir Spuren einer zweiten Person gefunden. Ich werd mal von der jungen Dame Abdrücke nehmen, um sie auszuschließen." Heinrichs ließ Sander stehen und machte sich an die Arbeit, womit er sich den Zorn von Sandra Karasek zuzog.

„Verdammte Kacke, kann man nicht mal in Ruhe heulen?"

„Wir brauchen auch die Abdrücke der Kollegen, die hier die Pizza verzehrt haben." Sander nickte auf Sandra hinunter. „Die Namen und Adressen soll die junge Dame Ihnen sagen. Die müssen wir ohnehin noch befragen."

Unschlüssig sah Sander sich um. Ob das hier überhaupt ein Tatort war? Er wanderte in das Schlafzimmer hinüber, wo auf dem Boden eine breite Matratze lag. Die Bettwäsche hatte den turnusgemäßen Wechsel offenbar mehrere Male nicht mitgemacht. Neben der Matratze lag eine umgefallene

Bierflasche, auf dem schmutzig grauen Flokati hatte sich eine Bierpfütze gebildet. Irgendwie erinnerte ihn das Szenario an seinen eigenen Teppich. Vielleicht war Broeschke aus dem Schlaf hochgeschreckt und auf den Balkon gelaufen, um frische Luft zu schnappen. Ein Erstickungsanfall, der zum Tod geführt hat, wenn auch auf andere Art. Als Nichtraucher hatte er nicht zum Rauchen auf den Balkon gewollt. Oder jemand hatte ihn angerufen, einer seiner Kumpels, und er war mit dem Handy auf den Balkon gegangen, um zu telefonieren. Aber sie hatten kein Handy gefunden.

Es gab nicht viel zu sehen im Schlafzimmer außer einem Wäscheständer, der als Kleiderschrank diente. Zwei Umzugskartons sollten wohl eine Art Schublade darstellen. Er kehrte zurück ins Wohnzimmer. Die Spurensicherung hatte ihre Sachen zusammengeräumt, der letzte Beamte war eben dabei, die Wohnung zu verlassen.

„Wo ist denn Frau Karasek hin?"

„Die wollte zur Uni." Der Beamte schloss seinen Koffer und ging.

„So." Gernot drängelte sich in der Wohnungstür an dem Kollegen vorbei. „Wir haben alle im Haus befragt."

„Und?"

„Äh, es war ziemlich viel los hier im Haus, laute Musik, sagen die Nachbarn, und es kamen ständig Leute. Da haben wir noch einiges zu ermitteln."

Sander schob Gernot durch die Wohnungstür, nahm einen Ersatzschlüssel vom Haken und zog die Tür hinter sich zu. „Wenn Frau Karasek gewartet hätte, hätten wir sie nach Broeschkes Eltern fragen können. Die müssen wir schließlich auch noch benachrichtigen."

Sie stiegen die Treppe hinunter. Auf der Straße betrachtete Sander die Fassade auf der gegenüberliegenden Straßenseite. „Haben wir die Leute gegenüber schon befragt?"

„Nee, noch nicht." Gernot fing den Kollegen Gabler ab, der gerade aus dem Haus trat. „Kümmern Sie sich darum, die Leute gegenüber zu befragen?"

„Ja, mach ich."

„Wo gehst du hin?", fragte Gernot Sander.

„Ich brauch jetzt was zu essen."

An der Ecke fanden sie ein Stehcafé, in dem Sander sich mit drei Sandwiches und einem Becher Kaffee versorgte. Gernot, der viel besser organisiert war, hatte bereits zu Hause gefrühstückt.

„So richtig traurig und am Boden zerstört war die Karasek irgendwie nicht." Sander kaute mit vollen Backen.

„Die Menschen trauern unterschiedlich."

„Und sie war irgendwie merkwürdig", stellte Sander fest. „Die hat sich unheimlich für ihren Schreibtisch interessiert."

„Für ihren Schreibtisch?"

„Na, nicht für den Tisch, sondern für das, was drauf war." Sander packte sein zweites Sandwich aus. Allmählich ging es ihm besser. „Dabei hat sie die Papiere gar nicht durchgesehen. Sie hat sie einfach hektisch vom Tisch gefegt."

„Kurzschlussreaktion. Oder sie hat befürchtet, dass der Mörder ihr Dokumente geklaut hat."

„Und wie will sie das feststellen, wenn sie alles durch die Gegend pfeffert?"

„Dann war das gar nicht ihr Schreibtisch."

Sander hörte auf zu kauen. „Wie?"

„Da standen doch zwei Tische. Dann war der andere ihrer, und dies war der vom Broeschke."

Sander steckte den Rest des angebissenen Sandwiches in den Mund und das letzte Sandwich in die Jackentasche. Den Becher trank er im Hinausgehen aus und stellte ihn auf der Geschirrrückgabe ab.

Fünf Minuten später standen sie erneut in der Wohnung. Sander zog die Schubladen des linken Tisches auf. In der obersten Schublade befanden sich nur Stifte, Textmarker und ein unbeschriebener Schreibblock. In den darunter liegenden beiden Laden befanden sich handbeschriebene Papiere. Die Schrift war unleserlich, nach einigem Studieren entzifferte er Jahreszahlen, offenbar mit geschichtlicher Bedeutung. Ein Wort sollte wohl Oberstaufen heißen. Er las das Wort Barbarossa. Es gab keine Seitenzahlen und auch sonst nichts, was irgendeine Ordnung der aufgeschriebenen Gedanken erkennen ließ. Die Papiere auf dem zweiten Schreibtisch und diejenigen, die Sandra Karasek auf den Boden geworfen hatte, waren ordentliche Computerausdrucke. Mit Seitenzahlen und Fußnoten versehen, und der Namenszeile Oliver Broeschke. Sander sortierte die Blätter und schichtete sie auf einen Haufen.

„Und?", fragte Gernot.

„Broeschke hat hier irgendeine Hausarbeit ausgedruckt. Scheint schon älter zu sein. Du hast recht. Die Karasek hat hier auf seinem Schreibtisch rumgewühlt." Sander sank auf den Stuhl. „Der Mann hat studiert, hat gearbeitet und …" Er sah sich um. „Er muss einen PC haben. Oder einen Laptop."

„Und USB-Sticks oder irgendwelche anderen Speichermedien."

„Genau." Sander sah sich suchend um. Er fuhr mit den Händen über die Dachbalken und warf noch einmal einen Blick in alle Schränke. „Nichts", sagte er, als er den letzten Küchenschrank zuklappte.

„Studieren macht man doch an der Uni, oder?"

„Was?" Sander sah Gernot irritiert an. „Natürlich."

„Dann sollten wir da mal hinfahren und nachsehen, ob seine Sachen dort sind."

„Scheiße! Hoffentlich sind wir nicht zu spät." Sander zog Gernot aus der Wohnung. „Ich bin so ein Idiot. Ich sollte echt mal weniger saufen."

„Ein ziemlicher Zufall, dass uns die Karasek wieder vor die Flinte läuft, wie?" Gernot versuchte, mit Sander Schritt zu halten.

„Allerdings."

„Das Dumme ist nur, dass ich nicht an Zufälle glaube."

Sander riss die Fahrertür seines Wagens auf. „Und was schlussfolgerst du daraus?"

„Was ist, wenn die Karasek die Botin war?" Gernot saß kaum, als Sander Gas gab.

„Botin für was?"

„Botin für einen Erpresser."

„Und womit hat Broeschke die Leute erpresst?", fragte Sander, bei dem der Groschen immer noch langsam fiel.

„Woher soll ich das wissen?"

„Schade, Gernot, im entscheidenden Augenblick versagt deine Hellsichtigkeit doch irgendwie."

Wenn Friedelinde sich unter der Woche dem Alkohol hingegeben hatte, bestrafte sie sich mit extrem frühem Aufstehen am nächsten Morgen. Um sechs Uhr klingelte der Wecker, draußen war es noch dunkel. Sie duschte, trank eine Tasse starken Kaffee und frühstückte eine Aspirin. Drüben bei Marie und Pablo war noch alles dunkel. Gott sei Dank. Marie würde ihr sonst vermutlich wegen des gestrigen Abends Löcher in den Bauch fragen. Um sieben saß sie am Schreibtisch. Nachdem sie eine Weile vor sich hin gestarrt hatte, stützte sie das Kinn in die Hände. Eigentlich müsste sie sich dringend mit der Identität von Hannelore Weber befassen, aber ihr schossen immer wieder Sequenzen des Vorabends durch den Kopf und torpedierten ihre Gedankengänge. Sie konnte sich an die Enttäuschung erinnern, als Sander gesagt hatte, dass der Fall aufgeklärt sei. Sie würden einfach nicht mehr so viel miteinander zu tun haben. Und diese Enttäuschung hatte sich noch verstärkt, als Sander sie gebeten hatte, weiter mit ihr seine Ehefrau zu besuchen. Sie hatte zwar einmal den Eindruck gehabt, dass er sie küssen wollte, aber dabei dürfte es sich um eine Täuschung gehandelt haben. Dieser Mann interessierte sich jetzt, wo er sie nicht mehr haben konnte, mehr denn je für seine Ehefrau und nicht für eine langweilige Nachlasspflegerin. Aber irgendwas hatte er gestern noch gesagt, was ihr einen Impuls gegeben hatte. Und wenn sie nicht so gefühlsduselig und beschwipst gewesen wäre, wäre daraus vielleicht ein vollständiger Gedankengang geworden. Um Viertel nach sieben griff sie zum Hörer. Sie erreichte den netten Herrn Hagemann schließlich auf dem Handy, allerdings klang er hektisch. Die Erklärung folgte auf dem Fuße.

„Ach, Frau Engel. Ich bin gerade ziemlich beschäftigt. Wir haben eine Leiche."

„Ja, nur ganz kurz, Herr Hagemann. Wo genau haben Sie den Wasserschierling gefunden, den Frau Weber gepflückt hat?"

Geduldig erklärte Hagemann ihr, wo sie den Wagen abgestellt und wie weit sie zu Fuß gegangen waren.

Friedelinde machte sich eifrig Notizen. „Vielen Dank. Ich will Sie nicht länger aufhalten." Allmählich formte sich ein Bild in ihrem Kopf. Wenn sie alles zusammenfügte, dann lag die Lösung vielleicht viel näher als in einer heute polnischen Stadt.

Ihr Vater freute sich über ihren Anruf um acht Uhr morgens. Er saß mit der Zeitung am Frühstückstisch, erzählte er. Er hatte bereits die Blumen gewässert und dachte darüber nach, was er heute tun würde.

„Wir beide machen heute Nachmittag einen Ausflug."

„Tatsächlich?"

„Ja, und zwar ins Wittmoor. Du kannst schon mal den Stadtplan rausholen und dir überlegen, wo es im Moor ein KZ gab."

„Wie?"

„Ich bin hier einer ganz dicken Nummer auf der Spur und könnte deine Hi..."

„Das ist doch nicht gefährlich?"

„Heute nicht mehr Papi, es geht um Geschichtsforschung und Aufklärung und ..."

„Du meine Güte."

„Ich muss heute Vormittag noch was erledigen, aber ich komme dann gegen zwei zu dir, und bis dahin sollst du herausfinden, wo das KZ war, und wer mehr darüber weiß."

Friedelinde hörte, wie ihr Vater seine Kaffeetasse abstellte. „Damit wäre die Frage, was ich heute mache, ja geklärt."

Friedelinde packte ihre Tasche und machte sich auf den Weg ins Staatsarchiv. Sie teilte Frau Grapengeters Leidenschaft für Archive und das Bewahren des Vergangenen. Hellsehen konnte schließlich niemand, aber der Blick in die Vergangenheit war spannend, auch wenn das die wenigsten nachvollziehen konnten. Sie schloss ihre Tasche in einen Spind in der Garderobe und dokumentierte ihre Anwesenheit im Lesesaal mit ihrer Unterschrift, ehe sie sich an einen freien Platz schlich. An wie in der Schule aufgereihten Tischen saßen Familienforscher und Studientreibende, die in den in Leder gebundenen Registern blätterten und sich Notizen machten. Es herrschte eine arbeitsame Stille, in die sie sich erst einfügte, als sie die notwendigen Geburtsregister herausgesucht und sich endlich an ihrem Platz eingerichtet hatte.

Der Kollege Gabler hatte die Anschrift von Broeschkes Mutter ermittelt. Deshalb änderte Sander den Plan und schickte Gabler zur Uni. Er wollte Broeschkes Mutter die Todesnachricht persönlich überbringen. Der Vater war nicht in Hamburg gemeldet, die Mutter, Ingeborg Broeschke, wohnte in Eimsbüttel, keine zehn Minuten von ihrem Sohn entfernt. Sie wirkte trotz ihrer grauen Haare jugendlich, wie sie in ihrer Wohnungstür stand und Gernot und Sander empfing. Auf ihre Mitteilung, dass sie von der Kriminalpolizei seien, hatte sie ohne Nachfrage den Türsummer für die Haustür des Vierfamilienhauses betätigt. Jetzt stand sie, eine Hand am Türrahmen, die andere am Türgriff, in der Wohnungstür. Sie trug Jeans, ein weißes T-Shirt und einen blauen Blazer.

Ingeborg Broeschke studierte ausführlich ihre Gesichter. Und plötzlich wirkte sie sehr gefasst. Mit einer Handbewegung bat sie sie herein. An das Tischbein eines eleganten Flurtischchens stand eine Aktentasche gelehnt. Ingeborg Broeschke war Lehrerin. Sie unterrichtete am Gymnasium Englisch und Geografie. Ihr Wohnzimmer war groß und elegant eingerichtet, zwei Zweisitzer standen über Eck, an den Wänden Bücherregale, auf dem Glastisch und einem Ecktisch lagen aufgeschlagene Bildbände.

„Bitte setzen Sie sich." Ingeborg Broeschke hatte die Hände vor dem Bauch verschränkt. Vielleicht eine Haltung, die sie auch vor ihrer Klasse einnahm. Gernot fand seinen Weg zum Sofa an der Wand, Sander setzte sich auf das andere.

„Was ist passiert?"

„Wir sind wegen Ihres Sohnes hier, Frau Broeschke. Oliver ist heute Morgen vom Balkon gestürzt und verstorben."

Sie kniff die Augen zusammen und musterte Sander. „Verstorben?" Sie schwankte ganz leicht, ohne ihre Haltung zu verändern. Sander sprang auf und führte sie zu einem Sessel. „Bitte setzen Sie sich."

„Warum kümmern Sie sich darum? Ich meine, Sie tragen keine Uniform, Sie sehen aus wie Kriminalbeamte. Stimmt etwas nicht mit seinem Tod?" Ihre Unterlippe zitterte. Sie legte die Hand vor die Augen. „Natürlich stimmt etwas nicht mit seinem Tod. Er war erst fünfundzwanzig Jahre alt."

„Wir wissen noch nicht, ob es ein Unfall war oder ob Fremdverschulden vorliegt."

„Fremdverschulden? Schubsen?"

„Ja." Sander rieb sich die Oberschenkel und kehrte zu seinem Platz zurück. „Frau Broeschke, wir wollen Sie nicht lange mit Fragen belästigen. Eigentlich haben wir nur zwei Fragen. Können Sie die beantworten?"

„Natürlich." Sie nahm die Hand von der Stirn. „Bitte."

„Haben Sie Ihren Sohn gestern Abend besucht?"

Ihr bisher flackender Blick wurde starr. „Ich wünschte, ich hätte es getan." Sie erwiderte Sanders fragenden Blick. „Wir hatten in letzter Zeit keinen Kontakt. Ich war nicht einverstanden mit seinem Lebenswandel. Er hat zu viel getrunken und sein Studium vernachlässigt. Vor einem halben Jahr lief die Abgabefrist seiner Magisterarbeit ab. Ich vermute, dass er sie seither immer wieder hat verlängern lassen. So, wie er es schon vorher getan hat."

„Geht denn das so einfach?" Gernot hatte impulsiv gefragt, jetzt bedauerte er die Frage. „Tut mir leid. Ich dachte nur, dass das heute mit den Studiengebühren und so nicht so leicht ist."

Sie lachte bitter auf. „Tja, da war er findig, was solche Sachen anging. Aber die Arbeit hat er nicht zu Ende gebracht. Ich habe ihn oft gebeten, mir eine Fassung zu zeigen. Ich habe mich dafür interessiert, wissen Sie? Ich wollte wissen, woran mein Sohn arbeitet, aber er hat sich überwacht gefühlt." Sie sprang auf und ging zum Fenster hinüber, spielte mit der Gardine. „Überwacht. So wie sein Vater. Wenn ich mich für das, was mein Mann und mein Sohn gemacht haben, interessiert habe, hieß es gleich, ich würde sie überwachen." Sie wandte sich um.

„Wie lange hatten Sie keinen Kontakt zu Ihrem Sohn?"

„Nicht einmal zu Weihnachten haben wir uns gesehen. Er hat nicht angerufen, keine Weihnachtskarte. Alles wegen dieses Flittchens." Sie sah traurig aus. „Und Ihre zweite Frage?"

„Ja, die hat sich möglicherweise schon erübrigt", erwiderte Sander. Er wollte jetzt nicht darauf beharren, dass Broeschkes Nachbarin Frau Winter ausgesagt hatte, dass seine Mutter am Abend da gewesen war. „Wissen Sie, ob Ihr Sohn Feinde hatte? Probleme?"

Wieder dieses bittere Lachen. „Sein einziger Feind war er selbst, und sein Problem war seine Freundin. Er hat sich selbst im Weg gestanden, und sie hat ihn vom Studium abgehalten. Die hat ja noch weniger studiert als Oliver. Stattdessen hat sie nachts in einer Bar gekellnert!" Wieder knickten ihre Beine ein, diesmal ging sie selbst zum Sessel hinüber.

„Können wir jemanden anrufen, der sich um Sie kümmert?"

„Nein, ich will allein sein. Bitte. Aber vielleicht können Sie in der Schule anrufen, dass ich heute nicht kommen kann?"

„Natürlich." Sander zog sein Handy heraus und ließ sich die Nummer diktieren. Er erklärte dem Schulleiter, warum es erforderlich war, für eine Vertretung für Ingeborg Broeschke zu sorgen, und verließ dann leise mit Gernot die Wohnung. Sie mussten sich unbedingt später am Tag noch einmal um die Frau kümmern. Es war ihm unheimlich, wie geistesabwesend sie in die Luft starrte. Sie schien noch nicht einmal mitzubekommen, dass die beiden Beamten die Wohnung verließen.

Sander und Gernot trafen mit Verspätung zur Besprechung ein. Die Kollegen saßen schwatzend und mit Getränken aus dem Automaten auf dem Flur versorgt um den Besprechungstisch herum. Sander nahm Gabler, der auf einem kleinen Tisch Papiere sortierte, beiseite. Gabler berichtete, dass er zu spät gekommen war. Broeschkes Spind in der Uni war leer gewesen. Wenn sich sein Laptop darin befunden hatte, hatte Sandra Karasek oder ein anderer ihn an sich genommen. Dasselbe galt für etwaige Unterlagen, die ihnen hätten weiterhelfen können.

„Ist okay", sagte Sander und klopfte Gabler, der einen etwas niedergeschlagenen Eindruck machte, auf die Schulter. „Kommen Sie."

Als Sander sich setzte, ebbte das Gebrabbel und Gelächter ab. „Gabler, fangen Sie mal an", forderte Sander den Kollegen auf.

Dieser kramte in seinen Papieren. „Also, Herr Brinkmann im Erdgeschoss hat sich beklagt, dass der Pizzamann bei ihm geläutet hat, offenbar weil in der Wohnung Broeschke die Musik so laut war, dass sie dort das Klingeln nicht gehört haben. Das war so gegen einundzwanzig Uhr."

„Was ist mit Frau Winter aus dem Erdgeschoss? Mir hat sie erzählt, dass Broeschkes Mutter am Abend da gewesen sei. Frau Broeschke sagt, dass sie ihren Sohn seit Längerem nicht gesehen hat und sie jedenfalls an dem Abend nicht da war. Gibt's Hinweise darauf, dass Frau Winter schlecht sieht oder tüdelig ist?"

„Frau Winter scheint sich sicher zu sein. Vielleicht lügt Frau Broeschke?"

„Möglich. Wir werden Sie dazu noch mal befragen. Machen Sie weiter, Gabler."

„Herr Brinkmann ist dann noch mal mitten in der Nacht von dem Getrampel auf der Treppe geweckt worden, vermutlich als die Besucher das Haus verlassen haben, aber da weiß er nicht, wie spät es war. Aus dem ersten Stock gibt es keine Aussagen. Bei ihnen hat keiner geklingelt oder sie haben nichts gesehen oder waren nicht zu Hause. Nur Frau Preußler aus dem zweiten Stock rechts hat auch den Krach im Treppenhaus gehört und meint, das sei so gegen drei Uhr morgens gewesen. Interessanter wird's im dritten Stock. Das ist das Stockwerk direkt unter der Dachgeschosswohnung. Links wohnt das Ehepaar Ebert, beide Rentner und den ganzen Tag zu Hause." Gabler trank einen Schluck Wasser, um seine Stimme zu ölen, und fuhr dann fort. „Die sind völlig genervt, weil da oben immer was los war. Entweder haben Broeschke und seine Freundin gestritten oder laute Musik gehört. Wann die Freunde zu Broeschke gekommen sind, haben Eberts nicht gehört. Die haben sich wohl anfangs noch recht leise verhalten und sich dann gesteigert. Die Musik wurde immer lauter, und die Jungs fingen an zu grölen. Herr Ebert ist um Mitternacht nach oben gegangen und hat Broeschke gebeten, die Musik leiser zu drehen. Das hat der auch kurz gemacht, aber nach nicht allzu langer Zeit haben sie sie wieder aufgedreht."

„Konnte Herr Ebert etwas über die Besucher sagen? Und etwas über Broeschkes Stimmungslage?"

Gabler schüttelte den Kopf. „Nee, der Broeschke hat ihn an der Tür abgefertigt. Der war ziemlich breit, meint er." Gabler wandte sich an den Kollegen Meyer. „Willst du weitermachen?"

„Nö, mach du mal."

„Also", fuhr Gabler fort. „Interessant ist, was die junge Frau in der anderen Wohnung im dritten Stock gesagt hat. Sie ist Krankenschwester und um fünf Uhr aufgestanden. Um viertel nach sechs hat sie das Haus verlassen. Auf der

Treppe zwischen dem zweiten und dritten Stock hat sie eine Frau hochgehen sehen. Sie hat sie nur von hinten gesehen und konnte nur sagen, dass sie graue Haare hatte. Mehr war aus ihr nicht rauszukriegen."

„Eine grauhaarige Frau?" Sander hob die Brauen. „Wenn sie tatsächlich zu Broeschke wollte, ist das unsere Mörderin, oder zumindest die Frau, die Broeschke zuletzt gesehen hat", stellte er ungläubig fest. „Ich kann mir allerdings nicht vorstellen, dass eine alte Frau in der Lage ist, den jungen Broeschke umzubringen."

„Man muss nicht alt sein, um graue Haare zu haben", wandte Gernot ein. „Kann es auch blond gewesen sein?"

Es war typisch für Gernot, dass er diese Frage stellte.

„Die Zeugin meint, es sei grau gewesen", stellte Gabler fest.

„Broeschkes Mutter ist auch grauhaarig. Aber sie sagt, sie hätte ihn seit einem halben Jahr nicht gesehen."

„Also, eine Nachbarin hat abends eine grauhaarige Frau ins Haus kommen sehen und die Krankenschwester am Morgen, und beide Male soll es nicht die Mutter gewesen sein?" Meyer klang beinahe empört.

„Wir klären das", beruhigte Sander ihn. „Sie ist mit seinem Lebenswandel und vor allem seiner Freundin nicht einverstanden gewesen. Vielleicht gab es da doch Streit."

„Ja, und sie hat ihren Sohn zur Rede gestellt. Und im Laufe des Streits ist Broeschke vom Balkon gestürzt", meldete sich ein junger Kollege zu Wort.

„Vielleicht hat sie ihren Sohn auch finanziell unterstützt. Wenn sie dann auf ihn getroffen ist, als er mit seinen Kumpels gesoffen hat, statt zu studieren, hatte sie vermutlich die Faxen dicke."

„Geld brauchte der eigentlich nicht von seiner Mutter", stellte der junge Kollege fest. „Der hat BAföG gekriegt, und außerdem hatte er ein bisschen was auf der hohen Kante."

„Hohe Kante?" Gabler guckte kritisch. „Kriegt man BAföG, wenn man was gespart hat?"

„Äh, keine Ahnung." Der Beamte war irritiert. „Aber Fakt ist, dass er was gespart hat. Auf seinem Sparkonto befinden sich zwanzigtausend."

„So viel?" Sander streckte die Hand nach den Unterlagen aus.

Der Beamte reckte sich über den Tisch. „Äh ja, er hat viermal fünftausend eingezahlt. In unregelmäßigen Abständen. Liegen mal zwei Wochen dazwischen oder auch ein Monat."

„Also, da gibt's garantiert kein BAföG mehr. Außerdem ist ja auch die Frage, woher der so viel Geld hatte, wenn er auf finanzielle Unterstützung seines Studiums angewiesen ist. Hatte er einen Job?"

„Ja, Zeitungsdistributeur."

„Was?"

„Na, der hat die Packen mit den Zeitungen an die Leute ausgehändigt, die die Zeitungen dann ausgetragen haben."

„Aha. Aber damit verdient man nicht so viel Geld und schon gar nicht in so großen Einzelbeträgen." Sander verschränkte die Hände im Nacken. „Bisher wussten wir nicht, ob es Mord ist, aber inzwischen haben wir so viele Hinweise, die beinahe keinen anderen Schluss zulassen. Was ist mit seinen Saufkumpanen?"

„Zwei Kommilitonen, Andreas Wege und Hendrik Maßmann. Die beiden studieren Geschichte und Politik wie unser Opfer. Thorsten Kramer ist ein Freund von Wege, der ihn begleitet hat, und Kai Adler ist ein Schulfreund von Broeschke. Die Jungs haben eine Kiste Astra mitgebracht, und dann haben sie begonnen, sie niederzumachen."

„Gab es einen Anlass für das Besäufnis?"

„Broeschke hat die Jungs offenbar kurzfristig angerufen, weil er schlecht drauf war. Weshalb wusste keiner."

„Wir müssen uns diese Freunde ohnehin noch mal vornehmen, und zwar einen nach dem anderen."

„Meinen Sie, die sind auch verdächtig?"

„Hier sind alle verdächtig." Sander leerte seine Colaflasche. „Das ist mir alles noch zu vage, was wir hier zusammengetragen haben. Selbst wenn es ein Unfall war, müssen wir aufklären, ob sich die grauhaarige Dame unterlassener Hilfeleistung schuldig gemacht hat."

„Und welche von beiden?", fragte Gernot.

Sander seufzte. „Erst mal müssen wir rauskriegen, wer die beiden waren. Oder welche Frau neben Broeschkes Mutter da gewesen ist." Er warf einen Blick auf die Wanduhr. „Was ist eigentlich mit der Obduktion? Honecker dürfte doch inzwischen mal fertig damit sein."

„Soll ich mal anrufen?" Gabler streckte sich zum Telefon.

„Nee, das machen wir anders. Gernot und ich fahren noch mal zur Mutter. Die soll ihren Sohn identifizieren. Und Sie, Gabler, bestellen diese Freunde für morgen Vormittag ein. Wie gesagt, einen nach dem anderen. Und dann will ich wissen, wo Broeschke seinen Arbeitsplatz hatte, wo seine Studienunterlagen und vor allem sein Laptop sind."

Die Kollegen erhoben sich in der Annahme, dass die Besprechung beendet sei, aber Sander hielt sie zurück. „Ich möchte, dass Sie die Hausbewohner noch mal befragen. Ich will wissen, ob ihnen vielleicht seit heute Morgen noch was eingefallen ist. Und ich will wissen, ob die grauhaarige Dame am frühen Morgen bei einem der anderen Hausbewohner geklingelt hat, und wie sie ins Haus gekommen ist. Vielleicht hat einer der Nachbarn sie reingelassen." Er verfiel kurz ins Grübeln. „Ach ja, und dann hätte ich morgen auch gern noch die Frau Karasek zu einem weiteren Gespräch. Die hat mir heute Morgen entschieden zu hektisch den Tatort verlassen."

Die Kollegen wagten einen neuen Anlauf, um den Raum zu verlassen, als Sander sie ein weiteres Mal aufhielt. „Ist der Bericht der Spurensicherung eigentlich schon fertig?" Ihm entging das kollektive Seufzen nicht.

„Nein, der Bericht liegt noch nicht vor." Heinrichs klang spitz.

Sander grinste in die Runde. „Okay, ich glaub, das war's jetzt."

Kapitel 5

Es war beinahe halb drei, als Friedelinde in die Einfahrt zu ihrem Elternhaus fuhr. Sie hatte im Staatsarchiv einiges herausgefunden, Urkunden kopiert und sich Notizen gemacht, die sie noch zusammenfügen musste. Sie schloss den Wagen nicht ab und läutete an der Haustür, auch wenn sie einen Schlüssel hatte, aber ihr Vater öffnete nicht. Sie ging ums Haus herum und erblickte ihn durch das Fenster im Wohnzimmer. Drinnen sah es aus, als sei eine Bombe in Johannes Engels Haus eingeschlagen und hätte alle Papiere aus Regalfächern und Schubladen geholt und im ganzen Raum verteilt. Zaghaft klopfte sie an die Scheibe. Ihr Vater sah auf und musterte sie, als brauche er eine Weile, um sich an sie zu erinnern. Er öffnete die Terrassentür. „Hallo, Liebes, komm rein."

Friedelinde setzte vorsichtig einen Fuß vor den anderen. „Ist was passiert?"

„Wie?" Ihr Vater nahm die Lesebrille ab.

„Oder anders gefragt: Was ist passiert?"

„Ach so, das meinst du. Ich hab nach Karten vom Wittmoor gesucht, und dann sind mir die Bücher über Duvenstedt und den Duvenstedter Brook in die Hände gefallen, und ich hatte ja auch einige Ausgaben vom Heimat Echo aufbewahrt, und dann waren da auch noch deine Schulaufsätze …"

Friedelinde sank erschöpft auf einen Stuhl. „Ist gut, Papi." Sie legte ihren Autoschlüssel auf den Tisch. „Darf ich fragen, ob du was gefunden hast?"

Ihr Vater setzte die Brille wieder auf und kniete sich vor einen besonders chaotisch aussehenden Haufen auf dem Teppich. „Ja, und zwar hier – nee." Er beugte sich vor, um einen anderen Stapel zu erreichen. „Oder war's hier? Nein, auch nicht. Weißt du, ich wollte bei der Gelegenheit gleich mal Ordnung schaffen."

„Ja, ich denke, du bist da auf einem guten Weg, allerdings wollte ich wissen, ob du etwas über das KZ im Wittmoor gefunden hast."

Ächzend erhob sich Johannes Engel wieder. „Natürlich. Liegt doch alles vor deiner Nase."

Friedelinde zog den Stapel Papier auf dem Esstisch zu sich heran. Sie hielt eine Karte des Wittmoors in der Hand und einen kleinen Prospekt, auf dem ein großer Fels abgebildet war. „Was soll das sein?"

„Wir müssen los. Nimm das mit." Johannes Engel war bereits im Flur und zog sich Schuhe an.

Er saß schon in ihrem Wagen, als sie nach draußen kam. Gehorsam ließ sie sich den Weg weisen. Nachdem sie ein Wohngebiet am Ortsrand durchquert hatten, endete die Straße in einer Sackgasse.

Friedelinde stellte den Wagen auf einem Grünstreifen ab. „Was genau machen wir hier?"

Ihr Vater schloss die Augen und atmete tief durch. „Erst mal tief durchatmen."

Friedelinde verzog das Gesicht und schnupperte. „Okay, hab ich. Und jetzt?"

Ihr Vater warf ihr einen missbilligenden Blick zu und marschierte los. Seufzend folgte Friedelinde ihm. In ihrer Kindheit hatte es regelmäßig Sonntagsspaziergänge gegeben, und sie hatte sie gehasst. Viel lieber hätte sie ferngesehen oder mit ihren Freundinnen telefoniert, aber mitgehen war Pflicht gewesen. Nach zwei Stunden strammen Marschierens war die Belohnung ein Stück Kuchen gewesen. Friedelinde bezweifelte, dass ihr Vater ihr heute auch Kuchen anbieten würde. Nachdem sie eine Weile lustlos hinter ihm hergestapft war, sah sie sich um und versuchte, sich anhand der Beschreibung von Gernot Hagemann zu orientieren, was ihr nicht besonders gut gelang. Von ihrem Vater war bald nichts mehr zu sehen, und er dachte offenbar auch nicht daran, auf sie zu warten.

„Papa!"

Sie verstand die Antwort ihres Vaters, der aus ihrem Blickfeld verschwunden war, kaum.

„Papa!" Außer Atem holte sie ihn ein. „Hör mal. Das ist wirklich alles unheimlich interessant hier, aber ich muss unbe…" Friedelinde sah sich interessiert um. „Hier ist ja eine Weggabelung. Dann müssen wir jetzt rechts, nein links. Und dann muss irgendwo ein Tümpel sein, und da …" Johannes war den Weg bereits nach links weitergegangen und blieb vor einem Tümpel stehen.

„Da ist er ja."

„Hm."

Das dunkle Wasser lag unbewegt vor ihnen. Es hatte fast den Anschein, dass es kein Wasser, sondern eine zähflüssige dicke Masse war. An einigen Stellen ragten Birkenstümpfe hervor, nur am Rand blühten einige Pflanzen. Und dahinter lag das Moor, auf langen dünnen Stängeln wogten kleine weiße Wolken. Ein ruhiges friedliches Bild.

„Das ist Wasserschierling“, erklärte Johannes.

„Was?“

„Na das. Du stehst genau davor.“

„Was? Dieses blühende Unkraut?“ Friedelinde holte den Text aus ihrer Tasche, den die Polizei in Arthur Goldschmidts Mantel gefunden hatte. Sie las ihn laut vor.

„Was ist das für eine furchtbare Anklage?“, fragte Johannes.

Friedelinde setzte ihn ins Bild. „Ja, und es klingt doch ganz klar nach einem Bericht aus einem KZ, findest du nicht?“ Friedelinde sah sich um. „Und wo ist jetzt verdammt noch mal eines gewesen?“

Johannes warf ihr einen ernsten Blick zu. „Komm!“

Wenig später standen sie vor dem Felsen, den Friedelinde auf dem Prospekt gesehen hatte. Es war jedoch kein Fels. Es war ein Gedenkstein, umrankt von Efeu, der die Inschrift in der Mitte des Steins umschloss.

„Das ist alles, was von dem KZ übrig geblieben ist.“ Johannes fasste Friedelinde an der Schulter. „Komm.“

„Ehrlich, Papa“, flüsterte Friedelinde wenig später und hielt ihren Vater zurück. „Ich will da nicht rein.“

„Nun stell dich doch nicht an. Du bist doch eine erwachsene Frau.“

„Ja schon, aber ich war auch mal klein.“

„Also wirklich.“ Johannes machte sich los und klopfte an die Tür des windschiefen Reetdachhäuschens. Vielleicht war der Bewohner nicht zu Hause. Oder schon tot. Alt genug war er schließlich. Aber ihre Hoffnung ging nicht in Erfüllung. Nach einer Weile waren schlurfende Schritte zu hören und die Tür wurde geöffnet. Vor ihnen stand ein hagerer, gebeugter alter Mann mit tiefen Furchen im Gesicht. Er war alt geworden, aber unverkennbar Friedelindes früherer Grundschuldirektor. Freundlich lächelnd gab er Johannes die Hand. „Herr Engel." Er wandte sich Friedelinde zu. „Und das ist dann wohl Ihre Tochter." Er hielt ihre Hand für Friedelindes Geschmack einen Moment zu lang mit seinen knochigen Händen fest und musterte sie intensiv. „Noch habe ich keine Erinnerung an Sie, aber das kann ja noch kommen. Bitte treten Sie ein."

Friedelinde konnte es dem Mann nicht verdenken, dass er sich nicht an sie erinnerte, schließlich war sie während ihrer Schulzeit weder durch besonders gute Leistungen noch durch andere Fähigkeiten hervorgetreten. Und die Grundschule hatte sie vor beinahe dreißig Jahren verlassen. Herr Lorenz hatte schon früher in diesem Häuschen gewohnt, über das sich die Schüler lustig gemacht hatten, aber es war nie jemand drinnen gewesen. Vielleicht hatten sie sich einfach nicht getraut.

Der alte Mann lotste sie durch einen winzigen Flur in einen Wohnraum, dessen unebener Boden mit grün gestrichenen Schiffsplanken ausgelegt war. Rundherum standen deckenhohe Bücherregale an den Wänden, und auf Tischen und Sitzgelegenheiten lagen Bücherstapel oder aufgeschlagene Bücher.

„Mein Studierzimmer. Nehmen Sie Platz, wenn Sie welchen finden. Ich bin sofort zurück." Der alte Mann schlurfte hinaus, und Johannes schaufelte alte Zeitungen und Zeitschriften von einem kleinen zweisitzigen Sofa.

„Du hast mir nicht gesagt, dass du unseren Besuch angekündigt hast!“, flüsterte Friedelinde vorwurfsvoll.

„Sonst hättest du ja doch nur Theater gemacht“, antwortete Johannes ungerührt. „Und wenn es eine Koryphäe der Duvenstedter Geschichte gibt, dann ist es Herr Lorenz.“

Friedelinde betrachtete ihre Umgebung misstrauisch. „Wenn du meinst.“ Sie schwieg schnell wieder, denn die Rückkehr ihres Gastgebers kündigte sich durch Geschirrklappern an. Johannes ging dem Mann entgegen und nahm ihm das Tablett ab, auf dem Tassen und Teekanne hüpften. Friedelinde schob einige Papiere auf einem altersschwachen Tischchen beiseite, damit Johannes das Tablett abstellen konnte.

„Ich bin extra noch mal los, nachdem Sie angerufen haben, und habe ein paar Kekse besorgt. So etwas habe ich gar nicht mehr im Haus, seit meine Frau tot ist.“ Er schüttelte nachdenklich den Kopf. „Seitdem vergesse ich auch hin und wieder, etwas zu essen. Nun ja, greifen Sie zu.“

Johannes schenkte Tee ein, und Friedelinde nahm einen Schokoladenkeks.

„Ich glaube, ich hatte Sie damals in der 3a. Heimatkunde und Deutsch“, sinnierte der ehemalige Direktor und rieb sich das schlecht rasierte Kinn.

„Ja, stimmt.“ Friedelinde unterdrückte einen Hustenanfall. Der Mann hatte ein phänomenales Gedächtnis.

„War eine nette Klasse damals, auch wenn Sie sich nicht ein einziges Mal die Mühe gemacht haben, uns Lehrern einen Streich zu spielen. Na ja, ist lange her. Was kann ich denn nun für Sie tun?“ Er wandte sich an Johannes. „Sie hatten gesagt, Ihre Tochter interessiert sich für das ehemalige KZ im Wittmoor?"

„Richtig." Johannes reichte Herrn Lorenz eine Tasse Tee. „Erzähl doch mal", forderte er Friedelinde auf.

„Ja, also, ich bin auf der Suche nach der wahren Identität einer Frau, die unter falschem Namen gelebt hat. Ich vermute, dass sie diese neue Identität nach dem Krieg angenommen hat, als viele Menschen ihre Ausweispapiere in den Kriegswirren verloren hatten. Diese Frau hat die Gelegenheit genutzt und eine Geschichte über ihre Flucht aus Ostpreußen ersonnen."

Der ehemalige Schulleiter schenkte mit zittriger Hand Tee nach. „Hab ich alles in der Zeitung gelesen." Er warf Friedelinde einen prüfenden Blick zu. „Hätte Sie gar nicht wiedererkannt, so ohne Mütze. Und was war das jetzt mit dem toten alten Mann in der Truhe?", fragte Lorenz.

Friedelinde öffnete den Mund, aber Herr Lorenz winkte ab. „Geht mich ja gar nichts an, und deshalb sind Sie ja auch nicht da."

„Möglicherweise doch, aber dazu komme ich noch. Ich erzähle erst mal weiter, wenn es in Ordnung ist."

„Ist in Ordnung. Sie müssen entschuldigen, ich bin viel allein, und da gibt man immer selbst den Ton an."

„Diese Frau, die sich Hannelore Weber genannt hat, hat einen jungen Mann dazu gebracht, sie hier ins Wittmoor zu begleiten, und zwar an den kleinen Teich in der Nähe des Gedenksteins. Sie hat …" Friedelinde brach ab, als plötzlich eine Veränderung mit dem alten Mann vor sich ging. Plötzlich hörte er auf zu zittern, sein Kopf versteifte sich, und er bekam große Augen.

Friedelinde sprang auf. „Ist alles in Ordnung mit Ihnen?"

Herr Lorenz wirkte ärgerlich. Er scheuchte Friedelinde mit wedelnden Handbewegungen zurück auf ihren Platz. „Erzählen Sie weiter."

Zögerlich nahm sie wieder Platz.

„Die Frau hat sich zu dem kleinen Tümpel bringen lassen. Und dann?" Herr Lorenz klang ungeduldig.

„Und dann hat sie dort Wasserschierling gepflückt und den alten Mann in der Truhe vergiftet. Also, nicht in der Truhe, sondern sie hat ihn vergiftet und ihn dann in die Truhe gelegt."

„Die Frau kannte sich also hier aus, wie?" Lorenz klang lauernd.

„Vermutlich, und wir dachten, dass Sie vielleicht eine Idee haben, zumal dieser Mann aus der Truhe ein ehemaliger KZ-Insasse war. Dass Sie vielleicht wissen, was sie hier gemacht hat. Es gab doch hier das KZ."

Der alte Mann winkte ab. „Ja, ja, ich verstehe schon. Was wissen Sie über diese Frau?"

„Ich weiß nicht allzu viel", erklärte Friedelinde. Sie zog ihre Akte aus der Tasche und schlug sie auf. Dabei fiel ihr das Jugendfoto von Hannelore Weber aus der Personalakte der Bank in die Hände. „Ich habe dieses Foto hier."

Sie reichte Lorenz das Foto über den Tisch, der es mit seiner von Gicht geplagten Hand entgegennahm. Aufmerksam betrachtete er das Bild. „Holen Sie mir da drüben mal die Chronik aus dem Regal."

Friedelinde warf ihrem Vater einen fragenden Blick zu, der sie ebenfalls ratlos ansah.

„Dort drüben. Das grüne!" Lorenz deutete ungeduldig auf ein Regal.

Friedelinde fand in dem Regal oberhalb des Schreibtischs die Chronik. Lorenz setzte seine Lesebrille auf und fand nach kurzer Zeit die gesuchte Seite.

„Die Lupe!“, befahl er.

Friedelinde, die sich eben gesetzt hatte, sprang wieder auf und holte die Lupe aus der Schreibtischschublade.

Aufmerksam studierte Lorenz durch das Vergrößerungsglas ein abgedrucktes Foto im Buch. „Ja, ich denke, das ist sie.“

„Wie?“ Friedelinde war elektrisiert.

„Ja, kommen Sie mal her.“

Friedelinde und Johannes erhoben sich und sahen ihm über die Schultern.

„Hier.“ Lorenz wies auf ein Schwarz-Weiß-Foto. Es zeigte einen großen breitschultrigen Mann in SS-Uniform, neben ihm eine hübsche Frau, die blonden Haare geflochten um den Kopf geschlungen. Der Mann trug die Haare exakt gescheitelt, mit Brillantine ordentlich gekämmt und oberhalb der Ohren großzügig ausrasiert. Seine Augen wirkten kalt, sein Mund war eine zusammengekniffene Linie. Und vor dem Paar stand, auf jeder Schulter eine Hand eines Elternteils – Hannelore Weber. Oder vielmehr die Frau, die als Hannelore Weber durchs Leben gegangen war. Sie war etwas jünger als auf dem Foto aus der Personalakte der Bank, aber die Lücke zwischen den Schneidezähnen war deutlich zu erkennen. Friedelinde beugte sich vor, um die Bildunterschrift erkennen zu können.

Heinrich Markmann mit seiner Frau Louise Markmann, geb. Henningsmeier, und Tochter Elsa wenige Wochen vor Auflösung des KZ Wittmoor.

Herr Lorenz legte die Lupe auf den Tisch und nahm die Lesebrille ab. Mit einem zufriedenen Lächeln kaute er auf einem Brillenbügel. „Sie haben der Aufklärung deutscher Geschichte in Duvenstedt einen Dienst erwiesen“, stellte er fest. „Niemandem, auch mir nicht, ist es bisher gelungen, die Spur dieser Frau wiederzufinden.“ Er kniff kurz die Augen zusammen. „Das bestätigt meine Theorie, dass auch Schüler mit durchschnittlichen Noten es im Leben weit bringen können.“

Ein zweifelhaftes Kompliment, das Friedelinde angesichts ihrer Entdeckung mit Humor nahm.

„Und wie war das jetzt mit Heinrich Markmann?“, fragte Johannes Engel neugierig.

Lorenz klappte den Bildband, der auf seinem Schoß lag, zu. „Heinrich Markmann war dieser Typ Mann, der beruflich keineswegs erfolgreich war und dem der Eintritt in die NSDAP den Weg in lukrative Ämter ebnete.“ Herr Lorenz trank einen Schluck Tee, ehe er fortfuhr. „Heinrich Markmann war nicht von hier. Er ist 1900 geboren, von mehreren Schulen geflogen und hat eine Metzgerlehre im Betrieb seines Vaters abgebrochen, weil die beiden ständig Streit hatten. Er hat sich dann mehr schlecht als recht durchgeschlagen, auch mit finanzieller Unterstützung seiner Mutter.“ Lorenz rieb Daumen und Zeigefinger aneinander. „Hinter dem Rücken des Vaters. Nachdem er dann zunächst in einigen der damals noch verbotenen Organisationen Mitglied gewesen war, ist er in die NSDAP eingetreten und hat eine recht niedrige Mitgliedsnummer erhalten. Mit 28 Jahren ist er dann in den Preußischen Landtag eingezogen und hat als Mitglied ohne abgeschlossene Ausbildung und ohne Studium das erste Mal ein eigenes Einkommen bezogen. Kurz darauf hat er geheiratet und im nächsten Jahr wurde seine Tochter geboren.“

„Elsa Markmann", sagte Friedelinde tonlos.

Lorenz nickte. „Genau."

„Markmann hat dann eine politische Karriere in der NSDAP hingelegt und 1940 den Auftrag erhalten, in den alten verrotteten Gebäuden der stillgelegten Torfverwertung Wittmoor ein KZ einzurichten."

Lorenz strich mit seinen arthritischen Fingern über den Bildband. „Zunächst waren nur zwanzig Gefangene inhaftiert, und die Gebäude eigentlich nur Ruinen. Die hygienischen Zustände waren katastrophal, und die Häftlinge sind in den kalten Wintern mit dem dünnen Zeug am Leib beinahe erfroren. Viele sind gestorben, aber es kamen immer neue."

Er sah in betretene Gesichter. „Ich denke, es ist Zeit für einen Schnaps. Sind Sie so gut?" Er deutete auf eine Anrichte mit schief eingehängten Türen, aus der Friedelinde drei Schnapsgläser und eine Flasche herausnahm. Nachdem sie sich gestärkt hatten, fuhr er fort.

„In einer derartigen Umgebung, unter der Erziehung eines sadistischen Vaters, kann man es dem jungen Mädchen beinahe nicht verübeln, dass es einen schlechten Charakter entwickelte. Bei der Dorfjugend war sie nicht beliebt, allein schon wegen ihres Vaters, der von den Duvenstedtern gefürchtet wurde. Deshalb hat sie sich wohl darauf verlegt, Inhaftierte zu piesacken."

Friedelinde dachte an Arthur Goldschmidts Text, in dem er berichtet hatte, wie Elsa Markmann den ausgehungerten Häftlingen eine möglicherweise von ihr vergiftete Suppe vorgesetzt hatte. Er hatte darin dieselbe giftige Pflanze erwähnt, mit der er später von ihr vergiftet worden war. Möglicherweise war die Suppe damals tatsächlich vergiftet gewesen. Die Todesursache eines Häftlings wäre sicher nicht untersucht, geschweige denn verfolgt worden.

„Ich nehme an, es waren jüdische Häftlinge?“, fragte Johannes mit belegter Stimme.

„Ja, natürlich Juden, aber auch Homosexuelle und sogenannte Politische wie Mitglieder der KPD und der SPD. Sogar Zeugen Jehovas waren darunter, aber Markmann hat gezielt dafür gesorgt, dass ihm hauptsächlich die jüdischen Häftlinge zugewiesen wurden, und zwar diejenigen, die ein gewisses Vermögen vorzuweisen hatten. Es gibt nicht wenige Grundbücher von Häusern in allerbester Lage, in denen auf die Eintragung des jüdischen Eigentümers der Name Markmann folgt. Daneben hat er sich auch an ihrem Geld und dem Hausstand bereichert.“

Herr Lorenz sah Friedelinde und Johannes an. „Er hat es offenbar so toll getrieben, dass es selbst den oberen Nazis zu bunt wurde. Sie haben das KZ 1942 wieder geschlossen, und Markmann wurde auf einen Büroposten versetzt. Nach dem Krieg haben die Amerikaner ihn inhaftiert und sein Vermögen eingezogen. Es heißt, er habe sich in der Haft erhängt.“

„Sie glauben das nicht?“, fragte Johannes.

Lorenz sah ihn aus klaren Augen an. „Habe ich nie geglaubt. Es gab damals zu viele Unverbesserliche, die ihren alten Kameraden geholfen haben, eine neue Existenz aufzubauen.“ Er wandte sich Friedelinde zu. „Und nachdem ich jetzt gehört habe, dass sogar seine Tochter diesen Weg gewählt hat, glaube ich es noch viel weniger.“

„Kein Wunder, dass sie sich eine neue Lebensgeschichte ausgedacht hat.“

„Aber wieso hat sie das getan?“, fragte Johannes. „Sie war die Tochter.“

„Ja, und genau diese Stellung hat sie ausgenutzt. Diese Frau war sadistisch. Du hast ja gehört, was Herr Lorenz gesagt hat, und ich habe dir vorgelesen, was Arthur Goldschmidt aufgeschrieben hat.“ Sie nahm den Text aus der Tasche und las ihn noch einmal vor. Als sie schloss, erhob sich Herr Lorenz schwerfällig und ging zu einem Regal hinüber. Mit seinen gekrümmten Fingern fuhr er die Buchrücken entlang. Er zog eines heraus, blätterte im Inhaltsverzeichnis und blieb an einer Zeile hängen. Er schob die Lesebrille auf die Stirn. „Was sagten Sie, wie heißt der Mann?“

„Goldschmidt. Arthur Goldschmidt.“

„Ja, der war Insasse hier.“

„Er hatte eine Nummer auf dem Unterarm eintätowiert.“

„Ja, die 326.“ Herr Lorenz klappte das Buch zu. „Ist er der vergiftete Mann in der Tiefkühltruhe?“

Friedelinde nickte. „Man weiß nicht, ob sie ihm und den übrigen Häftlingen damals Wasserschierling gab. Diesmal hat sie es mit Sicherheit getan.“

„Er hat doch sicher weitere Aufzeichnungen über seinen Aufenthalt im Wittmoor gemacht.“ Herr Lorenz kehrte auf seinen Platz zurück. „Daran wäre ich natürlich sehr interessiert.“

„Vermutlich hat er das, aber der Helfer von Hannelore Weber hat alles verbrannt, was er an Unterlagen dabei hatte.“

Lorenz rieb sich das Kinn. „Das ist ärgerlich. Aber die Leute vergessen immer, dass das Vernichten von Papieren nicht zu einem Vergessen führt.“ Er tippte sich an die Schläfe. „Hier drin ist alles gespeichert, das kann niemand löschen, außer dem Tod. Deshalb ist es so wichtig, dass wir es unseren Kindern erzählen, damit die Erinnerung wach bleibt."

Johannes nickte. „Ich habe auch noch nie viel von dem Gerede gehalten, dass irgendwann einmal Schluss sein muss mit den alten Geschichten."

„Nein, das ist im wahrsten Sinne des Wortes zu kurz gedacht, zumal das Kriegsende knappe siebzig Jahre zurückliegt. Das ist weniger als ein durchschnittliches Menschenalter."

„Und es haben jedenfalls bis vor Kurzem auch noch zwei an diesem Vorfall Beteiligte gelebt."

Herr Lorenz wirkte beinahe gerührt. „Meine Liebe, ich freue mich wirklich, dass Ihre Suche Sie zu mir geführt hat. Ich würde darüber gern in unserem nächsten Heimatboten berichten. Meinen Sie, Sie können mir diesen Text des Herrn Goldschmidt zur Verfügung stellen?"

„Natürlich. Ich schicke Ihnen eine Kopie. Darf ich Sie auch um einen Gefallen bitten?"

„Natürlich."

„Darf ich mir die Chronik ausleihen? Ich würde mir gern die Seiten über die Familie Markmann kopieren. Ich fürchte nämlich, ich habe ein Problem."

„Ah ja, und welches?"

„Ich muss Elsa Markmanns Erben suchen. Und ich hoffe, dass ihre Angehörigen damals nicht ebenfalls untergetaucht sind und unter falschem Namen leben."

Lorenz reichte ihr die Chronik. „Wenn Sie wollen, forsche ich ein bisschen für Sie. Elsas Mutter stammte von hier. Vielleicht finde ich was heraus."

Friedelinde bedankte sich und versprach, Herrn Lorenz bald wieder aufzusuchen, um neue Erkenntnisse gegen die Chronik einzutauschen. Sie war ein gutes Stück weitergekommen, aber ihre neueste Erkenntnis stellte sie auch vor das Problem, wie sie die Wandlung von Elsa Markmann in Hannelore Weber nachweisen sollte. Ein Foto dürfte dafür nicht ausreichen.

Sie mussten lange läuten, ehe der Türsummer erklang. Als sie schließlich vor Ingeborg Broeschkes Wohnungstür standen, war die noch geschlossen. Am Türknauf hing eine kleine Papiertüte mit dem Aufdruck einer Apotheke. Sander drückte noch einmal entschlossen auf den Klingelknopf neben der Tür, die nach einer Weile geöffnet wurde. Ingeborg Broeschke war nicht wiederzuerkennen. Ihr Haar stand wirr von ihrem Kopf ab. Sie blickte Sander aus zusammengekniffenen Augen an. Der Flur hinter ihr war dunkel.

„Sie sind's." Sie verschwand in der dunklen Wohnung.

Sander nahm die Tüte vom Türknauf und betrat von Gernot gefolgt die dunkle Wohnung.

„Frau Broeschke?" Sander fand sie in der Küche. Sie hielt den Wasserkocher in der Hand und überlegte offenbar, was sie damit anstellen sollte.

„Kann ich Licht machen?" Sander deutete ihr Seufzen als Zustimmung. „Setzen Sie sich mal hin. Ich mach Ihnen einen Tee." Er schob die Frau auf die Eckbank, auf der Gernot schon saß. Sie trug ein knöchellanges weißes Nachthemd mit langen Ärmeln, an dessen Bünden sie herumzupfte. „Ich hab vorhin was genommen, als sie weg waren, und seitdem geschlafen." Ihr Blick wanderte zur Wanduhr. „Wie spät ist es?"

„Gleich sieben."

Sie fuhr sich mit den Händen durch die Haare. „Dann habe ich fast neun Stunden geschlafen."

„Wo steht der Tee?“

Sie deutete auf den Hängeschrank über dem Geschirrspüler.

Sander entschied sich für Johanniskrauttee. Beruhigt schließlich die Nerven. Gernot inspizierte derweil den Inhalt der Tüte. „Beruhigungs- und Schlafmittel“, stellte er fest.

Wieder ein Seufzen. „Ich kann nur mit Schlaftabletten zur Ruhe kommen.“ Sie starrte auf den Tisch. „Ganz kurz habe ich darüber nachgedacht, mehr zu nehmen als nötig, aber dann habe ich festgestellt, dass mein Vorrat nicht ausreicht.“

Als Reaktion auf diese Worte steckte Gernot die Schachteln zurück in die Tüte und stellte sie neben sich auf die Bank.

„Keine Sorge. Ich habe es mir anders überlegt. Ich möchte gern wissen, was mit meinem Sohn passiert ist. Er kann mir ja jetzt keine Überwachung mehr vorwerfen.“ Sie umschloss mit beiden Händen den Becher, den Sander ihr hinstellte.

„Ich habe heute Nachmittag den Direktor meiner Schule angerufen und ihm gesagt, dass ich morgen wieder zur Arbeit erscheinen werde. Ich kann am besten damit umgehen, wenn ich einen geregelten Tagesablauf habe. Es nützt ja nichts, wenn ich jeden Tag Tabletten nehme und den Tag verschlafe.“ Sie hob den Teebeutel aus dem Becher und versenkte ihn wieder darin.

„Frau Broeschke, müssen wir eigentlich Ihren Exmann unterrichten?“

Sie nickte und wickelte das Band des Teebeutels um den Zeigefinger. „Ja, er muss wohl wissen, dass sein Sohn tot ist. Wissen Sie, er lebt in Österreich, hat noch einmal geheiratet und zwei kleine Kinder. Oliver war sein Ältester.“

Sie schob den Becher von sich und verschwand im Flur. Kurz darauf kehrte sie mit einem Notizbuch zurück. „Hier, das ist seine Adresse, und da steht auch seine Telefonnummer."

Sander notierte die Angaben in dem Notizbuch, das Gernot ihm hinschob.

„Frau Broeschke, wir sind noch mal zurückgekommen, um nach Ihnen zu sehen. Und wir wollten Sie bitten, Ihren Sohn zu identifizieren. Das können wir Ihnen leider nicht ersparen."

„Auch, wenn Sie keine Zweifel daran haben, dass er es ist?"

Sander nickte.

„Natürlich." Sie trank den heißen Tee in kleinen Schlucken aus. „Ich gehe kurz ins Bad, dann können wir los."

Sander hielt sie auf, als sie die Tür erreicht hatte. „Frau Broeschke. Ich möchte Ihnen noch mal die Frage stellen, ob Sie Ihren Sohn gestern Abend aufgesucht haben."

Sie sah ihn mit wirrem Blick an. „Es gibt Zeugenaussagen, wonach Sie gestern Abend dort gesehen wurden."

Sie kniff die Augen zusammen, dann wandte sie sich ab und verschwand im Bad.

„Oh Mann", sagte Gernot.

Erstaunlicherweise stand Ingeborg Broeschke kurz darauf angekleidet und ordentlich frisiert vor ihnen. Aber auf dem Weg in die Gerichtsmedizin schwieg sie.

Dr. Horneckers Stimme scholl durch die gefliesten Räume, als sie die Gerichtsmedizin betraten. Sander entschuldigte sich bei Frau Broeschke für das respektlose Verhalten. Er ließ sie in Gernots Obhut neben einer traurigen Grünpflanze bei der Sitzgruppe auf dem Flur zurück und schob die Tür zum Obduktionssaal auf. „Doc, wir haben hier die Mutter von

Oliver Broeschke im Schlepptau. Meinen Sie, Sie könnten aus Respekt vor den Lebenden und den Toten Ihr Temperament im Zaum halten?"

„Das sind meine Hallen, und wem es hier nicht passt, der soll wieder gehen!", polterte der Gerichtsmediziner, und Sander war froh, die Schiebetür hinter sich wieder geschlossen zu haben.

„Was ist denn der Anlass für Ihren Unmut?"

„Na, sehen Sie sich die Schweinerei hier doch mal an! Wir sind eine gerichtsmedizinisches Institut und keine Gärtnerei!" Dr. Hornecker deutete auf seinen Assistenten, der auf der Waage, mit der üblicherweise das Gewicht von Organen ermittelt wurde, etwas Schwarzes abwog, das Sander nach näherem Hinsehen als Muttererde erkannte. Tatsächlich sah es aus, als topfe ein Gärtner am Pflanztisch Setzlinge um. Drei Blumenkästen standen dort, es gab drei Erdhaufen und mehrere verkrumpelte Pflanzenwurzeln. Der Assistent strahlte.

„Interessant. Ist das ein Hobby von Ihnen? Die Pflanzenwelt? Ich frage nur, weil Sie ja schon auf der Suche nach dem Wasserschierling ein Faible für Botanik entwickelt haben."

Der Hornecker schnaubte empört.

„Ich hab was rausgefunden", erklärte der Assistent, der seinen aufgebrachten Chef offenbar nicht fürchtete.

„Und was?", blökte der. „Dass der Tote seine Blumen nicht regelmäßig gegossen hat?"

„Das sind die drei Blumenkästen von Broeschkes Balkon", fuhr der Assistent ungerührt fort. „Dieser hier links ist der, der mit ihm abgestürzt ist." Er deutete auf zwei größere und einen kleineren Erdhaufen. „Das hier ist die Muttererde aus den drei Kästen. Auf dem linken Haufen die aus dem abgestürzten Kasten einschließlich dem, was die Spurensicherung vom Bürgersteig zusammengefegt hat. In den beiden Kästen, die noch am Balkongitter hingen, waren die Pflanzenwurzeln. Wenn Sie mich fragen, die Begonien vom vorletzten Jahr. Fraglich, ob man die noch mal hinkriegen würde."

Dr. Hornecker schnaubte erneut, hörte aber aufmerksam zu.

„In dem abgestürzten Kasten waren keine Pflanzenwurzeln." Der Assistent streifte die Erde von den Händen.

„Aha. Das sind ja Erkenntnisse", knurrte Dr. Hornecker.

„Welche Schlussfolgerungen ziehen Sie daraus?", fragte Sander.

„Broeschke hat Erde unter den Fingernägeln gehabt. Kommen Sie mal mit." Er führte Sander und Dr. Hornecker, der gespielte Missbilligung zur Schau stellte, aber ganz offensichtlich neugierig geworden war, zu seinem Laptop auf dem Schreibtisch. Sander verstand von den komplizierten Rechenoperationen nichts, aber die Simulation, die etwas zeigte, das von irgendwo abstürzte und auf dem Boden aufschlug, sagte ihm was.

Dr. Hornecker wurde ärgerlich. „Kannst du uns das Theater vielleicht mal erklären?"

„Kein Problem. Bin schon dabei. Broeschke ist bäuchlings auf dem Bürgersteig aufgeschlagen, der Kopf zeigte zum Haus. Mit großer Wahrscheinlichkeit hat er mit dem Rücken am Balkongeländer gelehnt, ehe er gestürzt ist." Der Assistent blickte freundlich in die Runde. „Aber wie kommt dann die Blumenerde unter seine Nägel? Wenn er rücklings gestürzt ist, hatte er keine Gelegenheit, in den Balkonkasten zu greifen. Ergo, muss er vorher in den Kasten gegriffen haben."

„Ergo?“, wiederholte Dr. Hornecker.

Der Assistent lockte sie mit dem Zeigefinger zurück zum Wiegetisch. „Auf dem Boden des Balkons waren Erdspuren vorhanden. Und wenn Sie mich fragen, hatte der Broeschke in dem einen Kasten etwas versteckt und hat es herausgeholt, und zwar bevor er vom Balkon gestürzt ist.“

Sander versetzte ihm einen Hieb aufs Schulterblatt. „Klasse Mann. Broeschke ist auf den Balkon gegangen. Er hat mit bloßen Händen etwas aus dem linken der drei Blumenkästen ausgegraben, was er vorher dort versteckt hatte, und zwar nachdem die Pflanzenwurzeln entfernt waren. Dabei ist etwas Erde auf den Boden des Balkons gefallen. Und dann hat er das, was er ausgegraben hat, jemandem ausgehändigt. Aber offenbar mehr oder weniger freiwillig, denn sonst hätte er sich anschließend doch nicht entspannt rückwärts ans Geländer gelehnt.“

„Oder der Mörder hat ihm den ausgegrabenen Gegenstand aus der Hand genommen, Broeschke gegen das Geländer geschubst und drübergestoßen. Der hatte ja ein paar Promille im Blut. War vielleicht nicht so schwer, so besoffen, wie der war.“

„Wie viel Promille?“

„Zwei Komma eins“, schnaubte Dr. Hornecker.

„Und wenn er sich grad umgedreht hatte, war er vielleicht nicht optimal orientiert“, steuerte der Assistent bei.

„Das mag schon sein, aber wenn er vorher demjenigen nicht nur das Versteck gezeigt, sondern vor dessen Augen das Versteckte herausgeholt hat, wird der ihn doch bedroht haben.“ Sander seufzte. „Von dem, was drinnen war, haben wir keine Spur, wie?“

Der Assistent schüttelte traurig den Kopf. „Leider nein. Muss aber schon ein gewisses Volumen gehabt haben. Also mehr als ein USB-Stick beispielsweise."

„Echt gute Arbeit", lobte Sander.

Dr. Hornecker vertrug es gar nicht, dass sein Assistent gelobt wurde. „Wir haben aber keine Druckmarken an Broeschkes Oberkörper gefunden, die die Theorie stützen, dass er gestoßen wurde."

„Dann war es eben eine Schusswaffe", grübelte Sander. „Was weiß denn ich. Runtergefallen ist er ja nun mal. Was war denn nun die Todesursache?"

„Dachte nicht, dass Sie sich dafür überhaupt noch interessieren", entgegnete der Gerichtsmediziner eingeschnappt. „Milzriss, zahlreiche Knochenbrüche und Schädelbasisbruch. War es das dann?"

„Nicht ganz." Sander deutete mit dem Daumen über die Schulter. „Die Mutter steht noch draußen."

Dr. Hornecker wandte sich ab. „Das macht der Klugscheißer hier." Er ließ die Tür zu seinem Büro hinter sich zufallen.

Sie brachten die Identifizierung hinter sich. Anschließend fuhren Sander und Gernot Ingeborg Broeschke nach Hause. Auf der Rückfahrt ins Präsidium setzte Sander Gernot über die neuesten Erkenntnisse der Gerichtsmedizin in Kenntnis.

„Ich wundere mich, dass du, knallharter Polizeibeamter, der du bist, so rücksichtsvoll mit Broeschkes Mutter umgehst. Die Nachbarin hat ausgesagt, dass sie sie am Abend gesehen hat, und sie leugnet es."

„Am Abend ja, aber nicht am nächsten Morgen, als Broeschke umkam."

„Und wenn Broeschke ihr am Vorabend etwas geklaut und im Balkonkasten versteckt hat, das sie sich am Morgen zurückholen wollte? Sie stand gestiefelt und gespornt in der Tür, als wir sie aufgesucht haben."

„Sie wollte ja auch zur Arbeit. Heißt natürlich nicht, dass sie nicht vorher schon bei ihrem Sohn gewesen sein kann. Stimmt natürlich."

„Außerdem wäre eine solche Vertrauensperson die einzige, von der Broeschke sich ohne Waffengewalt dazu bringen lassen würde, ihr den Rücken zuzudrehen, sein Versteck zu verraten und das Geklaute wieder rauszurücken."

„Jaha. Was schlägst du vor? Soll ich umdrehen und sie verhaften?"

„Muss nicht sein. War nur mein Beitrag zum Brainstorming", antwortete Gernot entspannt.

Im Präsidium erwartete sie Gabler mit der Nachricht, dass Sandra Karasek zur Vernehmung erschienen sei. Die junge Frau saß in dem kleinen Warteraum, der spärlich mit einem Tisch und vier Stühlen möbliert war, und in dem es keinen Aschenbecher gab. Sie war auf diese moderne Art und Weise gekleidet, bei der man ein geblümtes knielanges Röckchen über einer Jeans trug. Sander hatte nie verstanden, was der tiefere Sinn dieser Bekleidungsweise war. Sie machte nicht besonders attraktiv und setzte die Trägerin dem Verdacht aus, sie sei nicht in der Lage, sich richtig anzuziehen. Oder sie habe sich im Dunkeln angezogen. Ihre Zigarette war halb aufgeraucht. Die Aschefahne drohte auf den Boden zu fallen, aber sie achtete nicht darauf. Sander nahm eine trübsinnige Grünpflanze vom Fensterbrett und hielt sie ihr hin. Vermutlich war es nicht das erste Mal, dass jemand die Flora derart missbrauchte.

„Rauchen ist hier verboten."

Sie warf ihm nur einen bösen Blick zu.

„Bitte folgen Sie mir."

Gernot saß schon wieder an seinem Arbeitsplatz und tippte am PC. Seine Windjacke hing über der Stuhllehne.

„Setzen Sie sich."

Sie nahm mit missmutiger Miene Platz.

„Wie geht es Ihnen?"

Die Frage schien sie zu überraschen. „Wieso?"

Sander seufzte. „Reine Höflichkeit. Sie müssen nicht antworten. Sie sind letztes Mal so schnell verschwunden."

Es war faszinierend, wie sie sich bemühte, ein gelangweiltes Gesicht aufzusetzen. „Musste mal an die frische Luft."

„Dem Kollegen sagten Sie, Sie müssten zur Uni."

„Der Weg dorthin geht durch die frische Luft."

Sander, der bisher entspannt zurückgelehnt am Tisch gesessen hatte, richtete sich auf. „So, Frau Karasek. Jetzt passen Sie mal auf. Sie brauchen sich hier nicht gänzlich unbeteiligt zu geben. Wir untersuchen den Mord an Ihrem Lebensgefährten, und ich wundere mich, dass Sie sich so wenig kooperativ zeigen. Wir unterhalten uns nicht mit Ihnen, weil Sie mit dem Fahrrad auf dem Bürgersteig gefahren sind, sondern weil Sie die Lebensgefährtin des Toten sind. Und lassen Sie es mich mal so sagen, die nächsten Angehörigen kommen häufig als Täter in Betracht."

Sandra schob die Hände unter die Oberschenkel und machte eine verschlossene Miene. „Ich war überhaupt nicht da."

„Dann erzählen Sie mal, wie sich der Tag abgespielt hat. Der Tag vor der Nacht, in der Ihr Freund starb."

Gernot räusperte sich.

Sander zog eine Grimasse. „Bitte."

„Ich bin so gegen sieben abends weggegangen."

„Und davor? Wie ist der Tag verlaufen?"

„Ja, mein Gott. Wir sind aufgestanden, Oliver ist tagsüber weg gewesen, dann kam er wieder, wir haben uns kurz gezofft, und dann musste ich schon los zur Arbeit."

„Worüber haben Sie sich gestritten?"

„Meine Güte, er hat eben immer gedacht, ich würd ihn bescheißen."

„Können Sie das etwas genauer ausführen? Wie genau haben Sie ihn beschissen?"

Sie stöhnte genervt auf. „Ich habe ihn nicht beschissen." Sie rollte mit den Augen. „Wenn man mal einen anderen Mann ansieht, ist das doch noch kein Bescheißen, oder?"

„Und wen haben Sie so genau angesehen?"

„Einen Typen halt." Sie zuckte zusammen, als Sander mit beiden Handflächen auf die Tischplatte schlug. „Karsten Lehmann", sagte sie leise.

„Geht doch. Ist er ein Kommilitone oder ein Freund von Oliver?"

Sie schüttelte den Kopf.

„Woher kennen Sie ihn?" Sander klang genervt.

„Hab ihn in der Bar kennengelernt, in der ich arbeite."

„In der Havanna-Bar."

„Ja, er saß am Tresen, und wir sind ins Gespräch gekommen."

„Woher wusste Oliver von Ihnen beiden? Hat er sie zusammen gesehen oder hat es ihm jemand gesteckt?"

Sie sah gelangweilt aus dem Fenster und hob die Schultern. „Weiß nicht."

„Und zwischen Ihnen und diesem Karsten Lehmann war ein bisschen mehr als nur ansehen? Haben Sie darüber mit Oliver gestritten? Sind Sie vielleicht nachts nach Hause gekommen und haben den Streit weitergeführt? Oliver ist auf den Balkon raus, weil er frische Luft brauchte, und Sie haben ihm einen Stoß versetzt, und schon war die Situation geklärt?"

Während er gesprochen hatte, hatte Sandra sich ihm wieder zugewandt, und die Empörung über diese Unterstellung war ihr deutlich anzusehen. Und zu hören. „Ey sag mal, spinnst du? Ich bring doch den Olli nicht um!"

„Sie. Spinnen Sie."

„Ja, Scheiße Mann!"

„Wir werden Ihr Alibi in der Bar überprüfen. Dann wissen wir, ob Sie an dem Morgen einfach mal kurz um die Ecke waren oder tatsächlich direkt von der Arbeit gekommen sind."

„Bin ich nicht." Sie sprach sehr leise.

„Bitte?"

„Ich bin nicht direkt von der Arbeit gekommen! Klar?"

Sander hasste schrille keifende Stimmen und schloss für einen Moment die Augen. „Sollen wir Herrn Lehmann fragen? Sagen Sie uns seine Adresse." Als es still blieb, öffnete er die Augen wieder. Zu seiner Überraschung hatte sich ihre vorwurfsvolle Miene in eine weinerliche gewandelt. „Was ist?"

„Muss das sein?"

„Muss es. Wir sprachen bereits darüber. Sie als direkte Angehö…"

„Und müssen Sie auch in der Bar …?" Sie vergoss tatsächlich eine Träne. „Ich bin noch nicht so lange da, und wenn dann die Polizei auftaucht …"

„Seien Sie versichert, dass wir diskret vorgehen. Wir wollen denen ja nichts erzählen, sondern etwas von ihnen wissen. Seit wann arbeiten Sie denn in der Bar?"

„Knapp drei Monate, und der Job ist gut bezahlt."

„Was ist eigentlich mit Ihrem eigenen Studium?"

„Was soll damit sein?"

Die Frau regte ihn einfach nur auf. Er hatte große Lust, sie mal so richtig durchzuschütteln. Sie schien das zu ahnen.

„Hab ich ein bisschen runtergefahren. Mach zurzeit nur das Nötigste. Muss mich neu orientieren."

„Und in welche Richtung wollen Sie sich orientieren?"

Sie betrachtete ihre nicht sehr ansehnlichen Fingernägel, deren Nagellack abgesplittert war. „Mal sehen. Irgendwas, bei dem man Geld verdient."

Sander schüttelte fassungslos den Kopf. „Was sind denn Ihre Studienfächer?"

„Kommunikationsdesign und Politik."

„Wissen Sie, woran Oliver gearbeitet hat? Haben Sie sich über Ihre Studiengänge ausgetauscht?"

„Wir haben uns damals an der Uni kennengelernt. Ist Lichtjahre her. Damals haben wir uns gegenseitig geholfen und so. War aber zuletzt nicht mehr so doll. Er hat an seiner Magisterarbeit gesessen."

„Kennen Sie das Thema?"

Sie hob die Schultern. „Keine Ahnung."

Sander spürte ein Kribbeln am ganzen Körper. Er musste unbedingt raus hier, ehe er etwas Unüberlegtes tat. Er stand auf. „Gut, dann sagen Sie meinem Kollegen bitte noch die Adresse von Herrn Lehmann, danach können Sie gehen."

Er ging auf den Flur und trat beherzt gegen den Getränkeautomaten. Danach ging es ihm schon besser.

Friedelinde war nach dem Besuch bei dem pensionierten Schulleiter noch mit ihrem Vater in ihr Elternhaus gefahren. Das Chaos in Johannes' Wohnzimmer hatte sich zwischenzeitlich nicht selbst beseitigt, aber sie waren beide zu aufgewühlt, um sich mit Friedelindes eher mittelmäßigen Schulaufsätzen zu befassen oder alte Zeitungen zu sortieren. Stattdessen hatten sie die Frage diskutiert, welchem glücklichen Zufall sie es zu verdanken hatten, dass der Text über den Vorfall im KZ nicht auch dem Feuer des Gärtners zum Opfer gefallen war. Schließlich waren sie zu dem Schluss gelangt, dass Arthur Goldschmidt zur Vorbereitung seines Gesprächs die entsprechende Seite aus der Aktentasche genommen und in seine Manteltasche gesteckt hatte, um Hannelore Weber mit dem Text zu konfrontieren. Sie waren sich darüber einig gewesen, dass Hannelore Weber sich davon nicht hätte beeindrucken lassen. Und sie hatten bedauert, dass so viele ungelesene und vermutlich unwiederbringliche Dokumente vernichtet worden waren. Denn nachdem der Urheber nicht mehr lebte, war der Inhalt jetzt für immer verloren. Darüber war es spät geworden. Erst nach dem Abendessen war sie aufgebrochen und gegen dreiundzwanzig Uhr nach einer viertelstündigen Parkplatzsuche nach Hause gekommen.

Schon als sie die Eingangstür aufschloss, spürte sie, dass etwas nicht stimmte. Sie reckte sich und hielt die Türglocke fest, ehe sie die Tür leise schloss. Auf Zehenspitzen tappte sie durchs Büro, ohne Licht anzumachen. Sie sah einen Lichtschein aus der Küche, der aber nicht von einer Taschenlampe herrührte. Er blieb gleichmäßig und bewegungslos. Vorsichtig warf sie einen Blick um den Türpfosten herum in die Küche.

„Warum machst du kein Licht, verdammt noch mal!“, schimpfte sie erleichtert.

„Hier drinnen ist Licht.“ Von Pablo waren nur der dunkle Schopf oberhalb der Kühlschranktür und seine Finger zu sehen, die die Tür festhielten. „Du hast überhaupt nichts Ordentliches zu essen.“

Friedelinde entkorkte ihre letzte Flasche Rotwein und schenke zwei Gläser voll. „Dann trinken wir eben was.“ Sie reichte Pablo ein Glas.

Das letzte Mal, als ihr Nachbar den Schlüssel für Notfälle benutzt und ihre Wohnung geentert hatte, hatte er mächtig Ärger mit Marie gehabt.

„Was ist los?“ Friedelinde wollte das Deckenlicht einschalten, weil es stockdunkel war, nachdem Pablo den Kühlschrank geschlossen hatte, aber er hielt sie davon ab.

„Nicht!“

„Was?“

„Kein Licht!“

„Wer ist hinter dir her?“

„Keiner, es ist nur so, dass Marie nicht wissen soll, dass ich hier bin“, murmelte er. Er setzte sich auf die Arbeitsplatte.

„Ah, ich verstehe. Es geht um dieses Event in Schweinchenrosa.“

„Was?“

„Ach nichts.“

„Hat Marie schon mit dir über die Hochzeit gesprochen?“

Friedelinde, die gerade einen Schluck Wein getrunken hatte, verschluckte sich und prustete. „Entschuldige.“

„Alles in Ordnung?“ Pablo guckte misstrauisch.

„Ja, ja. Natürlich.“ Friedelinde trocknete sich und den Küchentisch ab. „Mit dir auch?“

„Wie?“

„Vergiss es, Pablo. Das Leben wäre leichter, wenn wir Licht hätten.“

„Hm. Marie macht mir Angst.“

„Mir auch. Sie hat alles bis ins kleinste Detail geplant.“ Ihr entging nicht Pablos fragender Blick. „Hat sie mit dir nicht über eure Hochzeit gesprochen?“ fragte sie ängstlich.

„Na ja. Ich hatte ihr ja den Heiratsantrag gemacht und dann haben sich die Dinge plötzlich verselbstständigt.“ Er ruderte mit den Armen. „Überall liegen Listen und Zettel herum und Bücher, ständig ruft jemand an und will die Länge des Brautkleids bestätigen und die Blumen und die Rede und das Menü und die Gäste. Ich wollte doch nur heiraten“, sagte er traurig.

Friedelinde unterdrückte ein Gähnen. Das Leben ging immer weiter. Heute Vormittag hatte sie sich noch mit Tod und Verderben befasst, und jetzt mit dieser Hochzeit. „Kompromiss“, sagte sie. „Entschuldige, ich bin müde. Du kannst auf dem Sofa schlafen, aber du musst mit Marie sprechen. Ich habe schon versucht, ihr klarzumachen, dass das Ganze eine Nummer zu groß wird, aber sie wünscht sich nun mal eine schöne Hochzeit.“

„Ich doch auch. Mit dir und den Jungs, meine Eltern kommen, Maries Eltern kommen. Das ist doch wirklich schon ein großes Fest. Wenn ich nicht aufpasse, lädt sie noch die Queen ein.“

Friedelinde leerte ihr Glas und stellte es in die Spüle. „Zu spät. Sie hat sie schon eingeladen.“

„Witzig. Hast du vielleicht noch was im Tiefkühlfach, was ich mir auftauen kann?“

„Bestimmt, bedien dich. Gute Nacht.“

„Gute Nacht.“

Friedelinde verbrachte einen Teil des Wochenendes mit Arbeiten und den Rest bei Elvira. Am Montag übernahm sie eine weitere Nachlasssache, in der sie den ganzen Vormittag über unterwegs war, und die ihr den Anblick einer noch nie da gewesenen Wohnform bescherte: In einer karg möblierten Einzimmerwohnung hatte der Verstorbene einen Berg von zwei Metern Durchmesser und einem Meter Höhe aus leeren Wein- und Schnapsflaschen aufgetürmt, der selbst Herrn Heine, der die Wohnung räumen sollte, überraschte. Den Vormittag über erledigte sie alles Notwendige und kehrte am Spätnachmittag ins Büro zurück, wo sie sich mit der Zeitung und einem Hamburger an ihren Schreibtisch setzte.

Sander atmete tief durch, ehe er vor Friedelindes Bürotür trat. Ihm war nicht ganz wohl bei dem Gedanken, ihr gegenüberzutreten, zugleich freute er sich darauf, sie wiederzusehen. Er riskierte einen vorsichtigen Blick durch die Glastür. Sie saß am Schreibtisch und starrte nachdenklich in die Zeitung.

Es war ein Scheißtag gewesen, genauso wie das Wochenende, und die ganze Zeit über hatte er Sehnsucht nach Maren gehabt. Hatte er gedacht, aber wenn er ehrlich war, hatte er sich auch danach gesehnt, Friedelinde wiederzusehen. Mit ihren Ermittlungen waren sie bisher nicht richtig weitergekommen. Zwei Tage lang hatten sie Broeschkes Freunde vernommen und in seinem Umfeld ermittelt, aber aus den vier Saufnasen, in deren Gesellschaft Broeschke zuletzt gewesen war, war noch nicht einmal herauszukriegen gewesen, wie ihre Verabredung mit Oliver Broeschke überhaupt zustande gekommen war.

Wege und Maßmann hatten zunächst behauptet, dass sie sich bereits am Vormittag in der Uni verabredet hätten. Gernot hatte schnell herausgefunden, dass Broeschke bereits seit Langem keine Seminare mehr besucht und auch an dem Vormittag nicht in der Uni gewesen war. Daraufhin hatten beide behauptet, dass sie sich dann wohl zusammentelefoniert hätten. Kai Adler hatte schließlich erklärt, dass Broeschke ihn am späten Nachmittag angerufen hatte, weil es ihm nicht gut ging. Er hatte einfach nicht allein sein wollen. Zwischenzeitlich hatten sie Broeschkes Handyverbindungen überprüft und festgestellt, dass er zuerst Kai Adler, dann Wege und schließlich Maßmann angerufen hatte. Wege hatte seinen Freund Thorsten Kramer mitgebracht. Nach und nach war die Erinnerung bei allen vieren wiedergekommen. Zu Beginn des Abends war es wohl um Broeschkes Probleme mit Sandra gegangen, aber dann waren sie offenbar vom Thema abgekommen, was vermutlich auch mit dem Bierkonsum zusammenhing. Irgendwann war ihnen das Thema Frauen zu unerfreulich geworden, und sie hatten sich anderen Themen zugewandt, an die sie sich allerdings nicht mehr erinnerten. Gernot hatte noch versucht aufzuklären, welcher Art Broeschkes Probleme mit Sandra gewesen waren, aber mehr als die Feststellung von Wege, *Na, Frauen halt*, und Kai Adlers Bemerkung, dass Broeschke noch nie Glück mit den Frauen gehabt hatte, war aus den Jungs nicht herauszubekommen gewesen. Broeschkes Kumpane hatten auch sonst nichts

Erhellendes zur Aufklärung beitragen können. Für seine Magisterarbeit hatte sich keiner von ihnen interessiert, sie kannten weder das Thema noch hatten sie eine Ahnung, wann Broeschke sie abgeben wollte. Dass grauhaarige Damen an der Tür geklingelt hätten, erinnerte keiner von ihnen. Nur an den Pizzamann hatten sie eine vage Erinnerung.

Sander hob die Hand und klopfte an die Glastür. Es dauerte eine Weile, bis Friedelinde den Kopf hob. Sie senkte den Blick gleich wieder, ohne eine Reaktion zu zeigen. Verdutzt klopfte Sander ein zweites Mal. Als sie noch nicht einmal mehr aufsah, probierte er aus, ob sich die Tür öffnen ließ, was der Fall war. Aber auch das Läuten der Türglocke ignorierte sie.

Sander räusperte sich. „Hallo. Wenn ich ungelegen komme, sagen Sie es mir bitte. Ich wollte Sie eigentlich bitten, mich noch einmal zu Maren zu begleiten."

„Hm." Sie sah noch nicht einmal auf.

„Und danach wollte ich Sie noch zu einem bewaffneten Raubüberfall mitnehmen."

Jetzt sah sie auf und zog eine Grimasse. „Dabei können Sie nicht auf meine Unterstützung hoffen."

Er grinste. „Immerhin sind Sie wieder da. Und wie sieht's aus mit einem Ausflug?"

Seufzend schlug Friedelinde die Zeitung zu. „Ausflug ist wohl nicht das richtige Wort." Als Sander ein langes Gesicht machte, fügte sie hinzu: „Aber ich komme trotzdem mit. Vielleicht bringt mich das auf andere Gedanken."

„Und von welchen Gedanken müssen wir Sie ablenken?", erkundigte sich Sander, als sie in seinen Wagen stiegen. Er parkte in der zweiten Reihe und versperrte damit die gesamte Straße. Hinter ihm hatte sich bereits eine Schlange gebildet.

„Ach, ich hab da in der Zeitung über diesen jungen Mann gelesen, der ermordet wurde, und ich habe das Gefühl, dass ich den schon mal gesehen habe." Friedelinde gurtete sich an. „Sie sollten losfahren", schlug sie vor, als der erste hinter ihnen ungeduldig hupte.

„Oliver Broeschke? Sie kennen Oliver Broeschke?"

„Nein, ich kenne ihn nicht. Seinen Namen schon mal gar nicht. In der Zeitung steht nur Oliver B. Ich hab ihn irgendwo gesehen, weiß aber nicht mehr wo. Ist auch ein bisschen schwierig, weil man ihm einen schwarzen Balken über die Augen gemalt hat."

„Ich ermittele in dem Fall."

„Naheliegend, da Sie ja bei der Mordkommission sind."

„Wir gehen von Mord aus, aber vielleicht war es auch ein Unfall."

Als sie auf die Elbchaussee einbogen, dämmerte es.

„Vielleicht kennen Sie ihn von der Uni. Er hat Geschichte und noch irgendwas studiert."

„Warum sollte ich ihn von der Uni kennen? Ich war nie auf der Uni."

„Warum eigentlich nicht? Sie sind doch klug. Ich kann Sie mir gut als Staatsanwältin oder als Richterin vorstellen."

Sie warf ihm einen Seitenblick zu und hüllte sich in Schweigen.

Sander ließ sich nicht beirren. „Mal sehen, woher könnten Sie ihn noch kennen? Hm. Wenn ich es mir genau überlege, wissen wir nicht viel über ihn. Er hat ein paar Saufkumpane,

Ärger mit seinen Eltern, eine Freundin, die nicht ganz astrein ist …" Er schlug aufs Lenkrad. „Jetzt hab ich's. Er hat die Zeitung verteilt."

Friedelinde schüttelte den Kopf. „Aber nicht bei mir. Ich kaufe meine Zeitung am Bahnhof."

„Ja, dann weiß ich auch nicht weiter."

„Warum sollte den denn einer umgebracht haben? In der Zeitung steht praktisch nichts."

„Wir wissen ja auch nichts."

„Tolle Polizei. Aber Ausflüge machen."

„Höre ich da so etwas wie Kritik an der Arbeit der Hamburger Polizei?"

„Na ja, Sie haben schon den Mord an Arthur Goldschmidt nicht vernünftig aufgeklärt."

„Moment. Wir haben seine Mörderin und das Motiv ermittelt, und der Mittäter ist überführt. Damit ist der Fall abgeschlossen. Springer hat Geld von der alten Dame bekommen. Was bitte schön ist daran nicht aufgeklärt?"

„Und die fünfzehntausend Euro, die Hannelore Weber abgehoben und jemandem in der Havanna-Bar übergeben hat? Wofür waren die?"

„Keine Ahnung. Vielleicht hat sie sich was Hübsches davon gekauft oder das Geld verschenkt."

„Es gibt niemanden, dem sie etwas hätte schenken können. Es sei denn, sie hat Springer das Geld für eine weitere Gefälligkeit gegeben."

„Wenn es so wäre, können wir es ihm jedenfalls im Moment nicht nachweisen. Außerdem hat er doch genug Geld für seine Maschine gekriegt."

„Na, das haben Sie sich ja alles hübsch zurechtgelegt."

Sander grinste. „Jetzt wissen wir aber immer noch nicht, woher Sie Broeschke kennen."

„Nee, und wenn Sie die ganze Zeit quasseln, kann ich auch nicht nachdenken."

„Na gut, ich schweige."

Als sie eine halbe Stunde später das Rehazentrum erreichten, war es Friedelinde immer noch nicht eingefallen.

Sander stieg schwungvoll aus dem Wagen und verriegelte ihn mit der Fernbedienung, als er abrupt stehen blieb.

„Was ist?" Friedelinde sah ihn ängstlich an. Auf der Herfahrt war er so gelöst und lustig gewesen, jetzt machte sein Gesichtsausdruck ihr Angst.

Sander riss den Blick von einem schwarzen Mercedes los. „Nichts."

Es war beinahe halb acht, als sie die Halle des Heims betraten. Eine eigentümlich friedvolle Stille herrschte. Eine alte Dame mit einem Rollator und ein junger Mann mit Krücken unterhielten sich leise, als sie die Halle durchquerten. Friedelinde folgte Sander die Treppe hinauf und den Flur entlang zu Marens Zimmer. Plötzlich wurde die Tür von innen geöffnet, und eine elegante Dame trat heraus. Sie würdigte Sander keines Blickes, ebenso wenig wie der grauhaarige Mann, der ihr folgte. Sander ignorierte die beiden ebenfalls und verschwand in Marens Zimmer. Friedelinde folgte ihm.

„Du meine Güte, wie riecht es denn hier?" Friedelinde öffnete das Fenster. „Das grenzt ja an Körperverletzung."

Sander drückte den Übeltäter, ein Räucherstäbchen aus Sandelholz, in einer Tonschale aus. Den Inhalt warf er aus dem Fenster. Er kehrte zur Kommode zurück und raffte einen Strauß Lavendel zusammen, den dasselbe Schicksal ereilte.

„Wenn Sie anfangen, Möbel aus dem Fenster zu werfen, werden Sie sich wieder eine Dienstaufsichtsbeschwerde einhandeln."

Er blieb stehen und warf ihr einen Blick zu, der sie frösteln ließ. Dann ging er zum Bett hinüber und strich Maren über die Stirn.

„Das war ihre Mutter. Ständig hat sie was Neues auf Lager, was ihre Tochter angeblich aus dem Koma holen wird. Dabei bringt einen dieser Gestank allenfalls ins Koma."

Durch das Fenster zog kalte Luft herein, und Friedelinde hatte das Bedürfnis, etwas zu tun. Also schloss sie das Fenster. Als sie sich umwandte, sah sie Sander, der sich auf die Bettkante gesetzt hatte. Zärtlich streichelte er die Wange seiner Frau.

„Ich warte draußen." Friedelindes Stimme klang brüchig.

Der dicke Mercedes stand nicht mehr auf dem Parkplatz. Sie lehnte sich an Sanders Auto und sah in den Himmel. Ganz offensichtlich hing dieser Mann noch sehr an seiner Frau. Und das gefiel ihr nicht.

Als er sie wenig später nach Hause fuhr, sprachen sie kein Wort miteinander.

Kapitel 6

Sander hatte Friedelinde eben abgesetzt, als sein Handy klingelte.

„Was gibt's, Gernot? Ich hab Feierabend und schlechte Laune."

„Schlechte Laune macht nichts, Feierabend ist jetzt schlecht. Herr Broeschke ist da. Der Vater."

„Kannst du nicht?"

„Nicht allein, weißt du doch. Das gibt gleich wieder einen Anschiss von Mühle."

„Ach Scheiße!"

„Sieh es positiv, dann hast du weniger Gelegenheit, dich heute Abend wieder volllaufen zu lassen."

„Du bist ein echter Freund."

„Richtig. Bis gleich."

Als Sander eiligen Schrittes den Flur des Präsidiums durchschritt, grüßte ihn ein Kollege von der Drogenfahndung. „Moin, Sander."

Von einem der ungemütlichen Stühle neben seiner Bürotür sprang ein Anzugträger auf. „Sie sind Herr Sander?"

„Bin ich."

„Ich bin Dieter Broeschke." Broeschke ließ Sanders Hand gar nicht mehr los und steuerte auf die Tür zu seinem Büro zu.

Vor der geschlossenen Tür befreite Sander sich von dem Händedruck. „Bitte nehmen Sie noch einen Moment Platz. Ich bin gleich für Sie da."

Ruckzuck war er in seinem Büro verschwunden und schloss die Tür hinter sich. Er hätte gern Broeschkes verdutzten Gesichtsausdruck gesehen.

„Hallo, Sander. Herr Broeschke wartet draußen." Gernot saß immer noch an seinem Laptop, und Sander fragte sich allmählich, ob er überhaupt ein Privatleben hatte.

Sander nahm in aller Ruhe an seinem Schreibtisch Platz, checkte die E-Mails, sah die Eingangspost durch und drehte eine Weile Däumchen.

„Warum lässt du den Mann so lange schmoren? Du kennst ihn doch noch gar nicht."

„Das hat auch nichts mit dem Mann da draußen zu tun."

„Verstehe."

„Außerdem hat er dann Gelegenheit, sich zu beruhigen."

„Ich glaube, je länger der wartet, desto unruhiger wird er."

„Gernot, ich fand dich eigentlich ganz nett, jetzt fängst du an zu nerven."

„Hol ihn einfach rein, dann kannst du auch eher nach Hause gehen."

Gernot behielt recht. Dieter Broeschke stürmte aufgebracht in den Raum, als Sander ihm die Tür öffnete.

„Kaffee?", fragte Sander und ging, ohne eine Antwort abzuwarten, auf den Flur, um zwei Becher aus dem Automaten zu holen.

„Ich möchte meinen Sohn sehen!“ Broeschke hatte einen leicht vorwurfsvollen Unterton.

„Selbstverständlich, Herr Broeschke.“ Gernot erhob sich. „Bitte nehmen Sie Platz.“ Er nahm Sander den Kaffeebecher aus der Hand und reichte ihn Broeschke. „Und dann wären wir Ihnen sehr dankbar, wenn Sie uns einige Fragen beantworten würden. Anschließend begleitet mein Kollege Sie gern in die Gerichtsmedizin.“

„Selbstverständlich mache ich das“, antwortete Sander, als er mit einem weiteren Kaffeebecher ins Büro zurückkehrte. „Milch, Zucker?“, fragte er mit einem Seitenblick zu Gernot.

„Nein, danke“, erwiderte Broeschke. „Was ist denn nun eigentlich passiert? Meine Frau war ja nicht in der Lage, irgendeinen klaren Satz herauszubringen.“ Dieter Broeschke war etwas größer als sein Sohn, aber die beiden sahen sich ähnlich.

„Ihr Sohn ist vom Balkon gestürzt, Herr Broeschke.“

„Es tut uns sehr leid“, ließ sich Gernot vernehmen.

„Vom Balkon? Aber wieso?“ Broeschke stellte seinen Kaffeebecher auf dem Schreibtisch ab.

„Wir waren uns zu Beginn der Ermittlungen nicht sicher, ob es sich um einen Unfall handelt.“

„Oder um was? Selbstmord? Oliver würde sich nicht umbringen.“

„Darauf gab es eher keine Hinweise.“

Der Mann sank in sich zusammen. „Mord? Mein Oliver ermordet?“

„Nun, die Hinweise verdichten sich, dass er zumindest nicht ohne Beteiligung einer anderen Person gestürzt ist.“

„Was soll das heißen? Hinweise! Wurde er gewürgt, geschlagen …?“ Weitere Varianten wollten ihm offenbar nicht einfallen, stumm gestikulierte er wild mit den Armen.

Sander lehnte sich zurück und betrachtete den Mann. Wenn er ganz ehrlich war, musste er sich eingestehen, dass er ein Riesenarschloch war. Er, nicht Dieter Broeschke. Er hatte kein Recht gehabt, den Mann so zu behandeln, nur weil er sich über sich selbst geärgert hatte. Dieser Mann hatte seinen Sohn verloren, und Sander wusste selbst am besten, wie schlimm es war, einen Angehörigen zu verlieren. Vermutlich musste er mal wieder zu der Berg. Sie würde ihm schon sagen, dass dieser gut aussehende Mann mit seiner imposanten Erscheinung ihn beeindruckte. Broeschke trug einen offensichtlich maßgeschneiderten Anzug und verbreitete einfach die Aura des Erfolgreichen um sich. Er fühlte sich nicht eingeschüchtert, sondern herausgefordert.

„Es tut mir leid, wir können Ihnen keine Details über den Tathergang verraten. Das ist kein Misstrauen Ihnen gegenüber, es wäre nur einfach …“ Jetzt war er es, dem die Worte fehlten.

„Unprofessionell“, warf Gernot ein.

„Richtig, unprofessionell.“

„Verstehe.“ Broeschke verschränkte die Arme vor der Brust.

„Vielleicht beruhigt es Sie, zu wissen, dass er sofort tot war. Der Täter hatte möglicherweise auch deshalb leichtes Spiel, weil Ihr Sohn getrunken hatte.“

Broeschke nickte.

„Wie war Ihr Verhältnis zu Ihrem Sohn?“

„Wir haben uns gut verstanden. Wir haben meist einmal die Woche miteinander telefoniert, und wenn ich mal nicht da war, hat Oliver auch mit meiner Frau Simone gesprochen." Broeschke hielt sich die Hand vor den Mund und hüstelte. „Sie ist nur wenig älter als mein Sohn. Sie verstanden sich gut. In den Semesterferien hat er uns in Wien besucht."

„Es hört sich so an, als sei Ihr Verhältnis zu Oliver besser gewesen als das ihrer Frau zu Ihrem Sohn."

Broeschke lachte bitter auf. „Ich hätte Oliver schon viel früher nehmen und gehen sollen. Schon als er klein war. Bevor sie Gelegenheit hatte, seine Entwicklung zu beeinträchtigen, ihn zu gängeln, zu verfolgen, mit ihrem Überwachungs..." Er ruderte wieder mit den Armen.

„Zwang." Die Worte flogen Gernot heute offenbar nur so zu.

„Ja, mit ihrem Überwachungszwang zu tyrannisieren. Wissen Sie, ich bin noch so altmodisch, dass ich das Eheversprechen ernst nehme und der Ansicht bin, wenn man Kinder in die Welt setzt, muss man ihnen ein gutes Zuhause bieten, jedenfalls bis sie auf eigenen Füßen stehen können. Vielleicht ist das ein Fehler. Ingeborg hat mir ständig unterstellt, ich würde sie mit meiner Sekretärin betrügen, ich würde etwas mit einer Kundin anfangen. Ach!" Er rieb sich die Nasenwurzel. „Jede Frau, die nur an mir vorüberging, mit der hatte ich was. Sie haben nie etwas angestellt und sind doch ständig dabei, sich zu entschuldigen. Das ist so ermüdend. Als Oliver in die Oberstufe kam, bin ich gegangen. Und wissen Sie, was Sie dann gemacht hat? Sie hat ihn überwacht. Ihren eigenen Sohn. Noch viel mehr als früher. Wie oft hat er mich angerufen und mir erzählt, er habe sie dabei ertappt, wie sie seine Schultasche durchsuchte, sie stand hinter dem Türrahmen, wenn er telefonierte, sie hat ihn nach der Schule abgepasst! Der Junge war siebzehn und wurde von seiner Mutter abgeholt! Sein Handy hat sie gefilzt, SMS gelesen, Telefonnummern kontrolliert." Broeschke schlug die Beine übereinander. „Ich habe dafür gesorgt, dass Oliver auf ein anderes Gymnasium kam. Eines, an dem seine Mutter nicht unterrichtete."

„Kennen Sie seine Freundin Sandra?"

Broeschke seufzte. „Ich kann meiner Frau nicht alles vorwerfen, was auf diesem Erdenrund schiefläuft, aber wenn an Psychologie etwas dran ist, dann das, dass Männer mit verkorkster Kindheit nicht in der Lage sind, sich eine passende Frau zu suchen."

„Hat Sandra Karasek Ihren Sohn kontrolliert?"

Dieter Broeschke wand sich. „Nein, das kann man ihr wohl nicht nachsagen. Ich glaube, von ihr aus hätte er gern etwas mit einer anderen anfangen können. Das wäre ihr egal gewesen. Krankhafte Eifersucht ist wohl nicht ihr Problem. Eher eine gewisse Lieblosigkeit, Desinteresse. Ich habe mich oft gefragt, was Oliver an ihr fand. Wenn er bei uns in Wien war, rief sie nicht ein einziges Mal an. Stattdessen hat er ihr hinterhertelefoniert und ständig unruhig auf ihren Anruf gewartet, der nicht kam."

„Was interessierte Sandra denn Ihrer Meinung nach an Oliver?"

Er lächelte bitter. „Das Geld. Ich verdiene gut und habe meinen Sohn finanziell unterstützt. Davon hat auch Sandra profitiert. Ich habe die Miete für die Wohnung der beiden bezahlt und jeden Monat noch was draufgelegt. Außerdem konnten sie in unserem kleinen Chalet in der Schweiz Urlaub machen, wenn sie Lust hatten."

„Den beiden ging's also finanziell nicht schlecht?"

„Für zwei Studenten ging es ihnen sogar ausnehmend gut."

„Herr Broeschke, es gibt Hinweise darauf, dass Ihr Sohn eine Frau erpresst hat."

„Erpresst? Oliver? Auf gar keinen Fall! Und was heißt überhaupt Hinweise. Sie wissen also nichts."

Sander seufzte. „Vergessen Sie's. Wir müssen da noch weiter ermitteln. Wie gesagt, es sind erst mal nur Hinweise."

Broeschke sah ihn aus zusammengekniffenen Augen an. „Wenn Sie gesagt hätten, die Sandra hätte jemanden erpresst, dann hätte ich gesagt: Das kann ich mir vorstellen." Er winkte ab. „Vielleicht bin ich auch einfach nicht objektiv, weil es mein eigener Sohn ist."

„War es Liebe, was Ihren Sohn mit Sandra verbunden hat?"

„Keine Ahnung. Sie haben zusammen studiert und gewohnt. Ich glaube, mehr war da inzwischen nicht mehr. Jedenfalls nicht von ihrer Seite. Er hat gegenüber Simone schon mal angedeutet, dass sie es mit der Treue nicht so genau nahm."

„Ist sie häufiger fremdgegangen?"

„Na ja, nicht so regelmäßig, wie man zum Sport geht, aber wohl schon so ein-, zwei-, dreimal."

„Und Ihr Sohn hat das so hingenommen?"

„Er war Trottel genug, allerdings. Er hat dann immer angerufen, und ich habe den Hörer gleich an Simone weitergegeben, wenn er diesen bestimmten Tonfall hatte."

Das war interessant. „Hat er auch am zwanzigsten mit Ihrer Frau telefoniert?"

Broeschke sah ihn irritiert an. „Sie meinen, an dem Tag, bevor er starb?"

„Ja, Ihr Sohn hat sich an jenem Abend Freunde eingeladen, um mit ihnen eine Kiste Bier niederzumachen."

Ein wehmütiges Lächeln glitt über Broeschkes Gesicht. Er nickte. Vielleicht wäre er gern dabei gewesen und hätte seinem Sohn eine feste Hand auf die Schulter gelegt.

„Vielleicht können Sie Ihre Frau mal fragen?" Gernot riss ihn mit der Frage aus seinen Gedanken.

„Äh, natürlich. Darf ich?" Broeschke zog ein Handy aus der Innentasche seines Jacketts.

Sander gab ihm mit einer Handbewegung zu verstehen, dass er seine Frau gern anrufen könne.

Broeschke erreichte Simone schnell. Er erläuterte ihr, dass er gerade bei der Polizei sei und wofür sich die Beamten interessierten. „Tatsächlich?", sagte er nach einer Weile. „Warum hast du das nicht erzählt? … Ach so, natürlich. Verstehe."

Sander streckte den Arm aus. „Ich würde gern mit Ihrer Frau sprechen. Darf ich?"

„Natürlich." Broeschke reichte ihm das Handy über den Tisch.

„Frau Broeschke? Kriminalhauptkommissar Nicolas Sander, guten Tag. Ich wüsste gern mehr über dieses Telefonat, das Sie mit Oliver geführt haben. Hat er Sie angerufen?"

„Guten Tag, Herr Kommissar. Ja, Oliver hat bei uns angerufen." Broeschkes Frau hatte eine angenehme Stimme. „Das hat er manchmal getan, wenn es Schwierigkeiten mit Sandra gab. Wir haben dann versucht herauszufinden, was er tun kann."

„Ich verstehe. Frauen können das einfach besser."

„Ich glaube, Männer können auch über Gefühle sprechen, tun es nur nicht so gern. Aber diesmal ging es weniger darum, dass sie ihn wohl wieder betrogen hatte, sondern eher mit wem."

„Es war also diesmal anders."

„Ja, er sagte, dass es ausgerechnet dieser Typ sei, das grenze an Verrat."

„Verrat?"

„Oliver hat mir nicht gesagt, um wen es ging oder worin der Verrat lag, aber er schien tief getroffen und hat gemeint, dass er jetzt Schluss macht."

„Er dachte diesmal also ernsthaft an Trennung? Hm."

„Es klang für mich so. Ich mache mir heute natürlich Vorwürfe, dass ich nicht nachgefragt habe, aber ich musste dringend weg. Wir haben verabredet, dass er dann am Abend noch einmal anruft, aber das hat er nicht getan."

„Sie haben uns sehr geholfen. Vielen Dank, Frau Broeschke. Ich gebe Sie jetzt zurück an Ihren Mann."

Broeschke verabschiedete sich fast ein bisschen eilig am Telefon von seiner Frau und sah Sander dann neugierig an. „Was hat sie gesagt?"

„Ihre Frau sagt, dass Oliver sie an dem Tag direkt angerufen hat, weil er wegen Sandra mit ihr sprechen wollte. Er wusste, dass sie ihn mit einem Mann betrogen hat, und sie hat es so empfunden, als sei er diesmal ganz besonders gekränkt. Allerdings hätte sie nicht den Eindruck gehabt, dass es daran gelegen habe, dass dies das eine Mal zu viel war, sondern an der Person des Mannes, mit dem sie ihn betrog. Er habe von Verrat gesprochen."

„Ein Freund von ihm?"

„Das hat er nicht gesagt. Ihre Frau musste weg und hatte eigentlich vereinbart, später am Abend noch einmal mit Oliver zu telefonieren, aber vermutlich hatte er seinen Kummer da schon ertränkt."

Broeschke nickte stumm. „Sie macht sich Vorwürfe. Deshalb hat sie mir auch nichts davon erzählt." Er sah auf seine Armbanduhr. „Wenn es Ihnen recht ist, würde ich jetzt gern meinen Sohn sehen. Anschließend möchte ich noch zu meiner Exfrau fahren. Ein paar Worte wechseln." Broeschke erhob sich. „Das ist wohl das Mindeste, schließlich war er unser gemeinsamer Sohn."

Gernot griff zum Telefon. „Ich melde euch schon mal an. Wo kommen Sie heute Nacht unter?"

„Ich habe im Hotel Baseler Hof an der Esplanade eingecheckt."

Sander legte Broeschke die Hand auf den Rücken. „Wenn Sie möchten, bringe ich Sie, nachdem wir in der Gerichtsmedizin waren, zu Ihrer Exfrau. Kommen Sie. Tschüss, Gernot, bis morgen."

Gernot, der bereits mit der Gerichtsmedizin sprach, winkte.

Als Dieter Broeschke eine halbe Stunde später seinen toten Sohn sah, knickten ihm kurz die Knie ein, und er kippte in Sanders Richtung, der ihn mit kräftigem Griff wieder auf die Beine stellte.

Nachdem er ihn später vor dem Haus seiner Exfrau abgesetzt hatte, fuhr Sander nach Hause. Aus dem Auto rief er Gernot an, der immer noch im Präsidium war.

„Geh nach Hause, Gernot."

„Mach ich."

„Was ist, wenn es die Mutter war? Sie hat sich am Abend eine Abfuhr bei Oliver geholt, als sie auf die besoffenen Kerle getroffen ist, über Nacht hat es mächtig in ihr gebrodelt, und am nächsten Morgen ist sie hin, und es gab Streit."

„Möglich, aber warum auf dem Balkon, und warum bringt sie ihn um? Und außerdem, wenn tatsächlich etwas im Balkonkasten versteckt war, was sollte das gewesen sein?"

„Das kann Broeschke auch schon früher herausgeholt haben oder meine ganz spezielle Freundin Frau Karasek. Die knöpfen wir uns morgen auch noch mal vor. Also, gute Nacht, Gernot."

Obwohl er nichts getrunken hatte, schlief Sander in dieser Nacht schlecht. Vielleicht auch gerade deshalb. Um halb sechs hielt er es nicht mehr im Bett aus. Es war halb sieben, als er im Präsidium eincheckte. Als er sein Büro betrat, saß Gernot an seinem Schreibtisch.

„Moin. Bist du schon wieder da oder immer noch?"

„Schon wieder. Hab kurz geschlafen, geduscht und mich umgezogen." Letzteres stimmte. Nachdem er gestern ein ockerfarbenes Hemd getragen hatte, war es heute ein beinahe ansehnliches blau kariertes.

„Und was machst du so?" Sander warf eine Brötchentüte auf den Schreibtisch.

„Ich hab mal die Telefonate von Broeschkes Handy überprüft. Stimmt alles. Die Anrufe bei seinem Vater, die Gesprächsdauer mit dessen Gattin, die Anrufe danach bei den Jungs."

„Willst du ein Brötchen?"

„Nein danke, ich hab schon was zu essen."

Sander trat näher an seinen Schreibtisch. „Und das soll was sein?"

„Müsli."

Sander rümpfte die Nase. „Aha."

„Mag sein, dass es nicht gut aussieht." Gernot grinste. „Aber das macht mir nichts. Ich hab übrigens vorsorglich auch das Alibi von Dieter Broeschke überprüft. Der ist in einem Versicherungsunternehmen tätig und hat am 21. morgens um 8 Uhr eine Besprechung gehabt. Er hätte wohl nicht um sechs Uhr seinen Sohn umbringen und um acht pünktlich bei der Besprechung in Wien sein können."

„Der scheint mir ohnehin am unverdächtigsten." Sander ging auf den Flur und kehrte mit einem Becher Kaffee zurück. „Der war gestern ganz schön fertig, als er seinen Sohn gesehen hat. Wär mir beinahe zusammengeklappt. Ich schätze, dass der nach dem Besuch bei seiner Ex erst mal an der Hotelbar war."

„Ich hab noch mal drüber nachgedacht, was du gestern gesagt hast. Dass es Ingeborg Broeschke war. Vielleicht hast du recht. Oliver sagt zu ihr, dass sie sich verpissen kann, weil er schon alles mit seiner Stiefmutter besprochen hat. Die ist ohnehin viel cooler und nicht so zwanghaft. Sie geht wieder nach Hause, ärgert sich bis zum Morgengrauen und dann geht sie noch mal hin, und es knallt. Vielleicht hat sie auch noch zu ihm gesagt, dass er ein Versager ist, weil seine Freundin über Nacht weg..." Gernot wurde vom Telefonläuten unterbrochen. „Hagemann? ... Ah, Herr Broesch... oh, das tut mir leid. Können wir irgendetwas tun? ... Natürlich. Ja, bitte melden Sie sich." Er legte auf. „Scheiße, Sander."

„Was?"

„Ingeborg Broeschke hat versucht, sich mit Tabletten das Leben zu nehmen. Ich hätte sie ihr wegnehmen sollen."

„Der Arzt hätte sie ihr nicht verschreiben und der Apotheker sie ihr nicht aushändigen sollen. Kommt sie durch?"

„Sie glauben schon. Herr Broeschke meldet sich noch mal, wenn er was Neues weiß. Er hat sie heute Morgen gefunden und gleich den Notarzt gerufen."

„Ist das ein Schuldeingeständnis?"

Gernot hob die schmalen Schultern. „Muss nicht sein. Kann auch pure Verzweiflung gewesen sein."

Für zehn Uhr war eine weitere Dienstbesprechung anberaumt. Bis dahin wollte Sander noch einmal die Berichte über die bisherigen Ermittlungsergebnisse durchlesen. Im hintersten Winkel seines Kopfes hatte sich eine Äußerung von der Engel festgesetzt, die von da noch nicht so richtig ans Tageslicht wollte. Weil er so schlecht geschlafen hatte, war er unkonzentriert. Und durcheinander. Bei Marens Anblick, die den esoterischen Launen ihrer Mutter ausgesetzt war, hatte er plötzlich so viel Zärtlichkeit für sie empfunden. Und auf dem Parkplatz hatte Friedelinde so traurig und gleichzeitig so anziehend ausgesehen.

Gernot war im Internet unterwegs und suchte in den sozialen Netzwerken nach Informationen über Broeschkes Saufkumpane. Nach der Dienstbesprechung wollten sie noch einmal zur Uni, wo sie mit Broeschkes Professor verabredet waren.

„Na, nicht ganz bei der Sache?", fragte Gernot von seinem Schreibtisch aus.

„Gernot, ich denke nach und lese deshalb nicht."

„Hm. Denkst du über die beiden Frauen in deinem Leben nach?" Ehe Sander antworten konnte, fuhr Gernot fort: „Ist auch egal. Findest du nicht, dass wir einen Aspekt bei unseren Ermittlungen noch vernachlässigt haben?"

„Welchen, Gernot?"

„Ich finde, es ist ein zu großer Zufall, dass wir Frau Karasek in diesem Fall wiederbegegnet sind. Wir haben nicht aufgeklärt, womit Hannelore Weber erpresst wurde. Du weißt schon. Die Übergabe von fünfzehntausend Euro in der Havanna-Bar. Und wir haben uns doch überlegt, dass die Karasek nicht zufällig als Botin benutzt wurde. Was, wenn sie im Auftrag von Broeschke gehandelt hat. Er hat die Weber erpresst."

„Du meinst, wir haben ganz zufällig den Erpresser von Hannelore Weber gefunden?"

„Na ja, er beauftragt seine Freundin, die Geldübergabe an ihrem Arbeitsplatz durchzuführen. Wenn sie sich geschickt anstellt, fällt das keinem auf, und er muss nicht in Erscheinung treten."

Sander begann, hektisch in der Akte Hannelore Weber zu blättern, die immer noch auf der Ecke seines Schreibtisches lag, obwohl der Fall doch abgeschlossen war. Der Himmel wusste, warum er sie noch nicht abgelegt hatte. Anschließend blätterte er in der Akte Broeschke. „Das passt nicht zusammen", stellte er fest. „Die Weber sollte am 18. April fünfzehntausend zahlen. Es gibt aber keine entsprechende Einzahlung auf seinem Sparkonto. Überhaupt sind die Einzahlungen dort erheblich niedriger. Viermal fünftausend."

„Bargeld kann man auch woanders unterbringen als auf dem Sparkonto."

„Ja, unter der Matratze. Wir haben in der Wohnung aber kein Geld gefunden."

„Oder die Karasek hat es."

„Und womit hat er die Weber erpresst?“ Sander rieb sich die Augen. Gernot hatte exakt den Gedanken ausgesprochen, der ihn gequält hatte.

„Das weiß ich nicht, aber die Karasek war doch, nachdem sie von Broeschkes Tod erfahren hat, so scharf auf die Unterlagen auf seinem Schreibtisch, und ich wette, sie war es auch, die seinen Spind in der Uni geleert hat.“

„Und tatsächlich befand sich das, was sie gesucht hat, im Blumenkasten. Ich liebe dich, Gernot.“

„Du solltest die Dinge nicht unnötig verkomplizieren.“

„Broeschke hat die Weber erpresst. Dann knöpfen wir uns die Karasek gleich noch mal vor“, frohlockte Sander.

„Findest du nicht, dass wir erst mal herausfinden sollten, womit er die alte Frau erpresst hat? Die Karasek kann das abstreiten und dann stehen wir dumm da.“

„Mit ihrer falschen Identität.“

„Kann schon sein, ist aber geraten.“

„Hat Gabler eigentlich schon das Alibi der Karasek überprüft und mit diesem Karsten Lehmann gesprochen?“

„Noch nicht. Er hat ihn noch nicht erreicht.“

„Mann, Mann, Mann. Wir leben im hoch technisierten Zeitalter mit Handy, Skype und Hastdunichtgesehen, und man kriegt einen ganz normalen Menschen nicht zu fassen? In was für einer Welt le… Was?“, motzte Sander Gabler an, der zögerlich in der Tür stand.

„Entschuldigung. Aber hier ist Besuch.“

„Wer denn, Gabler? Dann lassen Sie ihn doch rein.“

„Ja, gut, Moment.“ Er wurde fast überrannt von einem dünnen jungen Mann, der die Tür ganz aufstieß, was Gabler ins Stolpern brachte.

„Moin.“

„Moin“, grüßte Sander den Besucher, der plötzlich im Raum stand.

„Das ist Herr Wagner.“ Gabler machte eine Handbewegung wie die Assistentinnen in früheren Fernsehshows.

„Jan Wagner, um korrekt zu sein.“

„Schön. Und es geht genau worum?“

„Herr Wagner ist ein Kollege von Broeschke gewesen. Er war – nun ja – außer Gefecht gesetzt, als wir die Befragung durchführten.“

Wagner strahlte. „Genau genommen hatte ich einen ganz fiesen Magen-Darm-Virus. Wünscht man keinem, kann ich Ihnen sagen.“

„Verstehe. Kollege bei was?“ Sander wurde ungeduldig. „Setzen Sie sich mal hin!“

Gabler wollte sich davonschleichen. „Und Sie auch, Gabler.“

Beide nahmen Sie vor seinem Tisch Platz, Gabler wie ein ängstlich zusammengesackter Sitzsack, Jan Wagner wie eine gespannte Feder, die sich bei der nächsten Bewegung an die Decke katapultieren würde. Er war zwar dünn, hatte aber die ausgeprägten Waden eines Radrennfahrers. Zur schwarzen Radlerhose trug er ein grasgrünes Trikot.

„Vielleicht können Sie sich kurz vorstellen“, bat Sander, der eine gewisse Unruhe bei Gernot bemerkt hatte, mit der er ihm vielleicht etwas sagen wollte.

„Klaro, gar kein Problem. Ich bin Jan Wagner, sechsundzwanzig Jahre alt und …“ Er wurde von Stimmen unterbrochen, die eindeutig aus einem Funkgerät kamen.

„Äh, tschuldigung. Hab vergessen, die Quasselkiste abzustellen.“ Jan Wagner nahm ein Funkgerät aus seinem

Rucksack, den er auf den Boden gelegt hatte, und schaltete es aus. „Bin nämlich Kurierfahrer. Und Zeitungsbote, und Apothekenbote und Springer bei so einem privaten Postdienst. Gurk den ganzen Tag mit meiner Emma, das ist mein Rennesel, durch die Stadt und halte mich fit.“ Er grinste fröhlich. Tatsächlich hatte sein Gesicht, obwohl das Frühlingswetter bisher eher durchwachsen gewesen war, eine gesunde Farbe. „Mal ehrlich, was soll ich den ganzen Tag auf meinem Arsch sitzen, um mich abends in der Muckibude abzuquälen, das ist doch der völlig falsche Lebensansatz.“

Sander nickte bedächtig. „Interessant.“ Er war gespannt, worauf das Ganze hier hinauslaufen sollte.

„Halten einige für das falsche Berufsziel, von wegen Karriere und so, aber ich hab wirklich lange darüber nachgedacht. Jan, hab ich gedacht, was sollst du dich mit irgendeiner Bürokacke rumquälen, wenn dir der Sinn nach was ganz anderem steht. Und deshalb mach ich das.“ Er sah von einem zum anderen. „Ja, weiß ich, ist gar nicht das Thema.“ Er hielt kurz inne. „Was war noch mal das Thema?“

Sander warf Gabler einen fragenden Blick zu. Der zog ein Notizbuch aus seiner Hemdtasche und blätterte hastig darin herum. „Der Herr Wagner ist Zeitungsausträger, und Herr Broeschke hat ja die Zeitungen zugeteilt. Daher kennen die beiden sich.“

„Genau.“ Wagner nickte.

„Schön.“ Sander warf Gabler einen Blick zu.

„Äh, ja, was können Sie uns über Herrn Broeschke berichten?“

„Berichten? War ’n netter Typ. So was?“

„So was. Hat er sich in der letzten Zeit anders verhalten als früher? Kennen Sie seine private Situation?“, half Sander dem Zeugen auf die Sprünge. Sie würden es sonst nicht rechtzeitig zur Besprechung schaffen.

„Na, er hat mit seiner Freundin zusammengewohnt, bisschen studiert und sich was dazuverdient. Ehrlich gesagt hatte ich immer das Gefühl, dass das nicht sein Berufsziel war. War 'n bisschen anders aufgestellt als ich.“

„Womit?“

„Na, mit der Zeitungsdistri. Er hat die Zeitungen für die verschiedenen Touren zusammengestellt, und wir haben sie ausgetragen. Jetzt, wo du es sagst, er war in letzter Zeit vielleicht ein bisschen unkonzentriert. Er hat sich hin und wieder mit der Anzahl der Zeitungen vertan. Ist 'n bisschen blöd, wenn die Zeitungen nicht ausreichen und man nicht liefern kann.“

„Verstehe.“ Sander konnte im Moment noch nicht erkennen, wie ihnen diese Erkenntnis bei ihrer Mordermittlung weiterhelfen konnte, auch wenn er durchaus Verständnis für Wagners Probleme hatte.

„Aber man konnte auf ihn nicht wirklich sauer sein. Er hat sich dann selbst in den Wagen geschwungen und die Zeitung ausgeliefert.“

„Schön, und sonst so?“

„Tja, und sonst so.“ Wagner kratzte sich an der Wade. „Ich hab die Zeitung bei ihm zu Hause ausgetragen. Witzig oder?“

„Wirklich?“, riefen Sander und Gernot gleichzeitig.

„Äh, ja.“ Wagner klang verschüchtert.

„Auch am 21. April?“

„Ja.“ Wagner wurde blass. „Wollen Sie damit sagen, dass er an dem Tag gestorben ist?“

„Ja. Und das bringt mich zur nächsten Frage. Hätte er nicht eigentlich bei der Arbeit sein müssen? Wann war er üblicherweise dort?"

„So gegen vier. Wir sind dann immer so gegen halb fünf ausgeschwirrt."

„Wann waren Sie an dem Morgen in Broeschkes Haus?"

„War 'n bisschen spät dran an dem Morgen, geb ich ja zu. Sollte eigentlich um fünf durch sein, aber es war schon viertel vor sechs. Lag an meiner Shimano-Gangschaltung. Die ist echt sauteuer, aber trotzdem fliegt mir der achte Gang regelmäßig raus."

„Herr Broeschke ist um sechs Uhr drei vom Balkon gestürzt."

„Ach du Kacke! Der ist da runtergeknallt, kurz nachdem ich das Haus verlassen hatte. Hätte den beinahe noch auf den Kopf kriegen können."

„Sind Sie im Haus jemandem begegnet?"

„Ja, Mann, bin ich. Ist mir jetzt wieder eingefallen. Na ja, jedenfalls bin ich raus aus der Haustür, und da kam so 'ne Alte rein."

Sander hielt die Luft an. „Eine grauhaarige alte Dame?"

„Jo. So 'n Mantel mit Gürtel, Dauerwelle, so 'n Muttchen eben."

„Würden Sie sie wiedererkennen?"

„Gesichtstechnisch?" Jan Wagner zog eine Grimasse. „Das weiß ich nicht so genau, weißt du. Ich hab da nicht so richtig hingeguckt. Ich hab die Tür von innen aufgemacht, sie hat sich an mir vorbeigedrückt, und dann bin ich raus. Begegnung in der Großstadt, hat man ja täglich tausendfach."

„Sie können ihr Gesicht also nicht beschreiben?"

„Nee, echt nicht. Die war auch ein ganzes Ende kleiner als ich. Die war so mit ihrer Welle auf meiner Brusthöhe." Er hielt sich die flache Hand waagerecht vor die Brust. „Da hätte ich schon in die Knie gehen müssen, um sie mir genauer anzusehen." Wagner rieb sich die Oberschenkel. „Ist jetzt blöd, wie? Hätte ich natürlich gemacht, wenn ich geahnt hätte, dass es wichtig ist. In die Knie gehen, meine ich."

„Tja, das wäre wohl zu viel verlangt gewesen."

„Wie verläuft Ihre Tour?", fragte Gernot.

„Also, Eppendorfer Weg, Marthastraße, Waterloostraße, Doormannsweg und Eimsbütteler Chaussee. Hast du?" Wagner hatte sich zu Gernot umgewandt.

Gernot nickte. „Danke, Alter. Und kannst du dich noch daran erinnern, an welchen Tagen Broeschke die Lieferungen nicht richtig zusammengestellt hat?"

„Oh Mann. Das ist eine echt schwierige Frage."

„Du, kein Problem, denk einfach drüber nach", sagte Gernot.

„Wissen Sie, was Broeschkes Berufsziel war? Sie sagten vorhin, dass ihn dieser Zeitungsjob nicht ausfüllte."

„Nein, so dicke waren wir nicht. Er hat nur manchmal so was fallen lassen, dass ihm der ganze Scheiß auf die Nerven geht, und er das nicht mehr lange macht. Ich hab mich immer gefragt, warum er den überhaupt noch macht und nicht irgendwas anderes."

„Und seine Freundin kennen Sie nicht?"

„Vielleicht mal gesehen, aber das war's dann auch."

„Tja, vielen Dank, Herr Wagner." Sander erhob sich und reichte dem jungen Mann die Hand, was er im nächsten Augenblick bereute. Der konnte zupacken wie ein Eisenbieger. „Danke."

Wagner nahm seinen Fahrradhelm aus dem Rucksack. „Hoffe, ihr könnt damit was anfangen. Ich denk noch mal über die Tage nach, an denen Olli so verwirrt war."

„Danke, Mann", sagte Gernot.

„Ach, Herr Wagner, haben wir schon Ihre Personalien aufgenommen?"

„Du meinst Name und Adresse und so? Hat er hier schon gemacht." Wagner deutete auf Gabler. Seine Radfahrerschuhe machten klackernde Geräusche, als er zur Tür ging.

„‚Danke, Mann'?", wiederholte Sander in Gernots Richtung.

„Ja, ich dachte, wenn er sich wie zu Hause fühlt, fallen ihm die Dinge schneller ein."

„Diese grauhaarige Dame war jedenfalls nicht Broeschkes Mutter. Die ist sicher einsfünfundsiebzig."

„Stimmt."

„Tatsächlich. Gabler?"

„Ja?"

„Sie gehen jetzt stante pede in die Feldstraße und befragen die Hausbewohner. Zu irgendwem muss diese Frau ja gewollt haben. Vielleicht wollte sie auch zu einem Nachbarn, dann können wir sie ausschließen. Anderenfalls will ich wissen, wer das ist, und dann will ich wissen, ob die Mutter nicht doch noch da war."

Gabler sah auf die Uhr. „Aber wir haben doch gleich Besprechung?"

„Wir müssen Fakten ermitteln, Gabler. Sonst können wir auch Rezepte austauschen."

Leicht schmollend trollte sich Gabler.

Gernot stellte seinen PC aus. „Okay, Alter, dann lass uns mal zur Besprechung rübergehen."

An diesem Morgen wurde Friedelinde geweckt, als Marie an ihr Schlafzimmerfenster klopfte. Sie fuhr erschrocken in die Höhe und öffnete das Fenster. „Meine Güte, willst du mich umbringen?“

„Lass mich rein.“

Friedelinde schloss das Fenster. Eigentlich war ihr heute nach einem gemütlichen Tag im Bett, an dem sie sich so richtig ihrem Kummer hingeben konnte. Sie öffnete die Terrassentür in der Küche. Auf die Idee, den Ersatzschlüssel zu nutzen, so wie Pablo, war Marie glücklicherweise nicht gekommen. Sie schien ziemlich aufgebracht zu sein. Friedelinde wandte ihr den Rücken zu und ließ Wasser in den Wasserkocher laufen.

„Warum hast du mir nicht gesagt, dass Pablo vorletzte Nacht bei dir übernachtet hat? Ich hab mir Sorgen gemacht.“

„Willst du auch einen Kaffee?“

„Hörst du mir zu?“

„Ich tue seit Tagen nichts anderes. Die Frage ist, ob du zuhörst. Pablo zum Beispiel.“

„Hä? Was soll das denn jetzt?“

Friedelinde entschied sich für Tee und nahm einen Teebeutel aus der Verpackung. „Er hat also nicht mit dir gesprochen?“

„Wenn du es genau wissen willst, ist seit gestern Morgen dicke Luft bei uns. Ich hab mir vor Angst in die Hose gemacht, als er nicht nach Hause gekommen ist, und dann steht er morgens einfach wieder in der Tür.“ Sie schwieg einen Moment. „Worüber hätte er denn mit mir sprechen sollen?“, schob sie nach.

Friedelinde seufzte. „Es gibt doch nur noch ein Thema.“

„Über die Hochzeit?"

„Bingo." Friedelinde bewegte den Teebeutel durch das heiße Wasser. „Soll er doch auch dran teilnehmen, oder?"

„Was soll das denn?"

„Nur eine freundliche Frage. Ich hatte den Eindruck, dass er nicht so richtig im Bilde ist über das, was läuft. Und über das, was er mitbekommen hat, scheint er nicht besonders glücklich zu sein."

„Ja, aber ich will doch, dass alles schön wird."

„Das will er auch, aber ihr habt offenbar unterschiedliche Vorstellungen. Die müsstet ihr mal abgleichen."

Friedelinde stellte den Becher ab und verschwand im Bad. Als sie zurückkehrte, saß Marie immer noch auf dem Stuhl, die Füße auf der Sitzfläche, das Kinn auf den Knien. „Ich weiß gar nicht, was er will. Ich mache und tue, plane und überlege, und er? Er macht überhaupt nichts." Sie warf die Arme in die Luft. „Er macht mir einen Antrag und denkt, damit ist das Thema dann erledigt. Und wenn ich mich als Einzige drum kümmere, dann bin ich auch noch die Dumme, oder wie?"

„Marie, ihr habt …"

„Probleme? Wir haben keine Probleme. Wie kommst du überhaupt darauf?"

„Unterschiedliche Vorstellungen, wollte ich sagen."

„Ich weiß schon, warum du dich gestern Abend nicht bei Elvira hast blicken lassen", maulte Marie. „Ich geh dir auf die Nerven mit meinen Vorbereitungen."

„Tust du nicht. Ich bin dir auch gern bei den Vorbereitungen behilflich. Aber ich hab eben ein komisches Gefühl dabei, wenn Pablo von nichts was weiß. Vorschlag: Du gehst rüber, sprichst mit Pablo, und heute Abend halten wir eine Besprechung bei Elvira ab. Okay?"

Marie schob die Füße vom Stuhl. „Hab schon verstanden. Ich störe hier."

„Ich muss einfach was tun, außerdem musst du doch bestimmt Unterricht geben."

„Später. Ich geh mal zu Elvira rüber."

„Mach das. Bis später."

Der Kühlschrank befand sich immer noch in demselben bemitleidenswerten Zustand, in dem Pablo ihn inspiziert hatte. Ehe Friedelinde sich der Arbeit zuwenden konnte, musste sie erst mal was Anständiges frühstücken. Allein schon zu Trostzwecken.

Mit zwei prall gefüllten Plastiktüten stand sie eine Stunde später im Waschsalon. „Morgen."

„Guten Morgen." Elvira mustere Friedelindes Einkauf. „Ich hab nichts bestellt."

„Witzig, Elvira." Friedelinde stellte die Tüten auf dem Boden ab und kramte aus einer ein Glas Nutella und eine Tüte Brötchen hervor. „Ich bin heut nicht gut drauf. Wenn es dir recht ist, würde ich gern ein ernsthaftes Gespräch führen." Sie knallte das Glas auf den Tresen. „Oder gar keines. Und dann hätte ich gern noch einen Kaffee."

Elvira zögerte nur kurz, ehe sie eine Tasse einschenkte. „Marie ist schon wieder weg."

Friedelinde nickte und nahm Teller und Messer entgegen. Nach einigen Vorbereitungen biss sie herzhaft in eine dick bestrichene Brötchenhälfte.

„Sie hat plötzlich so komisch dahergeredet, ob sie hier zwischen zwei Waschgängen mal kurz heiraten könne, es würden auch nur ganz wenig Leute kommen und die könnten in der Zwischenzeit ja ein paar Hemden waschen." Elvira kramte hinter ihrem Tresen herum. „Hattet ihr Streit?"

„Ja, meine Güte." Friedelinde nahm sich der zweiten Brötchenhälfte an. „Natürlich hätte ich freundlicher sein können, aber so unfreundlich war ich eigentlich gar nicht."

Elvira stemmte die Hände in die üppigen Hüften. „Aber ein bisschen schon."

„Ich wollte ihr einfach nur begreiflich machen, dass sie die Hochzeit nicht hinter Pablos Rücken planen soll."

„Meine Güte!" Wie ein Derwisch schoss die beleibte Spanierin hinter ihrem Tresen hervor und packte einen jungen Mann am Arm, der im Begriff war, den Ärmel seines Oberhemdes zu verbrennen. Mit einer Hand riss sie ihm das Bügeleisen aus der Hand, mit der anderen das Handy. „Eines zur Zeit, nicht alles zusammen!"

Das Handy des verdutzten jungen Mannes verschwand in ihrer Kitteltasche, das Bügeleisen erhielt er zurück. Wortlos schenkte Elvira Friedelinde eine weitere Tasse Kaffee ein. Die strich sich bereits das zweite Brötchen.

„Sie ist eben der Ansicht, dass du dich mehr für deinen neuen Polizisten interessierst als für ihre Hochzeit."

„Ich interessier mich überhaupt nicht für die Polizei, aber ich muss auch mal was anderes machen, als den Weddingplaner zu geben."

Elvira tätschelte mit ihrer dicken Hand Friedelindes Arm. „Sie hat mir auch gesagt, dass ihr beiden heute Abend hier weitermacht." Sie stützte die Ellenbogen auf dem Tresen ab und das Doppelkinn in die Hände. „Und was ist denn nun mit diesem hübschen Kommissar?"

„Dieser hübsche Kommissar hat eine Frau, und Schönheit allein ist eben auch nicht all…“ Friedelinde wurde von ihrem Handy unterbrochen. „Herr Lorenz, hallo.“

„Frau Engel, ich habe eine Überraschung und neue Kekse für Sie. Haben Sie Zeit vorbeizukommen?“

„Für eine Überraschung und Kekse immer. Natürlich komme ich nachher bei Ihnen vorbei.“

Sie hopste vom Barhocker. „Du hörst ja, dass ich zu tun habe.“

Sander fuhr allein zur Uni. Nach der Dienstbesprechung hatte Gernot irgendetwas davon gemurmelt, dass er noch Verschiedenes überprüfen wollte, und vielleicht war es auch ganz gut, wenn er mehr im Innendienst arbeitete. Das war ja eigentlich die Ansage von Mühle gewesen. Er drehte die Musik laut. Gernot war ein guter Typ. Ein bisschen altmodisch gekleidet vielleicht, aber witzig und klug. Und Sanders Mutter würde sagen, dass Gernot einen guten Einfluss auf ihn hatte. Jedenfalls einen besseren als Hagen Rosenmüller, mit dem er früher ganze Nächte durchgemacht hatte. Gernot ging vermutlich jeden Abend um zehn ins Bett. Aber was wusste er schon vom Privatleben seines Kollegen? Gernot wusste auf jeden Fall mehr von ihm als umgekehrt.

An einer roten Ampel wanderte seine Hand wie ferngesteuert zum Handy, das in der Freisprechanlage steckte, und seine Finger waren im Begriff, die Nummer von Friedelinde im Speicher zu suchen. Und zu drücken. Als die Ampel auf Grün umschaltete, war er entschlossen, das sein zu lassen. Er hatte wirklich genug Ärger am Hals, nicht zuletzt, weil er die letzte Therapiestunde bei der Berg verpasst hatte. Es war ihm zwar gelungen, sie mit einer Flasche Barolo und einigen freundlichen Worten davon abzuhalten, seine Säumnis bei Dr. Mühlenbeck anzuzeigen, aber irgendwie hatte er das Gefühl, dass der Mann es ohnehin wusste. Mühle hatte einen siebten Sinn für Sanders Versagen. Nur sein Mitgefühl wegen Maren schien ihn davon abzuhalten, eine härtere Gangart einzulegen.

Vor der Uni parkte er auf einer schraffierten Fläche im Parkverbot und legte seinen dienstlichen Parkausweis hinter die Frontscheibe. Das hatte zwar keine Bedeutung und war so, als würde der Ausweis da nicht liegen, aber vielleicht ließ sich eine Politesse doch davon beeindrucken. Gabler hatte ihm den Weg ziemlich gut beschrieben, und er fand die Verwaltung auf Anhieb. Von einer freundlichen Dame erhielt er eine komplizierte Wegbeschreibung über das Campusgelände, die er schon wieder vergessen hatte, als die Tür hinter ihm zufiel. Vielleicht setzten die bei Akademikern einfach bessere Ortskenntnisse voraus. Sander war sich sicher, dass Gernot schon längst am Ziel gewesen wäre. Irgendwann fand er das richtige Gebäude, das richtige Stockwerk, den richtigen Raum.

Professor Meyerhofer war ein freundlicher Mann in Sanders Alter. Er trug Jeans und Kapuzenjacke und war rein optisch nicht von seinen Studenten zu unterscheiden. Sander dachte kurz daran, sich seinen Ausweis zeigen zu lassen, aber dann entschied er, dass die Tatsache, dass der Mann hinter einem Schreibtisch in einem Raum mit dem Namensschild *Prof. Meyerhofer* saß, als Legitimation genügen musste.

„Möchten Sie auch einen Espresso?", fragte der Professor, nachdem sie sich begrüßt und vorgestellt hatten. „Ich hab mir gerade diese teure Maschine gekauft, und jeder, der hier reinkommt, muss jetzt eine Tasse trinken. So lange, bis ich die Technik beherrsche."

„Kein Problem. Üben Sie nur."

Sander nahm an einem eleganten, aufgeräumten Schreibtisch Platz, während Professor Meyerhofer Espressopulver in den Filter füllte, den Filter einhakte und auf einen Knopf drückte.

„Sie müssen eine Tasse drunterstellen."

Hektisch griff der Professor eine Tasse, die vorgewärmt auf dem Gerät thronte. „Scheiße! Das vergesse ich immer wieder. Ich bin von diesem ganzen Firlefanz so in Anspruch genommen, dass ich das Wesentliche vergesse. Nehmen Sie Zucker?"

„Gern." Sander nahm die Tasse in Empfang. „Riecht gut. Ist keine Dampfmaschine, wie?"

Der Professor lächelte angespannt, während er seine Tasse zum Tisch transportierte. „So was Ähnliches." Als er saß, faltete er die Hände vor dem Bauch. „Sie sind wegen Oliver Broeschke hier, richtig? Der Präsident sagte so etwas, und ich hab's auch in der Zeitung gelesen."

„Ja, wissen Sie, ich hab eigentlich nur eine einfache Frage. Es geht um Broeschkes Studienunterlagen. In seiner Wohnung fanden sich nur sehr wenige Papiere, und wir haben seinen Laptop auch noch nicht gefunden. Mein Kollege wollte Broeschkes Spind untersuchen, aber der war leer." Sander verschwieg, dass es seine Schuld war, dass sie erst so spät darauf gekommen waren, den Spind in Augenschein zu nehmen, jedenfalls nach Sandra Karasek. „Gibt's hier vielleicht einen Arbeitsplatz, wo noch etwas sein könnte? Oder hat er vielleicht einen anderen Spind oder ein Schrankfach genutzt?"

„Es geht mich ja nichts an, aber interessieren Sie sich für seine Studien?“

„Auch. Vielleicht finden wir andere Unterlagen, aber wir interessieren uns vor allem für seine Diplomarbeit.“

„Magister.“

„Wie?“

„Das heißt heute Magisterarbeit. Ob er einen weiteren Spind genutzt hat, das können Ihnen die Damen aus der Verwaltung oder der Hausmeister sagen. Allerdings bezweifle ich, dass Sie darin seinen Laptop oder auch nur einen Fitzel seiner Magisterarbeit finden werden.“

„Ach, und warum?“

Der Professor wies auf Sanders leere Tasse. „Noch einen?“

„Äh ja, damit Sie etwas zum Üben haben.“

„Danke.“ Meyerhofer nahm die Tasse und ging zur Espressomaschine hinüber. „Diese Magisterarbeit ist ein Phänomen. Eine Geisterarbeit.“ Er schob diesmal als Erstes die Tasse unter die Düse. „Keiner hat sie bisher zu Gesicht bekommen. Nicht einmal ich.“

„Tatsächlich? Stimmt etwas nicht damit?“

„Das weiß ich nicht. Ich habe Broeschke mehrfach daran erinnert, dass er mir sein Konzept und inzwischen auch einen ersten Entwurf vorlegen sollte, damit wir darüber sprechen können. Bisher kenne ich nur ein vages Inhaltsverzeichnis. Aber ich bin sicher, dass er noch keinen vollständigen Satz zu Papier gebracht hat.“

„Und woran liegt das? War er anderweitig beschäftigt?“

Meyerhofer reichte Sander die aufgefüllte Tasse. „Keine Ahnung. Ich weiß nicht, was er getrieben hat. Jedenfalls hat er die ganze Zeit versucht mich hinzuhalten. Ständig hat er mich vertröstet und sich rausgeredet. Warum er das gemacht hat, weiß ich nicht. Für mich ist er nur ein weiterer Punkt für die Ausfallstatistik. Es geht ja um sein Studium. Aber so wird das nichts mit dem Magister. Entschuldigung. So wäre es mit dem Magister nichts geworden. Sie wissen schon." Er rieb sich über das Gesicht.

„Und dass er irgendwie eine Schreibblockade hatte oder wie würde man das bei Ihnen nennen? Studiumsblockade?"

„Ich mag mich täuschen, aber er war nicht der ängstliche Typ, der Prüfungsangst hat oder vor einer Aufgabe kneift. Eigentlich ist er immer ziemlich selbstbewusst aufgetreten."

„Sie glauben also nicht, dass ihm sein Versagen ein solches Kopfzerbrechen bereitet hat, dass er seinem Leben selbst ein Ende gesetzt hat?"

Meyerhofer sah ihn interessiert an. „Selbstmord? So las sich das nicht in der Zeitung."

„Die Zeitung führt auch nicht die Ermittlungen."

Der Professor grinste. „Richtig." Dann wurde er wieder ernst. „Nein. Wie gesagt, das Auftreten eines Menschen kann täuschen, aber es gibt Kandidaten, um die habe ich mehr Angst."

„Hat er denn Vorlesungen und Seminare besucht?"

„Das hatte er alles schon hinter sich. Eigentlich befand er sich auf der Zielgeraden. Es fehlte nur noch die Magisterarbeit."

„Und vielleicht war er nur noch als passiver Student eingetragen? Wegen irgendwelcher Vergünstigungen? Er hatte einen Nebenjob, und ein Kollege hatte den Eindruck, dass er höhere Ziele hatte. Möglicherweise ohne unnötige Umwege über ein abgeschlossenes Studium."

„Heutzutage ist es nicht mehr wie zu unserer Zeit. Zwanzig Semester Jura und jeden Abend in der Kneipe abhängen. Heute müssen die Studenten schon etwas leisten. Es mag sein, dass er andere Ziele hatte, aber davon weiß ich nichts."

„Gibt's nicht irgendeine Arbeitsgruppe oder Kommilitonen, die ich befragen kann?"

Aber Professor Meyerhofer konnte Sander nur die Namen Andreas Wege und Hendrik Maßmann nennen, die beiden Saufkumpane, die sie bereits vernommen hatten.

Sander erhob sich. „Vielen Dank für Ihre Zeit. Sagen Sie, können Sie mir noch mal den Weg zurück in die Verwaltung zeigen?"

Meyerhofer kam um seinen Schreibtisch herum und ging mit Sander auf den Flur, wo er ihm ähnlich verklausuliert wie die Dame aus der Verwaltung den Weg beschrieb, nur eben in umgekehrter Richtung. „Und vielen Dank, dass Sie zwei Tassen Espresso getrunken haben."

„Hab ich gern gemacht. Ehrlich." Sander grinste.

„Tut mir leid um den Jungen. Und dass ich Ihnen nicht helfen kann."

„Nicht alle Spuren können ins Licht führen."

Meyerhofer schob die Hände in die Hosentaschen. „Würde Sie denn das Thema seiner Magisterarbeit interessieren?" Er lächelte verlegen. „Nur damit ich vielleicht irgendetwas zur Aufklärung beitragen kann."

„Schießen Sie los."

„Er hat über die Geschichte einer Hamburger Privatbank recherchiert."

Sander wurde blass. „Jetzt sagen Sie nicht, die Konrad Theodor Pauly Bank."

„Ja, doch. Der Name lag mir auf der Zunge." Der Professor sah verdattert aus. „Stimmt etwas nicht damit?"

„Man kann sagen, dass Sie damit ein Licht angeknipst haben."

„Tatsächlich?" Der Professor klang zweifelnd.

„Doch wirklich. Also, vielen Dank noch mal für Ihre Hilfe."

Die Dame in der Verwaltung war gleichbleibend freundlich, reagierte jedoch einigermaßen reserviert auf Sanders Frage. Der Hausmeister wurde da schon deutlicher. „Wie stellen Sie sich das vor? Soll ich die Fächer aller Studenten aufbrechen und die Sachen durchwühlen?"

„Haben Sie eine bessere Idee?"

„Hab ich."

„Und die wäre?"

„Sie sagen mir, um welchen Spind es geht, und ich mach Ihnen den auf."

Sander seufzte. „Dann machen Sie einen Aushang. Jeder Student soll seinen Spind beschriften."

„Und dann?"

„Und alle, die nicht zuzuordnen sind, brechen Sie auf."

Der Hausmeister kriegte Schnappatmung.

„Ihre freundliche Kollegin hier wird Ihnen bestimmt beim Ausdrucken des Aushangs helfen." Sander legte seine Visitenkarte auf den Tresen. „Und machen Sie eine kurze Frist draus." Er senkte die Stimme. „Es geht um Mord."

Gernot telefonierte, als Sander ins Präsidium zurückkehrte. Sander ging auf den Flur, um sich einen Kaffee zu holen und Gabler zu suchen, aber der war offenbar von seiner

Befragungstour noch nicht zurückgekehrt. Nachdem Sander sich an seinem Platz eingerichtet hatte, legte Gernot den Hörer auf. „Das war Herr Broeschke. Sie haben seiner Frau den Magen ausgepumpt und ihr alles Mögliche durch die Venen gejagt. Jetzt soll sie über den Berg sein."

„Konnte er mit ihr sprechen?"

Gernot schüttelte den Kopf. „Er darf zwar an ihrem Bett sitzen, aber sie ist noch nicht wieder bei Bewusstsein. Er fährt mal in ihre Wohnung und guckt, ob er dort einen Hinweis darauf findet, warum sie es getan hat."

Sander nahm die Füße vom Schreibtisch. „Müssen wir da nicht lieber jemanden hinschicken, der mitgeht? Wenn der ein Geständnis von seiner Frau findet, trau ich dem glatt zu, dass er es zerkaut und runterschluckt. Der hat irgendwie so ein eigentümliches loyales Verhalten."

Gernot griff zum Hörer. „Ich ruf Gabler an. Der soll ihn begleiten."

„Dann kannst du ihn gleich fragen, ob er schon was rausgekriegt hat, oder ob er sich bei den Leuten nur durchfuttert."

Natürlich tat Gernot das nicht und beruhigte Gabler, der das Gefühl hatte, er würde kontrolliert. „Broeschke senior hat übrigens noch was anderes erzählt", fuhr Gernot nach seinem Gespräch mit Gabler fort. „Wir waren von der Diplomarbeit abgekommen, als er hier war."

„Das heißt Magisterarbeit, und die hatte eigenartigerweise die Konrad Theodor Pauly Bank zum Gegenstand."

„Richtig. Dieter Broeschke meint aber, dass er den Grund dafür kennt, warum Oliver damit nicht in die Puschen kam. Bei seinen Recherchen in der Bank haben sie sich wohl für seine Arbeit erwärmt, und er hat den Auftrag erhalten, eine Firmenbroschüre zu erstellen. Die Bank hat demnächst Jubiläum."

„Interessant. Das ist vermutlich ein lukrativer Auftrag und viel spannender als Studium und Zeitungaustragen zusammen."

Die Unordnung im Haus von Friedelindes Vater war nur unwesentlich reduziert. Genau genommen war sie noch vorhanden, wenn auch irgendwie verändert. Ihr Vater stand inmitten offenbar neu sortierter Stapel im Wohnzimmer und kratzte sich am Kopf.

„Wenn es dir jetzt nicht passt, kann ich auch allein gehen. Ich würde mich schon trauen."

„Na ja, interessieren würde es mich schon. Allerdings habe ich mir gerade vorgenommen, diese ganzen Sachen mal neu zu sortieren."

„Du könntest ja auch einiges wegwerfen", schlug Friedelinde mit einem Blick auf einen Stapel alter regionaler Zeitungen vor.

„Vielleicht mache ich das, aber ich will das natürlich vorher durchsehen, falls was Interessantes drinsteht."

Friedelinde seufzte. Sie hatte ja durchaus Verständnis für ihren Vater. Sie neigte auch dazu, eher zu viel aufzubewahren, aber alte Zeitungen gehörten nicht dazu. „Gut, dann lass ich dich mal allein."

„Nein, warte. Ich komme mit. Das kann ich nachher noch weitermachen."

Johannes Engel setzte einen Hut auf. „Was wollen wir denn eigentlich bei dem alten Lorenz?", fragte er, als er einstieg. Er zog den Gurt aus der Halterung und schnallte sich an.

„Das weiß ich nicht. Er hat mich angerufen und gesagt, er hätte eine Überraschung für mich."

„Da bin ich mal gespannt. Vielleicht hat er was über den Goldschmidt rausgefunden."

„Über den habe ich auch schon was rausgefunden."

„Aha? Und was?"

„Ich hab erst gedacht, dass die Familie vielleicht vom jüdischen zu einem anderen Glauben übergetreten ist, um sich gegen Verfolgung durch die Nazis zu schützen, aber das haben sie nicht getan. Arthur Goldschmidt wurde 1925 in Hamburg geboren. Sein Vater war Tischler und Möbelhändler in Poppenbüttel. Seine Eltern waren Arthur Raphael Goldschmidt und Helene Grün. Ich hab im alten Melderegister rausgefunden, dass sie mit Helenes Mutter zusammengelebt haben und vermutlich mit Arthurs Großvater. Und es gab noch eine Antonie, die 1925 drei Jahre alt war. Das dürfte Arthurs ältere Schwester gewesen sein."

„Und lebt die noch?"

„Nein, sie ist schon mit vierundzwanzig gestorben. Gleich nach dem Krieg. Vielleicht war sie verletzt oder mangelernährt. Aber sie war verheiratet. Ich bin noch nicht weitergekommen, aber ich werde als nächstes mal prüfen, ob sie Kinder hatte."

Sie hatten das Häuschen des Schuldirektors erreicht. Diesmal war Friedelinde keineswegs ängstlich, sondern eher neugierig. „Er hat Kekse besorgt", teilte sie ihrem Vater mit, als sie die Autotür schloss.

„Na, dann kann ja nichts mehr schiefgehen."

Der alte Mann hatte bereits die Tür geöffnet. „Meine Liebe, ich freue mich wirklich, Sie wiederzusehen."

„Ich habe meinen Vater mitgebracht. Ich hoffe, das ist Ihnen recht."

„Sie glauben gar nicht, wie recht mir das ist." Lorenz versetzte Johannes Engel einen leichten Klaps auf die Schulter. „Ich freue mich über Ihren Besuch."

Herr Lorenz schien sein Wohnzimmer seit ihrem letzten Besuch ein wenig aufgeräumt zu haben. Es lag nicht so viel herum wie bei ihrem ersten Besuch, und die Stühle um den gedeckten Tisch herum waren freigeräumt.

„Nehmen Sie schon mal Platz, ich komme gleich." Herr Lorenz lief eiligen Schrittes in die Küche, dann war wildes Geschirrklappern zu hören.

„Können wir helfen?"

„Nein, nein, es geht schon." Herr Lorenz kehrte mit der Teekanne zurück, stellte sie ab und verschwand wieder. Anschließend brachte er einen Teller voller Tortenstücke. „Ich dachte, wir gönnen uns mal was."

Eine Weile waren sie damit beschäftigt, Kuchen zu verteilen, Kaffee einzuschenken und den Zucker herumzureichen.

„Erwarten Sie noch jemanden?", fragte Friedelinde mit Blick auf das vierte Gedeck.

„Meinen Freund Willi. Er wohnt in Poppenbüttel. Seit er im vergangenen Jahr seinen Schlaganfall hatte, kann er nicht mehr allein mit dem Bus fahren. Ich hab ihn angerufen, und jetzt muss er warten, bis seine Tochter ihn fahren kann. Die war grade zum Einkaufen, als ich anrief. Willi ist unser Mann", erklärte Herr Lorenz. „Er war früher Ortsamtsleiter in Poppenbüttel und verwaltet heute das Stadtteilarchiv und das Kirchenarchiv."

Das klang gut. Friedelinde zog die Chronik aus ihrer Tasche und gab sie dem pensionierten Schulleiter zurück. „Die Chronik mit vielem Dank zurück, und ich habe Ihnen den Text aus Goldschmidts Manteltasche kopiert."

Herr Lorenz nahm beides an sich und vertiefte sich gleich in den Text, während Johannes sich für ein weiteres Stück Schwarzwälderkirsch entschied.

„Haben Sie schon etwas über Goldschmidt herausgefunden?", fragte Lorenz, als er zu Ende gelesen hatte. Auf eine Antwort musste er warten, bis Friedelinde den Bissen vom Erdbeertörtchen hinuntergeschluckt hatte.

„Habe ich. Obwohl ich über den Mann eigentlich gar nichts wissen muss. Elsa Markmann ist für mich wichtig, aber ich habe mich noch nicht mit ihrer Vergangenheit angefreundet. Ich hab das Gefühl, dass Arthur Goldschmidt es im Moment eher verdient hat, dass ich mich mit ihm beschäftige."

„Na, vielleicht kann Willi …" Herr Lorenz lauschte. „Höre ich da einen Wagen?" Er warf Friedelinde einen fragenden Blick zu, weil er sich offenbar nicht selbst die Mühe machen wollte, aufzustehen und aus dem Fenster zu sehen.

„Hören Sie", bestätigte Friedelinde, die durch das Sprossenfenster nach draußen sah. Dort war ein Kleinwagen vorgefahren. Auf der Fahrerseite stieg eine etwa fünfzigjährige Frau aus, die um den Wagen herum eilte und einem alten Mann half. Nachdem sie ihn unter Mühen herausgehievt hatte, lehnte sie ihn an den Wagen und machte sich am Kofferraum zu schaffen.

„Ich geh mal raus, helfen", sagte Friedelinde, doch ehe sie den Wagen erreicht hatte, kam ihr der Mann bereits mit einem Rollator entgegen, und die Frau schleppte einen

Wäschekorb mit Papieren und Büchern an Friedelinde vorbei ins Haus. Im Wohnzimmer sah sie sich gehetzt nach einem Platz um, auf dem sie den Korb loswerden konnte. Nachdem sie ihn auf dem Boden abgestellt hatte, grüßte sie kurz in die Runde.

„Ich weiß nicht, wann ich dich nachher abholen kann. Du weißt ja, dass ich mit Denis zum Orthopäden muss, und da wartet man immer endlos."

„Kein Problem." Der alte Mann musterte interessiert den Tortenteller. „Ich bin in guter Gesellschaft und für Verpflegung ist auch gesorgt."

Er hatte noch nicht zu Ende gesprochen, als die Haustür ins Schloss fiel. Kurz darauf wurde der Wagen gestartet.

„Ich kann Sie nachher auch nach Hause bringen", bot Friedelinde an.

„Ach was, sie holt mich ab. Armes Mädchen, zwei Söhne, einer davon pubertierend, einen Mann und dann noch mich alten Trottel am Hals." Der Alte ließ sich neben Friedelinde aufs Sofa fallen, seinen Rollator hatte er in Reichweite abgestellt. Er reichte ihr die Hand. „Dr. Wilhelm Semmelhack. Ich sag das nur, damit sie mich nicht für einen verkalkten Hochstapler halten. Für meine Freunde Willi."

„Angenehm. Friedelinde Engel, und das ist mein Vater Johannes. Nehmen Sie auch ein Stück Torte?"

Willi nickte. „Ich nehme zwei. Das letzte Schwarzwälder und die Sacher. Bei uns gibt's praktisch nie Kuchen, weil Marianne, das ist meine Tochter, immer so auf Cholesterin und diese Dinge achtet, von denen man heute ständig in der Apothekenzeitung liest. Ständig gibt's Obst und Gemüse, keine Eier, also so gut wie keine Eier, praktisch kein Fleisch und so gut wie nie Alkohol. Apropos Alkohol, Paul. Zu dieser Schwarzwälder passt doch ein Kirschwasser ganz formidabel, was meinst du?"

„Ja, sicher." Herr Lorenz versuchte ein paar Mal vergebens, mit den Füßen Tritt zu fassen und sich aus dem Sessel hochzustemmen.

Johannes Engel war schneller. „Bleiben Sie sitzen."

Sie tranken auf die Jugend, das Alter und darauf, dass man nicht alles vergaß. Irgendwann hatte Willi auch seine beiden Tortenstücke verputzt. Er rieb sich die Hände.

„Marianne hat mich vorhin noch im Archiv vorbeigefahren, damit ich noch ein paar Sachen zusammensuchen konnte. Wenn Sie mal so gut wären, junger Mann?"

Friedelindes Vater zog lächelnd den Wäschekorb näher heran.

„Wir haben einen netten jungen Mann im Archiv, der ist ein As mit diesen Computern", erläuterte Willi Semmelhack. „Allerdings hat ihn das auch erst zu uns gebracht. Er ist nicht freiwillig bei uns. Muss Sozialstunden leisten, weil er sich wo reingehakt hat."

„Gehackt", berichtigte Herr Lorenz ihn.

„Oder so. Jedenfalls haben wir bis dahin mit Karteikarten gearbeitet. Aber mit ihm zusammen haben wir ein Archiviersystem entwickelt, bei dem man ein Stichwort eingeben kann, und das Ding spuckt Ihnen dann eine Liste aus mit allen Dokumenten, in denen dieses Wort auftaucht. Hat zugegebenermaßen auch seine Schwachstellen, weil wenn Sie was Allgemeines eingeben, wie zum Beispiel Gartenbau, kriegen Sie viel zu viel heraus. Da will er noch mal ran." Er wies auf den Korb zu seinen Füßen. „Und was Sie hier unten sehen, das ist nun alles zum Stichwort Goldschmidt." Er beugte sich hinunter und zog ein in Leder gebundenes Büchlein heraus, auf dessen Rücken neben dem Titel auch die Archivierungsnummer aufgedruckt war. „Was haben wir denn hier zum Beispiel? Ah, eine Liste der Handwerksbetriebe von siebzehnfünfunddreißig." Er schlug das Buch mit den vergilbten Seiten vorsichtig auf. „Also, es gab sieben Bäcker, neun Branntweinbrenner, dreiundzwanzig Weber, vier Schneider, zehn Schuster, fünf Tischler, einen Gewürzkrä…"

„Tischler? Darunter müssen sich auch die Vorfahren von Goldschmidt befinden. Können Sie mal nachsehen?"

„Selbstverständlich." Willi blätterte, leise vor sich hin murmelnd, durch die Seiten. „Da haben wir es. Raphael Goldschmidt, Tischler in Poppenbüttel, Wiesenkoppel."

Sie arbeiteten sich durch sämtliche Unterlagen, die Willi Semmelhack mitgebracht hatte, und vor ihnen breitete sich die Geschichte der Familie Goldschmidt aus, deren Ursprung in einer kleinen Tischlerei gelegen hatte. Zunächst betrieb die Familie die Tischlerei allein, später kamen Mitarbeiter hinzu. Einen großen Wachstumsschub bekam das Unternehmen offenbar, als die Produktion von schlichten, gebrauchstauglichen Möbeln auf die Herstellung von Küchenbuffets, Waschtischen mit Marmorplatte, Esszimmermöbeln mit gedrechselten Stuhl- und Tischbeinen und Frisiertischen mit Intarsienarbeiten umgestellt wurde. Die Generationen der Goldschmidts verwandelten den Einmannbetrieb in ein großes Unternehmen mit eigener Ausstellungsfläche, einem Vorläufer der späteren Möbelhäuser. Aber niemand konnte sagen, ob diese Entwicklung so weitergegangen wäre, denn 1938 wurde das Geschäft von Heinrich König zu einem Preis von fünfzigtausend Reichsmark übernommen. Der damalige Inhaber, Arthur Raphael Goldschmidt, kam nach dem vermutlich nicht freiwilligen Verkauf seines Unternehmens in ein KZ, seiner Ehefrau Helene gelang mit Tochter Antonia und Sohn Anton die Flucht in die Schweiz zu Verwandten. Arthur, der zweite Sohn, kam in das KZ Wittmoor. Der Tote aus der Truhe hatte also eine Schwester und einen Bruder.

Friedelinde, die der Ehrgeiz gepackt hatte, die Geschichte des Toten und seiner Familie zu dokumentieren, machte eine Liste der Dokumente, von denen Willi Semmelhack ihr Kopien machen sollte. Herr Lorenz kommentierte zwischen zwei Schlucken Kirschwasser die Praxis nichtjüdischer Geschäftsleute, die Gunst der Stunde zu nutzen, um den Juden ihre gut gehenden Geschäfte für einen viel zu geringen Preis „abzukaufen". Diese Art der feindlichen Übernahme war in vielen Geschäftszweigen üblich gewesen. Friedelinde zog ein Schriftstück hervor. Es war ein Schreiben von Arthur Raphael Goldschmidt, das dieser auf seinem Geschäftspapier an Heinrich König verfasst hatte. Es handelte sich dabei um ein Ablehnungsschreiben auf das allererste Kaufangebot. Das vermeintliche Angebot war in grober Diktion und mit unterschwelligen Drohungen verfasst worden. Arthur Raphael Goldschmidt schrieb in höflich geschäftsmäßigem Ton zurück, dass er nicht beabsichtige, sein Unternehmen zu verkaufen, sondern gedenke, es weiterzuführen. Den viel zu niedrigen Kaufpreis lehnte er als inakzeptabel ab.

Friedelinde fand es erschreckend, den Brief mit dem heutigen Wissen zu lesen. Goldschmidt hätte das Schreiben überhaupt nicht abzufassen brauchen. Es hatte sich damals nicht um einen Geschäftsvorgang gehandelt. Es war um etwas ganz anderes gegangen, und Goldschmidt hatte keine Chance gehabt, sein eigenes Geschäft zu behalten oder zumindest einen angemessenen Preis dafür zu erhalten. Heinrich König war später auch ohne die Zustimmung des Geschäftsinhabers zum Ziel gekommen, nämlich mit Hilfe der damaligen Gesetze und der Politik. Ein jüdischer Geschäftsinhaber konnte sich dagegen überhaupt nicht wehren.

Aber noch etwas anderes fesselte Friedelindes Aufmerksamkeit.

„Haben Sie mal eine Lupe?"

Herr Lorenz, der eben dabei war, über die Praxis der Handwerks-, Handels- und Rechtsanwaltskammern zu dozieren, die ihren eigenen jüdischen Mitgliedern die Ausübung ihrer Berufstätigkeit untersagt hatten, sah sie irritiert an.

Friedelinde erhob sich. „Ach, ich weiß schon." Sie nahm die Lupe aus der Schreibtischschublade, knipste die Schreibtischlampe an und studierte den Aufdruck auf dem Geschäftspapier von Goldschmidt. Der Abdruck in dem Buch war nicht besonders scharf, aber sie konnte in der Fußzeile eine Kontonummer entziffern. Die Tischlerei Goldschmidt hatte ihre Kontoverbindung bei der Konrad Theodor Pauly Bank unterhalten.

Zwischen ihrem Vater und den beiden alten Herren hatte sich inzwischen eine lebhafte Diskussion über das Dritte Reich entsponnen. Friedelinde hätte sich gern ohne großes Aufheben verabschiedet, aber Herr Lorenz wollte es sich nicht nehmen lassen, sie zur Tür zu bringen. Ihr Vater nahm ihren Abschiedskuss eher beiläufig zur Kenntnis, so sehr war er in das Gespräch mit Herrn Semmelhack vertieft.

Herr Lorenz war merkwürdig still geworden, nachdem er eben noch so eifrig diskutiert hatte. Friedelinde bekam heraus, dass er sich Gedanken darüber machte, was einmal aus all dem werden sollte, was er gesammelt hatte, und aus seinem kleinen Häuschen. Er habe einen Neffen und befürchte, dass dieser nach seinem Tod alles niederreißen und das Grundstück mit einem Mehrfamilienhaus bebauen würde. Friedelinde empfahl ihm, ein Testament aufzusetzen und alles so zu regeln, wie er es gern hätte.

„Der wird doch behaupten, dass ich verrückt war", entgegnete Herr Lorenz.

„Dann gehen Sie zu einem Notar, der nimmt auf, dass er sich von Ihrer Geschäftsfähigkeit überzeugt hat. Dann wird es Ihrem Neffen schwerfallen, das zu widerlegen."

Herr Lorenz versprach, sich darüber Gedanken zu machen, und fragte, ob er sie deswegen mal anrufen dürfe.

Auf der Rückfahrt hörte sie laut *Highway to Hell* von AC/DC. Sie fragte sich so oft, wie sie sich damals verhalten hätte. Und es irritierte sie, dass ständig diese Privatbank in dieser Sache auftauchte. Es gab zwei Verbindungen zwischen Arthur Goldschmidt und Elsa Markmann: die Privatbank und das KZ. Und irgendetwas schwirrte ihr noch im Kopf herum, aber der war mit so vielen Gedanken angefüllt, dass sie ihr Hirn erst einmal freipusten musste, und dabei würden ihr die Young-Brüder helfen.

Als sie die Bürotür aufschloss, läutete ihr Telefon. Beim dritten Läuten erreichte sie es.

„Das muss ein Irrtum sein", sagte sie, nachdem sie dem Anrufer eine Weile gelauscht hatte. „Ich habe kein Zelt bestellt, und ich kann Ihnen deshalb auch nicht die notwendigen

Maße nennen. Ganz zu schweigen von einem vorhandenen Stromanschluss für die Beleuchtung." Aber der Anrufer ließ nicht locker. „Wirklich, ich glaube Ihnen, dass Ihre Artisten eine dreistöckige Pyramide auf Anhieb hinbekommen, und ein Zauberer wäre wirklich bezaubernd, aber das mit dem Feuerwerk sollten Sie noch einmal überdenken." Sie legte auf. Die ganze Welt war ein Irrenhaus.

Kapitel 7

„Sie hat uns angelogen“, sagte Gernot.

„Wer?“

„Ingeborg Broeschke.“

„Ich denke, wir sind uns darüber einig, dass Ingeborg Broeschke ihren Sohn nicht umgebracht hat. Weil sie zu groß ist“, erklärte Sander.

„Sie ist nicht die Frau gewesen, die kurz vor der Tatzeit ins Haus geschlüpft ist, als dieser Zeitungskurier sie reingelassen hat, aber das heißt ja nicht, dass sie nicht trotzdem noch mal da war“, entgegnete Gernot.

„Verstehe.“

„Du verstehst überhaupt nichts. Wir können überhaupt nicht nachweisen, dass sie an dem Morgen da gewesen ist. Vielleicht war sie da, vielleicht auch nicht. Tatsächlich hatte sie aber in jüngster Zeit Kontakt mit Oliver. Sie hat gewusst, dass Sandra Karasek in der Havanna-Bar arbeitet. Das tut sie aber erst seit drei Monaten, und Ingeborg Broeschke hat ausgesagt, sie habe seit mindestens einem halben Jahr keinen Kontakt zu Oliver gehabt.“

Sander, der an einer Ampel halten musste, sah Gernot von der Seite an. „Stimmt. Du meinst, sie wollte sich umbringen, weil …"

„Weil was?"

„Ich hab keine Ahnung. Schuldgefühle. Vielleicht hat sie etwas gesehen, vielleicht ist der Zeitpunkt auch nur zufällig. Und vielleicht erträgt sie nur einfach nicht, dass ihr Sohn gestorben ist."

Sander parkte rückwärts in einen Parkplatz vor der Bank ein. „Man muss auch mal Glück haben im Leben."

Er sah an der eindrucksvollen Fassade des Gebäudes empor, als sie ausgestiegen waren. „Diese Bank taucht schon wieder in unseren Ermittlungen auf. Diese Geschichten hängen irgendwie zusammen."

„Ja, das wäre schön", bestätigte Gernot versonnen.

„Was soll das denn heißen?" Aber Sanders kritische Nachfrage blieb ungehört, Gernot war schon bei der Eingangstür angekommen.

Die junge Dame am Empfangstresen war eine andere als bei seinem ersten Besuch, aber ebenso hübsch. Sander konnte sich Gesichter ziemlich gut merken. Besonders die von Frauen. Allerdings reagierte sie sehr reserviert auf seinen Wunsch, den Direktor sprechen zu wollen. Erst die Vorlage seines Dienstausweises veranlasste sie, zum Hörer zu greifen. Nach einigen Minuten, die sie in einer eleganten Sitzgruppe gewartet hatten, erschien eine nicht minder adrette Dame und gab zu bedenken, dass der Direktor äußerst beschäftigt sei. Sander hielt dagegen, dass es ihnen nicht anders gehe, und sie ließ sich schließlich erweichen und führte sie zu einem gläsernen Fahrstuhl, der sie in das oberste Stockwerk brachte.

Sander genoss die Aussicht auf die Binnenalster, während sie darauf warteten, dass der Direktor für sie Zeit fand. Die junge Dame kehrte zurück und riss ihn aus seinen Gedanken. Sie übergab ihn und Gernot an eine etwas ältere Dame, die sie in die Direktion brachte, wo sie in tiefen Ledersesseln Platz nahmen. Sanders Knie ragten beinahe bis zu seinen Ohren. Er war sich sicher, dass eine leise Andeutung ausgereicht hätte, um zu dem Kaffee, der ihnen serviert wurde, auch eine Havanna gereicht zu bekommen.

„Was kann ich für Sie tun?" Ein stattlicher Mann mit grauem Schopf, die kräftige Statur mit einem maßgeschneiderten Anzug kaschiert, erschien vor ihnen. Karl Konrad Pauly, Bankier der soundsovielten Generation und gegenwärtig geschäftsführender Gesellschafter der Privatbank, wie Gernot vor ihrem Besuch im Internet herausgefunden hatte. „Ich bin ein wenig in Eile." Er warf einen Blick auf seine Piaget, die er eigens zu diesem Zweck unter der Manschette seines weißen Hemdes hervorzog, um sie anschließend wieder verschwinden zu lassen. Sander fühlte sich in seiner Sitzposition in jeder Hinsicht unterlegen. Pauly hatte inzwischen Platz genommen, war aber sehr viel geübter darin, in dem problematischen Möbel eine gute Figur zu machen. Er wirkte auch im Sitzen eindrucksvoll.

„Wir wollen Sie nicht lange aufhalten, Herr Pauly. Mein Kollege Hagemann und ich interessieren uns für Ihre Jubiläumsbroschüre."

„Die Mordkommission?" Pauly zog eine Augenbraue in die Höhe.

Ganz offensichtlich war die Kunde über die Besucher von einer Dame brav an die nächste weitergegeben worden.

„Möglicherweise ist die Nachricht noch nicht bis zu Ihnen durchgedrungen. Der junge Mann, der Ihre Broschüre anfertigt, ist verstorben."

Pauly rückte sich ein wenig im Sessel zurecht. „Selbstverständlich. Schlimme Sache das. Die Arbeiten an der Broschüre ruhen zurzeit. Vermutlich." Er warf erneut einen Blick auf die Uhr. „Wissen Sie, darum kümmert sich unsere Marketingabteilung. Ich kann Ihnen da gar nicht so richtig weiterhelfen."

Sander nickte. „Wir können uns gern kurz fassen. Bitte sagen Sie uns nur, wie das genau funktioniert mit der Broschüre." Vielleicht konnten sie in der Zeit, die Pauly für dieses Gespräch benötigte, verhindern, dass ein Kunde ein unüberlegtes Bankgeschäft tätigte. Pauly fügte sich in sein Schicksal. In Anbetracht des Anlasses ihres Besuches brachte er es offensichtlich nicht fertig, das Gespräch rüde zu beenden. Er legte die Fingerspitzen gegeneinander und fügte sich in das Unvermeidliche. „Unsere Bank kann auf eine einhundertfünfzigjährige Tradition zurückblicken. Sie hat zwei Weltkriege und mehrere Währungsreformen, sogar die Einführung des Euros überstanden, ohne Fusionen eingehen zu müssen oder gar gezwungen zu sein, sich von einer großen Bank aufkaufen zu lassen. Darauf sind wir zugegebenermaßen stolz und planen, dieses Fest zu begehen. Wir legen Wert auf zurückhaltende Investitionen und betreuen unsere Stammkunden sehr eng. In den vergangenen Jahren haben wir nicht wie viele andere Banken Kunden verloren, weil unsere Mitarbeiter zu sehr auf die Provisionen geschielt hätten. Wir wollen einfach mit dieser Tradition punkten. Es wird ganzseitige Zeitungsanzeigen in den bedeutenden Printmedien geben, einen Empfang für unsere treuen Kunden, und das Ganze soll eben mit der Chronik über die Firmengeschichte gekrönt werden.“ Pauly lag dieses Thema offenbar sehr am Herzen, so redselig war er plötzlich geworden.

„Das Layout wird durch unsere Marketingabteilung entworfen, die auch unsere laufenden Werbeflyer und Produktinformationen herstellt. Das wird ebenfalls traditionsgemäß nicht outgesourct. Wir haben sogar eine eigene kleine Druckerei im Haus. Nun, wo war ich stehen geblieben? Ach ja. Die Broschüre muss mit Daten und Fakten unterfüttert werden und dazu haben wir diesen jungen Mann …“, Karl Konrad Pauly wedelte mit der rechten Hand, an der ein goldener Ehering blitzte.

„Oliver Broeschke.“

„Genau, einen Studenten, engagiert. Soweit ich erinnere, ist er an uns herangetreten, weil er für seine Diplomarbeit unser Archiv nutzen wollte.“

„Magisterarbeit.“

„Richtig. Das heißt jetzt Magister. Nun, wir haben das erörtert und sind uns schließlich handelseinig geworden. Es war sozusagen ein Geschäft auf Gegenseitigkeit.“

„Hat Broeschke dafür ein Honorar erhalten?“

„Ich meine, dass wir so etwas vereinbart haben, ja. Aber Details müssten Sie in der Personalabteilung erfragen.“

„Und wo hat er gearbeitet?“

„Im Keller.“

„Im Keller?“

„Unser Archiv ist im Keller. Er hatte Zugang zu allen alten Dokumenten, die dort verwahrt werden. Eine ältere Mitarbeiterin sitzt dort und verwaltet das Archiv. Sie wird von den

Kollegen unsere Kellerassel genannt, was wohl nett gemeint sein soll. Sie scheint ihre Arbeit dort unten zu lieben. Sie sorgt auch dafür, dass nichts weggeworfen wird, obwohl wir ehrlich gesagt schon aus den Nähten platzen. Wir müssen einige Mitarbeiter schon in externen Büros unterbringen. Aber auch wenn Aufbewahrungsfristen längst verstrichen sind, soll ihrer Meinung nach nichts vernichtet werden." Pauly schlug die Beine übereinander. Er schien vergessen zu haben, dass er eigentlich in Eile war. „Das meiste dürfte inzwischen bereits zu Staub zerfallen. Ein Teil der älteren Dokumente befindet sich auf Mikrofiches und CD, und seit einigen Jahren sind wir dazu übergegangen, Dokumente zu scannen und mit einem Dokumenten-Management-System zu verwalten."

„Diese Dame, diese Kellerassel." Sander lächelte. „Ist das Frau Grapengeter?"

„Genau. Die gute alte Frau Grapengeter. Geht vermutlich bald in Pension." Der Blick des Bankdirektors schweifte in die Ferne, und Sander hatte den Eindruck, dass er bereits Pläne schmiedete, was er nach Frau Grapengeters Weggang mit dem Archiv anstellen würde.

„Gibt es schon einen Entwurf oder ein Konzept der Broschüre?"

„Also, was ich zuletzt gesehen habe, war noch nicht sehr beeindruckend. Wir müssen uns unbedingt um jemanden kümmern, der diese Arbeit da unten fortführt."

„Wir würden uns gern den Arbeitsplatz von Herrn Broeschke einmal ansehen."

Pauly nutzte die Gelegenheit und erhob sich. „Seinen Arbeitsplatz? Sie meinen das Archiv." Er sah Sander misstrauisch an. „Ist zwar alles alter Plunder, aber nicht minder vertraulich."

„Sie können versichert sein, dass wir uns nicht für geheime Daten interessieren. Es geht uns um den Arbeitsplatz und das, was Broeschke bereits zu Papier gebracht hat."

„Nun, wenn Sie mir persönlich dafür geradestehen, dass die Unterlagen mit der gehörigen Diskretion behandelt werden?"

„Persönlich." Sander schlug ein wenig die Absätze zusammen.

Pauly verabschiedete sie mit festem Händedruck, und seine Sekretärin begleitete sie im Fahrstuhl in den Keller. Nachdem sie sie Frau Grapengeter vorgestellt hatte, eilte sie zurück in ihre hellen Büroräume im Obergeschoss.

„Polizei?" Die zierliche Frau nahm ihre Lesebrille ab, die daraufhin vor ihrer Brust hin und her baumelte. „Sie sind wohl wegen des armen Herrn Broeschke da?"

Sander stellte sich und Gernot vor, der merkwürdig schnupperte. „Wir haben erfahren, dass er viel Zeit hier unten verbracht hat." Sander ging zu dem zweiten Schreibtisch. „War das hier sein Arbeitsplatz?"

Frau Grapengeter trat hinter ihrem Schreibtisch hervor und strich über die freie Fläche des anderen Tisches. „Ja, hier hat er immer gesessen. Ist schon ein bisschen merkwürdig. Erst hat er mich gestört, weil ich sonst immer allein hier unten bin, und jetzt kommt er nicht mehr."

Sander zog die Schubladen auf. Der Tisch war alt und sah aus wie aus dem Lager für ausrangiertes Mobiliar. Alle Schubladen waren leer, nicht mal Papierschnipsel oder ein Kugelschreiber lagen herum. „Wo sind denn seine Sachen? Unterlagen, Notizen und so?"

Frau Grapengeter hielt sich ängstlich die Hände vor die Brust. „Nun, die Unterlagen, die er benutzt hat, hat er kopiert und dann gleich wieder an ihren Originalplatz zurückgeheftet."

„Und die Kopien?"

„Ja, alles, was er brauchte, hatte er hier deponiert. Auf dem Schreibtisch und in den Schubladen. Ich hab mir die Sachen nie so genau angesehen, aber es lag hier eigentlich immer etwas herum."

„Auch ein Laptop?"

„Sie meinen diesen kleinen aufklappbaren Computer? Ja, den hatte er manchmal auch hier. Den hat er abends aber immer mit nach Hause genommen."

„Und die Unterlagen nicht."

„Nein, die lagen immer hier." Frau Grapengeter sah plötzlich verängstigt aus. „Die dürfen das Haus doch eigentlich nicht verlassen", flüsterte sie. Sie sah aus, als würde sie gleich zu weinen beginnen.

„Was ist denn los?", fragte Gernot fürsorglich.

„Ach, es ist mir so peinlich." Die alte Dame schluchzte. Als sie weitersprechen wollte, verschluckte sie sich. Erst als Gernot ihr den Arm um die Schultern legte, beruhigt sie sich.

„Die Sachen sind verschwunden. Ich kam hierher, und sein Schreibtisch war blitzeblank. Und es dürfen doch keine Unterlagen das Haus verlassen", fügte sie mit leiser Stimme hinzu.

„Ist es möglich, dass ein Dritter die Unterlagen aus dem Archiv geholt hat?"

„Es ist doch immer abgeschlossen!"

„Hatte Broeschke einen Schlüssel zum Archiv?"

„Ja, wo ist der denn eigentlich?"

„Gute Frage. Wir kümmern uns darum, Frau Grapengeter."

Während Gernot Frau Grapengeter weiter beruhigte, machte Sander sich auf den Weg in die Marketingabteilung, wo er sich den Entwurf der Broschüre aushändigen ließ.

„Die Karasek hat uns von Anfang an verarscht!", schimpfte Sander, als sie in den Wagen stiegen. „Die ist nicht in die Uni gerast, an dem Morgen, sondern hierher!" Er schlug die Fahrertür zu. „Die ist hierher und hat sich die Sachen gekrallt."

Gernot krallte sich in der Griffmulde der Beifahrertür fest. „Und was hast du jetzt vor? Uns umbringen, weil wir versagt haben?"

Sander drosselte das Tempo. „Sorry. Die Pferde sind mit mir durchgegangen. Also, mal nachdenken."

„Kein Problem."

„Die Karasek kommt nach Hause, kriegt Panik, weil … Weil was?"

„Weil die Polizei da ist. Und ihr erster Gedanke gilt nicht ihrem toten Freund auf der Straße. Dafür war sie viel zu schnell im Haus und hat sich mit den Kollegen angelegt, statt neben dem Leichnam zu trauern. Ihr erster Gedanke galt dann offenbar den Unterlagen. Sie ist hoch in die Wohnung, auf dem Schreibtisch war nichts. Vielleicht ist sie in die Uni, vielleicht auch nicht. Auf alle Fälle hat ihr nächster Weg sie in die Bank geführt, wo sie im Archiv Dampf gemacht und Broeschkes Unterlagen hat mitgehen lassen."

„Ich hätte es nicht besser zusammenfassen können. Aber wozu wollte sie den ganzen Kram haben?" Sander zog die

Unterlagen für den Entwurf der Jubiläumsbroschüre aus dem Fach in der Fahrertür. „Das ist ungefähr so spannend wie die Bedienungsanleitung von meinem neuen Geschirrspüler, und es wird veröffentlicht."

„Dann fragen wir sie einfach. Sie muss ja wissen, warum sie sich für einen Haufen Papier mehr interessiert hat als für ihren toten Freund."

„Na, du bist ja ziemlich zuversichtlich."

Ihr Kühlschrank war Gott sei Dank wieder gut bestückt, und Friedelinde nutzte die Gunst der Stunde und kochte sich etwas. Sie musste ihren Magen ja nicht immer mit Pommes vom Bahnhof oder Chips von Elvira quälen. Eine richtige Auswahl an Speisevarianten bot sich zwar nicht an, aber für Spaghetti mit Tomatensoße sollte es wohl reichen. Für Rotwein war es allerdings noch zu früh. Sie setzte sich mit einem Teller Spaghetti und einem Glas Wasser vor den Fernseher und ließ sich von einer Vorabendsoap berieseln. Sie hörte gar nicht hin, es reichte ihr, schönen Menschen beim Leben zuzusehen. Dabei konnte sie wunderbar ihre Gedanken schweifen lassen, und die führten sie zu dem, was sie am Nachmittag herausgefunden hatte.

Sie schob sich eine Gabel Spaghetti in den Mund. Arthur Raphael Goldschmidt hatte immerhin um seine berufliche Existenz gekämpft, und aus heutiger Sicht hatte er sehr viel mit seinem Brief an den Konkurrenten riskiert. Die Lebenssituation der Juden war so furchtbar und aussichtslos gewesen. Diese Menschen waren damals allem beraubt worden: ihres Eigentums, ihrer Würde und schließlich ihres Lebens.

Die Familie war zerstört und auseinandergerissen worden. Aber die Kinder hatten zumindest den Krieg überlebt. Die Frage war, warum Arthur Goldschmidt überhaupt nach Deutschland zurückgekehrt war, und warum gerade jetzt? Der Dreh- und Angelpunkt war die Konrad Theodor Pauly Bank: Arthur Goldschmidts Vater hatte dort ein Geschäftskonto unterhalten. Und Hannelore Weber, die er noch als Elsa Markmann kannte, hatte später dort gearbeitet. Und Oliver Broeschke hatte die Geschichte dieser Bank aufgearbeitet. War es Zufall gewesen, dass Goldschmidt jetzt nach Deutschland gekommen war, als Broeschke in der Vergangenheit forschte? Hatte Goldschmidt Kontakt zu Broeschke aufgenommen? Oder war es umgekehrt gewesen? Aber warum hätte er das tun sollen? Sie schob die Decke vom Schoß und ging in die Küche, um sich Nachschub zu holen. Dass dieser dämliche Gärtner Goldschmidts Unterlagen verbrannt hatte, war wirklich schrecklich. Bestimmt waren darunter wichtige Dokumente gewesen, die alle diese Fragen beantwortet hätten.

Sandra Karasek sah ihn wütend an. „Diese Frau lügt!"

Der rotzige Ton von Broeschkes Freundin ging ihm mächtig auf die Nerven. Sander setzte sich auf die Ecke seines Schreibtisches. „Warum sollte sie das tun?"

„Was weiß ich! Was soll ich denn noch wissen?"

Sander betrachtete seine Hände. „Die Frage ist doch: Was wollen Sie wissen? Zum Beispiel, wer Ihren Freund umgebracht hat. Oder wissen Sie es bereits?"

„Ey, was soll die Kacke? Kann ich nicht einen Anwalt verlangen? Im Fernsehen können die das immer."

„Sie können verlangen, was Sie wollen. Aber im Moment unterhalten wir uns doch."

„Unterhalten? Sie haben mir eben unterstellt, ich hätte Olivers Unterlagen geklaut." Sandra Karasek zog den Zeigefinger unter der Nase entlang.

„Sie sind die Einzige, die Zugang zu Broeschkes Schlüssel zum Archiv hatte. Und sie hatten an dem Morgen nichts Besseres zu tun, als zur Bank zu rasen."

„Wenn Sie der alten Schachtel glauben wollen, bitte." Sandra sah aus dem Fenster.

„Wann und wo haben Sie sie kennengelernt." Sander kehrte zu seinem Schreibtischstuhl zurück.

„Gar nicht. Ich kenne die Frau nicht. Ich war niemals in dieser Scheißbank, kapiert?"

„Und woher wissen Sie dann, dass sie alt ist?"

„Weil Oliver mir von ihr erzählt hat? Wir haben miteinander gesprochen, wissen Sie? Er hat mir erzählt, dass er den ganzen Tag mit staubigen Unterlagen und einer staubigen Alten zusammenhockt."

Das war eine gute Erklärung, auch wenn es ärgerlich war. „Das schließt aber nicht aus, dass Frau Grapengeter die Wahrheit gesagt hat." Als er sah, dass Sandra zu einer Erwiderung anheben wollte, fuhr Sander fort. „Es gibt überhaupt keine Veranlassung zu der Vermutung, dass Frau Grapengeter die Unwahrheit gesagt hat. Also, waren Sie im Archiv der Bank und haben Olivers Unterlagen abgeholt? Vielleicht wollten Sie sich ja nur um seinen Nachlass kümmern?"

„Netter Versuch." Sie lächelte böse. „Ich – war – nicht – da."

„Wir gehen davon aus, dass Oliver in einem der Balkonkästen etwas versteckt hatte."

Zu seiner Verwunderung schien sie diese Nachricht zu überraschen. Sandra richtete sich auf ihrem Stuhl auf und sah ihn geradezu neugierig an. „Im Balkonkasten?"

„Sie hätten die Unterlagen vermutlich gar nicht aus dem Archiv holen müssen. Manchmal liegt das Gute ganz nah."

„Ey, das ist nicht witzig. Wo sind die Sachen jetzt?"

„Die hat vermutlich derjenige, der Oliver zuletzt lebend gesehen hat."

Sie verschränkte die Arme vor der Brust und stellte sich bockig.

„Olivers Vater hat die Miete für Ihre gemeinsame Wohnung bezahlt. Oliver hat ein nicht unbeträchtliches Guthaben auf seinen Konten. Gleichzeitig hat er für einen Betrieb gearbeitet, der Zeitungen verteilt."

„Was?"

„Er soll in der letzten Zeit unkonzentriert gewesen sein. Außerdem hat er am Vorabend seines Todes ein Besäufnis mit seinen Kumpels verabredet." Sander beugte sich vor. „Es lief nicht mehr so gut zwischen Ihnen."

„Wenn er schlecht drauf war, soll das an mir gelegen haben, oder wie?"

„Oliver hat an dem Abend seine Stiefmutter angerufen und ihr gesagt, dass er befürchtet, Sie würden fremdgehen."

Sie schnappte kurz nach Luft, dann schwieg sie.

„Was hatte Oliver im Balkonkasten versteckt? Unterlagen? Oder eine Waffe?"

„Eine Waffe?"

Merkwürdigerweise erschienen ihm ihre Reaktionen echt. Entweder sie wusste tatsächlich nichts oder sie war vielleicht nur überrascht darüber, wie viel die Polizei herausbekommen hatte.

„Kannten Sie Ihren Freund wirklich so schlecht, dass Sie ständig die Überfragte geben müssen?"

Sie verschränkte die Arme vor der Brust und erklärte, dass sie ab sofort nichts mehr sagen würde.

„Gut, dann werden zwei Kollegen Sie jetzt nach Hause bringen, in Ihrer Wohnung und im Keller nach den Unterlagen suchen, und wenn sie da nichts finden, in Ihrem Spind in der Uni weitermachen. Brauchen wir dafür einen Durchsuchungsbeschluss? Dann müssen Sie so lange warten. Oder geht's auch ohne?" Sander kam um den Tisch herum. „Oder brauchen wir diesen Aufwand überhaupt nicht, und Sie geben die Sachen freiwillig heraus?"

Sie beugte sich vor und sah ihn böse an. „Ich kann Ihnen nicht geben, was ich nicht habe! Verstanden?"

Er hatte das Gefühl, dass sie die Wahrheit sagte, aber mit den Gefühlen war das so eine Sache. „Also: Beschluss oder kein Beschluss?" Er wich keinen Millimeter zurück.

Sie stand auf und versetzte ihrem Stuhl einen Tritt. „Los jetzt. Je eher wir es hinter uns bringen, desto besser."

Gabler war noch nicht wieder zurück, deshalb schickte er zwei uniformierte Beamte los.

„Hey, was machst du denn hier?" Friedelinde nahm neben Pablo auf dem Barhocker Platz.

„Pst."

„Wer soll uns denn hier hören?" Friedelinde senkte die Stimme. „Außer Elvira natürlich. Und einer Handvoll Waschwütiger."

Statt eine Antwort zu geben, seufzte Pablo.

„Marie? Ist die auch hier?“ Friedelinde sah sich um.

„Nein, sie ist drüben und gibt Flamenco für Fortgeschrittene. Es ist gut, dass du da bist.“

„Danke, das hört man gern.“ Sie wandte sich an Elvira, die hinter dem Tresen auftauchte. „Kann ich ein Glas Wein haben?“

Elvira schob ihr ein großzügig eingeschenktes Glas Rotwein über den Tresen. „Pablo hat große Pläne.“

„Aha?“ Friedelinde trank einen Schluck Wein. „Und die gehen wie?“

„Findest du, dass Einradfahren zu schwierig ist?“

„Für wen? Für Elvira.“

Elvira prustete.

„Nee, für die Hochzeitsgäste.“

„Welche Hochzeitsgäste?“

„Die Gäste unserer Hochzeit.“

„Ich glaube, ich verstehe nicht ganz. Du wolltest doch im ganz kleinen Kreis fei…“

„Das ist doch alles Schnee von gestern.“ Pablo reckte die Arme zur Decke. „Ich dachte an Lampions, Feuerwerk und einen Blumenregen. Und eben Einradfahren. Dann Artisten, Jongleure, Zau…“

„Zauberer“, unterbrach Friedelinde. „Und eine dreistöckige Artistenpyramide.“

Pablo hielt inne. „Woher weißt du das?“

Friedelinde schüttelte den Kopf. „Du bist so ein Idiot, Pablo. Wenn du die Leute schon bei mir anrufen lässt, dann informiere mich wenigstens vorher.“

„Ach, Herr Neureuther hat schon angerufen?“

„Ich hab keine Ahnung, wer angerufen hat, und er hatte auch nicht besonders viel Zeit, es mir zu erklären."

„Ach, Friedelinde! Sag nicht, du hast einfach aufgelegt."

„Ja, entschuldige mal, wenn mir jemand anbietet, für mich im Dreieck zu springen, bin ich von Natur aus misstrauisch."

„Na schön. Ich ruf ihn noch mal an. Aber dann legst du nicht wieder auf, hörst du? Der Mann heißt Neureuther. Neu-reu…"

„Störe ich?"

„Sie stören nie, Herr Kommissar." Elvira, die auf den Ellenbogen aufgestützt der Unterhaltung gelauscht hatte, streckte sich. „Was trinken Sie?"

„Haben Sie ein kühles frisch Gezapftes?"

Elvira lächelte entschuldigend. „Noch niemals zuvor habe ich mir so sehr gewünscht, ein Gezapftes anbieten zu können." Sie klimperte mit den Wimpern. „Geht ausnahmsweise eines aus der Flasche?"

„Natürlich." Sander nahm auf Pablos linker Seite Platz. „Hallo, ich bin Nicolas Sander."

Pablo nahm irritiert die Hand. „Pablo."

Elvira öffnete eine Flasche Weizenbier. „Glas?"

„Meine Güte, Elvira. Wenn du den Kommissar so anmachst, kommt er nächstes Mal mit der Sittenpolizei."

„Sie haben schlechte Laune?", fragte Sander freundlich in Friedelindes Richtung, ehe er Elvira zunickte, die ihm ein schlankes Weizenbierglas gegeben hatte.

„Ich glaub, ich geh mal wieder rüber." Friedelinde machte Anstalten, von ihrem Hocker zu rutschen.

„Moment mal. Ich muss noch was mit Ihnen besprechen." Sander wischte sich mit dem Ärmel den Schaum vom Mund.

„Hier? In der Klatsch- und Tratschzentrale?“

Elvira guckte beleidigt.

„Was ist sie denn so mürrisch?“, fragte Sander Pablo.

„Ey, ich hab keine Ahnung. Die ist schon den ganzen Abend nicht so gut drauf.“

Elvira stellte vier Schnapsgläser auf den Tresen und schenkte ein. „Hier kommt Medizin gegen schlechte Laune. Wichtig ist die regelmäßige Einnahme, und sie muss in einem Zug getrunken werden, sonst schmeckt sie bitter.“

„Sagen Sie, Frau …“, begann Sander, nachdem sie Elviras Aufforderung nachgekommen waren.

„Nennen Sie mich bitte Elvira.“

„Gut, sagen Sie, Elvira, Sie sind nur ein Waschsalon, wie? Bügelfertig abholen ist nicht bei Ihnen?“

Elvira schob ihren ausladenden Busen über den Tresen und legte ihre Hand auf Sanders Unterarm. „Bringen Sie mir Ihre Wäsche und ich wasche und bügle sie für Sie.“

„Das wäre wirklich nett.“

„Da fällt doch bestimmt ein anderer Mehrwertsteuersatz an.“

Elvira schoss einen bösen Blick auf Friedelinde ab. „Wenn du so weitermachst, kriegst du ein paar Tage Hausverbot, bis du dich wieder beruhigt hast.“

Friedelinde zuckte mit den Schultern. „Von mir aus. Bis dahin kannst du mir noch mal nachschenken.“

Kopfschüttelnd kam Elvira ihrer Aufforderung nach.

„Vielleicht sollten wir etwas essen. Das hebt doch immer die Laune“, schlug Sander vor.

Elvira nahm einen Flyer vom Pizzaservice von der Pinnwand, und sie vertieften sich in das Angebot.

Während sie auf ihre Pizzen warteten, unterhielt Pablo sie mit seinen Hochzeitsplänen, die allmählich größere Ausmaße annahmen, als Maries Pläne jemals gehabt hatten.

Friedelinde, die noch satt von ihren Spaghetti war, knabberte nur an einem Stück Pizza.

Nach weiteren Schnäpsen packte Sander Friedelinde am Arm und führte sie über die Straße in ihr Büro.

„Was wollen Sie eigentlich von mir?“ Sie befreite sich aus seinem festen Griff.

„Ich wollte Sie bitten, noch mal mit mir zu meiner – zu Maren zu fahren.“

„Von mir aus.“ Friedelinde verschwand aus seinem Blickfeld, und er hörte sie irgendwo rumoren.

„Und dann wollte ich wissen, ob Ihnen eingefallen ist, wo Sie Oliver Broeschke mal gesehen haben.“ Vom Türrahmen aus sah Sander zu, wie Friedelinde auf dem Fußboden kniend den Inhalt ihres Küchenschrankes inspizierte.

„Ist mir wieder eingefallen“, erklärte Friedelinde. Ihre Stimme klang gedämpft, weil sie mit dem Oberkörper im Schrank verschwunden war. Neben ihr auf dem Boden standen Kochtöpfe, die sie herausgeräumt hatte.

„Und wo?“

„In der Bank.“ Er ahnte ihre Worte mehr, als dass er sie verstehen konnte.

„Und wo da?“

Sie tauchte wieder auf. Zu seiner Überraschung zeigte sich auf ihrem Gesicht ein Lächeln. Das schien an der Flasche Rotwein zu liegen, die sie hervorgezaubert hatte. „Die ist von irgendeinem Ex-ex-ex. Die hat jetzt lange genug geruht, die muss jetzt weg, bevor sie umkippt." Mühsam stemmte sie sich in die Höhe. „Im Archiv bei dieser Frau Dingsbums habe ich ihn gesehen", erklärte sie, während sie in der Schublade nach einem Korkenzieher wühlte.

„Ach so." Sander war enttäuscht.

„Aber wissen Sie was?" Sie hatte den Korkenzieher gefunden und setzte ihn am Flaschenkorken an. „Ich hab das komische Gefühl, dass ich den noch woanders gesehen habe, aber ich komme partout nicht drauf, wo!" Mit einem Plopp befreite sie die Flasche vom Korken.

Sander reichte Gläser. „Schade. Wir haben nämlich gewisse Schwierigkeiten, seine Spur zu verfolgen. Broeschke hat dort unten im Archiv Daten für die Jubiläumsbroschüre der Bank zusammengetragen. Allerdings sind seine Unterlagen abhandengekommen. Entweder seine Freundin hat sie, oder er hatte sie im Balkonkasten versteckt, und jetzt hat sie sein Mörder."

Mit den gefüllten Weingläsern gingen sie ins Wohnzimmer hinüber. Friedelinde zog das Rollo herunter und entzündete die Kerze auf dem Tisch. Mit der Auswahl einer geeigneten CD tat sie sich schwer. Sie wollte keinesfalls eine unangemessene Stimmung heraufbeschwören.

„Diese Bank verfolgt mich", erklärte sie, während sie die Aufschriften einiger CDs studierte. „Ich war heute bei einem Heimatforscher. Goldschmidts Eltern hatten einen gut gehenden Tischlereibetrieb. Und wissen Sie, wo der Betrieb sein Konto unterhielt?"

Sie zuckte erschrocken zusammen, als Sander seine Stimme direkt neben ihr erklingen ließ: „Bei der Konrad Theodor Pauly Bank. War nicht allzu schwer zu erraten." Sander kramte ebenfalls ein bisschen im Regalfach mit den CDs herum. „Ich hatte heute das Vergnügen, den amtierenden Direktor kennenzulernen. Wenn ich mich in anderen Kreisen bewegen würde, würde ich ihn einen eloquenten, smarten Geschäftsmann mit sehr guten Manieren nennen."

„Und in meinen Kreisen?"

„Ich weiß nicht, in welchen Kreisen Sie sich gewöhnlich bewegen. In meinen würde ich sagen: ein öliges Arschgesicht."

Friedelinde kicherte.

„So einer, der bei mir einen Schlagreflex auslöst", setzte Sander nach. „Was machen wir hier eigentlich?"

„Keine Ahnung."

Sie ließen die CDs sein und setzten sich aufs Sofa.

„Ich weiß gar nicht, was der Broeschke da noch so geforscht hat. Die haben bereits ein Musterexemplar der Broschüre fertig." Sander zog aus der Innentasche seiner Jacke den Entwurf hervor und reichte ihn Friedelinde, die ihn aufmerksam studierte. Auf dem Deckblatt war das imposante Bankgebäude abgebildet. Nach einem Vorwort folgte ein Abriss über die Geschichte der Bank im Wandel der Zeiten. Dazwischen waren immer wieder Fotos des Bankgebäudes und seiner Umgebung abgedruckt. Das Gebäude war wie ein Fels in der Brandung stehen geblieben, auch als im zweiten Weltkrieg die Nachbarhäuser links und rechts Schaden genommen hatten. Nach dem geschichtlichen Abriss folgte ein eindrucksvolles Bild von Konrad Theodor Pauly, der 1860 im Alter von 32 Jahren den mutigen Schritt zur Gründung der Bank gewagt hatte, nachdem doch gerade erst die Bankenkrise von 1857 überstanden war. Aber mit dem Wertpapierhandel war es Pauly gelungen, die Bank zu einer der bedeutendsten Europas zu machen. Ihm folgten weitere männliche Nachfahren: Sein Sohn Paul Konrad Theodor wurde 1868 geboren, dessen Sohn Paul Theodor 1889, Felix Theodor, geboren 1910, führte die Bank durch schwere Zeiten, sein Sohn Konrad Felix Theodor, 1939 geboren, hatte sich aus dem Geschäft zurückgezogen und widmete sich heute der Kunst. Sein 1963 aus der Ehe mit Friederike, einer geborenen Henningsmeier, hervorgegangener Sohn Karl Konrad Theodor Pauly führte heute die Bankgeschäfte.

Friedelinde wurde blass, dann warf sie die Broschüre auf den Tisch, in gefährliche Nähe der Kerzen, und lief in ihr Büro hinüber. Sander, der zunächst gedacht hatte, ihr sei schlecht geworden, fand sie hektisch in ihren Unterlagen wühlend vor.

„Hier!“ Friedelinde hielt ein Blatt Papier in die Höhe, auf dem er nichts sehen konnte, weil das Büro bis auf die eingeschaltete Schreibtischlampe stockduster war. Er nahm ihr den Zettel ab und hielt ihn in den Lichtschein. Es war die Kopie einer Buchseite, darauf war ein Foto zu sehen, das einen Mann, eine Frau und ein junges Mädchen zeigte. Darunter stand *Heinrich Markmann mit seiner Frau Louise Markmann, geb. Henningsmeier, und Tochter Elsa weniger Wochen vor Auflösung des KZ Wittmoor.*

„Ehrlich gesagt kann ich Ihnen im Moment nicht ganz folgen“, gab Sander zu.

„Das ist Hannelore Weber.“ Friedelinde deutete auf das junge Mädchen auf dem Foto. „Diesen Namen hat sie sich zugelegt. Eigentlich hieß sie Elsa Markmann und war die Tochter eines KZ-Aufsehers. Nach dem Krieg war sie ein junges Mädchen, ihre Eltern wurden inhaftiert. Wie hat sie es geschafft, sich einen neuen Namen zuzulegen und eine Stelle in der Bank zu bekommen?" Friedelindes Augen leuchteten. Sie wies auf die Frau auf dem Bild. „Ihre Mutter ist wie auch immer verwandt mit der Frau des vorletzten Inhabers der Bank. Der ist erst sechs Jahre vor Kriegsende geboren. Deshalb vermute ich, dass sein Vater Felix Theodor Pauly Kontakt zur Familie Henningsmeier hatte. Und der hat dem jungen, allein stehenden Mädchen einen warmen Platz in seiner Bank verschafft." Sie atmete erleichtert aus.

„Dann wusste er auch, dass sie unter falschem Namen weiterlebte. Wenn er ihr nicht sogar dabei behilflich war, sich den neuen Namen zuzulegen." Sander kniff Friedelinde in die Wange. „Hey, das ist gut. Allerdings wirft das eine ganze Menge neuer Fragen auf."

Friedelinde rieb sich die Wange und trat einen Schritt zurück. „Ich finde, es klärt eine Frage. Broeschke war es, der Hannelore Weber um die zehntausend Euro erpresst hat. Er hat genau dasselbe herausgefunden wie wir und sie damit konfrontiert."

Sander setzte sich auf die Tischkante. „Das ist möglich. Allerdings frage ich mich, warum Broeschke sich nicht die Bank selbst vorgenommen hat. Das wäre doch sehr viel lukrativer gewesen."

„Vielleicht war er einfach nur ein Feigling, der sich nur an eine alte Dame, nicht aber an eine Institution wie die Bank getraut hat."

„Möglich."

„Und vielleicht reichten seine Beweise auch nicht aus, um der Bank gegenüberzutreten. Die alte Frau konnte er vielleicht bluffen."

„Oder Skrupel, weil die Bank sein Auftraggeber war. Vielleicht hat er etwas unterschrieben. Sicher hat er eine Verschwiegenheitsverpflichtung unterschrieben."

„Dabei kann er von Glück sagen, dass Hannelore Weber ihm keine Torte mit Wasserschierling gebacken hat."

Sander nickte. „Warum eigentlich nicht?"

„Weil sie nicht wusste, wer sie erpresst."

„Hey, wenn Sie schlechte Laune haben und ein bisschen angetrunken sind, haben Sie richtig gute Ideen."

„Vielen Dank." Friedelinde knipste die Schreibtischlampe aus und ging zur Tür.

Als sie an ihm vorbeiging, konnte er sich nur schwer zurückhalten. Er hätte nur die Hand ausstrecken müssen, um sie am Arm festzuhalten.

Friedelinde saß wieder auf dem Sofa und drehte den Stiel ihres Rotweinglases in den Händen. Die Füße hatte sie gegen die Kante des Couchtisches gestemmt.

„Havanna-Bar", sagte Sander, der im Türrahmen stand.

„Wie?"

„Die Havanna-Bar. Hannelore Weber sollte am 28. April zehntausend Euro in der Havanna-Bar übergeben."

„Ja, stimmt. Und?"

Er setzte sich wieder neben sie. „Wissen Sie, wer in der Bar arbeitet?"

Friedelinde hob fragend die Augenbrauen.

„Broeschkes Freundin Sandra Karasek. Und sie hat auch die Geldübergabe für ihn durchgeführt."

„Dann wusste Hannelore Weber aber, wer sie erpresst hat."

„Die Karasek behauptet, sie habe nur das Geld in Empfang genommen. Worum es gegangen ist, wusste sie angeblich nicht."

„Und wenn es gar nicht Broeschke war, der die Weber erpresst hat? Wenn er seiner Freundin von den Ergebnissen seiner Nachforschungen berichtet hat, und sie hat daraus die richtigen Schlüsse gezogen und war im Gegensatz zu ihm skrupellos und wollte daraus Kapital schlagen? Im wahrsten Sinne des Wortes."

Sander legte den Kopf auf die Rückenlehne. „Das wäre möglich. Sie war nach seinem Tod ziemlich scharf auf Broeschkes Unterlagen. Die, die vermutlich im Blumenkasten versteckt waren. Aber dort hat sie selbst nicht nachgesehen. Sie hat sich auf seinen Schreibtisch konzentriert, sein Fach in der Uni und seinen Arbeitsplatz im Archiv der Bank. Deshalb wird sie nicht diejenige gewesen sein, die die Unterlagen im Blumenkasten verstaut hat."

Friedelindes Glas war leer. „Das ist mir alles zu kompliziert."

„Ich muss morgen mit Gernot sprechen. Der hat immer so eine nüchterne Denkweise."

Friedelinde kicherte.

„Ich sollte mir ein Taxi rufen." Sander fummelte sein Handy aus der Hosentasche und bestellte sich ein Taxi. „Ist in zehn Minuten da", erklärte er fröhlich.

Nach dem Telefonat hatte sich die Stimmung zwischen ihnen verändert. Sie schwiegen eine Weile, ehe Sander aufstand. „Ich warte mal draußen. Gute Nacht."

„Gute Nacht", sagte Friedelinde, als sie die Türglocke läuten hörte.

Er wachte vom Klingelton seines Handys auf, das den Eingang einer SMS ankündigte. Er tastete nach dem Handy und kniff die Augen zusammen, um die Nachricht auf dem beleuchteten Display entziffern zu können. *K. Lehmann jetzt zu Hause*, hatte Gabler geschrieben.

Es war fünf Uhr. Gabler, der Scherzkeks, hatte die Nachricht wahrscheinlich in seinem warmen Bett geschrieben und drehte sich jetzt noch mal um. Sander schwang die Füße aus dem Bett und tappte in die Küche, um Kaffee zu kochen. Erstaunlicherweise tat ihm der Schädel nicht weh. Trotz der Schnäpse, die er im Waschsalon getrunken hatte, und der halben Flasche Rotwein, die er mit der Engel niedergemacht hatte.

Er schenkte sich einen Becher Kaffee voll und wanderte durch die Wohnung, die für ihn allein viel zu groß war. Auf keinen Fall konnte er ausziehen. Das gäbe sofort einen Riesenkrach, weil das herzlos war. Seine Schwiegermutter würde ihn rösten. Dass Maren ihn hatte verlassen wollen, spielte dann gar keine Rolle mehr. Im Gegenteil. Mit dem Argument würde er wie der totale Fiesling dastehen. Wenn sie den Unfall nicht gehabt hätte, hätte er die Wohnung aufgeben können, ohne sich dem Verdacht auszusetzen, er sei ein mieser Typ. Jetzt, wo aus mindestens zwei Gründen feststand, dass Maren nicht zurückkehren würde, konnte er die Wohnung auf keinen Fall aufgeben. Das war wirklich krank.

Heute war ein besonderer Tag. Vor einem Monat hatte er tatsächlich angenommen, an ihrem Geburtstag eine romantische Reise nach Venedig mit Maren zu unternehmen. An diesem elendigen Abend hatte er wie ein echter Romantiker zwei Flugtickets in der Jackentasche gehabt, die er zum geeigneten Zeitpunkt hervorholen wollte. Ein verfrühtes Geburtstagsgeschenk. Sie würden jetzt mit einer Gondel durch Venedig schippern. Sander schüttelte sich. Würden sie nicht. Wenn der Unfall nicht dazwischen gekommen wäre, hätte er die Tickets zurückbringen müssen, und er stünde heute auch nicht hier am Fenster. Als verlassener Mann. Maren hätte diesen Tag mit Lukas Blume verbracht. Sander war in jedem Fall der Gearschte.

Er fragte sich, wo zum Teufel er am Vorabend seinen Wagen abgestellt hatte. Er konnte sich einfach nicht daran erinnern. Es war dunkel, nur wenige Fenster waren beleuchtet und der Verkehr auf der Straße war noch dünn. Sein Kaffeebecher war leer, und er begann zu frieren.

Irgendwie sah er noch nicht klar. Er bezweifelte, dass Ingeborg Broeschke ihren eigenen Sohn umgebracht hatte. Natürlich konnte es ein Unfall gewesen sein. Dafür sprach ihr Selbstmordversuch, den sie aber nach Mitteilung ihres Geschiedenen zumindest physisch überstanden hatte. Außerdem war sie nach der Aussage von Jan Wagner zu groß, um die Frau gewesen zu sein, die er kurz vor der Tatzeit ins Haus gelassen hatte. Sie hatten niemanden im Haus gefunden, bei dem die Frau geläutet und der den Türöffner betätigt hatte. Es sprach deshalb viel dafür, dass die Frau zu Broeschke gewollt und der sie auch hineingelassen hatte, aber sie hatten niemanden ermittelt, der dafür infrage kam und auch noch ein Motiv hatte. Für ihn kam ohnehin am ehesten Sandra Karasek als Täterin in Betracht. Und wenn es nur eine hundsgemeine Beziehungstat war.

Nachdem er geduscht hatte, rief er sich ein Taxi und fuhr zu Karsten Lehmann.

„Ja?“ Lehmann sah so verschlafen aus, wie man eben aussah, wenn man um Viertel vor sechs geweckt wurde.

Sander zückte seinen Ausweis und betrat an Lehmann vorbei die Wohnung.

„Ihr Kollege war doch gestern schon da.“ Lehmann schloss die Wohnungstür.

„Ich wollte sie gern persönlich kennenlernen. Soll ich Kaffee machen?“ Sander musste nicht erst fragen, wo die Küche war. Lehmann wohnte auf engstem Raum. Ein Zimmer, Bad und eine Küche, die diese Bezeichnung nicht verdiente.

Lehmann bog ins Bad ab. Sander hörte die Klospülung rauschen, während er sich in der winzigen Küche betätigte. Lehmann schlief auf einem ausziehbaren Sofa, auf dem das unordentliche Bettzeug lag. Auf dem Sideboard sah Sander den mutmaßlichen Grund, weshalb Lehmann sich in seinem Alter derart beschränken musste. Im nächsten Jahr wurde er fünfzig. Sander nahm den Bilderrahmen in die Hand.

„Meine Ex und meine Exkinder.“ Lehmann stand neben ihm. Er hatte offenbar den Kopf unter den Wasserhahn gehalten und rubbelte sich das Haar trocken.

„Exkinder.“

„Sie ist ein manipulatives Weib. Sie hat den Kindern weisgemacht, dass ich das Schwein bin, und sie haben es ihr geglaubt. Jetzt sitzt sie in unserem Neubau, und ich zahle die Raten. Und den Unterhalt.“

„Aber hin und wieder gönnen Sie sich ein Bier.“

„Für zweiachtzig. Ich hab genau fünfzig Euro im Monat für solchen Luxus. So viel Taschengeld kriegen auch meine Kinder. Nur dass die den ganzen Tag abhängen. Ey, Kaffee.“

Lehmann ging zu dem schmalen Tisch und schenkte sich welchen ein. „Wollen Sie auch Kaffee?“

„Nein danke, ich hab zu Hause schon welchen getrunken.“

„Ich bin hier sowieso der Arsch. An meine Familie zahle ich, daneben muss ich mich auch noch um meine Eltern kümmern. Wenn ich nicht grade arbeite.“ Lehmann nickte. „Hab ich auch noch nicht gehabt, dass die Bullen ins Haus kommen und Kaffee kochen.“

Sander zog einen kleinen Bistrostuhl unter dem Tisch hervor. Die geflochtene Sitzfläche war beschädigt.

„Was machen Sie noch mal beruflich?“

„Fernfahrer. Tomaten, Kartoffeln.“

„Sie waren schwer zu erreichen. Der Kollege, der gestern da war, hat Sie lange nicht zu fassen gekriegt.“

„Na ja, war weit weg. Jetzt bin ich ja wieder da.“

Das einzig Gute an dieser Winzlingswohnung war die Aussicht. Der Nebel über der Elbe verzog sich langsam, es dämmerte und ein Containerschiff zog vorüber.

„Sie haben's nicht weit zur Havanna-Bar. Sind ja nur ein paar Schritte zum Fischmarkt.“

Lehmann setzte sich ihm gegenüber auf den zweiten Stuhl und kramte aus einem Brötchenkorb eine Scheibe Knäckebrot hervor.

„Tut mir leid, an Brötchen hab ich nicht gedacht“, entschuldigte sich Sander.

„Ist schon in Ordnung. Wollen Sie auch was?“

Sander schüttelte den Kopf. „Wie genau haben Sie Sandra Karasek kennengelernt?“

„In der Bar.“

„Wie, nicht wo.“

„Ich saß am Tresen, sie stand dahinter und hat mir ein Bier rübergeschoben. Dann bin ich wieder hin, sie hat mir wieder ein Bier gezapft, na ja und so weiter." Lehmann fegte die Krümel vom Tisch.

„Und was war an dem Abend, bevor Broeschke starb?"

„Wer?"

„Sandras Freund. Oliver Broeschke."

„Sie wollen mir aber nichts anhängen, oder?"

„Ich will wissen, wo Sie an dem Abend waren."

„Das war mein letzter freier Abend vor der dreitägigen Tour, von der ich heute Nacht nach Hause gekommen bin."

Sander wartete auf die Antwort.

„Ich war mittags von einer Tour zurückgekehrt. Ich hab mich dann ein bisschen aufs Ohr gehauen und bin abends rüber ins Havanna."

„Und dort haben Sie Sandra getroffen, die Dienst hatte."

„Korrekt."

„Und Sie mit nach Hause genommen."

„Hm."

Karsten Lehmann sah nicht schlecht aus. Ein bisschen zu klein, um ein Frauentyp zu sein, aber ziemlich muskulös für jemanden, der seine Tage auf dem Kutschbock und die Abende auf dem Barhocker verbrachte. Ein kleiner Bauchansatz war zu sehen. Er schien nicht dumm zu sein. Trotzdem glaubte Sander, dass Sandra Karasek höher hinauswollte. Sie wollte ganz gewiss keinen Mann, der sich in einer Einzimmerbutze abrackerte und unter der Unterhaltslast zusammenbrach. Schließlich hatte ihr offenbar schon Oliver Broeschke mit seinem Sparbuch und einem reichen Vater nicht gereicht.

„Sie verstehen sich gut mit Sandra?“

Sein Gesicht war ein einziges Fragezeichen. Es dauerte eine Weile, bis der Groschen fiel, und Lehmann grinste schäbig. „In allen Bereichen, ja.“

„Und am nächsten Morgen?“

„Wann?“

„Vor drei Tagen. Der Morgen, an dem Broeschke starb.“

„Ach so, ja. Ich hatte die Fuhre in die Slowakei, von der ich heute Nacht zurück bin, und musste früh raus.“

„Wie früh?“

„Vier. Um fünf war Abfahrt. Bis zur Spedition brauch ich ‘ne halbe Stunde.“

„Und Sandra?“

„Hat noch gepennt.“

Hat noch gepennt oder ist ebenfalls aufgebrochen, um Oliver vom Balkon zu stoßen, einmal um den Block zu gehen und dann der Polizei Theater vorzuspielen. „Hat Sie Ihnen erzählt, dass sie Streit hatte mit Oliver?“

„Andauernd.“

„Ich meine an dem Abend vor seinem Tod. Sandra ist zur Arbeit gegangen, und Oliver hat sich ein paar Kumpels zum Saufen eingeladen.“

„Klingt vernünftig.“

Ganz kurz hatte Sander das Gefühl, dass Lehmann ihn verarschen wollte, aber der sah ihn so nachdenklich an, als sei es gar keine Frage, dass ein anständiger Kerl zur Flasche griff, wenn die Alte ihn abnervte, und zwar am besten in Gesellschaft anderer ehrlicher Männer.

„Sie hat Ihnen also nicht von dem Streit mit Broeschke erzählt? Sie wissen nicht, worum es ging?“

Lehmann hatte inzwischen drei trockene Scheiben Knäckebrot verputzt und zog einen Flunsch. „Nee, wissen Sie, was wir da haben, das ist nicht so 'ne richtige Beziehung mit Alltagskram und so. Ich bin erst mal durch mit so was Eheähnlichem, und Sandra hat – hatte ja ihren Kerl. Mit dem lief es zwar nicht so rund, aber so richtig weg wollte sie auch nicht von ihm. Ich bin manchmal rüber ins Havanna, und wenn sie Bock hatte, ist sie hinterher mit hierhergekommen." Lehmann warf einen Blick auf die Wanduhr. „Hören Sie, war echt nett, mit Ihnen zu plaudern, aber ich muss jetzt dringend zur Arbeit."

Sander stand sofort auf. „Natürlich. Entschuldigen Sie, dass ich Sie aufgehalten habe."

„Das ist schon in Ordnung." Lehmann brachte ihn zur Tür. „War ganz okay, Ihr Kaffee."

Sander lächelte und lief dann die Treppe hinunter. Kollege Gabler war nicht sehr sorgfältig bei der Abfassung seines Protokolls über die gestrige Vernehmung von Lehmann gewesen. Entweder beim Protokoll oder schon bei der Vernehmung. Laut Protokoll hatte Lehmann nur bestätigt, dass Sandra Karasek nach ihrem Dienst in der Bar bei ihm übernachtet hatte und bis zum Morgen geblieben war. Dass Lehmann die Wohnung vor ihr verlassen und damit Sandra Gelegenheit gegeben hatte, bereits früher in ihre eigene Wohnung zurückzukehren, als sie angegeben hatte, hatte nicht darin gestanden.

Er hatte gerade Lehmanns Wohnung verlassen, als Gernot anrief. „Guten Morgen. Wie sieht's aus, schläfst du noch?"

„Ich war gerade bei Karsten Lehmann und wollte jetzt zu Ingeborg Broeschke ins Krankenhaus."

„Wie gut, dass ich anrufe. Ihr Mann hat angerufen, dass sie heute Vormittag entlassen wird. Sie waren gerade beim Packen. Vermutlich triffst du sie schon zu Hause an."

„Danke. Lehmann hat mir übrigens berichtet, dass er an dem Morgen seine Wohnung vor der Karasek verlassen hat. Sie hätte also genug Zeit gehabt, Broeschke umzubringen und dann zurückzukehren und die Überraschte zu geben."

„Soll ich sie noch mal einbestellen?"

„Ja, bitte. Aber wenn sie wirklich früh morgens da war, hätte Wagner sie antreffen müssen oder die grauhaarige Frau." Sander seufzte. „Und eigentlich hätte die Winter alle bemerken müssen. Sie sitzt doch offenbar wie ein Zerberus hinter ihrer Küchengardine."

„Befragen wir alle noch mal. Weshalb ich anrufe. Die Frau Engel hatte doch vor dem Haus der Weber einen grauen Kastenwagen gesehen."

„Stimmt."

„Broeschke hat so einen gefahren, um die Zeitungsauslieferer zu bestücken. Und die Gerichtsmedizin sagt, dass die Schuhgröße mit den Abdrücken im Beet übereinstimmt. Wenn ich Heinrichs frage, wird er bestimmt noch ein passendes Paar Schuhe in Broeschkes Schrank finden."

„Also ist Broeschke in das leer stehende Haus von Hannelore Weber eingestiegen, um – was zu tun?"

„Der hat in der Zeitung von dem Leichenfund gelesen und hat Muffe gekriegt, dass seine Erpressung auffliegt. Wenn du mich fragst."

„Ich hab dich gefragt."

„Richtig."

„Ich fahr jetzt mal zu der Broeschke. Vielleicht sehen wir hinterher klarer, oder auch nicht."

Der Türöffner summte unmittelbar, nachdem er geläutet hatte. Herr Broeschke empfing ihn in der Wohnungstür.

„Kommen Sie rein. Herr Hagemann hat grad angerufen und Ihren Besuch angekündigt."

„Tut mir leid, wenn ich störe. Ich würde einfach gern noch mal kurz mit Ihrer Frau sprechen." Sander streifte seine Schuhe auf der Fußmatte ab.

„Bitte, kommen Sie rein."

Ingeborg Broeschke lag auf dem Sofa, zugedeckt mit einer Wolldecke. Sie sah blass aus und machte gar nicht mehr den dominanten Eindruck wie bei ihrer ersten Begegnung. Ihr Exmann hatte ihr eine Tasse Tee gekocht, die auf dem Couchtisch stand. Er blieb etwas unschlüssig in der Zimmertür stehen, als Sander sich auf das zweite Sofa setzte. Sander forderte ihn auf, sich dazuzusetzen, aber Broeschke blieb stehen.

„Es war dumm, ich weiß." Ihre Stimme klang dünn. „Als Ihr Kollege die Schlaftabletten eingesteckt hat, habe ich plötzlich gedacht, dass es ganz leicht wäre. Einfach alle nehmen, und es wäre vorbei."

Dieter Broeschke ging unruhig auf und ab.

„Bitte setzen Sie sich jetzt, Herr Broeschke."

Etwas widerwillig nahm er Platz.

„Frau Broeschke, bitte sagen Sie mir, warum Sie versucht haben, sich das Leben zu nehmen."

„Herr Kommissar, bitte …!"

Sander wehrte Dieter Broeschkes Einwurf mit einer Handbewegung ab.

„Es ist schon gut, Dieter." Ingeborg Broeschke schlug die Decke beiseite und setzte sich auf. „Ich sagte doch, es war eine Dummheit. Ich war plötzlich so verzweifelt. Oliver war alles, was mir noch geblieben war." Sie warf einen scheuen Seitenblick auf ihren Exmann. „Ich habe vermutlich viel falsch gemacht, und ich konnte nicht verhindern, dass das mit ihm passiert." Ihre Hand zitterte, als sie nach der Teetasse griff.

„Hätten Sie es denn verhindern können? Waren Sie an dem Morgen im Haus, als es geschehen ist?", setzte Sander hinzu, während sie trank. „Sie waren angezogen und ausgehbereit, als wir Ihnen die Nachricht von Olivers Tod überbracht haben. Hatten Sie zuvor schon einmal das Haus verlassen? Es ist nicht weit bis zur Wohnung Ihres Sohnes."

Sie stellte die Tasse klappernd auf der Untertasse ab.

„Sie sind am Abend vor dem Tod Ihres Sohnes bei ihm gewesen. Sie haben sogar gewusst, dass Sandra seit Kurzem in der Havanna-Bar bediente. Ihre Behauptung, Sie hätten schon lange keinen Kontakt zu Ihrem Sohn gehabt, war unwahr."

Sie zog ein Taschentuch aus dem Ärmel ihrer Strickjacke und schnäuzte sich. „Sie haben recht."

„Wissen Sie das seit dem Abend vor Olivers Tod?"

„Als ich kam, war er betrunken. Er hatte Freunde zu Besuch und schickte mich weg. Mich, seine eigene Mutter." Sie tupfte sich die Nase.

„Dann haben Sie ihn also doch am Morgen seines Todes gesprochen."

„Nein. Ich hatte ihn tatsächlich eine Weile nicht gesehen. Und an dem Morgen war ich nicht bei ihm."

„Woher also wussten Sie, dass Sandra in der Bar arbeitet? Und woher kannten Sie sie so gut, um eine Abneigung gegen Sandra Karasek zu entwickeln, Frau Broeschke?“

„Ich war ein paar Mal vor ihrem Haus.“

„Vor dem Haus, in dem Oliver wohnte?“

„Ich habe dort abends gestanden und hinaufgesehen. Ob Licht eingeschaltet war, und wer dort war. Ich habe sie gesehen, wenn sie abends das Haus verlassen hat, und bin ihr gefolgt.“

Dieter Broeschke stützte den Ellenbogen auf die Sofalehne und verbarg das Gesicht in den Händen.

Sie schlug mit beiden Fäusten neben sich auf die Sitzfläche. „Ja, du bist weit weg, dich interessiert das alles nicht, aber ich wollte einfach nicht hinnehmen, dass mein eigener Sohn mich aus seinem Leben ausschließt. Und dieses Mädchen taugt wirklich nichts. Sie ist in diese Bar gegangen, hat sich hinter den Tresen gestellt und die Kerle angemacht.“

„Sind Sie in die Bar hineingegangen, oder haben Sie nur durchs Fenster gesehen?“

„Ich bin nicht reingegangen.“

Dieter Broeschke hatte offenbar recht mit seiner Feststellung, dass Ingeborg Broeschke unter einem Kontrollzwang litt. Oder vielleicht war sie einfach nur einsam. Und hatte die Abneigung gegen Sandra sie vielleicht zu einer unbedachten Handlung hingerissen? Hatten sie am Morgen darüber gestritten, dass Sandra nicht die Richtige für ihn, dass sie nicht mit ihrem Lebenswandel einverstanden war? Aber hätte sich ihr Hass dann nicht gegen Sandra gerichtet? Und wäre es auf dem Balkon nicht zu einem Handgemenge gekommen? Die Gerichtsmedizin hatte an dem Leichnam keine Abwehrverletzungen gefunden, und auf dem Balkon hatte es keine Kampfspuren gegeben. Andererseits hätte Oliver vielleicht auch nicht damit gerechnet, dass seine eigene Mutter ihn vom Balkon stoßen wollte.

„Wenn Sie dort gewesen wären, hätten Sie möglicherweise den Mörder Ihres Sohnes gesehen", warf Sander den Köder noch einmal aus.

„Meinen Sie nicht, dass ich es Ihnen sagen würde, wenn ich wüsste, wer meinen eigenen Sohn umgebracht hat?"

Sander blieb die Antwort schuldig. „Kann ich mal Ihren Personalausweis sehen?"

„Wie? Äh, der ist in meiner Handtasche. Ich weiß gar nicht, wo die ist." Ingeborg Broeschke sah sich suchend um.

Dieter Broeschke stand auf. „Ich hol sie. Sie steht im Flur."

Sander inspizierte Vorder- und Rückseite des Ausweises und gab ihn Broeschke zurück. „Danke." Er erhob sich. „Bitte bleiben Sie sitzen. Ich finde allein raus. Und bitte nehmen Sie es mir nicht übel. Ich muss das fragen. Erholen Sie sich."

Im Treppenhaus rief er Gernot an und erkundigte sich nach Jan Wagners Telefonnummer, den er gleich danach anrief.

„Jan Wagner, hallole."

„Kriminalhauptkommissar Sander. Hallo, Herr Wagner. Erinnern Sie sich noch an mi…?"

„Klaro. Was gibt's?"

„Ich wollte wissen, wie groß Sie sind."

„Hey, witzig."

Sander konnte den Fahrtwind in der Leitung rauschen hören. Wahrscheinlich saß Wagner auf seinem Rennesel Emma und heizte durch die Stadt.

„Einsdreiundachtzig bin ich."

„Sie hatten doch an dem Morgen eine grauhaarige Dame gesehen. Die ging Ihnen bis zur Brust, sagten Sie?"

„Jo, genau."

„Ihr Gesicht haben Sie also nicht gesehen."

„Nein, Mann. Tut mir leid."

„Vielen Dank, das war's schon."

„Immer wieder gern. Auch falls Sie meine Schuhgröße wissen wollen oder meine Blutgruppe."

Lachend beendete Sander das Gespräch. Ein erfrischender Zeuge, der sich endlich einmal nicht über seine Fragen beschwerte. Ingeborg Broeschke ließ sich nach seiner Aussage zwar nicht als Täterin ausschließen, aber sie war mit ziemlicher Sicherheit nicht die Frau, die kurz vor der Tatzeit das Haus betreten hatte. Ingeborg Broeschke war einssiebenundsiebzig groß und hätte Wagner bis zur Nasenspitze gereicht. Er musste Gernot gleich mal fragen, ob Gabler endlich herausgefunden hatte, wer die Besucherin gewesen war, und zu wem sie wollte.

Friedelinde wachte auf, als sie den Bankdirektor küsste, während Pablo mit Elvira auf einem Elefanten vorbeiritt. Sie rechnete fest damit, dass es wieder Marie war, die sie durch Klopfen an die Fensterscheibe weckte. Friedelinde sprang aus dem Bett und riss den Vorhang auf. Ausgerechnet heute trug sie das pinkfarbene Shirt mit dem Pailettenelefanten auf der Brust. Friedelinde zog den Vorhang wieder zu. Als sie ihm die Terrassentür in der Küche öffnete, trug sie einen Bademantel.

„Ich bin nicht sicher, ob ich mich über Ihren Besuch freue."

„Kann ich trotzdem reinkommen?"

„Bitte. Ich nehme an, wir haben wieder keine Zeit für Kaffee?"

„Richtig."

Friedelinde war auf dem Weg zur Rehaklinik schweigsam. Möglicherweise hatte ihr Traum etwas zu bedeuten. Dass sie den Kommissar zu Besuchen bei seiner Frau begleitete, kam ihr zunehmend merkwürdig vor, zumal er sie nicht neutral behandelte. Aber vielleicht bildete sie sich da auch nur etwas ein. Und dass sie vom Bankdirektor geträumt hatte, lag eindeutig daran, dass ihr die verworrenen Familienverhältnisse von Hannelore Weber alias Elsa Markmann zu schaffen machten. Für sie stand fest, dass die Familie Pauly Elsa Markmann geholfen hatte, Hannelore Weber zu werden und eine Anstellung in der Bank zu erhalten. Sie musste dringend herausfinden, wie die verwandtschaftliche Beziehung zwischen Hannelore Weber und Konrad Felix Paulys Ehefrau, Friederike Henningsmeier, war. In dieser Richtung musste sie die Erbenermittlung weiterführen. Wie die Erben später das Problem lösen wollten, ihre verwandtschaftliche Beziehung zu einer Frau nachzuweisen, die ihren Namen geändert hatte, würde man sehen.

Als sie auf den Parkplatz der Klinik einbogen, stellte Friedelinde fest, dass sie von der Fahrt nichts mitbekommen hatte. Sander nahm einen Blumenstrauß von der Rückbank, dessen orangefarbene Plastikumhüllung seine Herkunft von einer Tankstelle verriet.

„Ist heute ein besonderer Tag?", fragte Friedelinde mit Blick auf den Strauß.

Sander riss das Plastik herunter und betrachtete nachdenklich den Strauß roter Rosen.

„Hm. Maren hat heute Geburtstag. Sie wird siebenunddreißig."

„Na denn", sagte sie leichthin. Na toll, dachte sie.

Sie stiegen die Treppe in den ersten Stock hinauf. Auf dem Weg zu Marens Zimmer kamen sie an einer kleinen Spülküche vorbei, in der Friedelinde eine Vase vermutete. Tatsächlich stand dort auf einem kleinen Wagen eine Auswahl von Vasen in verschiedenen Größen und Formen. Sie entschied sich für eine hohe Glasvase mit weiter Öffnung, ehe sie Sander folgte.

Die Tür zu Marens Zimmer stand offen, und noch ehe sie den Raum betrat, spürte sie, dass Unheil in der Luft lag. Neben dem Krankenbett stand ein schmaler, nicht allzu großer Mann, der offenbar im Begriff war, einen Strauß roter Rosen in einer Vase auf dem Nachttisch zu arrangieren. Wie Friedelinde mit einem Blick auf den Strauß in Sanders Hand feststellte, handelte es sich um einen zweiten Strauß. Und bei dem Mann vermutlich um Lukas Blume.

Sander beachtete Friedelinde gar nicht. „Wie kommst du kleines Würstchen dazu, meiner Frau rote Rosen zu schenken?", zischte er zwischen zusammengebissenen Zähnen hervor.

„Deiner Frau? Mach dich doch nicht lächerlich." Der Mann wirkte auf den ersten Blick kühl, aber Friedelinde sah, dass seine Hände ein wenig zitterten, während er sich weiter mit den Blumen beschäftigte, obwohl der Strauß eigentlich ganz gut aussah.

Sander machte einen Schritt auf ihn zu. „Wir sind immer noch verheiratet."

Der Mann lachte hässlich auf. „Ja, aber nur deshalb, weil sie vor dem Unfall nicht mehr dazu gekommen ist, sich von dir scheiden zu lassen."

Friedelinde stand immer noch perplex in der Zimmertür, und jetzt stellte sie fest, dass sie sich in einer ausgesprochen unangenehmen Situation befand: Ganz offensichtlich erwartete Sander von ihr, einzugreifen, obwohl sie nicht damit rechnete, dass er erfreut reagieren würde. Aber diese beiden Kampfhähne waren kurz davor, sich an die Gurgel zu gehen. Es war von Anfang an eine saublöde Idee gewesen, ihn zu begleiten. Und für den Notfall war sie nun wirklich nicht die richtige Person. Hier konnte nur ein muskelbepackter Personenschützer helfen.

Die Nasenspitzen der beiden Männer stießen inzwischen beinahe gegeneinander, die Luft im Raum vibrierte. Friedelinde versuchte hektisch, einen klaren Gedanken zu fassen. Sollte sie dazwischengehen? Oder lieber Hilfe holen? Oder einfach weglaufen?

Später konnte sie nicht mehr sagen, ob es ein Geistesblitz gewesen oder ob ihr die Vase tatsächlich aus den Händen gerutscht war. Jedenfalls zerbrach das Glas keine Sekunde zu früh auf dem Linoleumboden. Im selben Moment tauchte hinter Friedelinde eine Schwester auf.

„Ach!“, rief Friedelinde theatralisch. „Das tut mir leid.“ Sie wandte sich um und schob die Schwester aus dem Raum. „Haben Sie vielleicht Handfeger und Schaufel, damit ich den Scherbenhaufen beseitigen kann?“ Sie schob die Schwester noch ein wenig den Flur entlang, bis diese selbstständig weiterging. Hastig eilte Friedelinde in das Krankenzimmer zurück, nahm Sander den Rosenstrauß aus der Hand, stopfte ihn zu den anderen Blumen in die Vase und zerrte Sander dann aus dem Zimmer.

„Sie gehen sofort runter zum Auto und warten da auf mich!“, fuhr sie ihn auf dem Flur an. Zu Ihrer Verwunderung gehorchte Sander und trottete den Flur entlang zur Treppe. Friedelinde setzte eine freundliche Miene auf und betrat das Zimmer noch einmal.

„Tut mir wirklich sehr leid. Engel. Friedelinde Engel.“ Sie reichte dem immer noch verdutzt aussehenden Mann die Hand.

„Lukas Blume, hallo.“

Er sah gut aus. Für Friedelindes Geschmack war er zu klein und zierlich für einen Mann, aber er sollte ihr ja auch nicht gefallen. Sie warf einen Blick auf die Vase mit den Rosen. „Tut mir leid, ich habe ihren Strauß durcheinandergebracht.“

„Ist schon in Ordnung. Ich werde die Rosen schon irgendwie zusammen unterbringen.“

Friedelinde warf einen Blick auf das Bett, in dem Maren Sander wie unbeteiligt lag. Aber wer wusste das schon? Vielleicht bekam sie viel mehr von all dem mit, was um sie herum geschah, als alle dachten. Und das wäre wirklich keine gelungene Geburtstagsüberraschung. Friedelinde nahm ihre Hand. „Alles Gute zum Geburtstag.“

Lukas Blume hatte den Schreck offenbar überwunden und löste den Draht, der um Sanders Rosen geschlungen war. Danach ordnete er alle Rosen in der Vase neu.

Friedelinde lächelte ihm zu. „Ich denke, es würde ihr gefallen, dass wenigstens Ihre Rosen harmonisch beieinanderstehen.“

Lukas Blume lächelte ebenfalls. „Sie sind nett. Sind Sie seine neue Freundin?“

Friedelinde zog eine Grimasse. „Ich glaube nicht, dass er für eine neue Beziehung reif ist. Ich finde, dass das eben der beste Beweis dafür war.“

Blume hörte auf, sich mit den Blumen zu beschäftigen. „Er ist ein Arschloch, aber das Schlimme ist, dass ich ihn verstehen kann. Vor ihrem Unfall hat Maren mich aus dem Auto angerufen und mir in allen Einzelheiten erzählt, welche Mühe er sich mit dem Abendessen gegeben hat, um ihre Ehe zu kitten. Und dann ist das genau der Abend, an dem sie ihn verlassen hat." Er warf einen zärtlichen Blick auf Maren Sander. „Und sie hat es genossen. Endlich hat er ein einziges Mal so ausgesehen, wie ich mich all die Jahre gefühlt habe, hat sie gesagt."

Sie hatten nicht bemerkt, dass die Schwester zurückgekehrt war und sich daran machte, die Scherben zusammenzukehren. „Lassen Sie doch, das mache ich."

Die Schwester kniete bereits auf dem Boden. „Ist schon in Ordnung. Unterhalten Sie sich ruhig weiter." Mit wenigen Handgriffen hatte sie die Scherben beseitigt und verließ das Zimmer.

„Er tut mir ja auch leid", fuhr Lukas Blume fort. „Ich nehme es ihm ab, dass er an jenem Abend tatsächlich den festen Willen hatte, sich mit ihr zu versöhnen. Vielleicht wäre es ja auch wieder etwas geworden mit den beiden, aber an dem Abend wollte Maren keine Versöhnung. Sie wollte Rache." Er nahm Marens Hand. „Und wissen Sie, was ich auch manchmal denke? Vielleicht wäre sie nicht bei mir geblieben. Vielleicht hätte sie ihm abgenommen, dass er sich ändern will. Sie hätte festgestellt, dass sie ihn doch noch liebt und wäre zu ihm zurückgekehrt." Er sah Friedelinde scheu an. „Im Gegensatz zu mir ist er der Typ Mann, auf den die Frauen stehen."

Schweigend betrachteten sie die kranke Frau, auf deren Antwort zwei Männer warteten, und die sich aufführten wie die Irren.

„Das tut mir alles sehr leid. Für Sie alle drei." Sie reichte Lukas Blume die Hand. „Machen Sie es gut. Und entschuldigen Sie noch mal."

Er nahm ihre Hand. „Schon in Ordnung. Finden Sie, dass es warm genug ist, um mit Maren rauszugehen?"

„Ich denke schon. Wenn Sie sie warm einpacken. Tschüss."

Lukas Blume sah ihr nach, als sie den Raum verließ. „Tschüss."

Sander stand an seinen Wagen gelehnt und sah ihr böse entgegen. „Was haben Sie so lange gemacht? Mit ihm Kaffee getrunken?"

„Die Scherben zusammengekehrt und mit ihm geredet", entgegnete Friedelinde und stieg ein. „Das, was Sie eigentlich tun sollten", fuhr sie fort, als Sander neben ihr saß.

Die Rückfahrt verlief schweigend. Friedelinde vermutete, dass es kein geeigneter Zeitpunkt war, um Sander zu sagen, dass sein Rivale eigentlich ein netter Kerl war. Vermutlich gab es dafür überhaupt keinen richtigen Zeitpunkt.

Kapitel 8

Friedelinde kehrte für ein kurzes Frühstück bei Elvira ein und nutzte die Gelegenheit, sich bei ihr zu entschuldigen. Aber Elvira war ein Gemütsmensch. Der tägliche Umgang mit Menschen hatte sie gelehrt, nichts persönlich zu nehmen. Außerdem hatte sie einen unangenehm scharfsinnigen Blick.

„Warum bist du so garstig zu dem Kommissar? Der mag dich!“, behauptete sie, als sie Friedelinde das Nutellaglas rüberschob, die sich daraus gleich großzügig bediente.

„Der Kommissar ist verheiratet und so verliebt in seine Frau, dass er deren Geliebtem gern ein paar aufs Maul hauen und dafür sogar seine Karriere gefährden würde.“

Elvira seufzte. „Vielleicht ist das alles komplizierter, als wir glauben.“

Friedelinde warf ihr einen Blick zu und schüttelte den Kopf, aber Elvira hatte gar nicht Sander und seine Probleme mit den Frauen gemeint.

„Hallo.“ Marie setzte sich neben Friedelinde.

„Hallo.“ Friedelinde schob ihr das Nutellaglas hin. „Falls ich in der Vergangenheit irgendetwas Hässliches zu dir gesagt haben sollte, tut es mir leid, und ich behaupte hiermit das Gegenteil."

„Ist schon in Ordnung." Marie versenkte den Finger im Glas und leckte die Schokoladencreme ab. „Ich hab mir was überlegt", fuhr sie fort.

Wieder seufzte Elvira.

„Ich dachte an eine feine kleine Feier im kleinen Kreis. Pablo, ich, seine Eltern, meine Eltern, Elvira und du."

Friedelinde bekam direkt feuchte Augen.

„Ein schön gedeckter Tisch, sanfte Hintergrundmusik und ein Superessen von irgendeinem Nobelrestaurant." Mit großen Augen sah Marie sie an. „Wie findest du das?"

Friedelinde verdrängte das Bild von Elvira auf einem Elefantenrücken oder was Marie bisher sonst noch vorgeschwebt hatte, vor ihrem geistigen Auge und fiel Marie in die Arme. „Ich bin so froh, dass wir uns wieder verstehen", schluchzte sie.

„Ich auch", schluchzte Marie.

„Kleiner Kreis finde ich ganz toll", bekräftigte Friedelinde, als Marie sie wieder aus ihrer Umarmung entlassen hatte, und wischte sich eine Träne aus dem Augenwinkel.

Wann denn eigentlich die Hochzeit sei, erkundigte sich Elvira und stellte Marie einen Becher Tee hin.

Marie sah sie verdutzt an. „Äh, das weiß ich gar nicht."

„Kann ich dir mal einen Tipp geben?"

Marie legte die Hände um den Becher und pustete hinein. „Jeden. Ich kann im Moment nicht genug Ratschläge bekommen. Zwischen mir und Pablo läuft alles schief."

„Ja, genau das meine ich." Friedelinde tupfte sich den Mund ab und warf ihre zerknüllte Serviette auf den leeren Teller. „Du musst mal mit ihm reden. Erst willst du eine

Riesenparty schmeißen und er ganz klein, und jetzt, wo Pablo am liebsten David Copperfield zur Feier einladen will, willst du am liebsten auf dem Mars heiraten, wo es keine menschliche Ansiedlung gibt."

„Äh, das verstehe ich nicht. Wieso will Pablo ganz groß heiraten?"

Friedelinde rutschte vom Barhocker. „Tu mir einen Gefallen und sprich mit Pablo. Und dann sagst du uns Bescheid, wann wir uns wo zur Feier einfinden sollen. Und jetzt muss ich los." Sie musste ganz dringend ihre Gedanken sortieren und sich wieder mehr auf sich selbst und ihre Arbeit konzentrieren.

Sander hatte nach dem Besuch in der Rehaklinik gerade so lange vor ihrem Büro angehalten, dass sie aussteigen konnte. Etwa genauso lange, wie man brauchte, um eine Zigarettenkippe aus dem Fenster zu schnippen. Und das, wo sie ihn heute vor einer Katastrophe bewahrt hatte. Sie hatte keine Lust, länger Gewehr bei Fuß zu stehen, ihn ständig vor Katastrophen zu bewahren und sich ansonsten in unbegründete Hoffnungen zu ergehen. Sie wollte wissen, was mit Elsa Markmann alias Hannelore Weber los war.

Friedelinde konnte es nicht leiden, wenn jemand sie *Meine Liebe* nannte, und diese dumme Pute tat das jetzt bereits zum zweiten Mal.

„Meine Liebe", sagte die elegant gekleidete Empfangsdame der Konrad Theodor Pauly Bank. „Es ist nicht möglich, dass unser Direktor jedem Besucher persönlich zur Verfügung steht. Dafür hat unsere Bank zahlreiche kompetente Mitarbeiter, die für alle Fragen offen sind. Worum geht es denn?"

„Um etwas Persönliches.“ Friedelinde zog die Mundwinkel hoch.

„Nun, wenn es etwas Persönliches ist, sollten Sie es auch in einem persönlichen Umfeld mit Herrn Bankdirektor Pauly besprechen. Sie können ihn dann ja zu Hause aufsuchen und im privaten Rahmen mit ihm sprechen.“

„Es ist nichts Privates, sondern etwas Persönliches.“

Ihr Gegenüber dachte eine Weile nach und fuhr sich dann mit der Rechten in die Frisur. „Nun, wie dem auch immer sei. Selbst wenn Sie Ihre Angelegenheit mit dem Herrn Bankdirektor Pauly im beruflichen Umfeld zu besprechen wünschen, kann ich Ihnen nicht mit ihm dienen. Er ist auswärts tätig und kommt heute den ganzen Tag nicht wieder herein.“

Wenn es stimmte, und Friedelinde war sich nicht sicher, dass es die Wahrheit war, dann wusste diese Zicke es seit einer halben Stunde, und sie hätten sich die lange unergiebige Diskussion schenken können. Was machte man mit so einer Ziege? An den Haaren ziehen? Gegen das Schienbein treten? Kneifen. Friedelinde bedankte sich höflich und ging.

Diesmal hatte sie vorgesorgt. Monster wurde noch auf der Fußmatte vor der Eingangstür mit einem Hundeknochen ruhig gestellt. Bei seinem Frauchen dauerte es etwas, bis der Groschen fiel.

„Frau Kramer, ich bin Friedelinde Engel. Ich hoffe, Sie erinnern sich an mich. Ich war bei Ihnen wegen Hannelo…“

„Natürlich.“ Die faltige Hand der alten Dame schoss vor und packte Friedelindes Unterarm. „Natürlich erinnere ich mich an Sie. Sie hatten doch den toten Alfred E. in der Kühltruhe gefunden. Stand ja alles groß in der Zeitung, und dann wollten Sie gern wissen, was ich Ihnen über Hannelore Weber erzählen kann. War ja nicht viel. Ich glaube nicht, dass es Ihnen geholfen hat. Es ist aber sehr schön, dass Sie noch mal vorbeikommen, wissen Sie. Ich sitze hier ja immer allein und mache meine Kreuzworträtsel, da verblödet man ja auch ein bisschen." Sie machte eine Wischbewegung vor dem Gesicht.

Friedelinde warf einen Blick auf den Rauhaardackel, der es sich auf der Fußmatte gemütlich gemacht hatte und genüsslich schmatzend auf dem Knochen herumkaute. Vielleicht hätte sie einen zweiten Knochen mitbringen sollen.

„Dann kommen Sie erst mal rein und erzählen Sie. Ich gehe nur mal eben in die Küche und mache uns einen Kaffee, und dann sehe ich mal nach, ob ich noch was Süßes habe." Frau Kramer rief mehrmals vergeblich nach dem Hund, der sich keinen Deut bewegte und den Durchgang versperrte. Friedelinde versetzte ihm unauffällig einen kleinen Stups mit der Schuhspitze, sodass er seinen Knochen nahm und ins Haus trottete.

„Wissen Sie, ich hab das noch eine Weile in der Presse verfolgt mit dem Alfred E., aber dann hatten Sie ja seine Identität herausgefunden und dann hörte man von der Sache gar nichts mehr", fuhr Frau Kramer fort, als sie Kaffeetassen und Zuckerdose auf den Tisch stellte. „Ich hab nur noch Cognacpralinen gefunden. Ich hoffe, das geht auch."

Friedelinde nickte. Sie war noch pappsatt von ihren Nutellabrötchen.

„Die Botanikerin", plapperte Frau Kramer, als sie mit der Kaffeekanne ins Wohnzimmer zurückkehrte. „Wer hätte das gedacht, dass dieses wortkarge Mädchen mir später immer so netten Besuch beschert, und was alles dahintersteckt." Sie schenkte Kaffee ein.

„Wegen Frau Weber bin ich auch noch mal …"

„Ich hab noch so oft daran gedacht, wie die Frau es fertiggebracht hat, mit dieser Leiche im Haus zu leben." Sie ließ sich in ihren Sessel fallen. „Das ist doch gruselig. Ich könnte das nicht."

„Also, Ihre Hinweise damals waren sehr hilfreich, weil ich letztlich auch über eine Pflanze ihre Iden…"

„Aber warum sie dem Mann das angetan hat, wissen Sie wohl nicht, wie? Ich meine dem Alfred E."

Vielleicht war es keine gute Idee gewesen, als Erstes zu Frau Kramer zu fahren. Sie hätte es erst bei Herrn Lehmann oder Herrn Jessen versuchen sollen. Bei Ersterem war allerdings die Frage, ob er in der Lage war, ihr etwas zu erzählen, und Letzterer war viel zu verschwiegen.

„Ich quassel wieder zu viel, nicht?" Frau Kramer tätschelte dem Hund den Kopf. Der schmatzte auf den letzten Resten von Friedelindes Mitbringsel.

„Na ja, ich wollte Sie eigentlich fra…"

„Aber Sie müssen auch verstehen. Ich bin eben viel allein, und wenn dann Besuch kommt, ist das eine schöne Sache für mich."

Friedelinde rührte Zucker in den Kaffee und trank einen Schluck. „Frau Kramer, ich besuche Sie gern, wirklich."

Monster schnaufte und fiel ohne Umschweife in einen Tiefschlaf.

„Ich bin mal wieder da, um etwas von Ihnen zu erfahren."

Frau Kramer knetete ihre Hände im Schoß. „Natürlich. Ich schweige."

Die Frau hatte Humor.

„Also, durch Ihre Hilfe habe ich herausgefunden, dass Hannelore Weber im Wittmoor aufgewachsen ist. Sie kannte sich offenbar deshalb so gut mit Pflanzen aus, weil sie mitten in der Natur gelebt hat."

Frau Kramer öffnete den Mund, schloss ihn aber gleich wieder und nickte.

Friedelinde rückte sich unruhig auf dem Sofa zurecht. „Hannelore Weber heißt in Wahrheit Elsa Markmann. Ihr Vater war eine Weile Leiter des KZ im Wittmoor."

Frau Kramer schnappte nach Luft, aber sie hielt sich an ihr Versprechen.

„Das KZ wurde geschlossen, der Krieg ging zu Ende."

„Hat sie danach den neuen Namen angeno… Ich wollte ja schweigen."

„Frau Kramer. Natürlich dürfen Sie sprechen. Ich kann Ihnen schlecht den Mund verbieten, und das will ich auch gar nicht. Ja, Elsa Markmann hat sich nach dem Krieg eine neue Identität zugelegt. Allerdings war sie ein junges Mädchen, und deshalb glaube ich, dass Sie dabei Hilfe hatte."

Frau Kramer nippte an ihrem Kaffee und nickte sachte mit dem Kopf. „Ja", sagte sie nur.

„Kannten Sie Ihren Chef gut?"

„Meinen Chef?"

„Ja, in der Bank. Herrn Pauly. Ich glaube, damals war das Felix Theodor Pauly. Er hatte einen Sohn …"

„Konrad Felix Theodor Pauly. Entschuldigung."

„Frau Kramer, bitte."

„Ja, natürlich. Also, der Herr Pauly war so stolz auf seinen Sohn. Ich kann mich noch gut erinnern, wie seine Mutter ihn als Baby damals in die Bank mitgebracht hat. Wissen Sie, wir hatten schwierige Zeiten damals, neununddreißig. Aber seine Frau war eine schicke adrette Person, immer gut frisiert, und dann hat sie diesen kleinen Kerl mitgebracht. Er war ein sehr hübscher Junge. Überhaupt waren die Männer der Familie Pauly immer sehr gut aussehend."

„Ja, und dieser kleine Kerl ist der Vater des heutigen Direktors. Und er hat eine Friederike Henningsmeier geheiratet."

„Ja, das stimmt. Woher wissen Sie das alles? Und was hat das alles mit Frau Weber zu tun? Also, mit Frau Markmann?"

„Die Mutter von Elsa Markmann ist Louise Markmann. Ihr Geburtsname ist Henningsmeier."

„Ach!" Frau Kramer schlug sich erst die Hand vor den Mund und stand dann auf, um Schnaps zu holen, den Friedelinde dankend ablehnte. Sie wollte auch die anderen ehemaligen Mitarbeiter der Bank noch aufsuchen. Zwischenzeitlich war die alte Dame dabei, das zweite Glas im Stehen zu leeren.

„Henningsmeier, Henningsmeier", murmelte sie und setzte sich wieder. „Nee, tut mir leid. Das sagt mir leider gar nichts."

„Na, macht nichts. War ein Versuch." Friedelinde wollte aufstehen. „Falls Ihnen doch noch etwas einfällt, könnten Sie mich dann anrufen?"

Frau Kramer sah enttäuscht aus. „Das ist ja merkwürdig, dass die Hannelore mit der Familie Pauly…" Sie sah Friedelinde an. „Dann sind die ja verwandt."

„So ist es. Leider hatte ich noch keine Gelegenheit, das Herrn Pauly mitzuteilen. Also dem amtierenden Herrn Pauly."

„Ja, das kann ich mir denken. Heutzutage ist das Bankgeschäft ja ein ganz anderes als damals. Da sind die Herren auf

Reisen und machen diese Geschäfte, bei denen die Kunden hinterher weniger Geld auf dem Konto haben als vorher.“

Friedelinde musste lachen.

„Ja, die Familie Pauly war schon immer eine feine Familie. Reich natürlich, aber auch fein. Sein Vater, also der Vater des heutigen Direktors, der macht heute in Kunst.“

Friedelinde stand etwas unschlüssig zwischen Sofa und Tisch.

„Er hat seinem Sohn früh das Feld überlassen und angefangen zu malen. Das war immer seine Leidenschaft, wissen Sie?“

Friedelinde nahm wieder Platz.

„Es gab immer Streit zwischen ihm und seinem Vater. Er wollte malen, sammeln, mit Künstlern und Gleichgesinnten zusammen sein.“ Frau Kramer strich ihren Rock glatt. „Früher ging das nicht. Damals konnte man nicht einfach das tun, wonach einem der Sinn stand. Schon gar nicht, wenn man Mitglied der Familie Pauly war. Aber die erstbeste Gelegenheit hat er genutzt und die Leitung dem Karl Konrad übertragen. Konrad Felix Theodor hieß bei uns immer KFT. Und KFT war immer anders.“ Frau Kramer lachte schelmisch. „Besonders den Damen unter uns hat das natürlich gut gefallen. Er saß oft da und hat schnell eine Skizze gemacht und uns porträtiert oder eine Karikatur seines Vaters gezeichnet.“ Unerwartet behände sprang Frau Kramer auf. „Ich hab doch gerade erst kürzlich wieder was über ihn gelesen.“ Sie legte einen Finger an die Lippen. „Wo war das noch?“ Sie sah sich suchend um. Eigentlich war das Wohnzimmer recht ordentlich, die Zeitungen steckten in einem geschnitzten Ständer neben dem Sofa.

Monster war durch die Hektik seines Frauchens aufgewacht und wirkte beunruhigt, aber die Neugier war nicht so groß, dass er sich erhoben hätte.

„Moment.“ Frau Kramer zog eine Zeitung nach der anderen aus dem Ständer und schlug sie auf. „Wo hab ich das bloß gesehen? Ah, hier!“ Sie tippte auf einen Artikel, in dessen Mitte ein Foto abgedruckt war. Darauf war ein Herr im Anzug zu sehen, die grauen Haare zurückgegelt. An der Wand hinter ihm hingen Gemälde, die für Friedelindes Geschmack zu modern waren.

„Wissen Sie, wo die Galerie ist? Hier steht keine Adresse.“

„Nee, da steht nichts, aber irgendwo hier war eine Anzeige.“

Sie nahmen sich alle Zeitungen noch einmal vor und blätterten sie durch. Nach einer Weile fand Frau Kramer die Anzeige der Galerie Pauly auf der Fleetinsel in einer alten Wochenendausgabe.

„Kann ich das mitnehmen?“

„Natürlich. Ist ja doch nur Altpapier.“

Monster ließ sich zum Abschied von Friedelinde den Kopf tätscheln. Friedelinde musste Frau Kramer versprechen, ihr zu berichten, was sie über die Verbindung zwischen Hannelore Weber und der Familie Pauly herausfand.

Bei dem Ehepaar Lehmann öffnete niemand auf ihr Klingeln, deshalb entschloss sich Friedelinde, es erst noch einmal bei Herrn Jessen in Rissen zu probieren. Er hatte ihr bei ihrem ersten Besuch zwar nicht weiterhelfen können, aber sie erinnerte sich noch gut an das, was er gesagt hatte. Woher wissen Sie, dass Sie nichts wissen, wenn Sie nicht wissen, wonach Sie suchen? Friedelinde hatte die leise Hoffnung, dass Herr Jessen, der immerhin auf der Abteilungsleiterebene tätig gewesen war, vielleicht mehr aus dem privaten Umfeld der Familie Pauly wusste.

Diesmal war Hermann Jessen damit beschäftigt, einen Einkaufskorb auszuräumen. Friedelinde folgte Herrn Jessen, der auf Strümpfen durchs Haus ging, in die Küche.

„Na, haben Sie etwas über die Botanikerin herausgefunden?", erkundigte er sich, während er Käse und Milch in den Kühlschrank räumte.

„Ja. Hannelore Weber heißt eigentlich Elsa Markmann."

Herr Jessen hielt inne. „Sie haben tatsächlich etwas herausgefunden?"

Friedelinde legte den Kopf schief. „Sieht so aus."

„Nicht schlecht. Möchten Sie etwas trinken? Oder essen?"

„Nein, vielen Dank. Ich will Sie nicht lange aufhalten. Ich möchte nur wissen, ob Sie mir etwas über die Familie Pauly erzählen können."

Herr Jessen, der eben dabei war, Kaffee in einen Hängeschrank zu räumen, wandte sich um. „Familie Pauly? Gehört das auch zu Ihrer Arbeit?"

„Gewissermaßen." Friedelinde lehnte sich an die Arbeitsplatte.

Herr Jessen nahm eine Tetrapacktüte Orangensaft aus dem Korb. „Wollen Sie davon vielleicht was?"

„Nein, danke. Sagen Sie, als Abteilungsleiter der Bank hatten Sie doch sicher Kontakt zur Familie Pauly."

Herr Jessen sah sie aufmerksam an. „So, jetzt interessieren Sie sich also für die Familie Pauly." Er räumte den Saft in den Küchenschrank.

Eine Weile schwiegen beide. Immerhin war sein letzter Satz eine Feststellung gewesen, auch wenn es wie die Feststellung klang, dass sie sich offenbar nicht auf ihr eigentliches Forschungsgebiet beschränken konnte. Oder anders gesagt einfach neugierig war. Aber bisher hatte er nicht behauptet, nichts Persönliches von der Familie Pauly zu wissen.

„Konrad Felix Theodor Pauly dürfte doch Ihr wirklicher Chef gewesen sein. Und unter seinem Vater Felix Theodor Pauly haben Sie vermutlich angefangen zu arbeiten."

Friedelinde nahm sich vor, gelegentlich einen Rhetorikkurs zu belegen. Sein Gegenüber mit Fakten zu füttern war kein geeigneter Weg, selbst etwas zu erfahren. Herr Jessen räumte dann auch weiter unbeeindruckt seine Einkäufe weg. Zuletzt nahm er eine Fernsehzeitung vom Boden des Korbes auf.

„Die Frau von Konrad Felix Theodor Pauly war eine geborene Henningsmeier." Sie wurde wirklich nicht klug aus ihren Fehlern.

Herr Jessen blätterte in der Zeitschrift. Ungewöhnlich unhöflich, nachdem er zunächst ehrlich interessiert gewirkt hatte. Sie hatte ihm sein Bedauern, dass er ihr über Hannelore Weber nichts sagen konnte, abgenommen.

„Ihr späterer Chef war damals selbst ein kleiner Junge, kurz nach dem Krieg, meine ich. Ich vermute, dass die Familie Pauly schon damals in irgendeiner Verbindung zur Familie Henningsmeier stand. Und diese familiäre Bindung war später für Elsa Markmann nützlich, deren Mutter ebenfalls eine geborene Henningsmeier war."

Herr Jessen hatte mit dem Rascheln aufgehört und legte die Zeitung weg. Sein Blick begegnete Friedelindes. „Möglich." Er warf einen Blick auf die Küchenuhr. „Ich würde vor dem Mittagessen gern noch in den Garten gehen."

Ein höflicher Rausschmiss. Äußerlich unbeeindruckt folgte Friedelinde dem Mann in den Windfang, wo er sich eine grüne Schürze umband und in schwarze Gummistiefel schlüpfte.

„Ich gehe davon aus, dass Elsa Markmann mit Hilfe der Familie Pauly einen neuen Namen und einen Arbeitsplatz in der Bank erhalten hat."

Immerhin hielt der alte Herr ihr auf dem Weg nach draußen die Tür auf. Sie folgte ihm hinter das Haus, wo ein Holzhäuschen mit Veranda stand, in dem Jessen seine Gartengeräte aufbewahrte.

„Ich finde das sehr nett von der Familie Pauly. Andererseits frage ich mich natürlich, wie ausgerechnet eine Bankiersfamilie in der Lage war, einen neuen Ausweis für jemanden zu beschaffen. Aber vielleicht war das auch gar nicht nötig. Vielleicht haben die Paulys Elsa Markmann nur bei ihrer Umbenennung begleitet. Andererseits war vielleicht gerade eine Bankiersfamilie mit ihren Kontakten und finanziellen Mitteln in der Lage, eine neue Identität zu erschaffen."

Herr Jessen hatte eine Weile in dem Häuschen herumgekramt und tauchte mit einem Rasenmäher wieder auf.

„Möglich", wiederholte er und ließ den Mäher an. Über den Krach hinweg grüßte er Friedelinde und schob das Gerät, ohne den Nieselregen zu beachten, über den für ihre Begriffe recht kurz geschnittenen Rasen. Jedenfalls konnte Friedelinde mit Sicherheit sagen, dass Jessen nichts ausplaudern wollte, sei es aus alter Solidarität mit seinem früheren Arbeitgeber oder weil er nicht in etwas hineingezogen werden wollte.

Sander hatte schlechte Laune. Er motzte laut vor sich hin, setzte die Füße hart mit dem Absatz auf und versetzte zu guter Letzt dem Kaffeeautomaten einen Tritt. Als er den

Besprechungsraum betrat, stellten sie die Unterhaltung ein, und es entging ihm nicht, dass sie sich bedeutungsvolle Blicke zuwarfen. Es war ihm bewusst, dass er für seine cholerischen Anfälle berüchtigt war und sie alle auf seinen ersten Wutausbruch gewartet hatten. Er stieß die Tür zum Besprechungsraum auf, sodass sie gegen die Wand knallte. Ohne ein Wort der Entschuldigung und ohne zu grüßen nahm er auf dem freien Stuhl neben Gernot Platz. Gabler, der ohne Grund errötet war, stand auf und schloss die Tür. Eine Weile sprach keiner.

„Wer hat die Vernehmung von Karsten Lehmann durchgeführt?“ Sanders Stimme klang schneidend.

„Äh, ich. Wieso?“ Gabler, der sich eben gesetzt hatte, sprang wieder auf.

„Wieso?“ Sander ließ sich nach vorn fallen, sodass sein Oberkörper auf dem Besprechungstisch lag. „Wieso? Das weiß ich auch nicht. Ich weiß ja noch nicht mal, ob Sie zu dumm zum Fragen waren oder zum Protokollieren.“

Gabler sank auf seinen Stuhl zurück.

„Lehmann hat nach seinen Angaben bereits um vier Uhr seine Wohnung verlassen und seine erste Tour um fünf Uhr begonnen. Broeschke ist um sechs Uhr drei vom Balkon gestürzt. Die Karasek hatte also genug Zeit, um nach Hause zu gehen, ihren Freund umzubringen und dann nach einer Weile ahnungslos um die Ecke zu biegen.“

Gabler schluckte.

„Haben Sie überprüft, ob Lehmann seinen Dienst pünktlich angetreten hat? Haben Sie die Karasek befragt, wann sie Lehmanns Wohnung verlassen hat? Haben Sie überprüft, wo sie sich in der Zeit bis sieben Uhr aufgehalten hat? Hä?“

Sander zog sich langsam von der Tischfläche zurück, auf Gablers Stirn standen Schweißperlen.

„Ach, Gabler, wären Sie so freundlich, mir einen Kaffee zu holen?" Sander sah Gernot verblüfft an. „Aus der Kantine bitte. Der aus dem Automaten schmeckt scheußlich." Gernot kramte einen Geldschein aus der Hosentasche und hielt ihn dem jungen Beamten hin. Der warf einen kurzen Seitenblick auf Sander, schnappte sich den Schein und verschwand.

„Was soll das denn?", beschwerte sich Sander.

Gernot beachtete Sanders Einwand überhaupt nicht. „Heinrichs, ich weiß, es ist nicht Ihre Aufgabe, aber könnten Sie die Kollegen bitten, Frau Karasek zur Befragung herzubringen."

Heinrichs schluckte. Er war Chef der Spurensicherung, aber er verstand.

„Ich weiß beim besten Willen nicht, unter welchem Vorwand ich Sie hinausschicken soll", wandte sich Gernot an die beiden uniformierten Beamten. „Tun Sie mir den Gefallen und gehen Sie einfach hinaus und kommen Sie nach fünf Minuten wieder rein." Die beiden erhoben sich ohne Zögern.

„So, und jetzt zu uns", sagte Gernot, als sie allein waren.

„Sag mal, spinnst du? Hab ich eine ansteckende Krankheit oder was?"

„Komm wieder runter, Sander. Wir haben die Karasek befragt, und wenn wir ihr Alibi nicht ordentlich überprüft haben, ist das nicht Gablers Schuld. Also hör auf, ihn anzumachen." Zum ersten Mal, seit Sander ihn kannte, klang Gernot ärgerlich.

„Trotzdem ist das Protokoll Scheiße!"

„Gut, von mir aus. Aber du hast die Schwachstelle doch ausfindig gemacht. Also ist doch alles klar. Du kannst hier in der Besprechung darauf hinweisen, und gemeinsam bügeln wir die Scharte aus. Gemeinsam, verstehst du?"

„Scheiße, Mann!", brummte Sander.

„Sander, ich weiß nicht, was los ist mit dir, aber ich weiß, dass wir alle dir nichts getan haben. Und ich wäre dir wirklich sehr verbunden, wenn du das Betriebsklima nicht mit deinen Launen killst. Wenn ich dir sonst irgendwie helfen kann, tu ich das gern."

Sander rollte mit den Augen. „Ja." Er knuffte Gernot in die Seite. „Du hast ja recht. Ich ärgere mich mal wieder über mich selbst." Sander stand auf und stellte sich mit verschränkten Armen ans Fenster. „Maren hat heute Geburtstag, und Friedelinde, also Frau Engel, hat mich davon abgehalten, ihrem neuen Wicht ein paar aufs Maul zu hauen. Sonst hätte die Schwester sofort Mühle alarmiert, und ich wäre jetzt suspendiert."

„Na, das war ja nicht sehr nett von Frau Engel."

„Nee, genau." Sander schnaubte wütend. „Natürlich. Doch. Natürlich war es nett."

Gernot seufzte. „Aber das macht es auch nicht leichter."

„Was?"

„Dich für sie zu entscheiden, dich endgültig von Maren zu trennen."

Sander rieb sich das Gesicht. Er war müde, und er war hungrig. „Ich weiß nicht, was ich machen soll. Manchmal denke ich, ich probier es mal mit ihr aus, also mit dieser Engel. Und dann denke ich, was ist, wenn Maren wieder aufwacht?"

Gernot wusste auch keinen Rat, und er war froh, als Gabler schüchtern mit einem Coffee to go aus der Kantine erschien.

Sander schnappte sich den Becher. „Danke. So, wenn die beiden Kollegen dann auch zurück sind, können wir wohl weitermachen."

Gabler warf Gernot einen ängstlichen Blick zu, weil Sander ihm den Kaffee weggeschnappt hatte, der für Gernot gedacht gewesen war. Leise zählte er ihm das Wechselgeld in die Hand. Gernot fasste seinen Arm. „Danke, es ist alles in Ordnung."

Die Kollegen kehrten einer nach dem anderen zurück. Sander stellte den bereits leeren Becher ab. „Okay, ich weiß, ich hab mich vorhin Scheiße aufgeführt, und es tut mir leid. Entschuldigung."

Stummes Nicken. Sie trauten dem Frieden nicht.

Heinrichs räusperte sich. „Frau Karasek ist auf dem Weg."

„Ja, danke", sagte Sander, nachdem Gernot ihm in die Seite geknufft hatte.

„Wir gehen dann gleich zu Frau Karaseks Vernehmung, und da sollen Sie dabei sein, Gabler", sagte Gernot.

„Genau." Sander atmete tief ein. „Ich war heute bei Broeschkes Mutter. Ich hatte sie in Verdacht, weil es in der Familie Probleme gab, aber sie ist zu groß. Die Frau, die Jan Wagner gegen Viertel vor sechs ins Haus gelassen hatte, war kleiner als Ingeborg Broeschke." Er sah in die Runde. „Hat die erneute Befragung im Haus etwas ergeben? Besonders die von Frau Winter? Ich hatte den Eindruck, dass sie den Eingangsbereich ziemlich gut im Blick hat."

Gablers Stimme versagte, als er etwas sagen wollte. Er setzte erneut an. „Das Pech ist, dass sie sich um diese Uhrzeit im Bad aufgehalten hat." Gabler zog seine Notizen zu

Rate. „Sie wacht gegen halb sechs auf, liegt eine Weile da, sieht an die Decke, steht dann auf und geht ins Bad. Etwa um zehn vor sechs geht sie in die Küche hinüber und kocht sich Kaffee. Dann steht sie am Fenster und sieht hinaus. Sie sieht es offenbar als ihre Aufgabe an, zu überwachen, wer das Haus verlässt. Sie achtet sehr auf Pünktlichkeit." Über Gablers Gesicht huschte ein Lächeln. „Die Pünktlichkeit der anderen."

„Diese grauhaarige Frau hat also niemand gesehen."

„Nein, außer Wagner niemand."

„Ich habe übrigens noch etwas rausgefunden, von dem ich nicht weiß, ob es überhaupt noch von Bedeutung ist", teilte Gernot mit. „Broeschke hat für die Verteilung der Zeitungen an die Austräger einen grauen Transporter verwendet. So einen, wie Frau Engel vor dem Haus von Hannelore Weber gesehen hat."

„Dann ist er dort eingebrochen?"

„Er oder jeder, der den Wagen benutzen konnte. Es spricht allerdings viel dafür, dass er es war, weil er ein Interesse daran hätte haben können, einen etwaigen Erpresserbrief an sich zu nehmen."

„Oder das, womit er die Weber erpresst hat."

„Was hat Broeschke mit dem Transporter gemacht? Die Zeitungsausträger beliefert?"

„Nein, die haben sich die Zeitungen in der richtigen Anzahl morgens in der Verteilerstelle abgeholt."

„Okay, und sonst im Haus weiß auch keiner was?"

„Nein."

„Dann sollten wir uns die Karasek jetzt vorknöpfen." Sander blieb sitzen, während alle bis auf Gernot aufstanden und den Raum verließen. „Die Engel hat rausgefunden, dass Hannelore Weber in Wahrheit Elsa Markmann heißt und irgendwie mit der Familie Pauly verwandt ist. Ich habe nicht verstanden, wie genau die verwandt sind.“

„Du meinst, Broeschke hat sie wegen ihrer Namensänderung erpresst?“

„Möglich, aber sie hat sechzig Jahre unter falschem Namen gelebt. Warum soll das kurz vor Schluss, also vor ihrem Lebensende sein?“

„Weil Broeschke es erst jetzt herausgefunden hat. Andererseits, das was du mir aus der Jubiläumsbroschüre der Bank vorgelesen hast, klingt alles harmlos.“

„Na ja, worum es hier wohl eigentlich geht, ist ja auch nicht für eine Veröffentlichung geeignet. Elsa Markmann war wohl Tochter eines Nazis und mit der Familie Pauly verwandt. Vielleicht wirft das einen unschönen Schatten auf das saubere Image der Bank.“

„Ich kann mir nicht vorstellen, dass ein Mitglied der Familie Pauly losgeht und den Erpresser vom Balkon schubst. Die haben doch bestimmt andere Methoden. Feinere.“

Sander schob seinen Stuhl zurück. „Oder teurere. Sie hätten ihn vielleicht mit einer hübschen Summe abgefunden.“

„Aber hätten sie ihn auch an ihrer Broschüre weiterarbeiten lassen, wenn er sie erpresst hat?“

Sander legte Gernot die Hand auf die Schulter. „Broeschke hat die Bank möglicherweise wirklich nicht erpresst. Erpresst hat er die Weber. Übrigens danke, Gernot. War nett, dass du mir vorhin den Kopf gewaschen hast. Wollen wir uns jetzt die Karasek vornehmen?“ Er sah auf die Uhr. „Scheiße. Ich muss vorher noch zu der Berg.“

Frau Dr. Berg saß an ihrem Schreibtisch und las in einer roten Ermittlungsakte. Vermutlich bereitete sie sich auf die psychologische Begutachtung eines Verdächtigen vor. Erstaunlicherweise konnte sie sich bei geöffneter Tür konzentrieren. Sander klopfte an den Türrahmen. Sie sah auf und lächelte. „Sie schaffen es kaum, zu unseren Verabredungen zu kommen, und jetzt kommen Sie außer der Reihe.“

„Kann ich kurz stören? Dauert auch nicht lange.“

Die Psychologin führte ihn ins Besprechungszimmer.

„Nur damit Sie wissen, dass ich kein Holzklotz bin. Ich weiß es zu schätzen, dass Sie sich so spontan Zeit für mich nehmen. Das können Sie nicht für jeden leisten.“ Sander nahm unaufgefordert in einem der Sessel Platz.

„Aber für Sie sollte ich es wohl besser möglich machen.“ Sie setzte sich ebenfalls und schlug die Beine übereinander.

„Autsch.“

Sie lächelte. „Also, was gibt's?“

Sander rieb sich die Nasenwurzel. „Ehrlich gesagt bin ich froh, diesmal aus freien Stücken hier zu sein. Ich war kurz davor, ein allerletztes Mal von Mühle vorgeladen zu werden.“

Aufmerksam lauschte die Psychologin seiner Beichte von der heutigen Begegnung mit Lukas Blume.

„Sie sind noch nicht in der Neuzeit angekommen“, stellte sie fest, nachdem er geschlossen hatte.

Irritiert sah Sander sie an. „Wie?“

„Früher hat man geglaubt, die Sonne würde um die Erde kreisen.“

„Was?“

„Bei Ihren Ermittlungen zeichnen Sie doch ein Ermittlungsbild, das das Beziehungsgeflecht der Beteiligten aufzeigt.“

Das verstand er. Gabler hatte auf einem Whiteboard etwas hingekritzelt, was so etwas darstellen sollte. In der Mitte Oliver Broeschke, neben ihm Sandra Karasek, oberhalb von ihm seine Mutter, sein Vater, unterhalb seine Saufkumpane. Im äußeren Orbit kreisten die Bank, die Uni, Jan Wagner und weitere Personen, von denen sie wussten, dass sie in Kontakt zu Broeschke gestanden hatten. Unter anderem Hannelore Weber. Eine heiße Verbindung zum Mörder war bislang nicht darunter. Trotzdem hatte er keinen blassen Schimmer, was das mit seinen persönlichen Problemen zu tun haben sollte.

„Ja und?"

Dr. Berg war aufgestanden und nahm im Nachbarzimmer einige Blatt Papier und einen Stift vom Schreibtisch. Sie legte beides auf den Tisch zwischen ihnen und begann, etwas auf das oberste Blatt zu schreiben. Dann zeigte sie ihm das Werk. Sander las seinen Namen mit einem Strich nach links verbunden mit dem Namen Friedelinde Engel, mit einem Strich nach rechts mit Maren. Oberhalb seines Namens standen Lukas Blume, Gernot, seine Schwiegereltern. Kein gutes Gefühl.

„Hm."

Dr. Berg hatte inzwischen auf einem anderen Blatt Papier ein neues Bild erstellt, das sie ihm zeigte. Neben Marens Namen stand Lukas Blume, darüber ihre Eltern, rechts am Bildrand stand sein Name. Sander legte die Blätter übereinander. Er bereute inzwischen, die Psychologin aufgesucht zu haben. Sie reichte ihm ein weiteres Blatt, auf dem Gernot Hagemann stand. Während er noch über die Bedeutung dieser Nachricht nachdachte, reichte sie ihm ein weiteres Blatt, auf dem Frau Engel stand.

Die Psychologin erhob sich. „Sie müssen mich entschuldigen, ich muss meine Akte noch zu Ende lesen. Sie können Ihre Hausaufgaben gern hier machen. Wir sprechen dann in unserer nächsten regulären Stunde darüber." Sie nickte ihm freundlich zu und ging zu ihrem Schreibtisch hinüber.

Sprachlos betrachtete Sander die Papiere in seiner Hand. Gernot stand einsam auf einem Blatt. Ein weißes Blatt Papier. Bis auf Gernots Namen ein unbeschriebenes Blatt. Die Botschaft war angekommen.

Sander erntete nur ein unaufmerksames Nicken, als er sich verabschiedete.

Wenn dieser Herr Jessen nichts zu verbergen hatte, fraß sie einen Besen. Er hatte sie arrogant aus dem Haus geworfen, aber sie würde ihm nicht den Gefallen tun, weiter nachzubohren. Vielleicht hatte sie diesmal mehr Glück bei Wilhelm Lehmann. Schließlich hatte seine Frau gesagt, dass er auch lichte Momente hatte. Andererseits hatte sie versprochen, Friedelinde anzurufen, wenn er in der Lage war, mit ihr zu sprechen. Dass sie sich bisher nicht gemeldet hatte, konnte bedeuten, dass es keinen solchen Moment gegeben hatte. Vielleicht hatte sie auch einfach nur vergessen, Friedelinde anzurufen, oder sie wollte es nicht. Aber wer wusste schon, ob es nicht einen ganz kurzen lichten Moment gab, während sie dort war, der ganz schnell vorüberging. Und über die Galerie Pauly wollte sie sich erst einmal im Internet informieren. Sie fand einen Parkplatz direkt vor dem Haus der Familie Lehmann und hoffte, dass das kein schlechtes Omen war. Sie stieß die Haustür auf und hoffte darauf, die Spur hier wieder aufnehmen zu können. Vielleicht würde sie das Haus auch einfach nur unverrichteter Dinge wieder verlassen.

Etwas angestrengt schleppte sie sich die gewundene Holztreppe hinauf und plötzlich hatte sie ein Déjà-vu. Bei ihrem ersten Besuch hatte ein junger Mann die Wohnung der Lehmanns verlassen und war an ihr vorbei die Treppe hinuntergelaufen. Er hatte sich als Mitarbeiter der Bank ausgegeben oder jedenfalls bei Frau Lehmann den Eindruck hinterlassen, ein Mitarbeiter der Konrad Theodor Pauly Bank zu sein. Und er hatte Frau Lehmann ziemlich beunruhigt mit seinem Besuch. Dabei war er keineswegs Mitarbeiter der Bank gewesen. Sie erinnerte sich jetzt wieder. Oliver Broeschke war aus der Wohnung gekommen. Oliver Broeschke, der im Archiv der Pauly Bank gearbeitet hatte. Oliver Broeschke, der jetzt tot war. Die letzten Stufen waren schnell bewältigt. Sie klingelte Sturm. Als die Tür heftig aufgerissen wurde, rechnete sie fest damit, einen Anschiss für ungebührliches Benehmen zu kassieren. Damit, dass Frau Lehmann sie nach einem kurzen Moment der Überraschung am Ärmel in die Wohnung ziehen würde, hatte sie jedenfalls nicht gerechnet.

„Sie kommen wie gerufen."

„Äh, danke. Das hört man gern." Friedelinde konnte ihr Glück kaum fassen. „Geht es Ihrem Mann heute vielleicht besser? Kann ich mit ihm sprechen?"

„Wie?" Frau Lehmann wirkte irritiert. „Nein, nein." Sie hielt Friedelinde immer noch am Ärmel fest und schob sie in das rechter Hand liegende Wohnzimmer. Wilhelm Lehmann saß wieder vor dem Fernseher und musste irgendeine Soap über sich ergehen lassen. Er sah nicht auf, als die beiden Frauen das Zimmer betraten. Für Friedelindes Begriffe strich seine Frau ihm etwas ruppig über den Kopf, aber er nahm den Blick nicht vom Bildschirm. Dabei war sein Blick leer, und er schien weder wahrzunehmen, was sich auf dem Bildschirm abspielte, noch, dass sich zwei Menschen im Raum aufhielten. Frau Lehmann wollte Friedelinde aus dem Raum führen, als plötzlich die greise Hand des Mannes vorschoss und das Handgelenk seiner Frau packte. Wilhelm Lehmann schaffte es nicht, seiner Frau seine ganze Aufmerksamkeit zuzuwenden. Sein Blick richtete sich immer noch auf den Fernseher. Behutsam, wenn auch mit einiger Kraftanstrengung, machte Frau Lehmann sich frei. Sie steuerte Friedelinde, der beim Hinausgehen auffiel, dass eine Besteckschublade der Schrankwand offen stand, an der Schulter aus dem Raum.

„Wir setzen uns in die Küche."

Auf der Plastikdecke des Küchentisches lag die Tageszeitung, darunter sahen einige Ecken weißen Papiers hervor. Friedelinde nahm auf der Eckbank Platz.

„Ich muss mir einen Johanniskrauttee kochen!", verkündete Frau Lehmann und setzte einen altmodischen Teekessel aufs Gas. „Wenn Sie möchten, koche ich Ihnen einen schwarzen Tee." Sie wandte sich um. „Oder möchten Sie auch etwas zur Beruhigung?"

„Nein, schwarzer Tee ist in Ordnung."

Eine Weile sah Friedelinde Frau Lehmann zu, die emsig Tee aufgoss und sich ihrer Eigenschaft als Gastgeberin entsinnend einige Stücke Butterkuchen auf den Tisch stellte. „Bitte bedienen Sie sich."

Friedelinde griff sofort zu. Der Kuchen roch verlockend und sah gut aus.

„Den habe ich eigentlich für meinen Sohn gebacken."

Frau Lehmann setzte sich an den Tisch. Plötzlich schlug sie die Hände vors Gesicht und begann zu schluchzen.

Besorgt besah Friedelinde das Stück Kuchen in ihrer Hand. Sie hatte Bedenken, den Kuchen zu essen, der für den Sohn der Familie gedacht gewesen war.

Frau Lehmann zog ein zerknülltes Taschentuch aus der Schürzentasche und schnäuzte sich. „Entschuldigen Sie."

„Schon gut, Sie müssen sich nicht entschuldigen. Was ist denn passiert?" Friedelinde hatte ein schlechtes Gewissen, weil der Kuchen ziemlich lecker schmeckte.

Frau Lehmann tupfte sich die Tränen aus den Augenwinkeln. „Essen Sie bitte." Sie hob den Kuchenteller an, zog die Papiere darunter hervor und stellte den Teller in Friedelindes Reichweite ab. Das Mittagessen würde heute ausfallen, ersetzt durch Pralinen und Butterkuchen.

„Entschuldigen Sie bitte meinen Ausfall, aber ich weiß wirklich nicht, wo mir der Kopf steht." Frau Lehmann hob den Teebeutel aus ihrem Becher und versenkte ihn wieder im heißen Wasser. „Wissen Sie, wir haben nur diesen einen Sohn, und er wurde geboren, als wir schon gar nicht mehr damit gerechnet haben, überhaupt noch ein Kind zu bekommen. Und er war uns immer ein guter Sohn. Er bringt die Sachen in die Reinigung und …" Sie brach ab, und Friedelinde fragte sich, ob sich die Fürsorge des Sohnes in Hol- und Bringdiensten erschöpfte.

„Und jetzt das!" Mühsam stemmte sich die alte Frau auf dem Küchentisch in die Höhe. Sie warf den Teebeutel in den Mülleimer und setzte sich wieder. „Nie hätte ich gedacht, dass er derartig verantwortungslos handeln würde, ein Mann von Mitte vierzig. Er hat ja selbst Kinder, aber na ja …" Sie winkte ab.

Friedelinde konnte Frau Lehmann nicht folgen und ihre Hoffnung, mit Wilhelm Lehmann sprechen zu können, erfüllte sich offenbar auch nicht. Aber natürlich würde sie sich die Sorgen dieser Frau anhören, die im Moment offenbar niemand anderen hatte, dem sie sich anvertrauen konnte.

„Aber ich will Ihnen nicht die Ohren volljammern. Sie wollten etwas wissen, und ich kann Ihnen heute etwas sagen, aber ob damit Ihre Frage beantwortet wird, weiß ich nicht." Frau Lehmann nahm einen Schluck Tee. „Mein Mann war früher bei der Konrad Theodor Pauly Bank beschäftigt. Aber das wissen Sie ja. So wie diese Frau, wegen der Sie letztes Mal da waren."

„Hannelore Weber."

„Ja, genau. Ich kann mir nur vorstellen, dass diese Dinge, die jetzt passieren, mit dieser Bank zu tun haben. Und wissen Sie, wie ich darauf gekommen bin?"

„Nein." Friedelinde schüttelte den Kopf. Sie konnte nicht mehr folgen.

„Wegen des jungen Mannes, der damals hier war. Kurz bevor Sie das erste Mal kamen, und der auch mit Willi sprechen wollte."

Friedelinde nickte.

„Der hat mir damals nicht seinen Namen genannt und auch keine Visitenkarte dagelassen. Er ist kürzlich vom Balkon gefallen."

Schlagartig stellte Friedelinde das Kauen ein und konzentrierte sich.

„Dieser junge Mann. Sie müssen sich doch an ihn erinnern."

„Ja, natürlich erinnere ich mich."

„Oliver B. heißt er. Sein Bild war in der Zeitung."

„Oliver Broeschke", ergänzte Friedelinde.

„Ja, genau. B Punkt hat es in der Zeitung geheißen. Die kürzen den Nachnamen ja immer ab." Frau Lehmann starrte ins Leere und schwieg.

„Und wie kommt jetzt Ihr Sohn ins Spiel?"

„Ach so." Die alte Frau löste sich aus ihrer Starre. „Jedenfalls, in der Zeitung stand auch, dass er Student wäre und seine Diplomarbeit über die Geschichte einer Privatbank schreibt."

Friedelinde legte das angebissene Stück Kuchen auf den Teller.

„Privatbank. So viele gibt es heute ja nicht mehr. So, und nun gucken Sie sich das mal an." Frau Lehmann zog die Papiere unter der Zeitung hervor. Auf dem obersten Blatt waren aus einer Zeitschrift ausgeschnittene Buchstaben aufgeklebt. Ein klassisches Erpresserschreiben.

Die Vergangenheit und die Toten sollen ruhen. Schuld verjährt, moralische Schuld hat kein Verfallsdatum. Eine Ruhestätte hat ihren Preis. Fünftausend Euro, heute, neunzehn Uhr, Havanna-Bar.

Verdutzt sah Friedelinde Frau Lehmann an.

„Ja, so wie Sie habe ich auch geguckt." Der Kehle der alten Frau entrang sich ein beinahe hysterisches Lachen. „Aber nun frage ich Sie: Womit erpresst dieser junge Mann meinen Willi? Ich weiß es nicht, und ich kann meinen Mann auch nicht fragen!"

„Wann haben Sie diesen Brief bekommen?" Friedelinde kramte in ihrer Tasche herum und brachte eine Klarsichthülle zum Vorschein. Sie nahm den Inhalt heraus und legte den Brief hinein. Zu irgendetwas musste das viele Krimigucken ja nützen, auch wenn sich auf dem Papier inzwischen viele Fingerabdrücke finden ließen.

„Das weiß ich nicht. Ich weiß gar nichts!" Frau Lehmann begann wieder zu weinen. „Wissen Sie, was das Schlimmste ist? In seinen wachen Momenten hat der Willi sich offensichtlich zusammengerissen und ist mit Karsten zur Bank. Ohne mir etwas zu sagen. Beide haben mir nichts davon erzählt."

„Frau Lehmann, ich kann Ihnen jetzt nicht folgen."

„Nein, natürlich nicht." Sie schnäuzte sich und atmete tief durch. „Ich war heute Morgen bei der Bank. Die beiden Sparbücher habe ich mitgenommen, um sie nachtragen zu lassen. Das mache ich hin und wieder, und ich guck ja auch gar nicht rein. Da gibt die junge Frau mir das Buch gleich wieder zurück und sagt: ‚Das ist aktuell, da gibt's nichts nachzutragen.' – ‚Moment', sage ich. ‚Das kann gar nicht sein.' Aber tatsächlich sind da sechstausend abgehoben. Ich war geschockt, das können Sie sich ja vorstellen. Das Buch liegt zusammen mit dem anderen seit Jahr und Tag in der Schublade im Schrank im Wohnzimmer. Ich hab es dort nicht herausgenommen. ‚Und der Willi', sag ich, ‚der weiß kaum, wo die Bank ist.' Aber die Dame in der Bank hat in ihrem PC nachgesehen und gesagt: ‚So, Frau Lehmann, es ist alles in Ordnung.'" Sie warf Friedelinde einen bedeutungsvollen Blick zu. „Die wollen sich ja auch absichern. Und was soll ich Ihnen sagen? Da legt sie mir eine Bankvollmacht vor, die der Willi dem Karsten erteilt hat. Ich sage zu ihr: ‚Sie sind doch wohl verrückt geworden. Mein Mann leidet an Demenz.' Da sagt sie: ‚Das ist eine ordnungsgemäße Vollmacht, Ihr Mann hat unterschrieben, und wir haben das Geld an ihn ausgezahlt.' So!" Sie schlug mit den Handflächen auf die Tischplatte und lehnte sich zurück.

„Haben Sie denn nicht mit Ihrem Sohn darüber gesprochen?"

„Ach, der ist doch ständig unterwegs."

„Und Ihren Mann konnten Sie nicht fragen", stellte Friedelinde fest. „Haben Sie eine Kopie der Bankvollmacht?"

„Nein, wieso?"

„Nun, Ihr Mann und Ihr Sohn müssen ja gemeinsam bei der Bank gewesen sein, um beide die Vollmacht zu unterschreiben. Da muss Ihr Mann ja geistig fit gewesen sein."

„Das muss er wohl." Frau Lehmann war laut geworden. „Aber statt in diesem Moment mit mir zu sprechen, vertraut er sich unserem Herrn Sohn an, um mich gemeinsam mit ihm zu hintergehen."

„Hat Ihr Sohn den Auszahlungsbeleg unterschrieben?"

„Ja, natürlich. Willi kann ja nicht mehr. Willi kann gar nichts mehr. Der kann noch nicht mal allein zur Toilette gehen, aber zur Bank gehen und Geld abheben, das kann er!"

Offenbar, und wenn das, was Frau Lehmann sagte, zutraf, hatte der Sohn sich für dieses Vorhaben einspannen lassen. Oder hatte der Sohn seinen Vater benutzt? Allerdings war der Erpresserbrief ja an Wilhelm Lehmann gerichtet. Oder auch nicht. Frau Lehmann hatte den Brief hier in der Wohnung gefunden, aber das hieß ja nicht, dass der Sohn ihn nicht einfach hier gelassen hatte. Vielleicht hatte der Sohn das Ganze auch nicht ohne eine Gegenleistung getan. Friedelinde zog sich Sparbuch und Erpresserbrief heran. Beispielsweise für eine Gegenleistung von tausend Euro, die mehr abgehoben worden waren als der Erpresser verlangt hatte.

Frau Lehmann nahm ihr das Sparbuch aus der Hand und deutete auf die Eintragung. „Hier. Am 10. April hat er die sechstausend abgehoben, und am 20. Mai noch einmal viertausend."

Friedelinde nahm das Sparbuch zurück. Eine weitere Erpressung? Oder hatte Karsten Lehmann die Gelegenheit genutzt und sich mit Hilfe der Vollmacht noch einmal bedient? Die erste Abhebung hatte er sich mit tausend Euro bezahlen lassen. Und vielleicht hatte er sogar das erpresste Geld übergeben. Der nächste Eintrag datierte vom 20. Mai. Das war am Vortag gewesen. Nach Broeschkes Tod. Möglicherweise hatte Karsten Lehmann der Versuchung, die Bankvollmacht auszunutzen, nicht widerstehen können.

Friedelinde war nicht scharf darauf, zu all diesen komplizierten Fragen auch noch in familiäre Schwierigkeiten hineingezogen zu werden.

„Haben Sie eine Ahnung, von wem der Erpresserbrief stammt?"

„Briefe", korrigierte Frau Lehmann und zog das zweite Blatt unter der Zeitung hervor. „Ich hab die Zeitung vorhin, kurz bevor Sie kamen, hereingenommen und erst jetzt alles verstanden. Nachdem ich die Zeitung aufgeschlagen habe. Hier." Sie klappte die Zeitung in der Mitte auf. „Hier lag der Brief."

Friedelinde war verwirrt. „Das verstehe ich nicht. Das Ganze hat sich doch schon am 10. April abgespielt."

„Nicht der Brief!“ Frau Lehmann klang ungeduldig. „Dieser hier!“ Sie zog ein weiteres Blatt hervor.

Viertausend Euro. Heute. Sonst gehe ich zur Polizei und sage alles. Zeit und Ort kennst du.

„Also, langsam komme ich nicht mehr mit.“ Friedelinde legte den ersten Brief in der Klarsichthülle auf den Tisch. „Dies war der erste Brief. Vermutlich. Woher haben Sie den?“

„Den habe ich nach langer Suche unter dem Besteckkasten in der Schrankwand gefunden.“

„Okay, und diesen hier?“ Mit spitzen Fingern nahm Friedelinde den zweiten Brief und steckte ihn zu dem anderen in die Klarsichthülle.

„Der war heute in der Zeitung.“

„Frau Lehmann, Sie müssen das der Polizei sagen. Wenn sich Ihr Mann wirklich etwas zu Schulden kommen lassen hat, dürfte diese Schuld heute strafrechtlich verjährt sein. So steht es ja auch im ersten Brief und …“

„Ich weiß doch gar nicht, was es ist! Und wenn es nicht verjährt ist? Und wenn es ganz schrecklich ist?“ Frau Lehmann wischte hektisch mit einem Spüllappen über die Edelstahlspüle, obwohl die werbetauglich glänzte.

„Und wenn es etwas anderes ist, dann muss es außer der Polizei und Ihnen niemand erfahren. Und wenn Sie ehrlich sind, dann wollen Sie es doch wissen, oder nicht?“

Frau Lehmann klatschte den Lappen ins Becken. „Dann frag ich eben den Karsten.“

„Und wenn der von Ihrem Mann nichts erfahren hat? Oder Schweigegeld bekommt? Ihr Mann wird vermutlich nicht mehr bestraft werden. Ich kenne einen wirklich netten Polizisten.“ Friedelinde kramte ihr Handy aus der Jackentasche hervor. „Ich rufe ihn jetzt an und bitte ihn, hierherzukommen.“

Sander war so in das Studium der drei Schaubilder von Dr. Berg vertieft, dass er den Gruß der Kollegen, die ihm auf dem Flur entgegenkamen, nicht erwiderte. Er würde es niemals schaffen, aus diesem Beziehungsgeflecht irgendwelche sinnvollen Schlüsse zu ziehen, und schon gar nicht bis zur nächsten regulären Therapiestunde. Er hatte so eine Ahnung, dass ihm hier klargemacht werden sollte, dass er nicht der Mittelpunkt der Erde war. Als wenn es darum gehen würde.

Na schön, er wusste nicht allzu viel über Gernot. Ein bisschen schon, zum Beispiel dass er ein kauziger Typ, aber ein guter Polizeibeamter war, klug, hellsichtig, einfühlsam. Er hatte keine Ahnung, wie Gernots Privatleben aussah. Ob er überhaupt eines hatte. Genau genommen schwallte Sander ihn, seit er ihn kannte, mit seinen privaten Problemen voll und berichtete ihm haarklein jede Neuigkeit aus seinem chaotischen Privatleben.

Und vielleicht sollte er sich mal bei der Engel erkundigen, ob die ihn überhaupt in irgendeiner Weise interessant fand. Oder attraktiv oder sonst was.

Vielleicht sollte er einfach mal an den Rand treten.

Er sah grinsend auf. Er war keine zehn Minuten von der Berg weg und hatte schon den vollen Durchblick. Das nannte man doch wohl einen Supertherapieerfolg.

Die Stimme, die aus dem Besprechungszimmer über den Flur schallte, kannte er, und sie rief ihn in die Wirklichkeit zurück.

Gabler steckte den Kopf ängstlich aus der Tür des Verhörraumes und blickte nach links und nach rechts. Als er Sander entdeckte, entspannte er merklich. „Hallo." Er winkte tatsächlich. „Die Frau Karasek wäre dann da."

„Ich höre schon."

„Äh, und da wäre noch etwas."

Sander rollte die Blätter zusammen und steckte sie in die Brusttasche seines Hemdes. „Nämlich?"

„Als die beiden Beamten vor ihrer Wohnung eintrafen, hörten sie drinnen einen Streit. Frau Karasek wollte sie an der Tür abfertigen, aber sie sind hineingegangen und haben den anwesenden Mann gebeten, sich auszuweisen." Gabler lächelte verschmitzt. „Es war Karsten Lehmann."

„Konnten die Kollegen etwas von dem Streit verstehen?"

„Der Kollege Kohl meinte, er hätte *Verrat* verstanden, aber der Kollege Schleuser meint, es habe *Ratte* geheißen."

„Kann ja beides stimmen." Sander schlug Gabler auf die Schulter. „Und sorry noch mal wegen vorhin. War nicht so gemeint."

Gabler nickte. „Ist schon in Ordnung." Er hielt Sander die Tür zum Besprechungsraum auf.

Ein uniformierter Kollege kam schnaufend den Flur entlanggerannt. „Keiner wusste, wo Sie sind!"

„Was gibt es denn?"

„Es gab einen dringenden Anruf von einer Frau Engel. Sie bittet Sie, umgehend an diese Adresse zu kommen." Er reichte Sander einen Zettel. „Es gehe um den Mordfall Oliver Broeschke. Sie befindet sich dort an dieser Adresse."

Sander warf einen Blick in den Besprechungsraum. Eigentlich wollte er die Vernehmung der Karasek nicht noch länger hinauszögern, aber als er den Namen auf dem Zettel las, entschied er sich anders. „Gabler, sagen Sie Gernot Bescheid. Er soll mitkommen."

„Interessant", stellte Gernot fest, als Sander ihm die Adresse nannte, zu der sie unterwegs waren. „Ich hatte mich noch mal bei den Zeitungsausträgern nach Broeschke erkundigt. Ob ihnen was aufgefallen ist und so. Tatsächlich haben mir drei gesagt, dass er unkonzentriert war und sie nicht mit ausreichend Zeitungen versorgte. Allerdings hat er ihnen dann angeboten, die Zeitungen selbst zu den Empfängern zu bringen, weshalb keiner sauer auf ihn war. Und diese Adresse ist so eine, wo Broeschke höchstpersönlich aufgetaucht ist."

„Tatsächlich?" Sander parkte in der Nähe des Hauses der Eheleute Lehmann ein. Im Geiste notierte er, dass zu Gernots Eigenschaften auch ein phänomenales Gedächtnis gehörte.

„Lehmann, Eimsbütteler Chaussee."

„Dann bin ich mal gespannt", sagte Sander, als sie ausstiegen.

„Was genau erwartet uns denn eigentlich hier?", fragte Gernot auf dem Weg zum Hauseingang.

„Das weiß ich auch nicht. Ich war nur neugierig wegen des Namens Lehmann. Nicht so häufig wie Schmidt, Meier, Schulze, aber taucht in unseren Ermittlungen jetzt zweimal auf, und das finde ich schon viel." Der Türsummer surrte, und Sander drückte die Tür auf. „Und die Frage muss auch nicht heißen, was erwartet uns hier, sondern wer", fuhr er fort, als sie die Treppe hochstiegen.

„Okay. Wer genau erwartet uns eigentlich hier?“

Friedelinde Engel stand in der geöffneten Wohnungstür. „Danke, dass Sie so schnell gekommen sind.“

„Ach!“, sagte Gernot.

„Immer gern. Sie wissen ja, die Polizei, dein Freund und Helfer, und Sie sind ja offenbar sehr um die Aufklärung unseres Falles bemüht.“ Sander hatte wieder gute Laune.

„Reiner Kollateralschaden“, erklärte Friedelinde und trat beiseite. „Bitte gehen Sie gerade durch. Dort sitzt Frau Lehmann in der Küche. Und“, sie sprach jetzt in einem durchdringenden Flüsterton, „ist sehr aufgebracht. Es bedarf einigen Fingerspitzengefühls, um sie nicht gänzlich zu einem Nervenbündel zu machen.“

„Da bin ich genau der Richtige“, erklärte Sander.

„Eben“, bestätigte Friedelinde.

Sander traf in der Küche auf eine verheulte alte Dame, die am Tisch saß und ein bisschen weggetreten wirkte. „Frau Lehmann?“

Sie wandte sich um.

„Kriminalhauptkommissar Nicolas Sander. Das ist mein Kollege Gernot Hagemann.“ Er drückte sie sanft auf den Stuhl zurück. „Bitte bleiben Sie sitzen.“ Gernot und er setzten sich. Sander sah erwartungsvoll in die Runde.

Frau Lehmann zerrte an einem Papiertaschentuch, das sich in seine Bestandteile auflöste und ein kleines Häufchen auf dem mit Zeitungspapier bedeckten Küchentisch bildete. „Polizei. Ich weiß nicht. Das ist mir gar nicht recht.“

Friedelinde, die hinter ihr stand, legte ihr die Hände auf die Schultern. „Ich hatte Ihnen doch versprochen, dass diese Herren hier sehr einfühlsam vorgehen und weder Ihrem

Mann noch Ihrem Sohn etwas Böses wollen." Sie fixierte Sanders Blick mit zusammengekniffenen Augen. „Es geht hier um die Aufklärung dieses Vorfalles, der Ihnen den Schlaf raubt, und damit um Ihr Wohlergehen und das Ihres Mannes." Sie zog eine Augenbraue hoch und sah Sander durchdringend an.

„Äh, genau", sagte der.

„Wenn Sie möchten, erzähle ich Herrn Sander und Herrn Hagemann mal, was wir wissen."

„Ja bitte", seufzte Frau Lehmann.

Während Friedelinde sich bemühte, eine halbwegs nachvollziehbare Zusammenfassung dieser leidigen Bankgeschichte zu geben, hatte Sander das Gefühl, dass irgendwo in der Wohnung ein Fernseher lief. Er hörte Werbung, die nicht leiser gestellt oder weggezappt wurde. Sander vermutete, dass der demente Herr des Hauses vor der Glotze geparkt war. Während seine Frau sich mit den Trümmern der Familie befasste.

„Darf ich?" Er zog die Klarsichthülle mit den Erpresserbriefen zu sich heran und las sie Gernot vor.

„Ihr Sohn", sagte er dann.

„Der Karsten, was ist mit dem?" Frau Lehmann riss die Augen weit auf, und Sander nickte. Hier waren sie richtig. „Das wissen wir noch nicht ganz genau. Er ist bestimmt ein feiner Kerl", fügte er hinzu. „Karsten ist also mit der Vollmacht Ihres Mannes zur Bank gegangen und hat Geld abgehoben. Einmal sechstausend Euro, die gehören zu dem ersten Erpresserbrief."

„Ja, und bei der Gelegenheit hat er seinen Vater gleich um tausend Euro betrogen."

„Vielleicht hat Ihr Mann ihm das Geld auch als eine Art Bezahlung seiner Dienste gegeben." Für diese wohlwollende Auslegung des Vorgangs fing er sich einen freundlichen Blick von Friedelinde ein.

„Aber den Brief, in dem es um die viertausend Euro ging, den haben Sie heute in der Zeitung gefunden." Sander zog eine Grimasse. „Das Geld wurde also abgehoben, bevor Sie das Erpresserschreiben heute in der Zeitung fanden. Wenn Sie die Viertausend also nicht abgehoben haben, besteht zumindest der Eindruck, dass …"

„Dass unser Sohn die Krankheit seines Vaters ausgenutzt hat, um sich an unserem Vermögen zu vergreifen. Genau dieser Eindruck entsteht." Frau Lehmanns Stimme klang hart. „Dass er mir das antut! Dass er mich so hintergehen kann! Und seinen eigenen Vater!"

„Es wäre auch möglich, dass eine andere Person den Erpresserbrief heute in die Zeitung gelegt hat", sagte Sander schwach.

„Und Karsten hat das Geld schon mal vorsorglich gestern abgehoben?"

Sander verstand nichts mehr. Wer war der Erpresser? Broeschke? Oder Sandra Karasek? Oder Karsten Lehmann? Oder trat Sandra nur in die Fußstapfen ihres verstorbenen Freundes, und Karsten Lehmann war ein Trittbrettfahrer?

„Kennen Sie die Freundin Ihres Sohnes?", fragte er.

„Freundin? Mir hat er keine Freundin vorgestellt. Aber offenbar weiß ich überhaupt nichts über meinen Sohn. Es ist ja auch kein Wunder, dass er mir nichts erzählt, wenn er mich gleichzeitig bestiehlt."

„Fest steht wohl, dass es hier um Ihren Mann geht."

Frau Lehmann warf Gernot einen kalten Blick zu. „Ja, werde ich vielleicht erpresst? Ich habe nichts gezahlt. Und ich hab mir auch meinen Lebtag nichts zu Schulden kommen lassen!"

„Und Ihr Mann? Womit könnte Ihr Mann erpresst werden?"

Die alte Frau begann wieder zu weinen und schlug die Hände vors Gesicht. „Ich weiß es doch nicht."

„Herr Lehmann hat früher in der Konrad Theodor Pauly Bank gearbeitet", sagte Friedelinde.

„Tatsächlich?"

„Ja und? Warum soll das Anlass für eine Erpressung sein? Mein Mann ist immer anständig gewesen. Er hat hart gearbeitet."

„Wenn Ihr Mann seine Kräfte zusammengenommen hat, um Ihnen die Erpressung zu verheimlichen, hat er Ihnen vielleicht auch über den Grund dafür nichts erzählt", sagte Gernot leise.

Frau Lehmann wurde blass. „Und das soll gewesen sein, als er noch in der Bank gearbeitet hat? Dann hätte mich mein Willi in den letzten zwanzig Jahren belogen! Glauben Sie das wirklich?"

Gernot hob die Schultern.

„Wenn der Brief tatsächlich in der heutigen Zeitung lag und nicht schon in der gestrigen und aus irgendeinem Grund versehentlich in die heutige Ausgabe gerutscht ist, wäre in …" Sander warf einen Blick auf die Küchenuhr. „Dann wäre in einer Stunde Geldübergabe in der Havanna-Bar." Er zog sein Handy aus der Jackentasche und rief Gabler an. „In die Havanna-Bar", bestätigte er. „Und halten Sie Ausschau, ob und mit wem Karsten Lehmann sich dort trifft."

„Oh Gott!“ Frau Lehmann schlug wieder die Hände vors Gesicht.

„Und wenn er dort nicht auftaucht, dann versuchen Sie rauszufinden, wo er sich aufhält und bringen Sie ihn ins Präsidium“, fügte Sander am Telefon hinzu.

Er glaubte nicht, dass sich heute irgendeine außergewöhnliche Geldübergabe in der Havanna-Bar abspielen würde, außer dem Bezahlen von Cocktails. Sandra Karasek saß im Vernehmungsraum, wo sie vermutlich bereits kochte, und Karsten Lehmann brauchte die Bar nicht aufzusuchen, um sich selbst Geld zu übergeben, das er seinem ahnungslosen Vater abgenommen hatte. Es sei denn, er verband den Aufenthalt mit der Einnahme eines schicken Cocktails. Und war das eine Erklärung für den Streit zwischen Karsten Lehmann und Sandra Karasek? Hatte er sie des Verrats beschuldigt, weil sie seinen Vater erpresste?

Sander verstand überhaupt nichts mehr. Er blickte auf und sah die alte Frau Lehmann an. Eine zierliche grauhaarige Dame. Er musste wissen, wie groß sie war.

„Frau Lehmann, ich schlage vor, dass wir uns auf dem Präsidium weiterunterhalten.“

„Wie? Aber …“ Sie sah sich zu Friedelinde um.

„Muss das wirklich sein?“, fragte die.

„Es geht wirklich nur darum, diese ganze Sache aufzuklären.“ Er schob seine Hand über den Tisch und legte sie auf die der alten Dame. „Wir wollen Ihnen wirklich nichts Böses, Frau Lehmann.“

„Aber mein Willi. Ich kann ihn doch nicht allein lassen.“

„Den nehmen wir mit, Frau Lehmann. Der kann immer in Ihrer Nähe bleiben.“

Sie schob sich vom Tisch zurück. „Es geht wohl nicht anders.“ Sie klang trotzig. „Und vielleicht lässt sich ja wirklich endlich alles aufklären.“ Sie erhob sich, und Sander schätzte, dass sie etwa einsfünfundsechzig war. Sollte diese am Boden zerstörte Frau Broeschkes Mörderin sein?

Kapitel 9

Wilhelm Lehmann nahm den Ausflug sehr viel gelassener als seine Frau. Er ließ sich leicht vom Fernseher loseisen, seine Frau zog ihm eine Windjacke an, wickelte ihm einen Schal um den dünnen Hals und setzte ihm eine Schiebermütze auf. Sie selbst zog einen Trenchcoat an und kam damit genau dem Bild der Frau nahe, die Jan Wagner ihnen beschrieben hatte.

Als er die beiden Alten in seinem Wagen verstaut hatte und auch Gernot eingestiegen war, fragte er Friedelinde, die sich das Ganze vom Bürgersteig aus ansah, was sie eigentlich bei den Lehmanns gewollt hatte.

„Ich wollte noch einmal mein Glück versuchen und habe gehofft, Herrn Lehmann in einem lichten Moment anzutreffen. Er ist einer der drei noch lebenden Mitarbeiter der Bank, der Hannelore Weber noch persönlich gekannt hat. Ich wollte gern etwas über ihn und auch die Familie Pauly in Erfahrung bringen. Sie wissen schon, wegen der Verbindung der Mutter von Hannelore Weber alias Elsa Markmann zur Familie Pauly. Als ich das erste Mal hier war, war er völlig weggetreten. Aber damals bin ich Oliver Broeschke begegnet. Er verließ gerade die Wohnung, als ich kam. Ich hatte Ihnen doch erzählt, dass ich ihn schon mal irgendwo gesehen hatte. Und das war nicht nur im Archiv der Bank, sondern auch hier. Als ich heute die Treppe hinaufgestiegen bin, fiel es mir wieder ein." Das machte die ganze Sache für Sander noch undurchsichtiger, als sie ohnehin schon war.

„Frau Lehmann." Sander betrachtete das alte Ehepaar vor seinem Schreibtisch. „Das Problem bei dieser ganzen Geschichte ist, dass der Mann, von dem wir annehmen, dass er Ihren Mann erpresst hat, tot ist. Der heutige Brief, oder jedenfalls der Brief, den Sie heute gefunden haben, kann also nicht von ihm stammen. Es sei denn, er stammt von einem ganz anderen Tag, aber dafür haben Sie ja keine Abhebung von Ihrem Sparkonto gefunden."

„Welcher Mann?"

„Herr Broeschke. Oliver Broeschke. Er ist vor einigen Tagen vom Balkon seiner Wohnung gestürzt."

Frau Lehmann nickte.

„Sie kennen Herrn Broeschke?"

Sie hielt ihre Handtasche auf dem Schoss fest umklammert und nickte.

„Woher?"

„Also, ich kannte seinen Namen nicht. Er ist einmal bei uns in der Wohnung gewesen und wollte mit Willi sprechen, aber das ging nicht."

„Und was hat er gesagt, worüber er mit Ihrem Mann sprechen will?"

„Das wollte er mir nicht verraten."

„Er muss sich doch vorgestellt haben, Frau Lehmann. Und er muss doch irgendetwas als Grund seines Besuches angegeben haben. Und wenn er das nicht getan hat, dann werden Sie ihn doch gefragt haben!“

Er war etwas laut geworden, und Gernot, der an seinem Tisch das Gespräch protokollierte, machte ein Geräusch.

„Frau Lehmann“, wiederholte Sander etwas sanfter.

„Er hat gesagt, er kommt von der Bank. Also von der Pauly Bank.“

„Und heute haben Sie Ihr Konto nicht mehr bei der Pauly Bank.“

„Nein, damals, als mein Willi dort aufgehört hat, hat er gesagt, er will einen Schnitt machen. Wir haben dann unser Konto bei der Sparkasse eröffnet.“

Wilhelm Lehmann schien völlig unbeteiligt von dem Gespräch. Seine Frau hatte seine Jacke geöffnet und den Schal gelöst, seine Mütze trug er noch. Sie hatte noch ihren Mantel an. Vielleicht brauchte sie das Gefühl, dass das alles hier nicht lange dauern würde.

„Dieser erste Erpresserbrief und die Abhebung stehen in einem engen zeitlichen Zusammenhang mit dem Besuch von Broeschke bei Ihnen. Haben Sie da keine Verbindung hergestellt?“

„Ich habe Ihnen doch gesagt, dass ich die Briefe erst heute gefunden habe. Beide!“

Sander nickte. Entweder das oder sie hatte Friedelindes Besuch als Chance gesehen, die Geschichte der Unwissenden zu erzählen.

„Ich bin ja gleich zur Bank und habe die gefragt, was denen einfällt wegen der Vollmacht.“

Gernot erhob sich von seinem Platz und ging zu Sander hinüber. Er nahm die Klarsichthülle mit den Erpresserschreiben vom Tisch. „Ich bring das mal eben in die KTU." Er legte stattdessen einen etwas unorthodox bekritzelten Notizzettel hin. *Ich frag mal bei der Sparkasse nach* stand da. Gute Idee.

„Alles klar. Was ich auch nicht verstehe, Frau Lehmann, ist, wozu Ihr Sohn überhaupt eine Vollmacht brauchte. Es hätte doch ausgereicht, wenn Ihr Sohn mit seinem Vater zur Bank gegangen wäre, um die Abhebungen vorzunehmen, wenn es erforderlich war." Sander lehnte sich zurück und beobachtete die alte Frau. Er wollte sehen, ob es bei ihr von selbst klingelte.

„Woher sollte der Junge denn wissen, dass mein Willi noch mal erpresst wird?" Sie hatte die Worte kaum ausgesprochen, da schlug sie sich die Hand vor den Mund. „Das würde er nie tun!", flüsterte sie. „Außerdem, das weiß man doch, dass Erpresser sich nach der ersten Zahlung nie zufriedengeben."

„Es sei denn, sie haben beim ersten Mal bekommen, was sie wollten. Und Sie hatten ja gesagt, dass Sie nicht wissen, worum es geht."

Sie tat ihm leid. Frau Lehmann war vollkommen verwirrt, trotzdem konnte er sie nicht einfach gehen lassen. Sie hatte ein astreines Motiv, den Mann, der ihren Willi erpressen wollte, zu beseitigen. „Wissen Sie es wirklich nicht?"

Sie schüttelte tonlos den Kopf. Wilhelm Lehmann sah seine weinende Frau irritiert an. Er hob seine Hand und legte sie auf ihre.

Fest stand, dass Oliver Broeschke Wilhelm Lehmann aufgesucht hatte, als dieser nicht ansprechbar gewesen war. Friedelinde Engel hatte Wilhelm Lehmann wenige Minuten später damals selbst erlebt. Die Frage war, was Broeschke Frau Lehmann damals gesagt hatte. Und ob sie dem Einhalt gebieten wollte, damit Broeschke nicht weitermachen konnte.

„Wo waren Sie am Morgen des 21. April?"

„Wie?"

Sander wiederholte die Frage nicht. „Morgens um sechs."

„Zu Hause. Ich stehe um sieben auf und kümmere mich dann um meinen Willi. Waschen und anziehen. Das dauert immer so eine Dreiviertelstunde."

Sander nickte. Aber vorher konnte man auch um kurz vor sechs aus dem Haus huschen und Oliver Broeschke vom Balkon stoßen. Die Wohnungen lagen etwa zehn Gehminuten auseinander.

„Kann das jemand bezeugen?", fragte er und kannte die Antwort schon.

„Sie können ja meinen Willi fragen."

„Frau Lehmann. Wir würden uns gern in Ihrer Wohnung umsehen."

„Umsehen?"

„Oder können Sie mit Sicherheit sagen, dass das, weshalb Ihr Mann erpresst wird, sich nicht in Ihrer Wohnung befindet."

Sie schnappte nach Luft. „Aber ich weiß doch gar nicht, worum es eigentlich geht."

„Eben", sagte Sander leise. Er stand auf und ging auf den Flur. Gernot hatte ihm durch die geöffnete Tür ein Zeichen gegeben.

„Die Sparkassenmitarbeiterin hat bestätigt, dass Frau Lehmann sich heute wegen der Vollmacht für den Sohn beschwert hat. Sie habe sich furchtbar aufgeregt, aber die

Sparkasse behauptet, es sei alles in Ordnung und mit rechten Dingen zugegangen", gab Gernot wieder.

„So in Ordnung wohl nicht. Der alte Mann ist doch völlig gaga. Da können die doch nicht so eine Vollmacht für ein Gemeinschaftskonto erteilen. Sprich mal mit der zuständigen Mitarbeiterin der Bank, die das mit der Bankvollmacht abgewickelt hat. Ich schick jetzt Meyer und seine Kollegen in die Wohnung der Lehmanns. Die sollen mal nachgucken, ob sich da irgendetwas findet, weshalb der Lehmann erpresst wurde."

„Vielleicht etwas mit Erde dran?"

„Gernot, ist dir auch aufgefallen, dass Frau Lehmann wegen ihrer Optik als Täterin in Betracht kommt?"

„Ja."

„Hat sich Gabler schon gemeldet?"

Gernot grinste. „Wenn er schlau ist, sitzt der in der Havanna-Bar und lässt es sich gut gehen. Ich frag aber mal nach, ob er den Karsten Lehmann schon irgendwo aufgetrieben hat."

„Gut, und ich wage mich in die Höhle des Löwen."

Karaseks Stimme scholl hysterisch über den Flur. Sander konnte hören, dass etwas gegen die Wand krachte. „Ich will hier raus! Ich warte hier nicht stundenlang auf – nichts!"

Sander riss die Tür vom Vernehmungsraum auf. „Da bin ich!"

Sandra Karasek hatte sich gerade einen zweiten Stuhl genommen, den sie dem ersten hinterherschicken wollte, jetzt hielt sie verdutzt inne.

„Hat es Ihnen die Sprache verschlagen?" Sander nahm ihr den Stuhl aus der Hand und nickte dem Beamten zu, dessen Hand am Pistolenhalfter lag. Der entspannte sich allmählich und widmete sich dem Holzhaufen, der mal ein Stuhl gewesen war.

„Setzten sie sich hin!", befahl er. Anschließend wartete er, bis der Beamte den Trümmerhaufen eingesammelt und hinausgetragen hatte.

„Warum sind Sie so aufgebracht?" Sander setzte sich auf die Ecke des Tischs. Er warf einen Blick auf seine Armbanduhr. „Oder haben Sie was Besseres vor?"

„Was?"

„Wir können uns jetzt unterhalten oder Sie eine Weile in die Gummizelle sperren. Da gibt's aber nichts zu zertrümmern."

„Ach, Scheiße, Mann!" Sie legte die Füße auf den Tisch.

Sander wischte sie mit einer Bewegung hinunter.

„Ey!"

„Jetzt passen Sie mal auf! Sie stehen hier im Verdacht, die Erpressungstätigkeit Ihres Freundes fortzusetzen und ihn vielleicht auch umgebracht zu haben."

Sie schwieg.

„Worüber haben Sie heute mit Karsten Lehmann gestritten, als die Beamten Sie abgeholt haben?"

Sie verschränkte die Arme vor der Brust und starrte die Wand an.

„Okay. Wenn Sie hier noch mehr Mobiliar zertrümmern, kriegen Sie eine Rechnung von der Stadt. Ich geh jetzt mal Herrn Lehmann befragen."

Tatsächlich hatte Gabler Karsten Lehmann zu Hause angetroffen. Offenbar war er nach dem Kontakt mit der Polizei in Karaseks Wohnung gleich nach Hause gegangen. Er saß im Besprechungsraum nebenan. Gernot saß ihm bereits am Tisch gegenüber.

„Ah, da ist ja der Kollege Sander. Ihr kennt euch ja bereits. Wir haben bisher nur die Personalien aufgenommen."

Sander setzte sich neben Gernot. „Schön. Wir haben einiges zu besprechen."

Karsten Lehmann beugte sich vor. „Ich muss zum Dienst. Heute Abend um neun muss ich nach Belgien."

„Gut, ein Grund mehr, dass wir uns ein bisschen ranhalten. Ich denke, das ist auch im Interesse Ihrer Freundin Sandra Karasek, die hier nebenan wartet. Ungeduldig wartet."

„Hören Sie mir auf mit der!"

„Gut, dann beginnen wir mit Ihren Eltern. Ich weiß allerdings nicht, mit wem ich anfangen soll. Mit Ihrem dementen Vater oder Ihrer völlig verzweifelten Mutter."

Karsten wurde starr.

„Ging es bei Ihrem Streit heute mit Sandra darum, dass Sandra Broeschkes Erpressung fortgesetzt hat und heute viertausend Euro von ihm erpressen wollte? Oder nein, das kann Sie nicht gewesen sein. Sie haben ja bereits gestern im Rahmen der Ihnen von Ihrem Vater erteilten Bankvollmacht viertausend Euro abgehoben. Brauchten Sie das Geld? Und haben Sie den Erpresserbrief heute nachträglich in der Zeitung platziert, um Ihr Tun zu vertuschen?"

Karsten klemmte die Hände zwischen die Knie. „Ich wollte das nicht. Ich wollte nicht, dass meine Eltern so leiden, wissen Sie?"

„Wie ist das ganze abgelaufen? Wie fing es an?"

Karsten senkte den Blick und knetete die Hände. „Ich war dort, bei meinen Eltern, als mein Vater mir den Brief zeigte. Er hat gesagt, dass er bezahlen muss, für das, was er getan hat, und dass ich ihm helfen muss, und dass meine Mutter nichts davon erfahren darf."

„Wovon?"

Karsten schüttelte den Kopf. „Ich weiß es nicht. Er hat es nicht gesagt, und ich habe nicht weiter gefragt. Meine Mutter war bei einer Nachbarin, da sind wir schnell zur Bank, haben das mit der Vollmacht geregelt, und das Geld abgehoben. Ich habe es am mitgeteilten Tag in der Havanna-Bar übergeben."

„An Sandra."

„An Sandra. Ich kannte sie nicht. Ich habe es ihr gegeben und bin wieder raus. Und am nächsten Tag bin ich wiedergekommen. Ich habe sie beobachtet und angesprochen."

„Was hat sie gesagt?"

„Sie hat gesagt, sie sei die Botin und wisse nicht, worum es geht."

„Sie hat im Auftrag ihres Freundes gehandelt. Sie musste wissen, worum es geht. Und vor allem, wer der Erpresser ist. Sie hat jede Nacht an seiner Seite verbracht."

„Sie hat mich belogen. Vielleicht wollte ich es auch nicht so genau wissen." Karsten sah zur Tür hinüber. „Vielleicht habe ich auch damit geliebäugelt, dass sich daraus mehr machen lässt."

„Diese tausend Euro, die Sie mehr abgehoben haben als vom Erpresser gefordert, haben Sie die eigenmächtig abgehoben oder war es eine von Ihrem Vater getroffene Anordnung?"

„Er hat gesagt, es soll mein Schaden nicht sein, und ich soll mir etwas nehmen, wenn ich Geld brauche." Karsten schluckte. „Ich denke nicht, dass er gemeint hat, dass ich tausend Euro nehmen soll. Sie haben selbst nicht viel."

„Und dann?"

„Was dann?“

„Sie haben ein Verhältnis mit Sandra begonnen. Ging es dabei darum, etwas mehr über sie und den Erpresser herauszufinden? Und auch darüber, womit Ihr Vater erpresst wird?“

„Es ging …“

„Oder ging es darum, eine systematische Einnahmequelle zu generieren? Sie ächzen unter der Unterhaltslast. Sie werden in absehbarer Zeit mit Ihrer Hände Arbeit kein eigenes Vermögen aufbauen können. Ihr Vater ist nicht das einzige Opfer.“

„Ich wollte es erst nicht wissen. Aber dann habe ich sie gefragt, und sie hat gesagt, dass Oliver etwas über ein paar Leute weiß, wovon diese Leute nicht wissen wollen, dass es in der Zeitung steht. Und dann …“

„Und dann?“

„Und dann hat er angeblich zu ihr gesagt, dass ihm alles über den Kopf wächst und dass er aufhören will.“

„Und da haben Sie beide befürchtet, dass ein lukratives Geschäft eingeht, ehe es gedeihen kann.“

„Ich wollte davon nichts wissen.“

„Und wie viel wissen Sie davon?“

Karsten senkte wieder den Blick.

„Als Sie von Olivers Tod hörten, haben Sie da nicht befürchtet, dass Sandra etwas damit zu tun hat? Sie hat nach Ihnen die Wohnung verlassen und hätte Gelegenheit gehabt, Oliver umzubringen.“

„Sie könnte so etwas nie tun.“

„Und nach Olivers Tod? Haben Sie da weitergemacht?“

Als er wieder aufsah, hatte er Tränen in den Augen. „Ich nicht, vielleicht hat Sandra …“

„Und die viertausend, die Sie gestern abgehoben haben? Wofür waren die?“

„Mein Auto“, jammerte er. „Getriebeschaden. Es ließ sich nicht mehr reparieren, und ich bin …“ Er hob die Schultern und ließ sie fallen.

Ohne Auto nur ein halber Mensch, ergänzte Sander in Gedanken. Er lehnte sich zurück und betrachtete Karsten Lehmann. Er war geneigt, ihm die Version zu glauben, wie er in die Geschichte hineingeraten war, und auch, dass seine Gier ihn übermannt hatte. „Haben Sie gemeinsam mit Sandra weitere Leute erpresst?“

Karsten sah auf. „Nein!“, sagte er entgeistert.

„Sie wissen also nicht, wen Broeschke und Sandra noch ausgenommen haben.“

Karsten schüttelte den Kopf. „Sind meine Eltern noch hier?“

„Sie wurden von einem Streifenwagen nach Hause gefahren. Die Beamten durchsuchen jetzt gerade die Wohnung auf der Suche nach dem, womit Ihr Vater erpresst wird. Sie könnten uns helfen. Und auch Ihren Eltern.“ Sander beugte sich vor. „Worum geht es hier verdammt?“

„Ich weiß es nicht.“

Sander pfefferte einen Kugelschreiber auf die Tischplatte. „Mann, Sie knöpfen Ihrem eigenen Vater Geld ab für etwas, von dem Sie nicht einmal wissen, was es ist. Dann wissen Sie noch nicht mal, ob es überhaupt irgendetwas gibt, was sich Ihr Vater hat zu Schulden kommen lassen. Haben Sie schon mal daran gedacht, dass die beiden nur die desolate Verfassung Ihres Vaters ausgenutzt haben?“

Karsten Lehmann war inzwischen nur noch ein psychisches Wrack. Sein Gesicht war tränenüberströmt.

„Sie können jetzt nach Belgien fahren oder sonst wohin, aber Sie geben jeden Tag Ihren Standort hier im Präsidium durch.“

Sie war neugierig. Sehr neugierig. Zu gern hätte sie erfahren, ob die Befragung des Ehepaars Lehmann etwas erbracht hatte. Und was. Außerdem hatte sie Gewissensbisse. Sie hätte Frau Lehmann vielleicht raten sollen, die Angelegenheit zunächst mit ihrem Sohn zu klären, ehe sie die Polizei unterrichtete. Es war zwar die Polizei in Form der Kommissare Sander und Hagemann, aber sie selbst wusste nur zu gut, wie unsensibel sich ersterer aufführen konnte. Andererseits hatte Frau Lehmann sich immerhin zuerst ihr anvertraut, ehe sie mit ihrem eigenen Sohn gesprochen hatte, und Friedelinde war schließlich nicht von der Familientherapie.

Eigentlich wollte sie sich auf den Heimweg machen, aber sie steuerte doch erst mal ein ganz anderes Ziel an. Sie wollte sich über die Galerie Pauly informieren. Die Fleetinsel hieß so, weil es sich um ein Stück Hamburger Innenstadt zwischen Bleichen- und Alsterfleet handelte. Fleet bedeutete so viel wie fließen, in diesem Fall war es Wasser. Es gab hier eine Privatklinik, schicke Wohnungen und elegante Geschäfte, alles aus schickem, rotem Backstein mit vielen Fensterfronten gestaltet. Bäume und Pflanzen suchte man hier vergeblich, aber immerhin gab es auf dem beschränkten Raum Parkplätze.

Die Galerie Pauly wirkte dazwischen ein bisschen wie aus der Zeit gefallen mit dem grün gestrichenen Holzrahmen des Schaufensters. Inmitten der eleganten, etwas abweisenden Häuserfronten war das warme Licht darin anziehend. Galerien waren sonst eher nicht ihr Ziel. Kunst, jedenfalls moderne, interessierte sie nicht sehr. Und heute ging es noch nicht einmal um Kunst, sondern um – irgendetwas anderes. Als sie eintrat, bimmelte eine Türglocke wie in ihrem Büro. Das war ein Pluspunkt und ein weiterer Grund dafür, dass sie sich hier nicht allzu fremd fühlte. Das Gefühl von Vertrautheit konnte sie gut gebrauchen, denn hinter der heimeligen Fassade wurde der Blick auf einen großen Raum frei, an dessen Wänden drei große bemalte Leinwände hingen, die Friedelinde als echte Kunstbanausin als Geschmiere bezeichnet hätte. Ihr schossen dabei Gedanken wie *Ich kenne Kinder, die malen ähnlich* durch den Kopf. Ein Künstler war für sie jemand, der etwas darstellte, das sich dem Betrachter erschloss, ohne dass es auf einem kleinen Kärtchen rechts unterhalb der Bildecke erläutert werden musste. Direkt neben dem Preis. Hinter einem weißen Tresen auf der linken Seite des Raumes saß eine junge Frau, die merkwürdig freakig wirkte. Sie trug ungeordnete Dreadlocks, hatte die Fingernägel schwarz lackiert und summte zu einer Melodie aus ihrem iPod. Sie lächelte Friedelinde freundlich zu und nahm die Stöpsel aus den Ohren, als Friedelinde auf sie zutrat.

„Hi."

„Hi. Ich wollte gern Herrn Pauly sprechen."

„Den Konny."

Friedelinde nickte zögerlich. Konrad Felix Theodor Pauly, einundsiebzig Jahre, genannt Konny. „Genau."

„Der ist hinten im Office. Ich zeig's dir."

„Danke."

Der alte Holzfußboden knarrte unter ihren Schritten. Durch einen bogenförmigen Wanddurchbruch gelangten sie in einen zweiten Raum, an dessen Wänden Bilder hingen, die Friedelinde schon eher etwas sagten. Einige kleinere Stillleben, eine Seenlandschaft, das Meer. Am Ende des Raumes gab es eine angelehnte Tür, an die die dreadlockige Frau klopfte.

„Konny, hier ist Besuch für dich."

So minimalistisch die Ausstellungsräume gestaltet waren, so chaotisch sah dieses Büro aus. Der Mann hinter dem Schreibtisch war inmitten von Bildbänden, Katalogen, Papierstapeln, die der Schwerkraft trotzten, an die Wände gelehnten Bilderrahmen mit oder ohne Leinwand und gestapelten Kartons kaum auszumachen. Konrad Felix Theodor Pauly erhob sich und reichte Friedelinde über das Chaos hinweg die Hand. „Hallo."

Ein netter Mann und ausgesprochen gut aussehend. Die dunklen, mit einigen Silberfäden durchzogenen Haare waren in schwach gegelten Wellen zurückgekämmt, das Gesicht gut geschnitten. Zu einer schwarzen Anzughose trug er ein dunkelgraues Hemd ohne Krawatte.

„Hallo. Ich bin Friedelinde Engel."

Er deutete auf den Stuhl vor seinem Schreibtisch. „Schöner Name. Setzen Sie sich. Was möchten Sie ausstellen?"

Friedelinde musste lachen. „Nichts. Ich bin keine Künstlerin. Ich bin Nachlasspflegerin."

„Aha." Er sprach das kurze Wort gedehnt aus, aber er verlor nicht den freundlichen Gesichtsausdruck. „Interessant."

„Ich bin wegen der Konrad Theodor Pauly Bank bei Ihnen." Friedelinde hob die Hand, um etwaigen Einwänden, dass ihr Gegenüber mit dieser Institution nichts mehr zu schaffen hatte, zuvorzukommen. „Ich wüsste gern etwas aus einer Zeit, in der Sie selbst noch nichts mit der Bank am Hut hatten, aber

Ihren Vater kann ich nicht mehr fragen. Und Ihr Sohn weiß heute möglicherweise aus dieser Zeit nichts mehr."

Pauly lachte auf. „Davon können Sie ausgehen."

„Außerdem glaube ich nicht, dass er sich die Zeit nehmen würde, mit mir zu sprechen. Ich war jedenfalls nicht sehr erfolgreich, was das angeht. Wobei ich hoffe, dass Sie jetzt Zeit haben. Ich will Sie natürlich nicht mit meinem Anliegen überfahren."

„Kein Problem." Pauly schlug die Beine übereinander. „Sie haben mich neugierig gemacht."

Nachdem Friedelinde ihrem Gegenüber mit wenigen Worten erläutert hatte, welche Aufgaben sie als Nachlasspflegerin hatte, erzählte sie von Goldschmidts Schicksal und wie sie der wahren Identität von Hannelore Weber auf die Spur gekommen war. „Ihr Vater war Heinrich Markmann. Seine Frau Louise Markmann war eine geborene Henningsmeier", schloss sie. „Ich glaube, dass es damals für eine Anfang Zwanzigjährige nicht sehr leicht war, an eine neue Identität zu kommen, jedenfalls hat sie falsche Angaben über ihren Geburtsort gemacht und mit ihrem neuen Namen einen Arbeitsplatz in der Bank Ihrer Familie bekommen."

Pauly wechselte die Sitzhaltung. „Wissen Sie, warum ich die Bank verlassen habe?"

Friedelinde schüttelte den Kopf. Sie hoffte sehr, dass jetzt kein Vortrag darüber folgte, dass er mit dieser Bank nichts mehr zu tun habe, ihr nicht helfen könne und ihr einen schönen Tag wünsche. Das Ganze gefolgt von einem höflichen Rausschmiss.

„Ich hatte genug davon, den Leuten Honig ums Maul zu schmieren, ihnen das Geld aus der Tasche zu ziehen und

Versprechungen über Renditen und steuerfreie Gewinne zu machen. Irgendwann kam mal ein Mitarbeiter zu mir und meinte, wir müssten eine Kooperation mit einer Luxemburger oder einer Schweizer Bank eingehen, um unseren Kunden noch mehr Service zu bieten." Er verschränkte die Hände hinter dem Kopf und blickte zur Decke. „Service. Wissen Sie, wie man diesen Service auch nennt? Beihilfe zur Steuerhinterziehung. Mit zwei Beinen im Knast." Er senkte den Blick und sah Friedelinde an. „Ich bin mit einem goldenen Löffel im Mund geboren. Unserer Familie ging es immer gut. Wir haben immer Geld verdient, auch in den beiden Weltkriegen, natürlich haben wir auch an den Kriegen verdient, mit Krediten und Investitionen in die Rüstungsindustrie. Als mein Sohn alt genug war, habe ich ihm die Leitung der Bank übertragen, und er konnte mich gar nicht schnell genug vom Ledersessel schubsen, um darauf Platz zu nehmen. Er war richtig heiß auf den Posten. Und ich? Ich kriege jeden Monat einen dicken Batzen Geld, der diese Galerie am Laufen hält und meinen Lebensunterhalt sichert. Ich kann mich mit Schönem umgeben, ich besuche Lesungen, eröffne Vernissagen, kümmere mich um junge Künstler. Ich bin umgeben von schönen Künsten. Ich kann selbst malen. Ich muss keine üblen Geschäfte mehr machen. Aber natürlich ist das nur Augenwischerei, denn ich lebe nach wie vor von dem Geld, das die Bank erwirtschaftet, allerdings ohne mir selbst die Finger schmutzig zu machen. Aber ich weiß nicht, womit die Bank heute ihre hohen Gewinne erwirtschaftet, welche Deals sie mit Rohstoffen macht, die die Lebenshaltungskosten in der dritten Welt auf ein Niveau erhöhen, das die Menschen dort nicht erreichen können."

Pauly beugte sich über den Tisch. „Und wissen Sie was? Natürlich haben das alle in der Bank damals auch gewusst. Genauso wie alle heute wissen, auf welche Weise das Geld vermehrt wird, wusste man damals, dass der Nachbar, der zufällig Jude war, nicht auf unbestimmte Zeit verreist ist. Schon gar nicht, wenn er von Männern in schweren Stiefeln und langen Ledermänteln nachts aus dem Bett geholt worden war." Pauly seufzte. „Um mein Gewissen zu beruhigen, spende ich ziemlich viel Geld, aber natürlich müsste man eigentlich das System ändern." Er blickte Friedelinde unverwandt an, so als habe er vergessen, dass sie ihm schon eine Weile gegenübersaß. „Sorry. Ich bin irgendwie vom Thema abgekommen."

Friedelinde lächelte. „Kein Problem. War sehr interessant und musste offenbar mal raus. Vielleicht sind Sie auch gar nicht so sehr vom Thema abgekommen. Meine Vermutung ist eben, dass Elsa Markmann damals Hilfe hatte, möglicherweise auch finanzielle Hilfe, und da dachte ich …"

„Und da dachten Sie, dass Familie Pauly ihr geholfen hat", beendete Pauly den Satz.

„Richtig. Ich hatte in der Broschüre zum Jubiläum der Bank gelesen, dass Ihre Frau eine geborene Henningsmeier ist, und ich dachte, dass vielleicht eine verwandtschaftliche Beziehung zwischen Ihrer Frau und der Mutter von Elsa Markmann besteht."

Pauly schlug sich mit dem Handballen gegen die Stirn. „Entschuldigen Sie. Natürlich! Ich bin auch schon so ein engstirniger Volltrottel mit langer Leitung. Wir sind seit zehn Jahren geschieden, meine Frau und ich. Ich hab die Verbindung gar nicht hergestellt. Aber das haben wir gleich.

Moment.“ Er griff zum Telefon, drückte eine Taste und schenkte Friedelinde ein zuversichtliches Lächeln. „Friederike? Hallo, ich bin es. … Danke, gut. … Du, weswegen ich anrufe … Nein, also natürlich ja, aber nicht jetzt. Jetzt habe ich was anderes auf dem Herzen. Sag mal, sagt dir der Name, äh …“ Er sah Friedelinde Hilfe suchend an.

„Louise.“

„Genau. Louise Henningsmeier etwas, die hat später einen …“

„Heinrich Markmann.“

„Heinrich Markmann geheiratet. Der war KZ-Aufseher … Hm … aha … interessant. … Moment, das muss ich mir aufschreiben. Das kann sich ja keine Sau merken. Also noch mal … Nee, daran erinnere ich mich beim besten Willen nicht mehr.“ Pauly schrieb, strich durch, machte Notizen und fragte nach. „Vielen Dank, Friederike. … Ja, deshalb melde ich mich noch mal. Danke erst mal.“ Pauly legte auf. „Ist immer noch eine nette Frau, meine Ex. So, was haben wir denn hier?“ Er kratzte sich am Kopf und schien aus seinem eigenen Gekritzel nicht mehr schlau zu werden.

„Also, Friederikes Vater ist Johannes. Sie war das dritte Kind von Johannes, also Friederike, meine Frau. Und der Vater von Johannes, also der Großvater von meiner Ex, war Johann Henningsmeier. Johann hatte einen einige Jahre älteren Bruder Jochim. Jochim hatte einen Sohn Joachim. Und eine Tochter namens Louise.“

„Ach! Louise Henningsmeier!“ Nie hätte Friedelinde gedacht, dass es so einfach werden würde.

„Ja, genau. Die haben Sie ja gesucht. Also Louise und Friederikes Väter sind – äh, was sind die?“

„Cousins. Die Kinder von Brüdern. Und ihre beiden Töchter sind Großcousinen."

Pauly sah auf. „Tatsächlich? So einfach ist das?"

Friedelinde nickte.

„Joachim wiederum, Louises Bruder, hatte einen Sohn Jochen, und der war Hausmeister in der Bank." Pauly sah auf. „Daher kannten sich unsere Familien."

Friedelinde strahlte. Sie war am Ziel! Sie hatte die Familie Henningsmeier gefunden, und ihre Vermutung, dass die Familie Pauly Elsa Markmann aus freundschaftlicher und später familiärer Verbundenheit geholfen hatte, schien sich zu bestätigen. Herr Lorenz würde ihr nachträglich eine eins geben.

„Scheint Sie zu freuen", stellte Pauly fest. „Soll ich Ihnen das noch mal etwas schöner aufmalen?" Er hielt die Schreibtischunterlage mit seinem Gekritzel hoch.

„Nein danke, das ist nicht notwendig. Wenn Sie mir die Seite abreißen, kann ich mich daran orientieren. Sie haben keine Ahnung, wen ich aus Ihrer Familie dazu befragen könnte, was da früher mit Elsa Markmann gewesen ist?"

„Nein, ich werde Friederike mal fragen, aber sie ist auch schon siebzig. Ihre Eltern sind tot. Alle aus der Generation sind tot." Er riss das Blatt ab und reichte es ihr. „Was werden Sie jetzt tun?"

„Jetzt werde ich das hier mit Leben füllen." Friedelinde faltete das Blatt zusammen. „Ich werde die Geburts-, Heirats- und Sterbedaten im Staatsarchiv heraussuchen, die Urkunden beschaffen, und dann die noch lebenden Mitglieder der Familie Henningsmeier über den Erbfall unterrichten. Dazu gehört dann auch Ihre Exfrau."

„Oh, da wird sie was erben?" Pauly lachte. „Da trifft es ja die Richtige. Meine Frau hat wirklich genug."

„Das ist ja beim Erben egal. Aber es bleibt natürlich ein Problem. Die Tatsache, dass Elsa Markmann ihre Identität in die von Hannelore Weber umgewandelt hat, kann im Moment nur durch ein Foto belegt werden, und das reicht nicht aus. Vielleicht finde ich doch im Archiv Ihrer Bank noch etwas mehr dazu." Sie steckte das Blatt ein und erhob sich. „Meinen Sie, Ihre Frau hätte was dagegen, wenn ich mal Kontakt zu ihr aufnähme."

Pauly grinste. „Ich glaube, sie hätte was dagegen, wenn Sie es nicht täten. Die klang ganz schön neugierig, und ich wette, dass in zehn Minuten mein Telefon klingelt, und sie mich fragt, was die ganze Fragerei eigentlich bedeutet."

„Verständlich. Vielleicht gibt es im Archiv auch etwas über den Hausmeister Jochen Henningsmeier. Vielleicht hat der damals ein gutes Wort für seine Cousine bei seinem Arbeitgeber eingelegt."

„Bei meinem Vater, meinen Sie", stellte Pauly fest.

„Genau, bei Ihrem Vater."

„Da können Sie mal sehen, dass unsere Familie damals auch mitgeholfen hat, der Entnazifizierung zu entkommen. Blut ist dicker als Wasser, und nach dem Krieg schwammen doch letztlich dieselben Nasen obenauf, die schon während des Krieges das Sagen hatten." Pauly machte ein betrübtes Gesicht. „Und unsere Bank mittendrin. Ich würde gern mal wissen, ob mein Sohn das in seiner Hochglanzbroschüre auch erwähnt."

„Ich habe nichts davon gelesen, aber immerhin gehen siebzig Jahre nach dem Krieg immer mehr Unternehmen dazu über, ihre Rolle in der NS-Zeit aufzuarbeiten."

„Ich schätze, dass er sich das schöne Papier damit nicht verhunzen wird." Pauly nahm eine Visitenkarte aus einem Behältnis auf dem Schreibtisch. „Wenn Sie mir Ihre geben, lade ich Sie zur nächsten Vernissage ein."

Sie tauschten Karten aus, und Friedelinde gab ihm gleich eine zweite für seine Exfrau.

Er betrachtete die Karte nachdenklich. „Da haben Sie mir eine ganz schön aufwühlende Geschichte präsentiert. Ich werde mich bei Friederike auf dem Laufenden halten."

Auf dem Weg zum Ausgang reichte er ihr noch einen Flyer. „Hier, ein aufstrebender Künstler, den ich fördere." Als sie sich an der Tür verabschiedeten, stellte er fest: „Ein interessanter Beruf, den Sie da haben."

„Aber wie Sie sehen, bin ich dabei auf Hilfe angewiesen. Vielen Dank für Ihre Zeit, und richten Sie Ihrer Frau schöne Grüße aus."

In seinem Büro läutete das Telefon. Pauly grinste. „Die Grüße werde ich vermutlich in wenigen Sekunden schon ausrichten können."

Nachdem Karsten Lehmann gegangen war, kehrten Gernot und Sander zunächst in ihr Dienstzimmer zurück, ehe sie Sandra Karasek vernahmen. Sander fiel erschöpft auf seinen Stuhl. „Ich hab irgendwie das Gefühl, dass wir den roten Faden verloren haben."

„Möchtest du wissen, was ich für ein Gefühl habe?", fragte Gernot.

„Immer."

„Dass wir den Roten Faden noch gar nicht gefunden haben. Wir wissen nicht, worum es hier geht. Und das Merkwürdige ist, dass jemand wie Karsten Lehmann, der mitgemischt hat, selbst nicht weiß, womit die Leute erpresst werden.“

„Nicht die Leute. Sein eigener Vater“, ergänzte Sander.

„Du glaubst ihm.“

„Du nicht?“

„Doch, schon.“

„Aber?“

Gernot sah Sander an. „Aber irgendetwas in dieser Familie Lehmann stimmt doch nicht. Der Ehemann und Vater hat offenbar jahrelang etwas vor seiner Familie verheimlicht, und jetzt geht die Bombe hoch.“

„Ja, jetzt, wo er ein alter Mann ist.“

„Alte Männer waren auch mal jung.“

„Kommt jetzt ein philosophischer Exkurs?“

„Ich will damit nur sagen, dass man dazu neigt, alte gebrechliche Menschen zu bemitleiden. Dabei können sie, als sie jung waren, die allergrößten Arschlöcher gewesen sein.“

„Wem sagst du das?“, seufzte Sander. „Ich hoffe, dass man mit mir später auch mal Mitleid haben wird, wenn man mir über die Straße helfen muss.“

„Wir müssen etwas über diese Bank in Erfahrung bringen.“

„Gern, und wo fangen wir an?“

„Im Keller. Wir arbeiten uns dann bis zum Dach hoch.“

„Gernot, Broeschke kann alles Mögliche in dieser Bank in Erfahrung gebracht haben. Zugegeben, es spricht viel dafür, dass er im Archiv etwas gefunden hat, aber das Problem ist, dass uns die Unterlagen dazu fehlen. Er kann auch genauso gut irgendetwas anderes in der Bank mitbekommen haben, das nicht für seine Ohren bestimmt war.“

„Na ja, ein Anhaltspunkt wären Gemeinsamkeiten zwischen Hannelore Weber und Wilhelm Lehmann."

„Du meinst, Wilhelm Lehmann ist in Wahrheit ein anderer?" Sander rieb sich über das Gesicht. „In Wahrheit ist er Jack the Ripper. Albano Power oder …"

„Was hat Frau Engel über Hannelore Weber herausgefunden? Dass sie in Wahrheit die Tochter eines KZ-Aufsehers war."

„Gut, dann überprüfen wir Lehmanns Identität." Sander legte die Stirn in Falten. „Warte mal. Die Engel hat vorhin gesagt, dass Lehmann einer von drei ehemaligen Mitarbeitern der Bank ist, die noch leben und die Hannelore Weber noch gekannt haben. Vielleicht hat die Weber diese Leute für ihr Schweigen bezahlt."

„Dann gibt es gar nichts Gegenständliches, womit Broeschke die Leute erpresst hat."

„Vielleicht ja, vielleicht nein."

Das Telefon läutete, und Sander griff zum Hörer. „Heinrichs, hallo."

„Wir sind mit der Wohnung durch. Gefunden haben wir allerdings nichts. Wir ziehen jetzt ab. Ich glaube, das ist auch im Interesse von Frau Lehmann."

„Alles klar. Danke." Er legte den Hörer auf. „Sie haben bei den Lehmanns nichts gefunden, was als Grund für eine Erpressung in Betracht kommt. Außerdem auch keine größere Summe Bargeld oder sonst irgendetwas Verdächtiges. Frau Lehmann ist schwer genervt, und sie kommen jetzt zurück." Er griff wieder zum Hörer. „Ich rufe mal die Engel an und frage sie nach den beiden anderen Mitarbeitern der Bank, dann kannst du die auch überprüfen."

Gabler rief aus der Havanna-Bar an und teilte mit, dass es bisher keine Anzeichen für eine Geldübergabe gäbe.

Sie beschlossen, dass Gernot weiter recherchieren würde, während Sander Sandra Karasek vernehmen wollte, ehe sie Gelegenheit hatte, das gesamte Präsidium in seine Bestandteile zu zerlegen. Auf dem Weg ins Erdgeschoss dachte er darüber nach, was sie eigentlich bisher herausbekommen hatten. Tatsächlich war alles noch ein krauses Durcheinander von Fakten, das sie nicht zusammengeschustert bekamen.

Sandra Karasek saß steif auf ihrem Stuhl und blickte starr auf die Tischplatte. Der Beamte, der sie bewachte, hob entschuldigend die Schultern. Sander flüsterte ihm etwas zu und setzte sich dann, während der Beamte hinausging.

„Frau Karasek. Sie wollen nach Hause. Sie haben jetzt hier lange herumgesessen. Wollen wir nicht vernünftig miteinander sprechen?"

Sie hob den Blick.

„Wissen Sie, wir haben eben mit Karsten Lehmann gesprochen, und wenn Ihnen etwas an ihm liegt, dann sollten Sie sich baldmöglichst mit ihm aussprechen. Nach Ihrem Streit heute Mittag."

Der Beamte kehrte zurück und stellte Sandra einen Becher Kaffee hin. Daneben legte er ein Tütchen Zucker.

„Zunächst möchte ich gern wissen, wen Broeschke erpresst hat. Wir wissen bisher von Hannelore Weber und von Wilhelm Lehmann. Wie ist es mit Else Kramer und Hermann Jessen?"

In Zeitlupe nahm sie das Zuckertütchen, riss es auf und schüttete den Inhalt in den Kaffeebecher. „Kenne ich nicht."

Sander hatte das Gefühl, mit einer ängstlichen Schnecke zu sprechen. Er wollte jede hektische Bewegung oder böse Frage vermeiden, damit sie sich nicht in ihr Häuschen zurückzog.

„Andere Namen?"

Sie schüttelte den Kopf.

„Und womit werden die beiden erpresst?"

„Oliver hat seine Magisterarbeit geschrieben. Er wollte die Geschichte der Konrad Theodor Pauly Bank nachvollziehen. Dafür durfte er im Archiv der Bank recherchieren und arbeiten. Das, was er geschrieben hat, hat den Leuten von der Bank gefallen. Sie haben ihn gebeten, für die Bank eine Jubiläumsbroschüre zu erarbeiten." Sie nahm einen Schluck Kaffee. „Als er gesagt hat, dass er bei der Bank auf eine Goldader gestoßen ist, habe ich erst gedacht, er meint den Verdienst für die Broschüre. Aber dann hat er eines Tages gesagt, heute Abend soll ich was für ihn erledigen. Jemand würde mir in der Bar etwas für ihn mitgeben." Sie drehte den Becher zwischen den Händen.

„Sie haben in das Päckchen, das sie in der Bar erhalten haben, hineingesehen."

„Es war Geld. Fünftausend Euro. Ich hab ihn gefragt, ob er mich verarschen will. Jeden Morgen um halb vier klingelt der Wecker, weil er angeblich Kohle braucht, und dann das."

„Wer hat Ihnen das Geldpäckchen übergeben?"

„Eine alte Frau. Die alte Frau, von der später in der Zeitung stand, dass in ihrem Haus eine Leiche gefunden wurde. Aber das wusste ich da noch nicht. Ich hab Olli gefragt, wofür er das Geld von ihr bekommt. Er hat gesagt, dass sie es nicht anders verdient hat. Das war alles. Als das dann mit der Leiche in der Zeitung stand, habe ich ihn gefragt, ob es darum ging, hat er gesagt, dass er davon nichts wusste."

„War das glaubhaft?“

„Ja, ich hatte den Eindruck, dass er die Wahrheit sagt. Er wirkte irgendwie erschüttert. Und er hat sogar gesagt: ‚Wenn ich das gewusst hätte.‘“

„Also hat er die Frau nicht wegen der Leiche erpresst, sondern aus einem anderen Grund.“

„Wegen irgendetwas, worauf er bei seinen Recherchen in der Bank gestoßen ist. Ich habe keine Ahnung. Sie haben ihm Zugang zum gesamten Archiv gestattet. Er konnte alle Unterlagen einsehen und sollte Zahlen, Fakten und auch mal eine Anekdote liefern.“

„Hat er mit Mitarbeitern der Bank gesprochen, ich meine wegen der Anekdoten?“

„Nein, ich glaube nicht. Jedenfalls hat er davon nichts gesagt. Er hat sich die Entwicklung der Mitarbeiterzahl angesehen, wie sich das Verhältnis zwischen männlichen und weiblichen Mitarbeitern entwickelt hat, welche Ausbildung die Mitarbeiter hatten, welche Anforderungen an sie gestellt wurden. Lauter so soziologischer, statistischer Kram. Es war eine sehr umfangreiche Arbeit, er musste viel lesen und auswerten. Auf seine Magisterarbeit hatte er plötzlich keinen Bock mehr.“

Sie leerte den Becher und stellte ihn ab.

„Frau Lehmann hat in der heutigen Ausgabe der Zeitung einen Erpresserbrief vorgefunden. Gestern wurden viertausend Euro abgehoben, die genau zu dem Brief passen. Nur die Reihenfolge stimmt nicht.“

„Karstens Auto ist an multiplem Organversagen eingegangen. Er braucht ein neues. Gestern war er bei seinen Eltern. Als seine Mutter bei der Nachbarin war, hat er das Sparbuch genommen und das Geld abgehoben. Anschließend hat er mir die Ohren vollgeheult, dass ich einen schlechten Menschen aus ihm gemacht hätte. Ich wollte es gut machen und habe deshalb heute Morgen den Brief in die Zeitung gelegt."

„Sandra, haben Sie Oliver umgebracht?"

Sie riss die Augen auf. „Nein!", fauchte sie.

„Sind Sie an dem Morgen wirklich erst nach Hause gekommen, als die Polizei schon da war?" Er hob beschwichtigend die Hand. „Wenn Sie nämlich früher da gewesen wären, wären Sie möglicherweise seinem Mörder begegnet."

Sie sah ihn mit verwirrtem Blick an.

„Wenn Sie früher da gewesen wären, wären Sie vielleicht der Person beim Verlassen des Hauses oder sogar Ihrer Wohnung begegnet."

Die Tränen liefen ihr über das Gesicht. „Aber ich war nicht da."

„Wo haben Sie an dem Morgen Ihren Kaffee getrunken?"

„Was?"

„Wo."

„Bei Karsten. Bevor ich gegangen bin."

„Wo steht das Kaffeepulver?"

„Im Schrank. Im Küchenschrank."

„In welchem?"

„Über dem Herd oder so."

„Im Eckschrank neben dem Fenster."

„Sag ich doch."

„Wo haben Sie Ihren Kaffee getrunken?"

„Nicht in Karstens Wohnung. Ich hab überhaupt keinen Kaffee getrunken. Ich bin aus seiner Wohnung raus und nach Hause."

„Oder haben Sie einen Umweg gemacht und sind bei der Uni vorbeigegangen?"

„Nein."

„In der Bank?"

„Die wäre so früh wohl noch nicht offen gewesen."

„Also wo?"

„Ich bin einfach so herumgelaufen."

Sander lehnte sich seufzend zurück. „Aber Sie waren hinter irgendetwas auf seinem Schreibtisch her. Sie haben sich mehr für seinen Schreibtisch interessiert als für die Umstände seines Todes."

„Ich wollte seinen Laptop. Darin war alles gespeichert, was er in der Bank zusammengetragen und was er geschrieben hat. Ich wollte wissen, um was es eigentlich geht."

„Haben Sie den Laptop gefunden? In seinem Spind in der Uni?"

„Nein."

„War der Laptop in Ihrer Wohnung als Sie sie verlassen haben und zur Arbeit gegangen sind? Am Tag vor Olivers Tod?"

„Ich weiß es nicht."

Sander nickte. Er würde das verstehen. Man erinnerte sich nicht an normale Gegenstände. Auch seine Saufkumpane konnten sich daran nicht mehr erinnern.

„Wir glauben, dass er auf den Balkon gegangen ist, um denjenigen, der ihn später hinuntergestoßen hat, etwas zu übergeben, das er im Balkonkasten versteckt hatte."

Sie sah ihn überrascht an, und Sander wusste, dass sie sich in den Hintern hätte beißen mögen für dieses dämliche Versäumnis. Vermutlich hatten sich beide niemals um die

Balkonbepflanzung gekümmert. Es hatte nur einen Grund für Broeschke gegeben, sich einem der Kästen zu widmen.

„Wenn Sie Oliver noch lebend angetroffen hätten, wie wäre Ihr Wiedersehen verlaufen? Ich meine, nachdem Sie sich am Tag zuvor so mit ihm gestritten haben, dass er sich mit seinen Kumpels die Birne dichtziehen musste, und Sie immerhin die Nacht bei einem anderen Mann verbracht haben."

„Ich wollte mich von ihm trennen. Ich habe ihn nicht mehr geliebt, und ich hatte keinen Bock mehr."

„Und was wäre aus Ihrer gemeinsamen Einnahmequelle geworden?"

Sie hob die Schultern.

„Gehen Sie nach Hause, Frau Karasek. Aber bleiben Sie erreichbar."

Auf dem Weg zurück in sein Dienstzimmer machte er einen Umweg zu der Psychologin.

Sander klopfte gegen den Türrahmen. Die Tür stand offen.

Frau Dr. Berg sah auf. Sander hatte das Gefühl, dass sie diesmal nur mäßig über sein Erscheinen erfreut war.

„Lieber Herr Hauptkommissar, ich bin ein bisschen in Eile." Sie warf einen Blick auf die Armbanduhr und kramte hektisch Papiere auf ihrem Schreibtisch zusammen.

„Demenz."

„Sie können sich nicht aus allem herausreden."

Sander machte ein paar Schritte in ihr Büro. „Nicht ich leide darunter, sondern ein alter Mann."

„Auch das kommt oft vor." Frau Dr. Berg stopfte die Papiere in eine Aktentasche und ging zum Garderobenständer.

Sander stellte sich ihr in den Weg. „Wenn Sie mir kurz eine Frage beantworten, helfe ich Ihnen in den Mantel."

„Charmant. Also?"

„Bei Demenz, leidet da eher das Kurzzeitgedächtnis, oder worunter leidet man da genau?"

„Zunächst lassen Urteilsfähigkeit, Gedächtnis und Orientierung nach. Einem fallen Begriffe nicht so leicht ein, und man wird leicht ungeschickt. Bei den Gedächtnisstörungen handelt es sich allerdings eher um Wortfindungsschwierigkeiten. Und man erinnert sich an kurz zurückliegende Ereignisse nicht mehr gut. Das geht so weit, dass Sie sich in Ihrer eigenen Wohnung verlaufen. Später kommen Wesensänderungen hinzu. Bei Alzheimer geht Hirnsubstanz verloren, zwischen den Nervenzellen lagern sich Eiweiße ab. Bei Demenz ist die Ursache Arterienverkalkung. Da es sich also um organische Ursachen handelt, geht irgendwann auch das Langzeitgedächtnis verloren. Aber das ist erst in einem späteren Stadium der Fall. Beantwortet das Ihre Frage? Dann hätte ich gern meinen Mantel."

Sander nahm einen schicken orangefarbenen Kurzmantel vom Haken und half der Psychologin hinein. „Es ist in einem Stadium, in dem jemand noch fernsehen kann und Gefühlsregungen seines Ehepartners wahrnimmt, also durchaus möglich, dass sich derjenige an Ereignisse erinnert, die Jahrzehnte zurückliegen."

„Genauso ist es. Ich würde jetzt gern die Tür von außen abschließen."

„Und? Hast du was rausgekriegt?", fragte Gernot.

„Hab ich. Aber ob es uns weiterhilft, steht auf einem anderen Blatt. Und du?"

„Also Frau Kramer und Herr Jessen mögen etwas auf dem Kerbholz haben, aber ihre Identität haben sie jedenfalls nicht gewechselt. Und die Sparkasse hat versprochen, ihre Praxis zur Vergabe von Bankvollmachten bei Verdacht von Demenz zu überprüfen. Wenn du mich fragst, hilft uns das auch nicht weiter."

„Was mir jetzt sehr weiterhelfen würde, wäre etwas zu essen", stellte Sander fest.

Gernot nahm seine Jacke vom Stuhl. „Ich will jetzt zur Bank. Da laufen offenbar alle Fäden zusammen, und wir kriegen jetzt raus, was da läuft. Damit ich wieder richtig schlafen kann."

Noch eine neue Erkenntnis, dachte Sander. Gernot beschäftigt dieser Fall auch nachts.

Zu ihrer Überraschung saß Sander am Tresen und ließ sich von Elvira ein Bier einschenken.

„Hallo", begrüßte er sie.

„Mit Ihnen spreche ich nicht. Ich liefere Ihnen wichtige Informationen, und Sie haben nichts Besseres zu tun, als meine Informanten zu verhaften." Friedelinde nahm das Rotweinglas von Elvira entgegen und trank einen Schluck. Als sie sicher war, dass sie Elviras volle Aufmerksamkeit hatte, fügte sie hinzu: „Wehrlose alte Menschen. An Demenz erkrankte, wehrlose alte Menschen. Und damit nicht genug, Sie führen bei denen gleich noch eine Hausdurchsuchung durch. Da kann man wirklich froh sein, wenn man nicht in Ihre Fänge gerät."

Sander öffnete den Mund, um etwas zu sagen, aber Friedelinde fuhr fort. „Frau Lehmann war ein Nervenbündel, als Sie weg waren. Ich bin vorhin noch einmal zu ihr gefahren, weil ich ein schlechtes Gewissen hatte. Wofür Sie verantwortlich sind. Sie war nicht besonders gut auf mich zu sprechen, und ich kann das gut verstehen."

„Etwas anders ist es schon gewesen", rechtfertigte Sander sich unter Elviras prüfendem Blick. „Der Mann mag an Demenz erkrankt sein, die Frau kommt durchaus als Mörderin in Betracht."

„Eine Mörderin!", rief Friedelinde aus. „Dass ich nicht lache."

„Sie hat die richtige Statur und Optik. Sie kannte Broeschke, und wir wissen nicht, ob sie die Wahrheit sagt, wenn sie behauptet, die Erpresserbriefe erst jetzt gefunden zu haben. Die Frau ist verzweifelt. Sie fühlt sich von ihrem eigenen Sohn und ihrem Mann betrogen."

Elvira machte es sich auf dem Tresen bequem und stützte das Kinn in die Hände.

„Ich kann noch nicht erkennen, wo das Motiv liegen soll. Warum sollte sie Broeschke umbringen?"

„Damit er ihren schutzlosen Ehemann nicht mehr erpresst."

„Sie hat doch gar nicht gewusst, womit er erpresst wird."

„Eben, deshalb hat sie auch einer Hausdurchsuchung zugestimmt. Wir hätten finden können, was Broeschke haben wollte."

Friedelinde stützte einen Ellenbogen auf. „Es geht nicht um Geld oder etwas Gegenständliches, eher um etwas, was Wilhelm Lehmann getan hat. So wie Hannelore Weber, die unter falschem Namen gelebt hat."

„Sie sind klug, Sie sollten bei der Polizei anfangen. Aber Lehmann lebt definitiv unter seinem eigenen Namen."

„Frau Lehmann war echt fertig", sagte Friedelinde. „Sie hat am Küchentisch gesessen und geheult. Ihr Mann hat irgendwann die Hand auf ihre gelegt und gesagt, dass nicht alles gut war früher. Und sie hat ihn angesehen und ihn gefragt, was er meint, aber da war er geistig schon wieder weggetreten. Er hat immer nur noch gesagt: ‚Schlecht, es war schlecht.'" Sie richtete sich auf. „Immerhin beweist das, dass Herr Lehmann tatsächlich auch mal wache Momente hat."

„Ja, aber offenbar hat er wirklich niemandem anvertraut, worum es geht." Sander sah in sein Bierglas. „Unsere Polizeipsychologin sagt, dass Demenzkranke durchaus Erinnerungen an sehr weit zurückliegende Ereignisse haben, und wenn Lehmann während seiner Tätigkeit in der Bank etwas verbrochen hat, dann könnte es sein, dass er sich daran erinnert."

Elvira stemmte sich vom Tresen hoch. „Manchmal kann es ein Segen sein, wenn einen das Gedächtnis im Stich lässt."

„Das hilft uns jetzt auch nicht weiter, Elvira."

„Ich mein ja nur", entschuldigte sich die Spanierin.

„Nicht einmal ihr Sohn weiß etwas davon, obwohl er sich von seinem Vater hat einspannen lassen."

„Und wenn ich es richtig sehe, hat er die Situation gleich ausgenutzt, um sich finanziell besser auszupolstern", gab Friedelinde zurück.

„Das stimmt allerdings. Hat er sogar zugegeben. Er brauchte ein neues Auto."

„Oh Mann, die Welt ist schlecht."

„Wem sagen Sie das. Nehmen Sie noch einen Schnaps?" Sander gab Elvira, die Waschmünzen sortierte, ein Zeichen.

„Von mir aus. Also, wenn Sie mich fragen, liegt der Hund irgendwo in der Bank begraben. Alle, die Broeschke sich vorgenommen hat, haben früher dort gearbeitet."

„Da sind wir beide ja ausnahmsweise mal einer Meinung." Sander hob sein Schnapsglas. „Prost."

„Prost."

„Was ist eigentlich mit der Hochzeit Ihrer Freundin?", erkundigte sich Sander.

Elvira und Friedelinde winkten ab. „Anderes Thema."

Es schien diese Empfangsdamen in mehreren optischen Ausführungen zu geben, aber in einem schienen sich alle zu ähneln: Sobald Friedelinde ihren Wunsch äußerte, das Archiv der Bank aufzusuchen, setzten sie ein mitleidiges Lächeln auf. Nachdem ihr endlich der Zugang bewilligt worden war, lief sie die Stufen in den Keller hinab und klopfte an die Tür des Archivs. Ein leises *Herein* erklang.

„Ach." Frau Grapengeter sah ihr über den Rand ihrer Lesebrille entgegen. „Die Frau ..."

„Engel."

„Ja, natürlich, mein Gedächtnis." Die alte Dame kam um ihren Schreibtisch herum. „Dass Sie mich noch mal aufsuchen."

Vielleicht freute sich die alte Frau über jedes menschliche Wesen, das sie hier unten aufsuchte.

„Ich bin bei meinen Recherchen weitergekommen, wissen Sie? Und jetzt müsste ich noch mal Ihr Archiv in Anspruch nehmen."

Die alte Dame setzte ihre Brille ab, die vor ihrer Brust baumelnd hängen blieb. „Ach ja?"

„Ja, Sie haben ja wirklich einen Schatz hier unten. Das Gedächtnis der Vergangenheit ist ja ganz wichtig. Die Bedeutung von Archiven wird ja viel zu sehr unterschätzt", schmeichelte Friedelinde der Frau.

„Genau. Sie haben völlig recht."

Friedelinde stellte ihre Tasche auf dem Besucherstuhl ab. „Sieht man ja am Kölner Stadtarchiv, das eingestürzt ist. Und da sagt man immer, ist ja nur Papier, aber daran hängt unser aller Vergangenheit."

Frau Grapengeter schien durch Friedelindes Schmeicheleien verwirrt zu sein.

„Na, und Sie wissen nicht, was aus dem Archiv wird, wenn Sie mal in Rente gehen", setzte Friedelinde hinzu. Sie zog ihre Jacke aus und hängte sie über die Stuhllehne. „Ich komme gerade von Ihrem ehemaligen Direktor und habe erstaunliche Neuigkeiten mitgebracht."

Zu Friedelindes Enttäuschung schien Frau Grapengeter nicht gespannt auf diese Neuigkeiten gewartet zu haben.

„Ich hoffe, ich störe Sie nicht allzu sehr", sagte Friedelinde. „Vielleicht bin ich auch bald wieder weg."

„Was möchten Sie denn wissen?"

„Herr Pauly hat mir von Ihrem früheren Hausmeister erzählt. Vielleicht kennen Sie ihn auch noch. Jochen Henningsmeier."

„Ja, natürlich." Für dieses Thema schien sich Frau Grapengeter erwärmen zu können. „Er war schon ein alter Herr, als ich hier anfing. Sehr akkurat. Bei dem gab's keine kaputten Glühbirnen, und Dreck vor der Eingangstür hielt sich auch nicht lange."

„Dann hat Ihr Vater ihn vermutlich noch gekannt. Da kann man mal wieder sehen, wie wichtig Archive sind, denn Menschen sterben nun mal."

„Und nun wollen Sie etwas über Herrn Henningsmeier wissen? Was hat das denn mit der Frau Weber zu tun?“

„Ich habe herausgefunden, dass Jochen Henningsmeier ein Cousin von Elsa Markmann war.“

„Elsa Markmann?“

„Das ist der richtige Name von Hannelore Weber.“

„Ich erinnere mich, das hatten Sie herausgefunden.“

„Und die Mutter dieser Elsa Markmann und Jochen Henningsmeiers Vater Joachim waren Geschwister“, fuhr Friedelinde fort. Sie hatte Verständnis dafür, dass den meisten der Überblick bei schwierigen Verwandtschaftsverhältnissen verloren ging. Tatsächlich guckte Frau Grapengeter etwas ratlos.

„Genau. Und da Jochen Mitarbeiter der Bank war, habe ich eben die Hoffnung, dass Sie hier auch noch seine Personalakte haben. Vielleicht findet sich darin etwas Interessantes. Ich hoffe nicht, dass die Akte vernichtet wurde.“

Frau Grapengeter zeigte sich gleich wieder tatkräftig. „Wissen Sie, was das Archiv anbetrifft, wenn ich mal nicht mehr da bin, darüber will ich gar nicht nachdenken.“ Sie drückte Friedelindes Arm. „Das werden wir gleich haben.“ Sie setzte ihre Lesebrille auf und verschwand in den Archivgängen. Tatsächlich dauerte es nicht lange, ehe sie mit einem Ordner zurückkehrte. Es staubte, als die alte Dame ihn aufschlug. Sie blätterte sich zum Buchstaben H vor. „Da haben wir ihn. Henningsmeier, Jochen, geboren 1920. Er war zwanzig Jahre alt, als er hier anfing.“ Mit dem Finger fuhr Frau Grapengeter über die Angaben im Personalbogen. „Es gab immer etwas zu tun am Haus“, fuhr sie währenddessen fort. „Und früher hatten wir auch noch keine Putzkolonne. Jochen hat auch geputzt und Büromaterial beschafft. Sozusagen ein Mädchen für alles."

„Lebt er noch?"

„Nein, er ist 1995 gestorben. Immerhin 75 Jahre alt geworden."

„Hat er bis zuletzt ..." Friedelinde wurde durch das Läuten ihres Handys unterbrochen. „Entschuldigung. Engel?"

„Friederike Pauly", meldete sich eine ihr unbekannte Stimme. „Sie waren eben bei meinem Mann, und ehrlich gesagt bin ich durch seine ganze Fragerei ziemlich neugierig geworden, und dann hat er mir auch noch erzählt, dass es um eine Erbschaft geht, und jetzt *sterbe* ich vor Neugier!"

Friedelinde lachte. „Das verstehe ich. Ist ziemlich kompliziert mit dieser Geschichte, und ich bin gerade noch dabei, die Angelegenheit ein bisschen weiter aufzuklären. Aber auf alle Fälle werde ich mich in Kürze bei Ihnen melden. Sie können mir ganz bestimmt helfen, einige Lücken zu schließen."

„Oh, ist das *spannend*! Wissen Sie, dass die Sache ausgerechnet mit dem Jochen, also dem Jochen Henningsmeier zu tun hat, macht die Sache noch interessanter. Sie müssen nämlich wissen, dass er das schwarze Schaf der Familie war. Deshalb weiß ich auch ziemlich viel über ihn. Er wurde immer als mahnendes, abschreckendes Beispiel genannt, wenn wir Kinder etwas verbrochen hatten. Offenbar ist er von zahlreichen Schulen geflogen und soll auch wegen Diebstahls verurteilt worden sein. Die Henningsmeiers waren eine alte Kaufmannsfamilie, die immer in Geschäftsbeziehungen zur Pauly-Bank stand. Daraus haben sich dann später auch persönliche Beziehungen entwickelt, und die Paulys haben den Jochen in ihrer Bank untergebracht, wo er sich vermutlich einigermaßen benommen hat. Jedenfalls ist er dort meines Wissens nicht rausgeflogen."

Frau Grapengeter, die Friedelindes Telefonat zunächst interessiert verfolgt hatte, widmete sich wieder ihrer Arbeit. Frau Pauly schien Friedelindes Hinweis, dass sie sich bei ihr melden würde, nicht zur Kenntnis genommen zu haben.

„Mit Ihrer Kenntnis über Jochen Henningsmeier werden Sie mir bestimmt sehr weiterhelfen können. Ich bin nur im Moment in einem Gespräch."

„Entschuldigung. Ich halte Sie auf. Verzeihen Sie mir meinen Wissensdurst. Wenn Sie sich anmelden, mache ich uns einen feinen englischen Nachmittagstee, und dann lassen wir die Vergangenheit wieder aufleben."

Die Vorfreude war der Anruferin anzuhören. Und gegen einen schönen Nachmittag in kultivierter Gesellschaft hatte Friedelinde nichts einzuwenden. „Ich beeile mich mit meinen Recherchen und rufe Sie so bald wie möglich an."

„Konny sagt, Sie kommen zur Ausstellungseröffnung. Vielleicht sehen wir uns dort schon mal." Frau Pauly senkte die Stimme. „Und ich wette um meinen überwältigend blühenden Azaleentopf, dass der Konny bei unserem kleinen Nachmittagsevent unbedingt dabei sein will."

Friedelinde konnte sich zwar nicht entsinnen, den Galeriebesuch bereits zugesagt zu haben, aber vielleicht würde sie tatsächlich hingehen. Dort schien man auf eine ganze Menge interessanter Menschen zu treffen.

„Mal sehen. Und wenn ich dorthin komme, können wir uns vielleicht gleich verabreden."

„Also, ich werde jetzt gleich mal alle Henningsmeiers durchtelefonieren, was die so wissen, und dann werde ich die alten Fotoalben heraussuchen. Oh Mann, ist das spannend! Tschüss dann, und bis bald."

„Tschüss, Frau Pauly."

„Frau Pauly?", fragte Frau Grapengeter nun doch.

„Ja, die Frau von Konny – äh, Konrad Pauly. Sie ist die Tochter von Jochens Tante Louise. Na, ist auch egal."

Frau Grapengeter reichte Friedelinde eine Kopie. „Ich habe Ihnen mal das Personalblatt von Jochen Henningsmeier kopiert. War wirklich ein feiner Kerl."

Friedelinde studierte die Angaben auf dem Blatt, die nicht sehr aufschlussreich waren und kaum über Geburtsort und -datum und die Wohnanschrift hinausgingen. Jedenfalls keine Einträge, die für ein Zeugnis geeignet gewesen wären. Möglicherweise hatte sich dieser Jochen Henningsmeier in der Bank tatsächlich untadelig benommen und in der Familie Henningsmeier hatte man ihn nur deshalb zum schwarzen Mann auserkoren, um die Kinder der Familie zu erschrecken.

„Gibt's da nicht noch mehr in Ihrem Ordner? Da geht ja kaum etwas draus hervor." Friedelinde trat neben Frau Grapengeter, vor der noch der geöffnete Ordner lag, und sah ihr über die Schulter.

„Ich glaube nicht." Frau Grapengeter setzte ihre Lesebrille auf und wollte die nächste Seite aufschlagen, als ihr Telefon läutete. Frau Grapengeter sprach kurz und stand dann auf, um etwas aus dem Archiv zu holen.

Friedelinde blätterte in der Zwischenzeit die nächste und übernächste Seite um. Von Jochen Henningsmeier gab es wirklich nur diese eine Seite, aber als Friedelinde dorthin zurückblätterte, stellte sie fest, dass auf dem unteren Rand des Originals eine Zahlenreihe stand, die auf ihrer Kopie fehlte.

Bei näherem Hinsehen stellte sie fest, dass es jeweils nach acht Ziffern eine kleine Lücke gab. Es sollten wohl also drei Zahlenreihen sein. Friedelinde schrieb die Zahlen auf ihrer Kopie ab. Sie hatte keine Ahnung, ob diese Zahlen etwas zu bedeuten hatten, und was, aber wenn Original und Kopie nicht übereinstimmten, rief das immer ihr Interesse hervor. Und die Zahlen standen auf dem Original nicht so weit an der Unterkante, dass sie vom Scanner nicht erfasst worden wären. Friedelinde schob den Ordner zurück an seinen Platz.

Frau Grapengeter kehrte mit einer Akte zurück und gab dem Anrufer die gewünschten Auskünfte.

Vielleicht waren das frühere Telefonnummern von Jochen Henningsmeier. Da es keine neue Adresse von ihm gab, war das eher unwahrscheinlich. PIN-Nummern gab es damals noch nicht. Plötzlich ging Friedelinde ein Licht auf. Kontonummern. In einer Bank drehte sich schließlich alles um Kontonummern. Jochen Henningsmeier hatte also drei Konten bei der Pauly Bank unterhalten. Sie versuchte sich daran zu erinnern, ob auf dem Personalbogen von Hannelore Weber ebenfalls deren Kontonummern notiert gewesen waren, aber es fiel ihr nicht ein. Leider enthielt der vor ihr liegende Ordner nur die Buchstaben H bis L.

Sie klappte den Ordner zu und ging zu seinem Platz im Regal, was Frau Grapengeter mit dem Telefonhörer am Ohr aufmerksam verfolgte. Aus ihrem Blickfeld verschwunden nahm Friedelinde das Original des Personalbogens heraus und stellte den Ordner zurück. Anschließend zog sie den Ordner mit dem Buchstaben W hervor und blätterte den Personalbogen von Hannelore Weber auf. Tatsächlich waren an dessen unteren Rand ebenfalls vier achtstellige Nummern notiert. Friedelinde nahm das Blatt aus dem Ordner und stellte ihn zurück. Frau Grapengeter beendete eben ihr Telefonat, als Friedelinde zu ihrem Tisch zurückkehrte.

„Ich hab nur den Ordner zurückgestellt", erklärte sie mit einem braven Lächeln.

Frau Grapengeter nahm die Brille ab. „Mehr kann ich Ihnen wohl nicht über den Jochen Henningsmeier bieten."

„Sie haben mir schon geholfen. Vielen Dank. Und vielleicht kann Frau Pauly auch noch etwas zur Aufklärung beisteuern." Friedelinde nahm ihre Jacke und die Tasche und verabschiedete sich.

Langsam stieg sie die Steintreppe zur Eingangshalle hinauf. Sie fragte sich, warum Frau Grapengeter die Kontonummern nicht mitkopiert hatte. Sie musste sich die Mühe gemacht haben, die Zahlenreihen vor dem Kopieren abzudecken. Wegen des Bankgeheimnisses? Dazu hatte sie jedenfalls kein Wort gesagt. Von der Empfangsdame misstrauisch beäugt ging Friedelinde zur ledernen Sitzgruppe hinüber, breitete ihre Sachen aus und ließ sich in das Sofa plumpsen. Vor sich auf den tipptopp glänzenden Glastisch legte sie Original und Kopie des Personalbogens von Jochen Henningsmeier. Sie beugte sich dicht über beide Blätter und fragte sich, was ihr hier so merkwürdig vorkam. Das Original des Personalbogens war auf zwischenzeitlich vergilbtem Papier mit Schreibmaschine geschrieben. Der Bogen musste etwa 1940 angelegt worden sein, als Jochen Henningsmeier hier eine Stelle in der Bank bekommen hatte. Die Löcher zum Einheften waren leicht eingerissen ebenso wie der Rand. Einfach ein altes Dokument. Und deshalb passten auch die Einträge am Rand nicht dazu. Die waren mit modernem Tintenroller geschrieben und in heutiger Schreibweise, ohne Anklänge an die sütterlinsche Schreibweise. Damit konnten sie erst sehr viel später aufgeschrieben worden sein. Ihre Überlegung, dass es sich um Kontonummern handelte, jedenfalls um Jochen Henningsmeiers Kontonummern, schied damit als Erklärung aus. Auf dem Personalbogen von Hannelore Weber waren im Original ebenfalls Nummern mit Tintenroller notiert, die auf der Kopie, die Friedelinde ihrer Akte entnahm, fehlten. Sie blätterte in ihrer Akte zu dem Fach mit den Kontoauszügen von Hannelore Weber. Keine ihrer heutigen Kontonummern stimmte mit denen vom Personalbogen überein. Die heutigen Kontonummern waren zehnstellig, und auch die Zahlenfolge war nicht dieselbe.

Friedelinde lehnte sich zurück, verschränkte die Arme vor der Brust und ignorierte die beobachtenden Blicke der Empfangsdame, die mit Missbilligung zur Kenntnis nahm, dass Friedelinde sich häuslich niederließ.

Friedelinde waren in der Wandlung von Elsa Markmann zu Hannelore Weber zu viele ungeklärte Aspekte, als dass sie diese Frage ungeklärt lassen wollte. Spätestens als es um die Klärung der Frage gegangen war, wer Hannelore Weber tatsächlich war, hätte Frau Grapengeter jedenfalls ein Wort über diese Nummern verlieren und erklären müssen, ob sie etwas zur Aufklärung beitragen können. Das sollte ihr die Frau jetzt erklären. Friedelinde schob ihre Papiere zusammen und kehrte noch einmal ins Archiv zurück.

Kapitel 10

Sander hatte darauf bestanden, vor ihrem Besuch in der Bank bei McDonald's vorbeizufahren. Als Kompromisslösung hatten sie sich schließlich auf McDrive geeinigt. Gernot hielt in der Linken einen doppelten Cheeseburger und in der Rechten einen Nullkommadreiliter Becher Cola, die er Sander abwechselnd anreichte, während der mit unangepasster Geschwindigkeit durch die Stadt raste. Sander biss eben in den Burger, den Gernot ihm hinhielt, als sein Handy klingelte.

„Gernot, könntest du mal?" Sander hob den rechten Arm, um besseren Zugriff auf seine Jackentasche zu gewähren.

Seufzend fummelte Gernot das Handy mit spitzen Fingern aus der Tasche, drückte die grüne Taste und hielt es Sander ans Ohr.

„Sander. … Wie? … Was soll das denn! … So, sagt er das! Moment!"

Sie schafften es, Burger gegen Handy zu tauschen, und Sander brüllte so laut hinein, dass er Gernots wiederholte Bitte, rechts ranzufahren, überhaupt nicht verstand. Als Sander schließlich abrupt auf die Bremse trat, schleuderte es Gernot in seinem Sicherheitsgurt nach vorn, der Burger fiel in den Fußraum, der Plastikdeckel fluppte vom Becher, und die Cola ergoss sich in den Fußraum.

„Scheiße!", sagte Gernot.

„Steig aus, sofort!"

„Wie?" Gernot hob einen Fuß aus dem Matsch. „Hier ist der totale Saukram."

„Steig aus. Ich muss weg. Sofort."

Sander löste Gernots Sicherheitsgurt, und Gernot fand sich unvermittelt am Straßenrand wieder, wo er sich die Cola von den Fingern leckte.

Nachdem er seine Schuhe vom Ketchup befreit hatte, rief er Gabler an.

„Gabler, Sie müssen mich abholen."

Nach dem Gespräch rief Gernot Frau Dr. Berg an und bat sie, Sander wovon auch immer abzuhalten. Keine fünf Minuten später hielt Gabler vor ihm.

„Was ist passiert?", fragte Gabler, während Gernot die Tür schloss und sich anschnallte. „Und wie sehen Sie eigentlich aus?"

Tatsächlich spürte Gernot eine gewisse Feuchtigkeit auf seiner Hose. Er vermutete, dass es sich dabei um Cola handelte. „Erzähl ich Ihnen gleich. Jetzt fahren wir erst mal zur Konrad Theodor Pauly Bank."

„Frau Grapengeter, ich bin's noch mal … Frau Grapengeter?"

Die alte Dame saß nicht an ihrem Schreibtisch. Vielleicht war sie zum Klo gegangen und würde gleich zurückkehren. Friedelinde schloss die Tür hinter sich. Von irgendwoher im Raum hörte sie Schritte. Und das Zerreißen von Papier.

„Frau Grapengeter?", rief Friedelinde noch einmal.

Die alte Dame erschien zwischen zwei Regalreihen. Sie hielt kurz inne, als sie Friedelinde sah, und ging dann zu ihrem Schreibtisch, um ein Häuflein Papierschnipsel auf die Fläche zu werfen. Sie wirkte merkwürdig unbeteiligt und nicht so entgegenkommend wie bei Friedelindes früheren Besuchen. „Was gibt es denn noch?"

Friedelinde stellte ihre Tasche auf den Schreibtischstuhl. „Mir ist da etwas aufgefallen. Beide Personalbögen, also die von Jochen Henningsmeier und von Hannelore Weber, tragen im Original handschriftliche Notizen, die aus jüngerer Zeit stammen."

Frau Grapengeter schenkte ihr nicht die erhoffte Aufmerksamkeit und kramte in ihrer Schreibtischschublade herum.

„Ich vermute, dass es sich um Kontonummern handelt", fuhr Friedelinde fort, um der alten Dame eine Regung abzuverlangen. Sie wirkte seltsam entrückt, ganz anders als noch vor fünf Minuten. Sie hielt Frau Grapengeter den Personalbogen von Hannelore Weber hin. „Hier unten, gucken Sie …"

„Sie haben das Original aus der Akte genommen!" Frau Grapengeter klang gar nicht mehr wie eine freundliche alte Dame. „Dazu hatten Sie kein Recht!" Sie riss der verdutzten Friedelinde das Papier aus der Hand.

„Da haben Sie natürlich recht. Deshalb sage ich es Ihnen ja, und ich gebe es Ihnen auch wieder zurück. Aber ich will einfach gern wissen, was es mit diesen Zahlen auf sich hat." Friedelinde wollte auf die Zahlenreihen zeigen, aber Frau Grapengeter warf das Blatt auf den Tisch und kramte weiter in der Schublade herum.

„Und wenn meine Vermutung stimmt", fuhr Friedelinde unbeirrt fort, „und es handelt sich um Kontonummern, sind es vielleicht alte Kontonummern. Mein großes Problem ist ja, wie Sie wissen, die Wandlung von Elsa Markmann in Hannelore Weber zu beweisen. Vielleicht waren es ihre Kontonummern, als sie noch Elsa Markmann hieß." Friedelinde ließ die Schultern hängen. „Wenn es also alte Kontonummern sind, könnte man daran vielleicht feststellen, dass die Kontoinhaberin dieselbe geblieben ist", schloss sie lahm. Die Frau beachtete sie gar nicht. Sie wühlte immer noch in der Schublade herum und begann, Friedelinde nervös zu machen.

„Wenn wir also diese Kontonummern von dem Personalbogen überprüfen könnten, gibt es vielleicht in den Kontounterlagen Hinweise."

Friedelinde trat einen Schritt zurück und verschränkte die Arme vor der Brust. „Sie haben die Nummern nicht mitkopiert. Aber Sie wissen doch, dass ich auf jeden Hinweis angewiesen bin."

Frau Grapengeter schien inzwischen gefunden zu haben, was sie gesucht hatte. Sie knallte die Schreibtischschublade mit dem Knie zu. Das Gesuchte hielt sie fest umschlossen in ihrer Hand. „Dann gucken Sie doch, ob Sie es rausfinden", entgegnete sie zu Friedelindes Überraschung.

Sie konnte gar nicht glauben, dass das ein ernst gemeintes Angebot sein sollte. „Ja, wenn Sie das gestatten", stotterte sie. „Ich, so als Betriebsfremde."

Immerhin hatte Frau Grapengeter das Archiv bisher als ihr Allerheiligstes betrachtet, zu dem sie nur Oliver Broeschke Zugang gewährt hatte, und das auch nur widerwillig. Und noch vor einer Minute hatte sie zu Recht festgestellt, dass Friedelinde ein Original aus dem Archiv entwendet hatte. Genaugenommen sogar zwei Originale. Die Frau wirkte völlig verändert, vielleicht sollte sie einfach die Gunst der Stunde nutzen.

Das Archiv war sehr umfangreich, die Regalreihen lang und voller Ordner, Schachteln und Papierstapel. Sie hatte sich merken können, in welchem Regal die Personalakten standen. Sie ging in den davorliegenden Gang und legte den Kopf schief, um die Ordneraufschriften zu betrachten. Es dauerte eine Weile, bis sie das richtige Regal mit Hilfe eines an der Stirnseite angebrachten Schildes ausfindig gemacht hatte. Den Personalbogen von Jochen Henningsmeier in der Hand glich sie die Buchstabenfolgen auf den Ordnerrücken ab. Ihre Vermutung traf offenbar zu. Die Zahlenreihen waren Kontonummern. Sie tastete sich bis zur richtigen Ziffernreihenfolge vor.

Frau Grapengeter ließ sie weiter gewähren, von ihr war fast nichts zu hören. Friedelinde hatte nur einmal ein kurzes Geräusch gehört, aber jetzt war es wieder still. Sie wollte schnell weitermachen, ehe die Archivarin es sich anders überlegte. Und dass es hier unten merkwürdig roch, war keine Überraschung. Altes Papier, Staub und abgestandene Luft waren nun einmal keine angenehmen Duftnoten.

Ihr schwirrte bereits der Kopf vor lauter Zahlen, die vor ihren Augen tanzten, anstatt in der richtigen Reihenfolge zu bleiben. Aber schließlich hatte sie den richtigen Ordner gefunden, bei dem die auf dem Rücken eingetragene Kontonummer mit der auf dem Personalbogen von Jochen Henningsmeier übereinstimmte. *Alois Rosenberger* stand außerdem auf dem Ordnerrücken. Im Innern waren Geburtsdatum, Anschrift und fein säuberlich mit Handzeichen versehene Zahlungsein- und -ausgänge vermerkt. Das Konto war am 3. April 1938 eröffnet worden, ab 1943 gab es keine Kontoumsätze mehr. Die Eintragungen endeten abrupt am 17. Januar 1943. Friedelinde blätterte weiter. Dieselbe Kontonummer, diesmal stand der Name Jochen Henningsmeier darunter. Und der Kontobestand begann mit demselben Guthaben, mit dem Alois Rosenbergers Kontoumsätze geendet hatten. Man hatte sich überhaupt keine Mühe gegeben, die Verbindung zu vertuschen. Im Gegenteil: Mit amtlicher Gründlichkeit war jeder Schritt nachvollziehbar notiert und alles aufbewahrt. Selbstherrlich und selbstverständlich. Friedelinde spürte ein Kratzen im Hals, das sich zu einem Hustenreiz auswuchs. Es roch plötzlich anders, so – brenzlig.

„Frau Grapengeter." Friedelinde nahm den Ordner und lief nach vorn. „Ich habe etwas gefunden. Ist Ihnen aufgefallen, dass es hier verbrannt riecht?" Friedelinde erstarrte. Auf Frau Grapengeters Schreibtisch loderte ein Feuer. Die alte Frau war nicht zu entdecken. Friedelinde blickte sich hektisch um, aber alles, was sie sah, war ein heller Schein, der von der gegenüberliegenden Wand aus den Raum erhellte.

„Werfen sie alles hier rein!"

„Was ist denn …" Fassungslos sah Friedelinde in ein zweites Feuer, das zu Füßen der alten Frau loderte.

„Tun Sie es!"

Friedelinde erkannte in den Flammen Aktendeckel und Papiere, die sich von den Rändern her aufrollten, ehe sie verkohlten. Friedelinde sah auf den Ordner in ihrer Hand. Sie hatte nicht vor, diese Dokumente den Flammen zu überlassen. Und einer verrückt gewordenen alten Frau schon gar nicht.

„Das sind unwiederbringliche Dokumente, Frau Grapengeter", versuchte sie einen Vorstoß, um die alte Frau zu beruhigen.

Die schien sich an dem Feuer zu erfreuen. „Irgendwann muss es ein Ende haben.“

Verzweifelt sah Friedelinde sich nach etwas um, mit dem man das Feuer ersticken konnte, aber hier unten gab es nur Papier und Staub, alles, was gut brannte. Keinen Feuerlöscher, keine Brandschutzdecke. Sie hielt sich den Ordner vor die Brust und lief zur Tür. In diesem Gebäude waren Menschen! Und im Keller bahnte sich eine Katastrophe an! Sie musste raus und die Mitarbeiter und Kunden warnen. Aber die Tür war verschlossen. Panisch rüttelte Friedelinde an der Türklinke.

Gabler wurde in seiner Polizeiuniform etwas scheel von der Empfangsdame gemustert, aber Gernot musste noch nicht einmal seinen Charme spielen lassen. Sie wurden höchstpersönlich von der Schönheit in die Chefetage begleitet. Der Direktor allerdings war nicht sehr erfreut über das Wiedersehen mit Gernot.

„Meine Herren, ich habe wenig Zeit.“ Pauly schob den Ärmel seiner Anzugjacke über die Hemdmanschette und warf einen Blick auf seine Porscheuhr. „In zehn Minuten muss ich zum Flughafen. Mein Chauffeur wartet bereits.“

Gernot tastete sich zur Sitzgruppe vor, wo er in einem der Sessel versank. „Es ist wichtig. Sonst wären wir nicht hier.“

„Nun, ich hoffe, dass die Polizei sich nicht mit Unwichtigem befasst. Nur muss es ausgerechnet jetzt sein?“ Pauly räumte auf seinem Schreibtisch Papiere zusammen und verstaute sie in einem Diplomatenkoffer. „Vielleicht kann Ihnen auch einer unserer Mitarbeiter helfen.“

„Wurde die Bank auch von Herrn Broeschke erpresst?“

Pauly sah auf. „Auch? Erpresst? Womit?“

„Ihre ehemaligen Mitarbeiter Hannelore Weber und Wilhelm Lehmann wurden erpresst. Wir vermuten, dass Broeschke im Archiv Ihrer Bank etwas herausgefunden hat, womit er sie erpressen konnte."

Pauly klappte den Koffer zu. „Die beiden Herrschaften müssten doch wissen, womit sie erpresst werden."

„Frau Weber lebt nicht mehr, und Herr Lehmann leidet unter Demenz."

„Verstehe." Pauly stellte den Koffer neben einen freien Sessel. „Bitte setzen Sie sich doch, Herr …", sagte er zu Gabler, der in der Nähe der Tür stand.

Gabler nahm auf der Vorderkante des Sofas Platz, Pauly im Sessel in Reichweite seines Koffers.

„Aber was soll die Bank damit zu tun haben?"

„Herr Pauly, das fragen wir Sie. Tatsache ist, dass alle Beteiligten mit der Konrad Theodor Pauly Bank in Verbindung stehen. Naheliegend wäre, dass die Ursache in der Vergangenheit liegt, denn Broeschke hatte Zugang zu Ihrem Archiv, und beide Mitarbeiter waren schon lange aus den Diensten der Bank ausgeschieden. Herr Lehmann unterhält nicht einmal mehr eine Kontoverbindung in Ihrem Haus. Es sei denn, dass Herr Broeschke auch Zugang zu anderen Abteilungen hatte."

„Nun, er hat mit der Marketingabteilung gesprochen."

„Er muss auch mit anderen Mitarbeitern gesprochen haben, die ihm etwas aus dem anekdotischen Bereich geliefert haben."

„Anekdoten sind nun eher nicht das, was wir in unserer Jubiläumsbroschüre veröffentlichen wollen", entgegnete Pauly steif.

„Wir benötigen jedenfalls eine Liste der Mitarbeiter, mit denen Broeschke gesprochen hat, damit wir sie befragen können."

„Ich werde meine Assistentin bitten, Ihnen die Liste zusammenzustellen."

„Vielleicht können Sie sie auch fragen, ob Herr Broeschke sich auch in Bereichen aufgehalten hat, zu denen er eigentlich keinen Zugang erhalten sollte."

Pauly hob eine Augenbraue. „Na, Sie machen mir Spaß."

„Diese Broschürenidee ist nach unserer Kenntnis ursprünglich aus der Magisterarbeit des Herrn Broeschke hervorgegangen. Wessen Idee ist es gewesen, Broeschkes Fähigkeiten für Ihre Dienste zu nutzen?"

„Meine Assistentin hat mal ein paar Seiten des Entwurfs seiner Magisterarbeit gelesen. Sie fand, dass er gut schreibt, und sie hatte auch die Idee, dass wir die Früchte seiner Arbeit nutzen können."

„Und es gab keine Differenzen zwischen Ihnen und Broeschke, oder zwischen der Bank und Broeschke? Er ist Ihnen niemals, wie soll ich sagen, zu nahe getreten?"

Pauly richtete wieder seine Manschetten. „Ich versichere Ihnen, dass Herr Broeschke uns nicht erpresst hat." Er lächelte selbstbewusst. „Es gäbe auch nichts, womit er das hätte tun können."

„Nun, es könnte ja auch etwas vor Ihrer Zeit sein. Sie sind ja nicht seit der Gründung Direktor."

„Ich wüsste, wenn vor meiner Zeit etwas gelaufen wäre, was dem Ruf der Bank schaden würde", entgegnete Pauly steif.

„Was befindet sich denn im Archiv, wenn es keine dunklen Geheimnisse sind?"

Gabler zuckte leicht zusammen. Die Stimmung im Raum drohte zu kippen, und Pauly sah inzwischen im Sekundentakt auf die Uhr.

Pauly unterdrückte ein Seufzen. „Seit zwanzig Jahren archivieren wir elektronisch. Zunächst auf Mikrofilmen, dann auf Speicherbändern, später CD-Roms, externe Festplatten, USB-Sticks. Wir haben die ganze technische Entwicklung auf diesem Gebiet durchlaufen. Heute sind wir direkt mit dem Rechenzentrum verbunden. Denn wenn hier was flöten geht, können wir den Laden dichtmachen."

Pauly erhob sich und ging zur Tür.

„Und alles vor 1990 bewahren Sie im Archiv auf?" Gernot blieb sitzen.

„Mehr oder weniger. Das ist ein riesengroßer Raum, der unnötig Platz verschlingt. Diesen ganzen alten Kram braucht heute keiner mehr. Und wir müssen unbedingt den Tresorraum erweitern. Unsere Kunden brauchen mehr denn je Platz, um ihr Geld auch anders unterbringen zu können als auf Konten oder in Aktien", erläuterte Pauly mit einem Anflug von Humor.

„Und wann werden Sie das Archiv auflösen?"

Pauly hatte die Hand auf der Türklinke. „Wenn Frau Grapengeter in Rente gegangen ist. Das ist irgendwann demnächst der Fall. Die Umbaupläne sind in Arbeit, der Reißwolf ist bestellt."

„Und warum warten Sie ab, bis Frau Grapengeter in Rente geht?"

Pauly lachte unfroh auf. „Sie meinen, warum ausgerechnet ich so viel Anstand aufbringe? Diese Frau ist seit hundert Jahren in der Bank beschäftigt. Ich habe früher bei ihr auf dem Schoss gesessen, wenn mein Vater mich mitgenommen hat. Warum soll ich nicht noch die paar Wochen warten, um ihr einen Gefallen zu tun?"

„Das ist sehr anständig von Ihnen."

„Ja, auch ich bin ein menschliches Wesen. Hören Sie, ich muss jetzt wirklich los. Wenn Sie im Keller des Rätsels Lösung vermuten, sind Sie herzlich eingeladen, sich da unten umzusehen. Frau Grapengeter freut sich sicher über Ihren Besuch."

Die Bürotür wurde von außen geöffnet und eine hübsche junge Frau sah herein. „Herr Pauly, Sie müssen dringend los."

Gleich nachdem er wieder angefahren war, stellte Sander die Verbindung zu seiner Schwiegermutter wieder her. „Hört auf damit!", brüllte er ins Handy. „Hört auf damit, mich zu ignorieren. Ich bin immer noch ihr Mann!" Er fuhr bei Dunkelrot über die Ampel. „Wenn ihr sie nach Frankreich verschleppt, kann ich sie nicht mehr besuchen."

„Du hast dich in der Vergangenheit nicht gerade aufgeführt wie ein liebender Ehemann", erwiderte sie kühl. „Du hast ihren Freund verprügelt!"

„Na und? In den letzten Tagen ist überhaupt nichts mehr vorgefallen."

„Tststs. Und das lag ja wohl an dieser Frau, die du mitgeschleppt hast. Ich bitte dich! Wie geschmacklos kann man sein, mit einer Frau am Krankenbett seiner eigenen Ehefrau aufzutauchen. Du hast doch was mit der!"

„Nein, nicht nur wegen dieser Frau. Und nein, ich habe nichts mit ihr!"

„Tja, also Lukas Blume meint …"

„Es ist mir egal, was dieser Lukas sagt. Auch wenn ihr ihn schon als euren Ersatzschwiegersohn adoptiert habt. Ich bin immer noch ihr Ehemann. Ich habe das Sagen für alles, was Maren betrifft. Verstehst du das? Ob du das verstehst?“

Seine Schwiegermutter hörte nicht mehr zu. Sie hatte einfach aufgelegt. Es läutete wieder, er sah nicht aufs Display. „Was!“, fauchte er. „Hast du es dir anders überlegt?“

„Herr Sander? Sybille Berg hier.“

„Frau Dr. Berg.“ Der Klang ihrer Stimme holte ihn zurück auf den Boden.

„Herr Hagemann hat mich eben angerufen. Er hat mich gebeten, Sie von einer Dummheit abzuhalten. Er konnte mir zwar nicht sagen, was für eine Dummheit das sein könnte, aber Ihre Reaktion eben legt die Vermutung nahe, dass seine Diagnose richtig ist.“ Ihre Stimme klang kühl und sachlich.

Sander schwieg.

„Herr Sander, sind Sie im Begriff, eine Dummheit zu begehen?“

Sander legte eine Vollbremsung hin, hinter ihm quietschte es, der Hintermann hupte, aber der Auffahrunfall blieb aus. „Vermutlich“, sagte er zerknirscht. „Jetzt ist aber alles wieder in Ordnung.“

Er beendete das Gespräch und legte einen U-Turn hin, der ein erneutes Verkehrschaos verursachte.

Gernot stand nicht mehr da, wo er ihn eben rausgeschmissen hatte. Er hatte nichts dazugelernt. Er hatte nichts begriffen. Er war nicht mal einen Tag lang in der Lage, einen Vorsatz, den er am Morgen gefasst hatte, einzuhalten. Er war und blieb ein emotionaler Vollpfosten. Er konnte jetzt nur noch versuchen, zu retten, was zu retten war.

Auf Frau Grapengeters Schreibtisch brannten bereits die Schreibtischunterlage, einige Akten und ein Ablagekorb voller Papier. Hier unten gab es viel zu viel brennbares Material. Inzwischen hatte sich eine bedrohliche Rauchmenge entwickelt. Graue Qualmwolken waberten zur Decke und verbrauchten den Sauerstoff. Friedelinde roch verbranntes Plastik. Sie hastete zum Schreibtisch und nahm den Telefonhörer auf, der schon ziemlich warm war, aber die Leitung war tot. Ihr Handy! Ihre Tasche. Sie hatte die Tasche doch auf dem Stuhl abgestellt. Sie lief um den Tisch herum, aber der Stuhl war leer. Sie wandte sich um und lief zwischen zwei Regalreihen hindurch zum gegenüberliegenden Ende des Raumes, aber dort gab es nur zwei vergitterte Fenster in Augenhöhe, die den Blick auf einen mit Fahrzeugen zugeparkten Innenhof freigaben, und sie hatte noch nicht einmal etwas, womit sie die Fenster einschlagen konnte.

„Frau Grapengeter, wo ist meine Tasche?" Sie lief zum Feuer zurück, aber Frau Grapengeter war nicht mehr da. Dafür entdeckte Friedelinde ihre Tasche, die gerade ein Opfer der Flammen wurde. Ebenso wie ein Laptop. Ein Laptop?

Ihre Situation hier unten war ausweglos. Sie konnte hier nicht raus, es gab nichts, um die beiden Brände zu löschen, und an der Decke waren noch nicht mal Rauchmelder angebracht. Friedelinde suchte vergeblich nach einer Sprinkleranlage.

„Scheiße! Scheiße! Scheiße!" Sie riss sich den Pullover vom Leib und schlug damit auf die Flammen ein, aber es war sinnlos. Die Flammen loderten bereits viel zu hoch, und Friedelinde musste sich ihr T-Shirt vor Mund und Nase halten, um bei dem beißenden Qualm überhaupt atmen zu können. Es hatte keinen Sinn, das Feuer zu bekämpfen. Sie musste hier raus, und dazu brauchte sie den Schlüssel für die Tür.

Friedelinde kam an zwei weiteren brennenden Scheiterhaufen vorbei, aufgeschichtet aus Ordnern, die aus den daneben stehenden Regalen entnommen waren. Wie ein Feuerteufel legte Frau Grapengeter überall Brandherde. Friedelinde fand die alte Frau vor einem auflodernden dritten Feuer.

„Hören Sie auf!" Friedelinde umfasste die Frau von hinten.

Sie war schmal und nicht sehr muskulös, aber sie wand sich mit ungeahnter Kraft in Friedelindes Umklammerung. „Lassen Sie mich los. Es muss ein Ende haben! Und das geht nur, wenn alles vernichtet wird. Nichts darf übrig bleiben. Nicht auf dem Papier und nicht in unseren Köpfen."

„Geben Sie mir den Schlüssel!" Friedelinde versuchte, den Körper der Frau nach dem Schlüssel abzutasten, während sie sie mit dem anderen Arm umklammert hielt. Aber die wehrhafte Frau nutzte die Gelegenheit, sich zu befreien. Sie lief in die nächste Regalreihe, wo sie weitere Ordner herausriss. Als Friedelinde ihr folgte, hielt sie ein Feuerzeug an den Papierhaufen.

„Frau Grapengeter, hören Sie endlich auf! Was ist denn bloß los?" Friedelindes Stimme überschlug sich. „Sie bringen uns beide um! Geben Sie mir endlich den Schlüssel, wir müssen hier raus!"

„Damit Sie dann weitermachen?" Die Frau starrte ins Feuer.

Friedelinde blieb nur, Frau Grapengeter in die Gegenwart zurückzuholen oder sie niederzuschlagen. Ihr war nach Letzterem, aber noch war ihre Hemmschwelle zu hoch.

„Ich wusste doch von alledem nichts."

„Ich weiß überhaupt nicht, wovon Sie reden!" Friedelindes Stimme klang hysterisch.

Sie befand sich in einer völlig irrealen Situation. Es brannte im wahrsten Sinne des Wortes an allen Ecken und Enden, und sie unterhielt sich mit einer wahnsinnigen Brandstifterin.

Frau Grapengeter sah sie aus wässrigen Augen an. „Ich saß vier Jahrzehnte inmitten dieser …" Sie schüttelte den Kopf. „Und ich habe nichts davon gewusst. Und plötzlich ist nichts mehr, wie es war."

Friedelinde verstand kein Wort, aber vielleicht war das ein Anfang für so etwas wie ein Gespräch, an dessen Ende Friedelinde sie überreden konnte, mit diesem Wahnsinn aufzuhören. „Oliver Broeschke hat sie darauf aufmerksam gemacht, dass hier früher nicht alles mit rechten Dingen zugegangen ist."

„Aufmerksam?" Frau Grapengeter lachte bitter auf. „Wenn Sie Erpressung als Aufmerksamkeit bezeichnen, war Herr Broeschke sehr aufmerksam."

„Er hat Sie auch erpresst? Womit? Sie waren viel zu jung, als dass sie sich nach dem Krieg die Guthaben jüdischer Kontoinhaber unter den Nagel hätten reißen können. Es waren doch Konten von Juden, oder?" Während sie sprach, versuchte Friedelinde das Feuer auszutreten, aber es war zu groß und versengte ihr nur die Hosenbeine. Immerhin legte Frau Grapengeter, seit sie sprach, kein Papier nach.

Plötzlich hielt Friedelinde inne. „Sie waren zu jung, aber Ihr Vater war es nicht. Broeschke hat entdeckt, dass auch Ihr Vater …"

„Mein Vater!" Frau Grapengeter schlug sich gegen das magere Brustbein. „Mein Vater hat nach dem Krieg mitgeholfen, diese Bank wieder aufzubauen." Sie hustete. „Er war ein guter Mensch." Sie klang verzweifelt.

„Ist das Broeschkes Laptop, der da hinten verschmurgelt? Zusammen mit den Unterlagen, die Sie am Morgen seines Todes bei Broeschke abgeholt haben? Und irgendwelche Sticks mit gesicherten Daten? Nachdem Sie ihn vom Balkon gestoßen haben?" Der beißende Qualm und der abnehmende Sauerstoffgehalt der Luft machten Friedelinde das Atmen und Sprechen schwer.

„Es war ein Unfall, aber es war gut so. Denn die Erinnerung ist nicht nur auf Papier geschrieben!" Frau Grapengeter schlug sich gegen die Schläfe. „Auch hier drin! Verstehen Sie!"

Friedelinde verstand nur allzu gut. Frau Grapengeter wollte alles auslöschen. Das papierene Archiv und das geistige. Ihr eigenes und Friedelindes.

Das war der Moment, in dem Friedelinde mit einem lockeren Satz ihre Hemmschwelle überwand. Sie umrundete das zwischen ihr und der verrückt gewordenen Frau brennende Feuer. Sie packte ihre mageren Schultern und schüttelte sie. „Wo ist der Schlüssel?", brüllte sie. „Von mir aus können Sie sich hier unten umbringen, aber ich will jetzt hier raus."

„Sie verstehen mich nicht. Sie können hier nicht raus." Frau Grapengeter wand sich und versuchte, Friedelindes Hände wegzuschlagen. „Sie wissen doch alles."

Das war wirklich krank.

Plötzlich versetzte Frau Grapengeter Friedelinde einen Stoß, der sie völlig unvorbereitet traf. Vielleicht war es auch Oliver Broeschke so gegangen. Vielleicht hatte er genau wie Friedelinde nicht damit gerechnet, dass eine liebenswerte alte Dame solche Kräfte entwickeln konnte.

Friedelinde wollte auf keinen Fall rückwärts in das Feuer fallen und versuchte, den Stoß durch einen Schritt zur Seite abzufangen. Sie strauchelte und stürzte gegen das Regal hinter sich. Niemals hätte sie gedacht, dass man wirklich Sterne sehen konnte. Dann wurde alles schwarz.

Sander rannte die Eingangsstufen hinauf und stürmte die Empfangshalle der Bank. Die Hand der Empfangsdame zuckte in die Richtung des Alarmknopfs. Sander hielt ihr seinen Dienstausweis unter die Nase. „Mein Kollege ist hier. Hagemann, Gernot. Kriminaloberkommissar."

„Der uniformierte Beamte und sein Kollege sind oben beim Herrn Direktor. Ich bitte eine Kollegin, Sie hinzubringen."

Sander stöhnte auf und wandte sich ab. „Von mir aus, aber machen Sie schnell."

Während die Frau zum Hörer griff, tigerte er in der marmornen Eingangshalle umher. Immer beim Anblick von gläsernen Luxusfassaden und zu viel Marmor drängte sich ihm der Gedanke auf, dass die ganze Pracht mit dem Geld der Kunden finanziert worden war. Sein Blick fiel auf die Cordjacke, die auf das Ledersofa geworfen worden war und die keimfreie Optik störte. Er kannte diese Jacke. Er hob sie hoch und roch daran. Das war zwar peinlich, bestätigte aber seine Vermutung. So roch Friedelinde Engel.

„Es kommt gleich jemand und bringt Sie zum Di…"

„Ist Frau Engel im Haus?“

Die Dame hob eine Augenbraue.

„Die Nachlasspflegerin, die ihre Jacke dort hingelegt hat.“ Er wies auf das Sofa.

Die Augenbraue entspannte sich wieder. „Ah, die ist im Keller. Im Archiv.“

Archiv. Archive waren Stätten der Erinnerung. Gegen das Vergessen. Und Broeschke hatte mittendrin gesessen. Keine fünf Meter von Frau Grapengeter entfernt. Eine grauhaarige Dame, etwa einsfünfundsechzig, Dauerwelle auf Brusthöhe von Jan Wagner.

„Scheiße!“ Er warf die Jacke zurück aufs Sofa. „Rufen Sie bei Ihrem Direktor an. Gernot soll sofort in den Keller kommen.“

Er rannte die Treppe hinunter und stürzte auf die Tür zum Archiv zu. Sie war verschlossen. Sander klopfte und lauschte. Ein Sicherheitsbeamter kam die Treppe herunter.

„Ich muss da rein!“

Mit behäbiger Langsamkeit kam der Mann auf Sander zu und zog einen Schlüsselbund aus der Hosentasche. Schließlich hatte er den richtigen Schlüssel gefunden und steckte ihn ins Schloss. Als er die Tür endlich geöffnet hatte, prallte Sander zurück. Er stand vor einer Wand aus Qualm, und es war heiß dort drinnen. Sander zog sich das Revers seiner Jacke über Nase und Mund und machte ein paar Schritte nach vorn, der Sicherheitsbeamte hatte nach seinem Funkgerät gegriffen und sprach irgendetwas hinein, dann folgte er ihm.

Der Rauch brannte in den Augen, aber Sander konnte erkennen, dass es an mehreren Stellen brannte, und die Flammen nicht so leicht unter Kontrolle zu bringen sein würden. Seine Hoffnung, dass der Raum leer war, erfüllte sich nicht. Neben einer der Feuerstellen stand die Archivarin und warf immer mehr Papier und Akten in die Flammen. Der Mann vom Sicherheitsdienst stürmte an Sander vorbei und packte Frau Grapengeter, die erfolglos versuchte, sich zappelnd aus seinem Griff zu befreien.

Gabler kam hereingestürzt, hinter ihm Gernot und der Bankdirektor. „Die Feuerwehr ist alarmiert", brüllte der.

Sander versuchte weiter in den Raum hineinzukommen, ohne in Berührung mit einer der Feuerstellen zu geraten. Mit ein bisschen Glück war Friedelinde irgendwo im Haus unterwegs, vielleicht auf dem Klo … War sie nicht! Er entdeckte ihre leblose Gestalt auf dem Boden.

„Und rufen Sie einen Rettungswagen!", brüllte Sander. Er packte Friedelinde unter den Armen und zog sie vom Feuer weg zum Ausgang. Im Vorraum des Kellers legte er sie ab und schlug ihr ein paar Mal ins Gesicht. Friedelinde öffnete die Augen, und Sander war zum ersten Mal froh über Dr. Bergs mahnende Stimme, die ihn veranlasst hatte, rechtzeitig umzukehren.

„Oh, hi, schön Sie zu sehen", hauchte Friedelinde, ehe sie in die nächste Ohnmacht fiel.

„Ja, ich will."

Endlich. Friedelinde atmete erleichtert auf. Ihr Kopf dröhnte, und sie konnte nicht mehr allzu lange stehen. Ein Hüsteln riss sie aus ihren Gedanken. Nach einem kurzen Seitenblick auf Elvira war sie wieder dabei. Sie klappte das rote Samtkästchen auf und hielt es Pablo hin, der einen Ring entnahm und ihn Marie ansteckte, während er seinen Blick in ihren versenkte. Friedelinde war schwindelig. Dann wiederholte sich der Vorgang, indem Marie Pablo den anderen Ring ansteckte. Das Brautpaar küsste sich, und die Hochzeitsgäste klatschten und fielen sich in die Arme.

Friedelinde lächelte ein wenig in alle Richtungen. Ihr war alles zu viel, und sie musste sich dringend setzen. Sie hatte nichts dazu beitragen können, aus Elviras Waschsalon einen Festsaal zu machen, aber Elvira hatte diese schwierige Aufgabe allein meisterhaft gelöst. Auf den Waschmaschinen war das Buffet aufgebaut, unter der Decke hingen zahlreiche Blumengirlanden und überall, wo sich Platz fand, standen Sechsertische. Elvira hatte ein Faible für knallige Farben, auf den Tischen standen zierliche Vasen mit orangefarbenen Gerbera, die Tischdecken waren orange, die Servietten, einfach alles. Nur Marie nicht. Sie trug ein cremefarbenes Brautkleid.

Friedelinde ließ sich auf den Stuhl an den Platz mit ihrem Tischkärtchen fallen. Sie hatte ihr Versprechen, Marie bei den Vorbereitungen zu helfen, nicht einlösen können. Erst vor drei Tagen war sie aus dem Krankenhaus entlassen worden. Die Rauchvergiftung hatte sie auskuriert, die Gehirnerschütterung noch nicht ganz. Und auch sonst war sie nicht mehr die alte. Während sie tage- und nächtelang untätig im Krankenbett gelegen hatte, war ihr bewusst geworden, dass sie in Lebensgefahr geschwebt hatte. Ein junger Krankenpfleger hatte ihr detailreich geschildert, wie sie während ihrer Bewusstlosigkeit einer Rauchvergiftung erlegen und ihr Körper dann ein Opfer der Flammen geworden wäre. Wenn nicht Kriminalhauptkommissar Nicolas Sander gekommen wäre und sie rechtzeitig gerettet hätte.

Sie hatte genug Zeit gehabt, über all das, was geschehen war, nachzudenken. Was musste in Oliver Broeschke vorgegangen sein, dass er von seinem Auftrag, eine Broschüre für die Bank zu erstellen, abgewichen war, als er entdeckt hatte, wie sich deren Mitarbeiter an dem Vermögen jüdischer Kunden bedient hatten. Es wäre doch eine Gelegenheit gewesen, die Bank zu veranlassen, ihre Geschichte aufzuarbeiten. Stattdessen hatte er eine Gelegenheit gesehen, die Schuldigen zu erpressen. Und das war ihm nicht gut bekommen. Seine Freundin hatte sich mit Karsten Lehmann, dem Sohn seines wehrlosen Opfers, zusammengetan, der damit auf die Idee gebracht worden war, seinen Vater noch um weiteres Geld zu betrügen. Bei Hannelore Weber war er bis zu ihrem Tod erfolgreich gewesen.

Aber ebenso wie Friedelinde hatte er Frau Grapengeter unterschätzt. Sie war vielleicht eine nette alte Dame, aber sie hatte die Ehre ihres Vaters und der Bank mit allen Mitteln verteidigt. Jeden Tag hatten sie Seite an Seite im Archiv gesessen, und Frau Grapengeter hatte sich leicht zusammenreimen können, wer der Erpresser war, und dass sich die belastenden Daten auf dem USB-Stick befanden, den Broeschke immer mit sich herumtrug. Sie hatte ihn frühmorgens aus dem Bett geholt und bedroht.

Ob es ein Unfall gewesen war, dass Broeschke vom Balkon gestürzt war, nachdem er den Stick aus dem Balkonkasten ausgegraben und ihr ausgehändigt hatte, würde sich vermutlich nicht mehr aufklären lassen. Vom Kommissar wusste sie, dass Frau Grapengeter erst mal in einer psychiatrischen Klinik untergebracht worden war.

Nachdem das Brautpaar den Tanz eröffnet hatte, tanzte Marie jetzt mit Pablos Vater, und Maries Mutter mit Pablo, dann Pablos Mutter mit Maries Vater und … Friedelinde schwirrte der Kopf. Inzwischen strömten weitere Gäste auf die Tanzfläche, die es eigentlich gar nicht gab. Die Tanzenden stießen sich regelmäßig an Waschmaschinen und Trocknern. Johannes Engel tanzte inzwischen einen Paso Doble mit Elvira. Und Gernot Hagemann tanzte mit seiner Freundin, einer bildschönen Blondine, einen Kopf größer als er, humorvoll und nett. Gernot hatte sogar einen gut geschnittenen Anzug im Kleiderschrank gehabt und zog das Interesse der Gesellschaft auf sich.

Sander setzte sich neben Friedelinde. „Wie geht's?"

„Besser, aber noch nicht gut. Danke noch mal, dass Sie mir das Leben gerettet haben."

„Sie haben sich schon bei mir bedankt. Als ich Sie im Krankenhaus besucht habe und vorgestern, als ich Sie zu Hause besucht habe."

„Dafür, dass einem jemand das Leben rettet, kann man ihm gar nicht oft genug danken. Ich weiß das, ich war fast tot."

Sander grinste. „Trinken Sie was, oder nehmen Sie Tabletten?"

„Beides." Friedelinde reichte ihm ihr leeres Champagnerglas. Sander schenkte nach, und sie stießen an.

„Meinen Sie, die beiden werden glücklich?", fragte er.

„Ich hoffe es, sonst muss ich wegziehen."

„Ich glaube, Sie sind schon wieder fast gesund. Sie klingen jedenfalls so."

„Hoffentlich bleibe ich noch eine Weile krank. Ich esse dann weniger."

„Ich fände es schade, wenn Sie vom Fleisch fielen."

„Sie sind nett. Und wie geht es Ihnen?"

Sander hob die Augenbrauen. „Geht so. Es ist zwar ein bisschen merkwürdig, aber Maren fehlt mir, seit sie in Frankreich ist."

„Was stellen sie dort mit ihr an?"

„Meine Schwiegermutter denkt, dass Düfte und Aromen Maren wieder zurückholen. Vielleicht wollte sie Maren auch einfach nur aus meiner Reichweite holen."

„Ist doch kein abwegiger Gedanke. Blühende Lavendelfelder, Pinienkerne, Orangenbäume. Ihre Frau kann es vielleicht nicht sehen, aber mit all ihren Sinnen erfassen."

Sander stöhnte auf. „Frauen."

„Auch Frauen können recht haben."

„Ja, manche. Andere liegen falsch. So wie Frau Grapengeter. Das wäre Ihnen beinahe zum Verhängnis geworden."

„Karl Konrad Theodor Pauly überschlägt sich deshalb beinahe. Jeden Tag ein Strauß Blumen ins Krankenhaus, immer versehen mit dem Ausdruck der Bestürzung und der Versicherung, dass das gesamte Bankgebäude zwischenzeitlich unter feuerschutzrechtlichen Gesichtspunkten auf Vordermann gebracht worden sei. Ich glaube, wenn ich wollte, könnte ich ein Konto bei der Pauly Bank einrichten, und der Direktor würde höchstpersönlich Geld darauf einzahlen."

„Probieren Sie es aus. Und was ist mit der Aufarbeitung des Verhaltens der Bankmitarbeiter während und nach dem Krieg?"

„Diesen Themenkreis hält der amtierende Direktor für zu umfangreich und letztlich auch zu unbedeutend für die Jubiläumsbroschüre. Hat ja nur ein paar Jahre des 150-jährigen Bestehens ausgemacht." Friedelinde rieb sich die Stirn. „Aber sein Vater will das übernehmen und irgendetwas draus machen. Eine Ausstellung oder ein Buch oder beides. Er sucht grade einen Lagerraum für den Inhalt des Archivs. Sein Sohn kann das Zeug gar nicht schnell genug loswerden, weil er das alte Archiv zu einem Tresorraum umbauen will."

„Das Leben geht weiter."

Ja, dachte Friedelinde. Konrad Theodor Felix Pauly, genannt Konny, hatte sie gebeten, an der Zusammenstellung der Daten und Dokumente mitzuarbeiten. Ihr alter Schuldirektor Lorenz hatte ihr den Entwurf eines Testaments geschickt, in dem er sie als Testamentsvollstreckerin vorgesehen hatte, und mit Frau Friederike Pauly, Konnys Exfrau, würde sie sich noch treffen müssen, um den Erbfall Elsa Markmann alias Hannelore Weber abzuschließen. Es war so viel liegen geblieben, während sie liegen geblieben war. Friedelinde kicherte. Der Champagner und ihre Tabletten vertrugen sich offenbar nicht. Oder zu gut.

Marie tauchte zwischen ihnen auf und gab beiden einen Kuss auf die Wange. „Das ist der schönste Tag in meinem Leben."

Friedelinde gab ihrer Freundin ebenfalls einen Kuss auf die Wange. „Das freut mich. Und ich wünsche euch, dass ihr glücklich werdet."

„Ich auch." Sander gab Marie einen Kuss, dann zog er Friedelinde vom Stuhl. „Kommen Sie, wir tanzen."

„Das geht nicht, ich bin krank." Aber in seinen Armen konnte sie sich trotz wackliger Knie doch ganz gut aufrecht halten.